# 일타강사 백사부

### 일러두기

- 이 책은 네이버 시리즈에서 연재된 《일타강사 백사부》를 바탕으로 편집, 제작 되었습니다.

# 일타강사 백사부

6권

간짜장 지음

arte POP

# 목차

245화

# 선생니이임!

피부가 저릿저릿할 만큼 가공할 살기가 담긴 목소리가 넓은 공동 안에 울려 퍼졌다.

"오장로. 어째서 실패한 것이냐."

목소리의 주인은 흑립을 눌러쓰고 있었다. 흑립 아래로 드러난 피부에는 거미줄 같은 흉터가 가득했다.

흑립인이 서 있는 곳은 높이 세워진 제단의 아래. 제단으로 오르는 계단의 좌우를 따라 수백 개의 횃불이 어둠을 밝히고 있었다.

"……방해꾼이 있었어."

그리고 제단 아래에는, 남궁세가에서 도망친 흑야마제가 심문받는 죄인처럼 고개를 숙인 채 서 있었다.

흑립인이 다시 물었다.

"방해꾼? 자세히 말하라."

"창천검왕 늙은이랑 싸우고 있는데 방울 소리가 잦아들더군. 그리고 만마몽혼진의 기운이 흩어졌고, 나중에는 놈이 나까지 기습했다. 아마 혈령자를 죽인 것도 그놈일 거야."

흑야마제는 흑립인이 묻는 말에 순순히 대답했다. 초췌한 목소리. 하지만 그의 눈빛은 어딘가 위험해 보였다.

마치 목줄을 끊고 주인에게 달려들기 직전의 사냥개처럼.

하지만 흑야마제가 고개를 숙이고 있는 탓에, 흑립인은 그의 눈빛을 보지 못했다.

"놈의 정체는 알아냈나?"

"복면을 쓰고 있었다."

"네가 도망칠 정도면 보통 고수가 아닐 것이다. 십존 중 하나가 아니었다는 말인가?"

"……누가 도망쳤다는 거야?"

고개를 든 흑야마제가 하얗게 이를 드러내며 웃었다. 스멀스멀 피어오른 어둠이 공간을 장악하기 시작했다.

가까이 있던 횃불 중 하나가 픽 하고 꺼졌다.

"말을 좀 가려서 해야지. 응? 작전상 후퇴라니까."

나른한 말투였으나 그 시선은 불온하기 짝이 없었다.

절정의 고수도 똑바로 마주 보지 못할 만큼, 흑야마제의 눈빛은 짙은 마기를 품고 있었다.

하지만 흑립인은 불쾌하다는 듯 눈썹을 한번 꿈틀거릴 뿐이었다.

"오장로. 너의 실패로 본교의 대계가 시작부터 크게 어그러졌다. 그런데도 뻔뻔스러울 정도로 당당하구나."

"……."

흑립인은 흑야마제의 기세에도 전혀 위축되지 않았다.

그는 그럴 만한 위치에 있었다.

혈교의 장로에게조차 명령을 내릴 수 있는 존귀한 존재.

흑립인은 혈교의 사도(使徒)였다.

"오장로는 새로운 명령이 있을 때까지, 지하 뇌옥에서 근신하라."

그의 명령에, 어둠 속에 기척을 숨기고 있던 혈교의 고수들이 하나둘 모습을 드러냈다.

그 기세가 전부 절정고수 이상이었다.

하지만 흑야마제는 다가오는 혈교의 고수들에겐 신경도 쓰지 않았다.

"이봐. 일사도(一使徒)."

그의 시선은 오로지 제단 위에 있는 사도를 향하고 있었다. 입술을 핥은 그가 느릿하게 입을 열었다.

"한 가지 묻지. 본교에 있는 역천신공은 불완전하다고 하지 않았나?"

"……무슨 의도로 하는 질문이더냐?"

"그래서 교주 후보들이 전부 죽거나 미쳐 버렸잖아. 하나같이 약해빠져서. 맞지?"

"지금 본 사도의 인내심을 시험해 보려는 것이냐?"

"날 공격한 놈 말이야. 적발적안이었거든."

"……!!"

그 순간, 흑립인의 눈이 찢어질 듯 커졌다.

적발적안은 천하에서 유일한 역천신공의 특징.

그리고 역천신공은 대대로 혈마의 독문무공이었다.

헌데, 흑야마제를 방해한 자가 적발적안의 무공을 사용했다고?

흑립인의 목소리가 저도 모르게 떨려 나왔다.

"진정, 진정 그게 사실이더냐?"

"확실해. 역천신공이었어. 그것도 제대로 된 거였다고."

흑야마제는 하얀 이를 드러내며 클클 웃었다.

그는 무시무시한 재능을 가지고 태어난 괴물이었다.

현 장로들 중에서도 대장로를 제외하면 대적할 자가 없을 정도로.

그런 흑야마제가 확신했다면, 아마도 분명할 터였다.

"확실하더냐? 네가 본 것이 역천신공이었다고? 본 것을 낱낱이 고하라!”

흑립인이 계단을 내려오며 물었다. 목소리가 크게 격앙돼 있었다. 당장 흑야마제의 멱살이라도 잡을 듯했다.

하지만 이어진 흑야마제의 말에 그는 걸음을 멈춰 세웠다.

“더 알고 싶으면 역천신공을 가져와.”

“……뭐라?”

“내가 직접 익혀 봐야겠어. 이번에 놈이랑 싸우면서 느꼈거든.”

흑야마제는 백수룡과 싸우면서 평생 느껴 보지 못한 불쾌한 기분을 느꼈다.

바로 위압감.

그것을 느꼈기에, 상대의 무공을 ‘진짜 역천신공’이라고 여길 수밖에 없었다.

만약 놈이 익힌 것이 다른 무공이었다면, 어렵지 않게 짓눌러 죽일 수 있었을 것이다.

“오장로…….”

“나도 혈마 후보잖아! 응? 더 이상은 못 기다리겠다고!”

현재 혈교에는 사도들에 의해 선별된 혈마 후보들이 경쟁하고 있었다.

흑야마제 또한 후보 중 하나였다.

그것도 일사도가 내정한, 가장 유력한 후보.

하지만 흑야마제는 지금껏 역천신공을 익히지 않았다.

그것은 일사도의 결정이었다.

“당신은 역천신공이 완전해졌을 때 내게 익히게 해 주겠다고 했지.”

“…….”

“지금까지는 별 불만이 없었어. 왜냐면, 그딴 게 없어도 나는 강하니까.”

수많은 실험을 통해 역천신공이 완성되면, 일사도는 그때 흑야마제에게 익히게 하겠다고 약속했다.

흑야마제는 그래도 상관없었다.

지금까지 무공을 익히면서 부족함을 느끼지 못했고, 사부가 남긴 흑야마경만으로도 창천검왕을 죽일 만큼 고강한 경지에 올랐으니까.

하지만 '진짜 역천신공'을 보고 온 지금은 생각이 바뀌었다.

"불완전하더라도 상관없으니 가져와. 부족한 부분은 내가 채울 테니까."

"……무리한 요구다. 너는 아직 역천신공을 익혀선 안 된다."

"그건 내가 판단해. 가져와. 역천신공을."

흑야마제의 말이 점점 짧아진다. 심상치 않은 기색을 느낀 일사도가 눈짓을 보냈다.

츠츠츳…….

흑야마제를 둘러싼 혈교의 고수들이 내공을 끌어올리기 시작했다.

주위를 둘러본 흑야마제가 피식피식 웃었다.

"솔직히 말해 봐. 왜? 내가 익히면 당신이 제어할 수 없는 괴물이 탄생할 것 같아서 두렵나?"

"오장로……."

"그런데 어쩌지? 나는 이미 괴물인데."

흑야마제의 빈정거림에, 일사도의 눈에 살기가 맺혔다.

"자중하라. 기어오르지 말고."

고오오오오-!

사도의 몸에서 가공할 기파가 번져 나왔다.

놀랍게도 그 기운은 흑야마제에게 전혀 밀리지 않았다.

상상 이상의 힘을 느낀 흑야마제도 조금 놀란 듯 눈을 크게 떴다.

"……과연. 지난 전쟁에서 살아남은 망령이로군. 당신이 검존의 검을 꺾었다며?"

"마지막 경고다. 뇌옥으로 들어가 근신하라. 곧 다시 부를 테니 머리를 식히고 있도록."

크크크…….

흑야마제가 어깨를 들썩이며 웃었다. 먹물이 번져 나가듯, 공동 안에 어둠이 번져 나갔다.

고개를 삐딱하게 기울인 흑야마제가 말했다.

"처음부터 짜증 났어. 사부가 물려준 장로 노릇을 하는 것도 그렇고, 듣도 보도 못한 사도란 놈들에게 이리저리 휘둘리는 것도 그렇고. 그리고 예전부터 의문이 들었는데……."

흑야마제의 흰자위가 완전히 검게 물들었다. 흑암강기가 몸을 완벽하게 감쌌다. 그를 휘감은 어둠이 불꽃처럼 활활 타올랐다.

"꼭 역천신공을 익혀야 해? 그냥 가장 강한 놈이 혈마가 되면 되는 거 아니야?"

"멈춰라. 마지막 경고다."

흑야마제는 멈추지 않았다. 그가 손을 뻗자, 그를 포위해 오던 혈교의 고수들이 고깃덩이로 변했다. 철벅. 피 웅덩이를 밟으며, 흑야마제는 일사도에게 걸어갔다.

"역천신공을 가져와. 아니면 내 손에 전부 죽든가."

"이놈……!"

백수룡과의 만남이 흑야마제 내부의 무언가를 건드린 게 분명했다. 그의 두 눈이 흑요석처럼 새카맣게 빛났다.

자리를 박찬 일사도가 흑야마제에게 달려들며 서릿발 같은 목소리로 명령했다. 흑립 아래 가려진 그의 얼굴이 흉신(凶神)처럼 일그러졌다.

"이 시간부로 흑야마제를 본교의 반역자로 간주하겠다!"

"존명!"

그 순간, 흑야마제는 몸에서 파멸적인 어둠이 폭발했다.

푸화아악!
칠흑 같은 어둠 속에서, 그의 나른한 음성이 또렷하게 울려 퍼졌다.
"오늘부터 내가 혈마가 되겠다."
그날, 흑야마제의 반란으로 혈교는 많은 피를 흘렸다.

◆ ◈ ◆

남궁세가를 떠난 청룡학관 강사 일행은 천천히 말을 몰고 달렸다. 아직 부상에서 다 회복하지 못한 남궁수, 승마에 익숙하지 않은 남궁미를 배려한 일정이었다.
대부분 객잔에 들러 숙식을 해결했지만, 어쩔 수 없이 산속에서 노숙을 해야 할 때도 있었다.
그럴 때면 모닥불 앞에 둘러앉아 음식을 나누어 먹었고, 식사가 끝나면 주로 무공을 수련하는 시간이었다.
"하아압!"
"차하앗!"
먼저 식사를 마친 악연호와 곽두용이 일어나 대련을 했다. 가벼운 대련이었지만, 둘의 눈빛은 실전처럼 날카로웠다.
채채채챙!
청룡학관으로 돌아가는 길에 강사들은 틈이 날 때마다 대련을 했다.
혈교와 생사를 건 싸움을 겪은 후, 강사들은 강해져야 할 필요성을 절실하게 느꼈다.
그래서 누가 시키지 않았는데도 자기들끼리 대련을 했고, 백수룡에게 지도를 부탁했다.
"무공을 봐달라고? 좋아."
백수룡은 흔쾌히 동기들의 무공을 봐주겠다며 고개를 끄덕였다.

그의 순진한 동기들은 그때까지만 해도 몰랐다.

돌아오는 길 내내, 백수룡에게 이렇게 갈굼을 당하게 될 줄은…….

"어이 악연호. 술 취했냐? 방금 그 비틀대는 보법은 뭔데?"

"잠깐 발이 꼬여서……."

"발이 꼬여서어어? 실전에서도 그렇게 변명하면 적이 아이고 그렇습니까, 하고 기다려 준대?"

"……죄송합니다."

"곽두용. 너는 베기 말고 찌르기 할 줄은 모르냐? 도객은 찌르기 하면 안 된다는 법이라도 있어? 어? 내가 모르는 사이에 그런 법이 생겼나?"

"아니 그게, 습관이라고 해야 하나……."

"습관? 좋지. 아주 뒈지기 딱 좋은 습관이야. 나중에 염라대왕 만나면 꼭 '대왕님 저는 찌르기를 할 줄 모르는 좋지 않은 생활습관 때문에 뒈졌습니다' 하고 말해라. 응?"

"고쳐 보겠다……."

오늘도 백수룡은 옆에서 둘의 대련을 구경하며 신나게 갈구는 중이었다.

한마디 할 때마다 패 주고 싶을 만큼 얄미웠지만, 그럴 실력도 안 될뿐더러, 표현이 거칠 뿐 실제로는 금과옥조 같은 조언들이었다.

두 사람의 대련이 끝난 후, 백수룡은 손을 까닥여서 남은 둘을 불렀다.

"다음. 제갈소영이랑 명일오. 나와서 붙어 봐."

"……."

"……."

앞으로 나서는 두 사람은 이미 죽상이었다. 아니나 다를까, 백수룡은 둘이 대련을 하는 내내 자세며 습관이며, 하나하나 지적하며 갈궈 댔다.

"하하, 하하하……."

"난 무공에 재능도 없고 노력도 안 하는 쓰레기였구나……."

"전 백룡장 애들이 문제아라고 생각했거든요? 걔들은 천사였어요……."

그래도 강사들은 백수룡이 자신들을 위해서 악역을 자처한다고 믿었다. 일부러 심한 말을 해서 자존심을 건드리고, 더 이를 악물고 무공을 익히게 하려고 갈구는 거라고.

……진짜 그런 거겠지?

저 인간, 그냥 재미로 우리 갈구는 건 아니겠지?

"뭘 봐? 니들이 무공 봐달라며?"

"……."

돌아가는 길은 대체로 평화로웠다. 그 흔한 산적 한 번 만나지 않았고, 시비도 붙지 않았다. 앞으로 사흘 정도면 청룡학관에 도착할 터였다.

"……."

아직 몸이 다 회복되지 않은 남궁수는 가부좌를 틀고 앉아 명상에 잠겼다. 그 옆에는 남궁미가 얌전히 앉아 꾸벅꾸벅 졸았다.

백수룡은 그 모습을 힐끗거리다 하늘을 올려다봤다.

겉으로는 태연해 보이지만, 그의 속은 복잡했다.

'혈교가 본격적으로 움직이기 시작했어.'

혈교는 남궁세가를 몰살시키면서 자신들의 부활을 화려하게 알리려 했을 것이다.

하지만 그 계획은 실패했고, 이후에 혈교가 어떻게 나올지는 백수룡도 쉽게 예상할 수 없었다.

꼬리를 자른 채 잠시 숨어들 수도 있고, 반대로 정면에 나서며 그동안 숨죽여 지내던 사파 세력을 규합할 수도 있었다.

'지금 같은 무림의 평화가 얼마나 이어질까. 아니, 평화는 이미 깨졌다고 봐야겠지.'

이런저런 생각으로 잠이 오지 않는 밤이었다.

그때, 백수룡의 기감에 이쪽으로 다가오는 기척들이 잡혔다.

"……!!"

상당한 속도로 다가오는 기척은 하나가 아니었다.

최소 셋, 선두보다 뒤쪽에서 느껴지는 작은 기척들까지 포함하면 열 가까이 되었다.

숫자는 많지 않으나 상당히 강했다. 하나하나가 무시할 수 없을 정도의 고수였다.

특히 선두에서 달려오는 자의 기세는 초절정 이상이었다. 그는 자신의 강대한 존재감을 죽일 생각도 없는 듯했다.

백수룡은 자리에서 일어나 동료들을 깨웠다.

잠에서 깬 동료들도 백수룡의 심각한 표정을 보곤, 심상치 않은 일이 벌어졌음을 직감했다.

"적인가?"

남궁수의 질문에 백수룡은 아직 모르겠다고 말했다.

"그냥 지나가는 무인들일 수도 있겠지만…… 그렇다기엔 너무 강해. 최악의 경우엔 혈교가 우릴 쫓아왔을 수도 있다."

강사들의 표정이 딱딱하게 굳었다.

안일했다.

왜 남궁세가에서 나온 그들을 혈교가 노리지 않을 거라고 생각했단 말인가.

"싸울 준비해."

백수룡의 말에 강사들이 무기를 꺼내 들었다. 다들 긴장한 얼굴로 기척이 가까워지는 방향을 주시했다.

우우웅!

백수룡의 눈동자에 은은한 붉은빛이 감돌았다. 혈마안을 약하게 사용한 것이다.

"……."

긴장감 속에서 반 각도 안 되는 시간이 하루처럼 느리게 흘러갔다.

그리고 잠시 후, 멀리서 달려오는 노인의 얼굴을 알아본 백수룡이 안도와 의아함이 섞인 목소리로 중얼거렸다.

"관주님?"

"뭐?"

"누구요?"

질풍처럼 달려오는 노인의 정체는 청룡학관주 천수관음 노군상이었다.

마찬가지로 백수룡을 발견한 노군상이 놀라서 소리쳤다.

"자네들!"

그의 뒤로 학생주임 매극렴, 부관주 곽철우도 달려오고 있었다.

청룡학관 강사들 중 최고의 전력이라 해도 과언이 아니었다.

속도를 줄인 노군상이 안도의 한숨을 내쉬며 다가왔다.

"다들 무사했군. 다행이야. 정말 다행이야……."

"관주님께서 여긴 어쩐 일이십니까??

"무림맹에서 남궁세가가 공격당했다는 급보를 듣자마자 출발했다네. 어떻게 된 건가?"

그때, 조금 늦게 도착한 매극렴과 곽철우가 각자 손자와 조카에게 다가갔다.

"다친 곳은 없느냐?"

다가와서 몸 여기저기를 살펴보는 매극렴의 질문에 백수룡이 피식 웃으며 말했다.

"예. 멀쩡합니다."

"……그래. 그러면 되었다."

하고 싶은 말이 많은 듯했으나, 매극렴은 눈을 감고 한숨을 푹 내쉬는 것으로 대신했다. 이야기할 시간은 돌아가는 길에도 많을 터였다.

그 와중에 남궁수가 침착한 표정으로 말했다.

"다음 날에 전서구로 소식을 전했는데, 엇갈린 모양입니다."

"허허. 우리가 마음이 너무 급했던 게지. 무사하니 그걸로 되었네."

긴장이 탁 풀린 강사들이 서로를 마주 보며 웃었다.

어쨌거나 다행이었다.

아무도 죽지 않았으니 말이다.

세 사람은 그것만으로도 천운이라 여기는 듯했다.

'남궁세가에서 있었던 일을 자세히 알면 난리가 나겠군.'

그때, 노군상이 뭔가 생각났다는 듯 껄껄 웃으며 말했다.

"우리만 온 건 아니라네."

"예? 또 누가 왔습니까?"

"무리라고 했는데도 아득바득 따라오더군. 곧 올 걸세."

"누가……."

잠시 후, 백수룡에게 아주 익숙한 기척들과 함께 악에 받친 목소리가 들려왔다.

"선생니이임-!"

백무관에 있어야 할 그의 제자들이, 며칠 동안 씻지도 못했는지 꼬질꼬질한 모습으로 달려오고 있었다.

"참나."

백수룡은 어이가 없다는 듯 웃었다.

## 246화
# 영물 사냥 실습(1)

멀리서 백수룡을 발견한 학생들이 눈을 동그랗게 뜨고 저마다 소리를 질렀다.

"선생니이임-!"

"지, 진짜 선생님이야?"

"봐봐! 내가 멀쩡할 거랬잖아!"

강행군으로 다 죽어가던 학생들의 표정이 환하게 밝아지더니, 다들 마지막 힘을 쥐어짜서 경공을 펼쳤다. 마치 오랜만에 주인을 만난 강아지들이 꼬리를 열심히 흔들며 달려오는 것 같았다.

휘익!

휘이익!

잠시 후, 가장 먼저 도착한 건 헌원강이었다.

그런데 막상 백수룡 앞에 도착한 헌원강은 잠시 멈칫하더니, 의심스러운 눈길로 백수룡의 온몸을 훑었다.

"……진짜 선생님 맞아요?"

"뭔 소리야?"

"너무 멀쩡한데……."

"죽어어엇!"

그러더니 다짜고짜 도를 뽑아서 휘두르는 것이 아닌가? 심지어 그 기세도 상당히 날카로웠다.

쐐애애액!

자신에게 날아오는 칼날을 본 백수룡은 황당함에 입을 떡 벌렸다.

'이게 미쳤나?'

그 와중에 헌원강의 도법이 전보다 예리해진 점은 마음에 들었다. 훈련을 게을리하지 않았다는 증거였으니까.

물론, 스승의 옷자락을 건드리기엔 아직 어림도 없는 수준이었다.

휘익!

가볍게 헌원강의 공격을 피한 백수룡은 제자의 뒤로 돌아간 다음, 어느새 꺼내 든 흑룡편으로 정수리를 내리쳤다.

따악!

"꾸엑!"

바닥에 엎어진 헌원강이 두 손으로 정수리를 감싸며 고개를 들었다. 꽤나 아픈지 눈에 눈물이 찔끔 맺혀 있었지만, 비로소 백수룡을 다시 만났다는 사실이 실감이 난 것 같았다.

"끄응. 정수리의 이 얼얼한 감각……. 백수룡표 매맛이 확실해……."

"뭐래."

백수룡은 한숨을 내쉬며 고개를 절레절레 저었다. 하기야, 원강이 놈 이상한 게 하루 이틀 일인가.

그 사이, 다른 제자들도 도착해서 백수룡을 둘러쌌다.

"선생님!"

"괜찮은 거죠?"

"걱정했습니다. 갑자기 혈교가 남궁세가를 공격했다고 해서……."

"어디 잘린 데는 없고요?"

차례대로 위지천, 여민, 거상웅, 야수혁의 말이었다.

다들 백수룡이 다치기라도 했을까 봐 많이 걱정한 모습이었다.

"보다시피 멀쩡하다."

백수룡은 반가운 마음에 닿는 대로 녀석들의 머리를 쓰다듬어 주었다. 거상웅과 야수혁은 키가 너무 커서 어깨만 툭툭 두드려야 했지만.

그러다 불현듯 어떤 생각이 미쳤는지, 백수룡의 표정이 굳었다.

"너희들…… 수업은 어쩌고 여기까지 왔어? 니들 천무제 나가려면 출석 일수 간당간당하잖아?"

"지금 수업이 문제예요?"

"혈교가 남궁세가를 공격했다는 소식에 무림맹이랑 학관이 뒤집혔다고요!"

"지금 모든 강의가 무기한 휴강이에요."

"도저히 그냥 있을 수가 없어서……."

백수룡은 참새처럼 조잘대는 제자들에 둘러싸여 정신이 없었다. 그는 한숨을 내쉬며 제자들을 진정시켰다.

"한 명씩 말해라. 한 명씩."

그때, 구석에서 끙끙거리며 일어난 헌원강이 입을 댓발 내밀며 작게 투덜거렸다.

"젠장. 부상을 틈타서 이번에야말로 한 방 먹이려고 했는데……."

헌원강은 백수룡이 못 들을 줄 알았겠지만, 그의 스승은 아무리 많은 사람들 속에 있어도 자기 욕은 찰떡같이 알아듣는 인간이었다.

"뭐 인마?"

"흡!"

뒤늦게 입을 틀어막은 헌원강이 내빼려 했지만, 그 순간 백수룡의 신형이 연기처럼 흩어지며 헌원강의 앞에 나타났다.

젠장! 예전보다 더 빨라졌잖아!

속으로 비명을 지르는 헌원강을 향해, 백수룡이 걸어갔다.

"어쩐지 입에 거품까지 물고 달려오더라. 날 구하러 온 게 아니라 한 대 때려 보려고 온 거였다, 이거지?"

"그, 그게 그게 아니고……. 물론 선생님을 구하는 게 먼저고요……. 때리는 건 겸사겸사……."

"원강아. 겸사겸사 오늘이 네 제삿날인 줄 알아라."

"끄악! 아파요! 진짜 아프다고!"

백수룡은 한쪽 팔로 헌원강의 목을 감고, 다른 팔로는 주먹을 쥐어 헌원강의 이마를 꾹꾹 눌렀다.

만나자마자 스승과 제자가 티격태격하는 모습에, 지켜보고 있던 강사들과 학생들이 동시에 웃음을 터트렸다.

잠시 헌원강을 괴롭히던 백수룡도 이내 피식 웃어 버리곤 제자를 놓아주었다.

'돌아왔구나.'

아직 청룡학관에 도착한 것은 아니지만, 어쩐지 고향에 온 듯한 기분이 들었다.

◆ ◈ ◆

"허어……."

노군상은 씁쓸한 표정을 감추지 못했다.

지친 학생들이 전부 곯아떨어진 시각.

청룡학관에서 출발한 세 사람은 남궁세가에서 있었던 일을 남궁수에게 직접 전해 들었다.

타닥, 타닥.

노군상은 타오르는 모닥불을 바라보며 낮은 한숨을 쉬었다.

"사람 속은 정말 모르겠군. 그 친구와는 수십 년 지기였는데도 말이야……."

노군상은 창천검왕 남궁제학과 오랜 친우였다.

과거 혈교와의 전쟁에 함께 참여했던 전우이기도 했다.

하지만 창천검왕이 정파무림인으로서 결코 해선 안 될 끔찍한 짓을 저질렀다는 사실은 꿈에도 몰랐다.

대체 누가 알았겠는가.

무림십존이자 천하제일세가의 태상가주로 존경받는 창천검왕이, 뒤에서는 사파의 마두와 다를 바 없는 짓을 했으리라고 말이다.

씁쓸한 감정을 정리한 노군상이 남궁수에게 말했다.

"솔직하게 말해 주어 고맙네. 가문의 치부를 말하는 것이 쉽지만은 않았을 터인데."

"……어차피 밝혀질 일입니다. 다만, 본가의 정식 발표는 조금 더 시간이 필요할 듯합니다."

노군상이 고개를 끄덕였다.

"알겠네. 내 어디 가서도 오늘 들은 것을 이야기하지는 않겠네. 자네들도 그리 해 줄 게지?"

"물론입니다."

"……그리하지요."

함께 듣고 있던 부관주 곽철우와 학생주임 매극렴도 침중한 표정으로 고개를 끄덕였다.

창천검왕과 같은 시대를 살아온 세 사람이었기에, 모두 큰 충격을 받은 표정이었다.

침울해진 분위기에 노군상이 화제를 바꾸려고 했다.

"이제 이 이야기는 그만하지. 어쨌든 자네들이 무사 귀환했으니 다행이지 않은가. 그리고…….”

노군상의 깊은 시선이 백수룡을 향했다.

볼 때마다 기도가 달라지는 이 청년의 모습에, 전대의 노고수는 놀라지 않을 수 없었다.

“백 선생. 자네는 어디까지 강해지려고 그러나?”

“기연이 있었습니다.”

“얼마 전에도 비슷한 말을 들었던 것 같은데?”

“글쎄요. 제가 전생에 덕을 좀 많이 쌓은 모양입니다.”

백수룡이 머리를 긁적이며 대답하자, 노군상은 그만 너털웃음을 터트리고 말았다.

“허허허!”

혈기왕성하던 젊은 시절이었다면, 노군상은 무서운 속도로 강해지는 백수룡에게 질투를 느꼈을지도 모른다.

물론 지금은 그렇지 않다.

무공을 수련하는 것은 결국 자기 자신과의 싸움이고, 아무리 기연이 있었다 한들 준비된 무인만이 그것을 받아들일 수 있다는 걸 아는 나이였기 때문이다.

다만, 노군상은 선배로서 조언 정도는 해 주고 싶었다.

“내공이 깊어진다는 것은 좋은 일이지. 하지만 그에 걸맞은 신체의 격 또한 갖추어져야 한다네.”

보통은 오랜 세월 외공과 내공이 조화를 이루면서 무공의 성취 또한 높아지기 마련이었다.

하지만 백수룡은 너무나 빠르게 강해지고 있었고, 깊어진 내공에 비해서 신체를 단련할 시간은 부족했다.

그나마 천하제일의 외공인 녹림십팔식을 수련해서 균형을 유지하고 있지만, 그것도 지금은 꽤 아슬아슬한 경계에 있었다.

노군상이 부드러운 어조로 백수룡에게 조언했다.

"물론 자네도 알고 있겠지. 헌데 어쩐지, 지금의 자네는 조급해 보이는군. 그 나이에 그만한 무공을 익혔는데도 말이야."

"……."

"너무 서두르지는 말게. 무엇이든 한쪽에 치우치면 넘어지기 마련이야. 특히 자네처럼 빨리 달리면 크게 위험할 수 있다네."

"조언 감사합니다."

백수룡은 포권을 취해 고마움을 표현했다.

물론 그는 누구보다 자신의 몸 상태를 잘 알고 있었다.

하지만 노군상의 말처럼 조급함을 버리기란 쉽지가 않았다.

'혈교가 언제 어떤 모습으로 또 나타날지 모른다.'

남궁세가를 공격하며 혈교는 자신들의 의지를 내비쳤다.

상상 이상의 힘을 보여 주며, 무림이 잊고 지냈던 혈교에 대한 공포를 다시 각인시켰다.

만약 백수룡이 나서서 막지 않았다면, 지금보다 훨씬 더 커다란 혼란이 무림을 덮쳤을 것이다.

'이건 시작에 불과해.'

그게 언제가 될지 모르지만, 혈교는 어떤 식으로든 다시 움직임을 보일 것이다.

백수룡은 혈교를 막고 싶었다.

끝내 혈교를 탈출하지 못하고 죽은 사부들의 복수를 원했고, 겨우 찾은 일상의 행복을 지키고자 했다.

그러기 위해선, 더더욱 강해질 필요가 있었다.

조급해 보인 이유도 그러한 강박을 숨기지 못한 탓일 것이다.

'너무 서두르지 말자.'

조급해한다고 바뀌는 것은 없다.

누구보다 잘 안다고 생각했는데, 새삼 그것을 짚어 준 노군상이 무척이나 고마웠다.

백수룡은 다시 한번 노군상에게 감사 인사를 전했다.

"가르침을 깊이 새기겠습니다."

"허허. 미래의 천하제일고수가 될지도 모르는 사내에게 가르침을 내리다니. 내가 다 영광이로군."

그러자 매극렴이 눈살을 찌푸리며 대화에 끼어들었다.

"관주. 과한 칭찬에 이 녀석이 자칫 오만해질까 걱정이구려."

"허허. 검치의 손자가 어디 칭찬에 오만해질 성격이오? 이미 자신만만하기로는 콧대가 저 하늘에 있을 텐데?"

"그건 그렇소만……."

두 노인은 백수룡의 칭찬인지 욕인지 모를 말을 주고받았다.

그때, 조용히 듣고 있던 남궁수가 질문했다.

"학관은 어떻습니까?"

"그야말로 발칵 뒤집혔지."

혈교의 등장은 전 무림이 긴장할 사건이었다.

소문이 이제 막 무림으로 퍼져 나가는 상황이었다. 무림맹은 맹에 속한 모든 문파와 세가는 물론이고, 오대학관에도 전부 연락을 취했다.

"무림맹에서 공문이 날아왔네. 야외 수업은 한동안 금지하고, 강사나 학생 중에 혈교의 간자가 있을지도 모르니, 색출하는 데 협조해 달라고 하더군."

지금쯤 풍진호는 두려움에 덜덜 떨고 있지 않을까.

백수룡은 잠시 그런 생각을 했다.

"자식들을 본가로 불러들인 경우도 적지 않네. 이런저런 이유로, 아마 한동안은 수업이 제대로 진행되지 않을 것 같군."

짧으면 열흘, 길면 한 달 정도는 이런 상태가 유지될 것 같은데…….

노군상이 작게 한숨을 내쉬며 중얼거렸다.

남궁수가 미간을 깊게 모으며 물었다.

"허면, 올해는 천무제가 취소될 수도 있습니까?"

"그렇지는 않을 게야."

그 질문에 백수룡도 표정을 굳혔지만, 다행히 노군상은 고개를 저었다.

"설령 무림맹주가 그걸 원해도, 천무학관주가 용납하지 않을 테지."

천무학관주는 무림맹주 못지않은 권위를 지니고 있었다.

지금 무림맹의 요직에 앉은 고수들 대부분이 그의 제자였으니 말이다.

매극렴도 노군상과 같은 생각인 듯 말을 보탰다.

"혈교와 전면전이 벌어진다면 모르겠지만, 그 정도 일이 아닌 한 천무제는 예정대로 진행될 것이네."

부관주 곽철용도 고개를 끄덕이며 말했다.

"오히려 보란 듯이 진행할 분이지요. 사파의 위협에 굴복하는 것을 누구보다 싫어하시지 않습니까."

다른 두 사람도 동의한다는 듯 고개를 끄덕였다.

혈교가 다시 나타났다는 것 정도로 천무제는 취소되지 않는다.

올해 천무제에 사활을 건 청룡학관 강사들에게는 다행인 일이었다.

"저, 관주님."

조용히 강사들의 대화를 듣고 있던 백수룡이 대화에 끼어들었다.

"저는 좀 늦게 복귀해도 되겠습니까?"

"갑자기 말인가?"

"예. 어차피 복귀해도 수업을 제대로 할 수 있는 상황이 아니라면……."

백수룡은 고개를 돌려 곤히 잠든 제자들을 바라봤다. 씨익. 그의 입가에 의미심장한 미소가 맺혔다.

"밖에 나온 김에 애들 수련 좀 시키려고요."

"수련이라니? 어디서 말인가?"

노군상이 궁금하다는 듯 물었다. 그러다 백수룡의 시선이 한 방향을 향하는 것을 보고, 그 시선을 따라갔다.

그 시선의 끝에는 두 절세고수의 격전으로 황폐화된 천주산 일대가 있었다.

"산에 좀 데려갈까 합니다."

"산?"

—간혹 천재지변 따위로 영산(靈山)이 파괴되면 말이다.

백수룡은 과거 맹호악이 해 준 이야기를 떠올렸다.

—산에 조용히 숨어 살던 영물들이 새로운 보금자리를 찾아 이동을 시작한다.

평생 온갖 산을 누비며 살았던 녹림투왕의 이야기 중에서도 꽤나 흥미로웠던 이야기.

—평소에는 나도 찾기 힘들 정도로 감쪽같이 기척을 숨기고 다니는 놈들이지만, 이때는 돌아다닐 수밖에 없어서 찾기가 훨씬 쉬워지지.

마침 이 순간에 이런 기억이 떠오르다니.

행운이라고 할 수밖에 없었다.

물론, 그것이 모두에게 행운은 아닐 수도 있었다.

"애들 야전 경험도 시켜 주고, 영물도 좀 있으면 잡아 보려고요."

"허허! 영물이라? 그거 재미있겠군."

농담이라고 생각하는 모양이었다.

영물을 잡는 것이 말처럼 쉬운 일은 아니니 말이다.

산에서 영물을 만나는 것 자체가 기연이었다.

잠시 고민하던 노군상이 이내 고개를 끄덕였다.

"좋네. 관주 재량으로 허락해 주지. 단, 너무 길게는 곤란하네. 늦어도 보름 안에 돌아오시게. 그쯤이면 정상적으로 수업을 재개할 수 있을 것 같으니."

"감사합니다."

관주의 허락을 받은 백수룡은 활짝 웃으며 포권을 취했다.

"헌데, 학생들에게도 의사를 물어봐야 하지 않나?"

"에이. 곤히 자고 있는데 뭐 하러요. 내일 일어나면 천천히 '설득' 하면 됩니다."

"……뭐, 알아서 하시게."

그렇게, 학관주의 방임 속에 학생들의 운명이 결정되었다.

—아, 간혹 말이다. 하루아침에 보금자리를 잃은 영물들은 마물(魔物)이 되는 경우도 있다.

그날, 많이 피곤했던 탓인지 학생들은 전부 악몽을 꾸었다.

247화

# 영물 사냥 실습(2)

선배! 원강 선배! 일어나요!

먼 곳에서 어렴풋이 들려오는 듯한 목소리에, 헌원강은 잠결에 몸을 뒤척이며 대답했다.

"으음……. 조금만 더……."

며칠 동안 하루에 한 시진도 못 자고 미친 듯이 경공을 펼쳤다.

혈교가 남궁세가를 공격했다는 말에, 백수룡이 걱정돼서 가만히 있을 수가 없었으니까.

다행히 어젯밤에 다시 만난 백수룡은 얄미울 정도로 멀쩡했다.

그 순간, 안도감과 동시에 얼마나 허탈했는지 모른다.

아니, 저 인간은 혈교와 싸우고도 멀쩡해?

잠에 취한 헌원강이 미간을 찌푸리며 중얼거렸다.

"젠장……. 한 방은 꼭…… 패 줘야 하는데……."

대체 언제쯤 괴물 같은 스승에게 제대로 한 방 먹일 수 있을까?

어쨌든 그 후로 조금 대화를 나누다가, 긴장이 탁 풀려서 눕자마자 곯아떨어졌다.

선배! 일어나라니까요! 우리 큰일 났다고요!

익숙한 목소리가 또다시 헌원강을 불렀다.

처음에는 목소리뿐이더니, 이제는 누군가가 몸을 흔드는 것 같았다. 선배라고 하는 걸 보니 후배 놈 중 하나겠지.

"일 각만 더……."

헌원강은 몸을 흔드는 손을 밀어내며 중얼거렸다.

이상하게 몸이 평소보다 훨씬 무겁고 축축 처졌다.

아마도 잠자리가 불편해서 악몽을 꾼 탓일 것이다. 졸업 후에도 백수룡에게 쥐어터지는 악몽이었는데…….

찰싹!

뺨에 느껴지는 얼얼한 통증에 헌원강은 움찔했다.

자는 사람의 뺨을 때려?

'대체 어떤 자식이야?'

치미는 분노와 황당함에 헌원강이 반쯤 눈을 떴다.

안 일어나면 또 때릴 것 같아서 급하게 입을 열었다.

"야. 나 일어났……."

하지만 한발 늦었다. 이미 눈앞에 손바닥이 와 있었다.

"일어나라고!"

짜아악!

눈이 번쩍 뜨이는 통증에 헌원강이 상체를 벌떡 일으켰다. 빨갛게 부어오른 뺨을 붙잡고 자신에게 불따귀를 날린 상대를 노려봤다.

"야! 이게 뭔 짓이야!"

여민이 두 손을 허리에 척 올린 채 한심하다는 표정을 지으며 헌원강을 내려다보고 있었다.

"몇 번이나 깨웠는데도 정신을 못 차리니까 그렇죠."

"이게 선배한테…… 어? 너 왜 그래?"

여민의 표정이 평소보다 더 창백했다. 이마에 땀이 몇 방울 흐르고, 호흡이 조금 가쁜 듯했다.

"선배 찾으려고 여기저기 돌아다녔더니 숨이 차서 그래요. 왜 이렇게 오래 자요? 짐승한테 잡혀가도 모르겠네."

"……어? 뭐?"

멍청하게 되묻는 헌원강을 향해, 여민이 한숨을 내쉬며 손바닥을 들어 보였다.

"일단 잠부터 확실하게 깨워 줘요?"

"다 깼어! 깼다고!"

정신이 번쩍 든 헌원강이 주위를 홱홱 둘러봤다. 그리고 곧 이상함을 깨달았다.

"……여기가 어디야?"

잠들기 전에는 분명 선생님들이 함께 있었다.

관주님이 며칠 동안 고생했으니 푹 자라고 했던 기억이 난다.

아주 인자하게 '허허허' 웃으면서…….

그래서 아무 걱정 없이 곯아떨어졌는데, 일어나 보니 낯선 숲속에서 눈을 뜬 게 아닌가?

"선생님들은?"

"깨어났을 때는 저 혼자였어요. 반 시진이나 돌아다녀서 선배를 찾았다고요. 설마 아직까지 자고 있었을 줄은 몰랐지만……."

"그렇다고 선배 따귀를 때려? 나 때는 말이야. 선배님 그림자도 안 밟으려고 삼 장 밖에서부터 조심을……."

"시끄럽고. 내공 한번 끌어올려 봐요."

"내공은 왜?"

헌원강은 투덜거리면서도 시키는 대로 했다. 그리고 곧 표정이 굳었다.

"……어? 이거 왜 이래?"

단전이 꽉 막힌 것처럼, 몸 안에 기가 움직이지 않았다.
뿐만 아니라 몸이 평소보다 무겁고 뻣뻣했다.
며칠 동안 쌓인 피로라고 하기엔, 뭔가 인위적인 힘이 작용한 듯했다.
"선배도 안 되죠? 역시 점혈에 당했나 보네."
여민의 한숨이 깊어졌다. 그녀가 예상했던 대로였다.
아직 상황 파악이 안 된 헌원강이 어리둥절한 표정으로 물었다.
"점혈? 누가? 왜?"
"우리한테 이런 짓을 할 사람이 누구겠어요?"
"야. 설마……."
헌원강의 눈에도 불안과 불신이 스며들었다.
에이. 아니겠지.
자기를 구하겠다고 며칠 밤을 달려온 제자들이 잠든 틈에, 점혈로 내공을 못 쓰게 해서 산속에 버려 뒀다고?
그게 진짜면 완전 쓰레기 아니냐?
헌원강이 눈으로 욕을 하자, 여민은 단박에 알아듣고 고개를 끄덕였다.
왜냐하면, 그녀도 여기까지 오면서 수없이 했던 욕이니까.
"뒤에 한번 봐요."
"뒤?"
"선배가 누워 있던 자리."
헌원강은 여민의 시선을 따라 고개를 돌렸다.
방금까지 자신이 누워 있던 바닥. 머리맡에 적힌 글귀가 보였다.

*오늘부터 야외 실습수업이다. 산속에서 딱 일주일만 생활해라.*
*뭘 하든 자유지만, 산 아래로 내려가는 건 금지.*
*정 못 버티겠으면 거기 있는 신호탄을 쏘아 올려. 내가 구하러 갈 테니까.*

*추신. 맹수 조심해라. 내공 없이는 상대하기 힘들걸?*

글귀 옆에는 구조용 신호탄이 덩그러니 놓여 있었다. 백수룡이 남긴 유일한 구명줄이었다.

"뭐 이런 미친 선생이 다 있어?! 잠든 제자들을 산속에 버려? 미리 말이라도 해 주든가!"

울컥한 헌원강이 바닥에 적힌 글귀를 퍽퍽 걷어찼지만, 그럴수록 자기 발만 아플 뿐이었다.

다행히 오래지 않아 헌원강은 침착을 되찾았다.

하루이틀 당해 본 것도 아니고, 결국 현실에 순응할 수밖에 없었다.

"그러니까, 상황을 정리해 보면……."

둘 다 점혈을 당해서 내공을 쓸 수 없는 상태인 데다가, 무기도 전부 백수룡이 가져갔다.

그들에게 남은 건 튼튼한 몸뚱이와 백수룡이 남긴 구조용 신호탄뿐.

"이 상태로 산속에서 일주일 동안 버티라는 거지?"

"여기, 뭔가 이상해요."

두 사람은 주위를 둘러봤다.

안개가 끼어 있어서 십 장 이상은 시야 확보가 어려웠다.

게다가 산 전체에 묘한 기운이 흐르고 있었다.

귀기? 영기?

강호 경험이 적은 두 학생으로선 설명하기 어려운 기운이었다.

"일단 다른 녀석들부터 찾자."

"알았어요."

내공을 사용할 수 없으니, 오감을 최대로 활용할 수밖에 없었다.

두 사람은 오감을 최대한 확장했다.

눈을 부릅뜨고, 피부와 발에 닿는 촉감에 집중하고, 작은 소리에도 예민하게 반응하고, 사소한 냄새도 놓치지 않기 위해 코를 킁킁댔다.

킁킁-

콧구멍을 벌름대던 헌원강이 고개를 돌렸다. 그의 코가 놀랍게도 본인의 겨드랑이로 향했다.

"야. 나한테서 좋은 냄새 나지 않냐?"

"……."

여민이 말없이 자신을 벌레 보듯 바라보자, 헌원강은 억울하다는 듯 말했다.

"아니, 진짜 좋은 냄새가 난다고!"

"더러워……."

"내 말을 좀 들어 보라니까. 이게 무슨 냄새냐면, 뭔가 달달한……."

"이상한 소리 하지 말고 주위나 잘 살펴요."

퉁명스러운 여민의 반응에 헌원강이 입을 삐죽거렸다.

"……진짠데. 그러고 보니 너한테도 비슷한 냄새가……."

"가까이 오면 죽인다."

"미, 미안하다."

두 사람은 한동안 말없이 산을 탐색했다.

헌원강은 선배랍시고 가슴을 탕탕 치며 불안해하는 후배를 안심시켰다.

"야. 나만 믿어. 웬만한 짐승은 내공 없어도 때려눕힐 수 있으니까."

"……."

녹림십팔식으로 단련된 헌원강의 신체는 웬만한 외공 고수 못지않았다.

실제로 웬만한 짐승이라면 맨주먹으로도 충분히 때려잡을 수 있었다.

그러니까 '웬만한' 녀석이라면 말이다.

크르르르…….

거대한 그림자가 머리 위로 드리워진 순간, 헌원강과 여민은 저도 모르게 뒷걸음질 칠 수밖에 없었다.

"에이 설마……."

"아, 아닐 거야……."

두 사람이 천천히 고개를 들었다.

커다란 바위 위에서 그들을 내려다보는 샛노란 눈과 정확히 마주쳤다.

헌원강이 식은땀을 삐질삐질 흘리며 중얼거렸다.

"처음부터 호랑이는 선 넘는 거 아니냐고……."

"서, 선배. 이제 어떡해요?"

"일단 천천히 뒤로 물러나 보자. 아직 거리가 꽤 되니까……."

두 사람은 호랑이를 자극하지 않기 위해 천천히 뒷걸음질 쳤다.

그 모습에 호랑이는 고개를 갸웃하더니, 코를 씰룩이며 둘의 냄새를 맡았다. 그리고 혀를 내밀어 입가를 핥았다.

저 반응을 해석하면 '햐. 고것들 참 맛있겠네.' 정도가 아닐까?

"……튀어!"

헌원강이 몸을 돌리더니 냅다 달리기 시작했다.

여민이 황당하다는 듯 그 옆에서 달리며 소리쳤다.

"아깐 자기만 믿으라며!"

"네 눈엔 저게 웬만해 보이냐!"

"치사하게 선배가 후배보다 먼저 도망이나 가고!"

"도망치는 데 선후배가 어딨어! 그리고 경공은 네가 나보다 빠르잖아!"

"나중에 선생님한테 이를 거야!"

"그 인간이 이 일의 원흉이야!!!"

크허어어엉-!

대호의 포효가 산천초목을 뒤흔들었다.

힐끗 뒤를 돌아보자, 바위에서 뛰어내린 호랑이가 무서운 속도로 쫓아오고 있었다.

두 사람은 비명을 지르며 달리기 시작했다.

"으아아-! 살려 줘어어어!"

"백수룡 이 개자식아아아!"

천주산 일대에 두 사람의 비명이 길게 울려 퍼졌다.

◆ ◈ ◆

"……헌원강 넌 나중에 뒈졌다. 그래도, 둘 다 몸놀림이 좋아졌네."

백수룡은 팔짱을 낀 채, 호랑이에게 쫓기는 헌원강과 여민을 멀리서 지켜봤다.

콰직! 콰지직!

대호가 휘두른 앞발에 나무가 부러졌다.

내공을 사용할 수 없기에 주변 지형지물을 최대한 활용해 싸워야 하는 상황.

다행히 둘은 처음에는 무작정 도망쳤지만, 시간이 지나면서 나름대로 싸우는 방법을 찾아냈다.

"이쪽이야, 이 멍청아!"

경공이 빠른 여민이 대호를 좁은 골목으로 유인하고, 그 사이 헌원강이 옆으로 돌아가며 기습했다.

바닥에 떨어진 두꺼운 나뭇가지를 창처럼 만들어 대호의 옆구리를 찌른 것이다.

크허어어엉!

옆구리를 찔린 대호가 고통에 울부짖었다. 헌원강은 몸을 굴려 대호의 앞발을 피한 후, 다시 도망치기 시작했다.

화가 난 대호가 몸을 돌려 헌원강의 뒤를 쫓으면, 이번에는 여민이 날카로운 돌을 비수처럼 날려 눈을 노렸다.

시간이 지날수록 헌원강과 여민의 합이 맞아가고 있었다. 둘은 내공도 없이, 맨몸으로 천천히 대호를 공략해 나갔다.

그들이 마주한 대호가 영물이었다면 어림도 없었겠지만, 다행히 덩치만 클 뿐 영물은 아니었다.

"저쪽은 이제 문제없을 것 같고."

백수룡은 고개를 돌려 다른 제자들이 있는 곳을 살폈다.

"우어어어!"

크워어어어!

한쪽에서는 곰과 곰, 아니 곰과 거상웅이 싸우고 있었다.

인간과 곰이 순수하게 힘과 힘으로 부딪치고 있었는데, 놀랍게도 거상웅은 한 걸음도 물러나지 않았다. 다 찢어진 옷 사이로 바위처럼 단단한 근육이 보였다.

그워어어?

설마 인간 따위에게 힘으로 밀릴 줄은 몰랐는지, 거상웅의 양손에 앞발을 붙잡힌 곰이 당황한 눈치였다.

황당하기로는 백수룡도 마찬가지였다.

"저 녀석은 점점 인간에서 벗어나는 것 같은데……."

고개를 절레절레 저은 백수룡이 이번에는 위지천 쪽으로 시선을 돌렸다.

스르륵…….

위지천이 나무 위에서 커다란 뱀과 대치하고 있었다. 입을 쩍 벌리면 웅크린 위지천 정도는 단번에 삼켜 버릴 만큼 큰 뱀이었다.

하지만 뱀은 섣불리 움직이지 못했는데, 위지천의 살기에 만만치 않다고 느낀 듯했다.

"천이도 당장 별일은 없을 것 같고."

산속 생존 훈련에는 두 가지 목적이 있었다.

첫 번째는 야전에서 학생들의 실전 감각을 키워 주는 것.

"지금은 내가 원망스러울 수도 있겠지만, 나중에는 나한테 고마워하게 될 거다."

두 번째는 영물을 사냥하기 위한 밑 작업.

백수룡은 과거 녹림투왕 맹호악과 했던 대화를 떠올렸다.

-영물 잡는 법 말이냐? 크흐흐. 내가 특별히 알려 주마.

맹호악은 스스로를 '고금을 통틀어 가장 많은 영물을 잡아먹은 사람'일 거라고 자랑했다.

과장이 조금 있을 수도 있지만, 평생 수십 개가 넘는 산을 제집처럼 드나든 사람이니 완전히 허풍은 아닐 것이다.

-영물을 잡는 건 보통 까다로운 게 아니다. 괜히 사람 눈을 피해서 수백 년 넘게 살아온 게 아니란 말이지.

짐승이나 새, 물고기, 곤충, 식물 따위의 생명체가 긴 시간을 살면서 특별해진 존재를 영물(靈物)이라 부른다.

보통 그 기간은 최소 백 년에서 길게는 수백 년, 천 년을 넘는 것도 존재한다.

-놈들이 얼마나 영악하냐면, 자기보다 강한 기가 느껴지면 절대 가까이 가지 않는다. 위기를 감지하는 능력이 사람보다 훨씬 뛰어나거든. 기는 또 얼마나 잘 숨기는지…….

-그런 놈들을 어떻게 잡는다는 거요?

백수룡의 질문에, 맹호악이 히죽 웃으며 말했다.

―미끼를 써야지.

백수룡의 시선이 산속을 열심히 뛰어다니는 제자들을 향했다.

248화

## 영물 사냥 실습(3)-산적과 맹수

백수룡은 당시 맹호악과 나눴던 대화를 계속 떠올렸다.

-미끼? 영물들이 먹을 만한 작은 짐승을 말하는 거요?

-어휴, 이 무공밖에 모르는 놈아. 한번 생각을 해 봐라. 조그만 짐승을 미끼로 쓰면, 영물이 나타나기도 전에 다른 짐승들한테 잡아먹히지 않겠냐?

-……그럼 뭘 미끼로 쓰란 말이오?

-당연히 사람을 써야지.

사람을 미끼로 쓴다는 말에, 백수룡뿐만 아니라 함께 이야기를 듣고 있던 다른 사부들도 놀라서 맹호악을 돌아봤다.

특히 광마 사부의 눈빛에는 경멸이 가득했다.

-아무리 산적 놈이라도 할 짓이 있지. 그깟 영물을 잡으려고 인신공양을 했단 말이냐?

—으응?

뒤늦게 자신의 말에 오해의 소지가 있음을 알게 된 맹호악이 해명했다.

—사람을 토막 내서 미끼로 쓴다더냐? 적당히 날래고 똑똑한 녀석을 시켜서 영물을 유인하라는 거지, 누굴 인간 백정으로 알아?!
—……멍청한 놈. 진작 그렇게 말했어야지.
—당신이랑 잘 어울려서 나도 인신공양인 줄 알았어.
—허허. 어쨌든 아니라니 다행이구나. 진짜 아닌 게지……?

차례대로 광마, 빙월신녀, 검존의 반응이었다.

—하. 이것들이 날 어떻게 보고.

고개를 절레절레 저은 맹호악이 말을 이었다.

—하여튼 중요한 건, 얼마나 군침이 도는 미끼를 쓰느냐다. 이건 나만의 비법인데…….

특별히 너에게만 알려 주겠다며 목소리를 낮추던 맹호악.
백수룡은 그의 익살스러운 표정과 다른 사부들이 안 듣는 척하며 귀를 쫑긋 기울이던 모습을 떠올리곤 작게 웃었다.
'그땐 그냥 재미로 들었는데.'
뇌옥 안에는 아무런 유흥거리가 없는 탓에, 사부들은 무료한 시간에는 주로 이야기를 하면서 보냈다.

그중 녹림투왕 맹호악은 이야깃거리가 가장 많은 사람이었다.

검존과 광마는 인생의 대부분을 무공에 미쳐 살았고, 빙월신녀 역시 일생의 대부분을 북해빙궁에서 보냈다.

하지만 녹림투왕은 수십 년간 강호를 자유롭게 누빈 사내였다. 또한 우락부락한 겉모습과 달리 상당히 똑똑한 사람이기도 했다.

–바로 미끼에 영약을 발라 두는 거다.

–……영약? 돈이 썩어나는 줄 아시오?

–누가 대환단이나 공청석유처럼 비싼 거 쓰래? 물론 비쌀수록 효과가 좋지만, 적당한 거 있잖냐. 그런 걸 조금 으깨가지고 미끼에 발라 두라는 거지.

–실패하면 아까운 영약만 날릴 것 같은데……. 일단 계속 들어 봅시다.

다행히 지금 백수룡에겐 남궁세가에서 받아 온 영약이 넉넉히 있었고.

–너무 노골적으로 냄새를 풍기면 안 돼. 놈들 눈치가 보통이 아니거든. 미끼의 겨드랑이나 사타구니 같은 데다 발라서 희석시켜 놓는 게 비법이지.

–더럽기는…… 어쨌든, 그다음은?

아까 전 헌원강이 자기 겨드랑이에 코를 박고 킁킁댄 이유가 바로 그것이었다.

–흐흐. 그때부터 미끼들이 발바닥에 땀나도록 산을 뛰어다니는 거지. 시간이 지나면 영약이 미끼의 체향과 섞이겠지? 이 냄새가 영물 놈들을

미치게 한다, 이 말이다.

―호오……. 듣다 보니 꽤 그럴듯하군.

그리고 지금 저 밑에서, 백수룡의 제자들은 영물을 유인하기 위해 발바닥에 땀이 나도록 뛰어다니고 있었다.

"솔직히 반신반의했는데……."

벌써 어느 정도는 효과를 보이고 있었다.

크허어엉!

크워어어!

비록 영물은 아니지만, 딱 봐도 이 근방에서 힘 좀 쓰겠다 싶은 커다란 짐승들이 제자들을 찾아간 것이다.

'저런 녀석들이 운이 좋아 오래 살아남으면 영물이 되는 건데.'

진짜 영물들은 조심성이 많아 아직 움직이진 않고 있었다.

아마도 어딘가에 숨어서 지켜보고 있을 것이다.

맹사부도 영물이 나타나려면 적어도 사흘 이상, 길게는 한 달까지도 미끼를 쓰면서 기다려야 한다고 했으니까.

'영물을 못 잡더라도 상관없어.'

설령 영물을 한 마리도 잡지 못하더라도, 지금 겪고 있는 상황만으로도 학생들에겐 큰 경험이 될 것이다.

물론 영물이 나타난다면 놓치지 않을 생각이지만 말이다.

"결국은 인내심 싸움이겠지……."

백수룡은 기척을 죽이고 조용히 제자들의 모습을 지켜봤다.

그러다 그의 시선이 한곳에서 멈췄고, 저도 모르게 감탄이 터져 나왔다.

"역시 산에서는 저 녀석이 제일이군."

야수혁이 산속을 마치 제집처럼 누비고 있었다.

곰 같은 덩치로 원숭이처럼 나무를 타고, 커다란 짐승이 나타나도 당황하는 법이 없었다.

다른 학생들은 고생고생해서 쓰러뜨릴 만한 짐승들도 지형지물을 이용해서 간단히 거꾸러뜨렸다.

덫을 놓고, 함정을 파고, 자연에서 채취한 것들로 필요한 물건을 만들어 사용하기도 했다.

꾸에에엑!

멧돼지 한 마리를 상처도 없이 사냥해서 어깨에 둘러메고, 나무줄기를 엮어 만든 광주리에 냇가에서 잡은 물고기를 가득 채웠다.

거기서 끝이 아니었다.

곰이 사는 굴에 연기를 피워서 곰을 끌어내더니, 나무를 깎아 만든 창으로 단숨에 심장을 찔러 사냥에 성공했다. 그렇게 비바람을 피할 잠자리를 쉽게 마련했다.

그 모든 것이 반나절도 안 돼 일어난 일이었다. 이 정도면 이 산이 야수혁의 고향이 아닌가 싶을 정도였다.

지켜보던 백수룡도 황당하다는 표정으로 중얼거렸다. 야수혁의 적응력이 예상을 훌쩍 뛰어넘었던 것이다.

"……뭐 저런 놈이 다 있어?"

한 차례 돌아다닌 뒤, 야수혁은 자신이 차지한 곰굴 앞에 모닥불을 피웠다. 그리고 잡아 온 멧돼지와 물고기를 구워 게걸스럽게 뜯어 먹었다.

쩝쩝쩝.

백수룡은 그 모습을 지켜보며 고개를 절레절레 저었다. 저 녀석에게만은 이번 산속 수련이 소풍처럼 보였다.

"하여튼. 누가 녹림 출신 아니랄까 봐."

만약 야수혁이 방금 백수룡이 하는 말을 들었다면, 깜짝 놀라서 먹던 고기를 떨어뜨렸을 것이다.

야수혁은 단 한 번도 자신이 녹림 출신이라 말한 적이 없었으니까.
하지만 백수룡은 야수혁이 녹림 출신이라는 걸 진작부터 알고 있었다.
이건 백수룡이 눈치가 빨라서가 아니었다. 다른 제자들도 모두 알고 있었다.
"티를 좀 적당히 내야 말이지."
대체로 과묵한 야수혁이 간혹 '형님들' 이야기나 '영업' 이야기를 할 때면, 모두가 모른 척하느라고 입술을 꽉 깨물어야 했다.
"……우리 말고 다른 사람들이랑은 말을 거의 안 섞으니 다행이지."
같은 녹림 출신이기 때문일까.
백수룡은 야수혁을 보고 있으면 종종 녹림투왕 맹호악이 떠올랐다.
외모도 말투도 닮은 구석이 별로 없지만, 특유의 분위기가 비슷했다.
"산적 놈이 왜 청룡학관에 들어왔는지는 모르겠지만……."
녹림은 사파로 분류되기에, 정상적인 경로로는 절대로 청룡학관에 입관할 수 없었다.
즉, 야수혁은 신분을 속이고 입관했다는 의미였다.
다른 오대학관이었다면 절대 불가능했을 일.
최근 몇 년 동안 경영 악화로 서류 조건이 완화된 청룡학관이기에 입관이 가능했을 것이다.
그런데 마침 같은 해에 청룡학관으로 백수룡이 입사했으니, 어떻게 보면 참으로 묘한 우연이었다.
"뭐, 무슨 사연이 있겠지."
백수룡은 굳이 먼저 캐묻지는 않을 생각이었다.
야수혁이 어디 출신이든, 자신의 제자라는 사실에는 변함이 없을 테니까.
그때였다.
야수혁 주변에서 무언가 이질적인 기운이 느껴진 것은.

"음?"

착각일 수도 있었다. 워낙에 희미했고, 순식간에 사라졌으니까. 다시 감각을 집중해 봤지만 역시 아무것도 느껴지지 않았다.

'정말 착각인가? 아니면…….'

다시 한번, 백수룡의 시선이 식사를 마치고 일어나는 야수혁에게 향했다. 녀석은 발로 모닥불을 밟아서 꺼뜨렸다.

아예 일찍 들어가서 잠을 잘 생각인지, 야수혁은 큰 바위를 구해와서 안으로 들어가며 입구를 막았다.

쿠구궁……!

야수혁은 동굴 입구를 사람 한 명이 들어가기도 힘들 정도로 작은 틈만 남겨 두고 막아 버렸다.

그때 백수룡의 시야에, 희뿌연 무언가가 동굴 안으로 샤삭! 하고 들어가는 것이 보였다.

"!!"

백수룡이 자리에서 벌떡 일어났다.

거리가 멀어서 정확히 뭐가 동굴로 들어갔는지는 알 수 없었다.

기운이 크지 않은 거로 봐서는 그리 대단한 영물은 아닌 것 같지만…….

"어쨌든. 뭔가 걸렸군."

백수룡의 입가에 미소가 맺혔다. 그는 최대한 기척을 죽인 채 조용히 산 아래로 내려가기 시작했다.

◆ ◈ ◆

동굴 바닥에 드러누운 야수혁은 복근이 선명한 배를 긁적이며 하품을 했다.

"흐아암……."

나뭇잎을 충분히 깔아 둔 터라 바닥은 푹신푹신했고, 한쪽에는 먹고 남은 고기가 수북이 쌓여 있었다. 내일까지도 충분히 먹을 수 있는 양이었다.

"여기에 술만 있으면 딱인데……."

야수혁의 아버지는 나무꾼이었고, 아버지가 호환(虎患)으로 돌아가신 후로는 녹림도 형님들에게 거둬져 산채 생활을 했다.

평생을 산을 뛰어다니며 살아온 소년에게 산은 집보다 더 편한 곳이었다.

"그나저나 조만간 말을 하긴 해야 하는데……."

야수혁에겐 요즘 고민이 있었다.

그 누구도 모르지만, 그는 녹림 출신, 즉 흔히 말하는 산적이었다.

처음 청룡학관에 입관했을 때, 야수혁은 졸업할 때까지 그 누구에게도 이 사실을 말하지 않을 생각이었다.

하지만 어쩌다 보니 백룡장에서 합숙을 하게 됐고, 시간이 지날수록 이 사실을 선생님과 선배들에게 비밀로 하는 것에 죄책감이 생기고 있었다.

"산적이라고 말해도 그 정파 샌님들이 안면몰수할 것 같진 않지만……."

대신 놀라서 까무러치지 않을까?

자신이 생각해도 지금까지 정파 샌님 연기를 완벽하게 해 왔으니 말이다.

야수혁이 미간을 찌푸리며 한숨을 쉬었다.

"조금씩 티라도 낼 걸 그랬나. 연기를 너무 잘해도 문제네."

백룡장 선배들이 들으면 경악할 말을 중얼거리며, 야수혁은 쓸데없는 고민으로 한숨을 내쉬었다.

"어쩐다……."

맹수는 그 틈을 놓치지 않고 살금살금, 동굴 안으로 들어왔다.

킁킁.

맹수는 냄새를 맡았다. 예리한 후각이 신선한 고기의 냄새를 쫓았다. 며칠째 굶은 탓에 도저히 참을 수가 없었다.

살금살금.

이럴 때는 덩치가 작은 것이 다행이었다. 야수혁은 아직도 맹수의 접근을 전혀 눈치채지 못한 듯했다.

조심조심 먹잇감을 향해 다가갈수록 냄새가 짙어지자, 맹수는 거의 이성을 잃었다. 주변을 신경 쓸 겨를도 없이, 뒷다리에 힘을 주고 폴짝 뛰어서 먹이를 덮쳤다.

챱챱!

한쪽에 수북하게 쌓인 멧돼지 고기에 달려든 맹수가 챱챱거리며 고기를 씹었다.

"음? 뭐야?"

비로소 맹수의 정체를 눈치챈 야수혁이 자리에서 일어났다.

아까부터 구석에서 뭐가 꼼지락거리는 게 느껴져서 벌레라도 있는 줄 알았는데…….

주먹보다 조금 큰 하얀 털뭉치 같은 것이, 자기 몸보다 몇 배는 큰 고깃덩이에 묻혀 있는 게 아닌가?

"너 뭐냐?"

야수혁이 손을 뻗어 털뭉치를 잡았다. 그의 커다란 손에 붙잡힌 작은 맹수가 이빨을 드러냈다.

캬아아!

나름대로 위협적으로 이빨을 드러낸 모양이었지만, 새끼손톱만 한 이빨은 그저 앙증맞아 보일 뿐이었다.

백수룡이 동굴에 들어온 것은 그때였다.

야수혁의 손안에 붙잡힌 작은 영물을 본 그가 고개를 갸웃하며 물었다.

“그거 뭐냐?”

“선생님?”

야수혁은 백수룡과 손안의 하얀 털뭉치를 번갈아 돌아봤다.

“글쎄요……. 고양이 새끼인가?”

캬아! 캬아아!

하얀 털뭉치가 야수혁의 커다란 손바닥 안에서 빠져나오기 위해 열심히 바동거렸다.

249화

# 영물 사냥 실습(4)

캬아아!

털뭉치가 바동거리며 앞발로 야수혁을 할퀴려고 들었다. 하지만 외공을 단련한 팔에는 생채기조차 나지 않았다.

"쬐그만 게, 콱! 가만히 있어."

야수혁이 인상을 쓰며 위협해 봤지만, 털뭉치도 나름 맹수라고 격렬하게 저항했다. 그래 봤자 꼼지락거리는 느낌에 손이 간지럽기만 할 뿐이었지만.

옆에서 백수룡이 털뭉치를 자세히 살피며 말했다.

"고양이는 아닌 것 같고……. 아무래도 호랑이 새끼 같은데."

"……."

호랑이라는 말에 야수혁이 순간 움찔했다.

동시에 털뭉치를 바라보는 표정이 딱딱하게 굳었다. 얼핏 살기마저 내비치고 있었다.

'이 녀석 왜 이래?'

백수룡은 야수혁이 갑자기 왜 이러나 의아해하다가, 예전에 들었던 이야기를 떠올리고는 야수혁의 반응을 이해했다.

'어렸을 때 아버지가 호환(虎患)에 당했다고 했지.'

나중에 야수혁은 아버지를 물어간 대호에게 복수하는 데 성공했지만, 여전히 호랑이에게 대한 증오는 남아 있는 모양이었다.

야수혁이 눈살을 찌푸리며 말했다.

"호랑이가 이렇게 새하얄 수도 있어요? 몸에 줄무늬도 없고……."

"은호(銀虎)라는 녀석이다. 백호보다 더 보기 힘든 녀석이지. 나도 실제로 보는 건 처음이야."

은호라면, 영물 중에서도 아주 희귀한 종이었다.

보통 호랑이와 다르게 성격이 온순한 편이고, 사람을 공격하지 않는다고 알려져 있었다.

또한 기에 예민하고 지능이 무척 높아서, 옛날부터 신선들이 벗 삼던 영물이라는 전설이 전해질 정도였다.

'그런데 왜 새끼가 혼자 다니는 거지?'

이렇게 작은 새끼 호랑이가 혼자서 돌아다니는 이유는 둘 중 하나일 거다.

어미가 죽었거나, 살아 있어도 새끼를 보호할 수 없는 상황이라는 건데…….

백수룡이 조용히 생각에 잠겨 있던 중, 야수혁이 낮게 가라앉은 목소리로 말했다.

"……죽일까요?"

"왜?"

"크면 사람을 잡아먹을 게 뻔하잖아요."

"은호는 그런 짐승이 아니라……. 일단 그거 나한테 줘라."

가만 내버려 두면 야수혁이 새끼 은호를 손으로 으스러뜨릴 것 같아서, 백수룡은 야수혁에게서 영물을 건네받았다.

백수룡의 손에 들어오자, 야수혁의 손에 있을 때는 온몸으로 바동거리던 은호가 신기하게도 얌전해졌다.

끼잉…….

마치 백수룡의 눈치를 보는 듯한 그 모습에, 야수혁이 짜증 난다는 듯 투덜거렸다.

"짐승 주제에 사람을 가리네."

"어딘가에 어미가 있을 거다. 어미를 한번 찾아봐야겠다."

"어미까지 찾아서 같이 죽이려고요?"

"……."

개인적인 감정이 가득 실린 질문에, 백수룡은 굳이 대답하지 않았다.

은호 정도 되는 영물이 갑자기 죽었다면, 우선 왜 죽었는지를 알아야 한다.

자신처럼 내단을 노리는 무림인에게 죽은 걸까?

아니면 다른 이유가 있는 것일까?

일단 찾아서 알아낸 다음에 이 쬐그만 녀석을 죽이든 살리든 결정할 생각이었다.

"일단 동굴에서 나가자."

"예."

백수룡은 얌전해진 새끼 은호를 품에 안았다.

그때, 야수혁과 다시 눈이 마주친 은호가 하악질을 했다.

캬아아!

"이게 콱!"

"조용히 해라."

백수룡의 한마디에, 으르렁거리던 둘이 고개를 반대 방향으로 홱 돌렸다.

◆◈◆

두 사람은 풀숲에 숨어서 몰래 은호를 지켜보고 있었다.

거상웅이 불만 가득한 목소리로 속삭였다.

"선생님. 이렇게까지 해야 해요?"

"쉿."

동굴 밖으로 나온 뒤, 백수룡은 은호를 풀어주었다.

물론 진짜로 풀어준 것은 아니었다.

일단 풀어주는 척하고, 어디로 가는지 쫓아가 보기로 한 것이다.

끼이잉…….

불안한 듯 잠시 주위를 두리번거리던 은호가 움직이기 시작했다. 두 사람은 은밀히 그 뒤를 쫓았다.

아직 어린 새끼라 해도 영물은 영물이었다. 마음먹고 달리기 시작하자, 웬만한 사람이 달리는 속도보다 훨씬 빨랐다.

그러나 아직 혼자서 산속을 많이 달려 보진 않은 것인지, 한 번씩 발을 헛디딜 때가 있었다.

퍼억!

튀어나온 나무뿌리에 걸려 넘어진 은호가 철퍼덕 넘어졌다. 머리부터 넘어진 녀석이 낑낑거리며 일어났다.

끼이잉…….

은호는 눈물을 찔끔 흘리며, 앞발에 난 상처를 혀로 핥았다.

야수혁은 그 모습조차 마음에 안 든다는 듯 혀를 찼다.

"어휴. 멍청한 고양이 새끼."

그렇게 둘이서 은호를 쫓기를 한 시진, 녀석이 속도를 줄였다.

은호가 산속 깊은 골짜기로 들어가는 걸 본 야수혁이 당황한 표정으로 중얼거렸다.

"저긴 산채인데……."

목책으로 둘러싸인 녹림의 산채였다. 관군의 눈을 피하기 위한 건지 골짜기 안쪽으로 교묘하게 숨겨져 있었는데, 은호는 그 안으로 들어갔다.

그런데 그 순간, 산채를 바라보는 백수룡의 표정이 굳었다.

"안에서 피 냄새가 난다."

"예? 설마…… 이 자식이!"

콰앙!

포탄처럼 쏘아져 나간 야수혁이 산채를 둘러싼 목책을 단숨에 뛰어넘었다. 백수룡이 곧바로 그 뒤를 좇았다.

빠르게 산채 안을 훑은 백수룡의 표정이 찌푸려졌다.

'처참하군.'

산채를 둘러싼 목책의 절반 이상이 부서져 있었고, 안에는 수십 구의 시체가 보였다.

대부분의 시체가 거대한 바위에 눌려 짓이겨진 것 같은 모습이었다.

그 모습을 본 야수혁의 눈이 반쯤 돌아 버렸다.

"이 더러운 짐승이……!"

그 순간, 야수혁의 눈에는 참혹하게 죽은 시체들과 호랑이에게 물려 죽은 아버지의 얼굴이 겹쳐 보였다.

그리고 그 분노는, 시체들 사이에서 웅크린 채 자신을 노려보는 은호에게로 향해졌다.

녀석이 작은 몸을 떨며 이를 드러내고 있었다.

"죽인다!"

살기를 피워올리며 걸어가려는 야수혁의 앞을 백수룡이 가로막았다.

"진정해. 이건 저 녀석이 한 짓이 아니야."

"저 녀석 어미가 했겠죠!"

"시체들을 자세히 봐라. 저건……."
"저리 비켜! 이건 녹림의 일이야! 방해하면 그 누구도 가만 안 둬!"
빈말이 아니라는 걸 보여 주려는 듯, 야수혁은 백수룡에게 주먹을 휘둘렀다.
후우웅!
순식간에 다가오는 거대한 주먹을 바라보며 백수룡은 작게 한숨을 내쉬었다.
"화난 건 알겠는데, 일단 정신부터 차리자."
그 순간, 백수룡이 손이 벼락처럼 움직였다.
짜악!
야수혁의 고개가 옆으로 홱 돌아갔다. 온몸이 휘청거릴 정도의 위력이었다.
덕분에 머리끝까지 치솟았던 분노가 조금 가라앉았다.
하지만 야수혁은 여전히 원망스러운 눈으로 백수룡을 바라봤다.
"왜……."
야수혁은 백수룡의 어깨너머로 보이는 작은 짐승을 노려보며 한 자씩 씹어 뱉듯 말했다.
"왜. 저딴 짐승을. 감싸요?"
"네가 괜한 데 화풀이하니까 그렇지."
"……."
"흥분 좀 가라앉히고 저길 봐라."
백수룡은 턱짓으로 시체들을 가리켰다. 야수혁의 시선이 함께 움직였다.
"시체들의 상태를 잘 봐. 호랑이한테 당한 게 아니야. 이빨 자국이 작고, 대부분 몸이 으스러져 죽었어. 독에 당한 흔적도 있지. 네 눈에는 저게 호랑이가 한 짓 같냐?"

"……."

겨우 이성을 되찾은 야수혁이 시체들을 살피고 천천히 고개를 저었다. 혼란스러워 보이는 얼굴이었다.

"……호랑이가 아니라 뱀이 한 짓이에요. 하지만 저렇게 큰 구렁이는 본 적이 없는데……."

"영물이라면 얘기가 다르지."

백수룡이 보기에도 시체들을 으스러뜨린 건 뱀이었다. 이빨 자국과 온몸에 퍼진 푸르스름한 독.

게다가 바닥에는 거대한 몸통이 이동한 흔적들까지 남아 있었다.

"자세한 건 사람들한테 물어보자."

"다 죽었는데 누구한테……."

백수룡이 고개를 돌려 목책이 무너져 내린 곳을 바라보자, 그 뒤에서 초라한 행색의 중년 사내가 모습을 드러냈다.

"저, 누구신지……."

전멸한 줄 알았던 산채에 생존자가 남아 있었다.

◆ ◈ ◆

중년의 사내는 자신을 산채의 부채주라고 소개했다. 그의 뒤로 살아남은 산적 몇 명이 주눅 든 모습으로 서 있었다.

"채주님은 얼마 전에 돌아가셔서 지금은 제가 이곳을 책임지고 있습니다요……."

산적들은 야수혁의 장대한 기골에 기가 죽은 눈치였다. 한눈에 보아도 고수처럼 보였던 것이다.

협객이라 하는 자들이 산적을 파리 죽이듯 죽이는 일은 흔했다. 때문에, 잔뜩 긴장한 부채주는 두 사람이 묻는 말에 순순히 대답했다.

백수룡이 먼저 물었다.

"습격을 당한 것 같은데. 누가 이런 짓을 했지?"

"이마에 뿔이 달린 커다란 구렁이였습니다."

"……독각사로군."

백수룡이 작게 한숨을 쉬었다.

역시 영물의 습격이었다.

독각사는 이마에 뿔이 달린 뱀으로, 극독을 지닌 뱀이었다.

하지만 독각사라 해도 그 크기가 천차만별인데, 이곳을 습격한 녀석은 몸통 두께가 사내 허벅지만 하고, 길이는 다섯 장이 넘는다고 했다.

과장된 것이 아니라면 어마어마하게 큰 놈이었다.

"저희 채주님도 나름 일류고수였지만, 손도 못 쓰고 당했습니다. 나머지는 오금이 저려서 움직일 수도 없었고요."

독각사에 대한 공포가 떠오르는지 산적들이 덜덜덜 떨었다.

부채주가 침을 꼴깍 삼키며 말을 이었다.

"다행히 그때 은호가 나타나서 독각사와 싸워 주지 않았다면, 저희 모두 죽었을 겁니다."

야수혁이 놀라서 질문했다.

"은호가 왜?"

"그게……."

부채주의 시선이 새끼 은호를 향했다. 녀석은 자기 이야기라는 걸 아는 건지, 당당히 고개를 치켜들었다.

그래 봤자 털뭉치가 조금 부푼 느낌이었지만.

"예전에 저희가 덫에 걸린 저 녀석을 구해 준 적이 있는데, 그때 이후로 어미 은호가 가끔 멧돼지나 꿩을 물어다 주곤 했습니다."

"……."

새끼를 구해 준 은혜를 어미가 갚으려고 했다는 말이었다. 이야기를 듣는 야수혁의 표정이 조금 묘하게 변했다.

"하지만 어미 은호도 독각사랑 싸우는 게 버거워 보였습니다. 한 시진을 넘게 싸웠지만, 결국 감당하지 못하고 독각사를 유인해서 도망쳤습니다."

털뭉치가 혀로 자신의 몸을 열심히 핥았다. 자세히 보니, 털 안쪽에 작은 상처가 가득했다. 부채주가 안쓰럽다는 표정으로 새끼 은호를 바라봤다.

"저 녀석도 도망치는 어미를 따라가려고 했는데, 제가 억지로 붙잡았습니다. 어미도 그걸 바랄 것 같아서……."

"……."

모두의 시선이 새끼 은호를 향했다.

아마도 어미 은호는 독각사에게 죽었을 것이다.

그렇지 않다면 벌써 새끼를 찾으러 왔을 테니까.

그때였다.

끼이잉.

은호가 갑자기 백수룡에게 다가오더니, 그의 다리에 몸을 비벼 댔다.

백수룡이 녀석을 안아 들자, 은호가 품에 쏙 들어와서 몸을 동그랗게 말았다.

"하암……."

백수룡의 품이 편한 것 같았다. 입을 쩍 벌리고 하품을 하더니 그대로 눈을 감았다.

그 모습을 본 부채주가 신기하다는 표정으로 말했다.

"허어. 쪼그마해도 자존심이 대단한 녀석인데……. 아무튼, 이 모든 게 어제 있었던 일입니다. 그 녀석이 혼자서 어미를 찾으러 나갔다가 대협들을 만난 것 같습니다."

"……."

백수룡의 머릿속에서도 대충 상황이 정리되었다.

"한 가지만 더 묻고 싶은데. 그 독각사의 뿔 색깔이 어땠지?"

"검은색이었습니다만……."

"……."

백수룡의 표정이 살짝 굳었다.

그가 알기로 독각사의 뿔은 흰색이나 금색이었다.

뿔이 검은색인 경우는 한 종류였다.

'마물이 된 놈이구나.'

맹사부의 당부가 다시금 떠올랐다.

–하루아침에 보금자리를 잃은 영물들은 마물(魔物)이 되는 경우도 있다. 그런 놈들은 더 조심해야 한다.

영물과 달리 마물은 눈앞에 있는 걸 닥치는 대로 잡아먹고, 보이는 대로 죽인다.

마물이 있을 거라고 예상하지 못한 것은 아니지만, 독각사는 예상을 훌쩍 뛰어넘는 괴물이었다.

–놈들은 유달리 사람 고기를 좋아하거든.

'빨리 놈을 찾지 않으면 산에서 내려가 민가를 덮칠지도 모른다.'

지금도 산속을 뛰어다니고 있을 제자들에게로 생각이 미쳤다.

자칫하면 독각사와 만나서 크게 다칠 수도 있었다.

고로롱 고로롱…….

백수룡의 고민이 깊어지는 가운데, 그의 품 안에서 잠든 털뭉치가 부풀었다 줄어들기를 반복했다.

250화

## 영물 사냥 실습(5)-귀여워!

마물로 변한 독각사는 학생들이 상대할 수 있는 존재가 아니다. 운 나쁘게 조우한다면 도망치는 것조차 힘들 것이다.

미간을 좁힌 백수룡은 독각사에게 당한 시체들을 다시 살폈다.

'시체들에 남겨진 흔적으로 볼 때, 어마어마하게 큰 놈이야.'

만약 천 년 이상 묵은 놈이라면……. 백수룡조차도 쉽게 이긴다고 장담할 수 없었다.

거의 신수(神獸)에 준하는 존재일 테니 말이다.

'어쩌면 뱀이 아니라, 승천에 실패한 이무기일지도 모르겠군.'

백수룡은 최악의 상황을 가정해 보았다.

승천에 실패한 이무기가 절세고수들의 싸움으로 보금자리마저 잃고 마물이 되었다면?

'아니, 순서가 그 반대일 수도 있지.'

흑야마제와 창천검왕의 싸움으로 인해 이무기가 승천하지 못했다면?

그렇다면, 놈의 분노가 인간을 향하는 것도 납득할 수 있었다

참혹하게 당한 시체들의 형태가 독각사의 분노를 방증하고 있었다.

'놈은 인간을 먹으려고 사냥한 게 아니야. 고문하고 죽였어.'

시체들 대부분이 그대로 남아 있었고, 몸이 으스러져 죽었다. 그들이 죽기 전에 얼마나 고통스러웠는지는 일그러진 표정에 잘 드러나 있었다.

그리고 아직 독각사의 분노가 다 해소되지 않았다면…….

산에 있는 제자들이 위험해질 수도 있었다.

생각을 정리한 백수룡이 말했다.

"일단 전부 불러들여야겠다. 수혁아."

"예?"

"맡고 있어라."

잠든 털뭉치를 야수혁에게 조심스레 넘긴 백수룡이 하늘로 솟구쳤다.

휘익!

순식간에 하늘 높이 솟구친 그는 품에서 신호탄을 꺼내 위로 쏘아 올렸다.

퍼버버버벙!

붉은 신호탄이 하늘을 붉게 물들였다. 제자들에게 보내는 신호였다.

"우와아……."

백수룡이 다시 바닥에 내려서자, 산적들은 마치 산신령이라도 본 듯한 표정으로 그를 바라보고 있었다.

백수룡이 손을 까닥여 부채주를 불렀다.

"독각사가 다시 이곳으로 돌아올 수도 있다."

"허억!"

"놀라긴. 지금 당장은 아닐 거야. 놈도 어미 은호랑 싸우면서 적지 않게 다치고 지쳤을 테니까……."

독각사는 어미 은호의 방해로 이곳에 있는 산적들을 다 죽이지 못했다.

그렇다면, 은호를 죽인 후 다시 이곳으로 찾아올 가능성이 충분했다.
아직 나타나지 않은 건, 독각사도 꽤 크게 다쳤다고 보는 것이 합리적이리라.
……어느 정도는 바람이 섞인 기대이기도 했다.
"그래서 이곳에서 며칠 지낼 생각인데. 괜찮지?"
"무, 물론이지요."
부채주는 울며 겨자 먹기로 고개를 끄덕였다.
바로 눈앞에서 절세의 신법으로 날아오르는 것을 보았으니, 아무리 불편해도 감히 거절할 수 있을 리 없었다.
'이곳을 주둔지로 삼아서 독각사의 위치를 수색해야겠어.'
백수룡은 영물 사냥 실습 계획을 대대적으로 수정하기로 했다.
목표는 영물이 아닌 마물이다.
한층 더 조심스럽게 접근할 필요가 있었다.
생각을 정리한 백수룡이 야수혁을 돌아보며 말했다.
"나는 이 주변을 둘러보고 와야겠다. 선배들이 오면 네가 잘 설명해."
"예? 그러면 이 쬐그만 건요?"
야수혁은 품 안에 안긴 털뭉치를 불편한 표정으로 바라봤다.
고로롱고로롱…….
털뭉치는 세상모르고 잠들어 있었는데, 몸이 부풀어 피부에 닿을 때마다 야수혁이 영 거북하다는 표정을 지었다.
그 모습을 본 백수룡이 피식 웃으며 말했다.
"일단 네가 돌봐줘라. 어미 잃은 불쌍한 녀석이니까 괴롭히지 말고."
"예? 그냥 선생님이 데려가는 게……."
하지만 말을 다 끝맺기도 전에 백수룡의 신형이 쭉 늘어나더니, 이내 흔적도 없이 사라졌다.
"더럽게 빠르네, 진짜."

황망히 그 잔상을 지켜보던 야수혁이 한숨을 내쉬었다. 그리고 품 안에서 자고 있는 털뭉치를 물끄러미 바라봤다.

"빌어먹을……."

아버지를 물어 죽인 호랑이.

평생 잊지 못할 그 광경을 눈앞에서 목격한 이후로, 야수혁은 호랑이를 만나는 족족 쳐 죽이리라 맹세했다.

실제로 지금까지 죽인 호랑이만 해도 열 마리가 넘었다.

그런데…….

한 줌밖에 안 되는 털뭉치를 보고 있자니 맥이 탁 빠졌다.

"……쬐깐한 게 줄무늬도 없고. 범 같지도 않아서 그런가."

이런 게 무슨 호랑이야.

작게 투덜거린 야수혁은 고개를 돌려, 어정쩡하게 서 있는 부채주와 비리비리한 산적들을 바라봤다.

역시, 이쪽을 대하는 게 훨씬 쉬웠다.

"어이, 형제들. 나 좀 보지."

산적들이 겁을 잔뜩 먹은 얼굴로 야수혁에게 다가왔다.

"아까 보니까 저쪽에 녹림맹기가 부러져 있던데. 여기 녹림맹에 정식으로 등록된 산채 맞아?"

"……예?"

"이거 봐라? 허락도 안 받고 녹림맹기를 내건 거야?"

녹림의 형제들만 알아들을 수 있는 말에 부채주의 답변이 잠시 늦었다.

"마, 맞습니다! 저희는 녹림왕께 정식으로 허가받은 영업장입니다!"

"확실하지? 요즘 그거 가짜로 달고 다니는 놈들도 많다던데."

"확실합니다. 저 그런데, 그걸 어떻게 아시는지……."

"거기까진 알 것 없고. 정식 업장이면 장부 가져와 봐."

야수혁은 산적들을 다루는 데 능숙했다.

마치 같은 업계 종사자처럼…….

'에이 설마…….'

부채주와 산적들이 의심의 눈길로 야수혁을 바라봤다.

그때, 야수혁의 품 안에서 털뭉치가 낑낑거리며 꼼지락거렸다.

"쩝……."

야수혁은 꼼지락거리는 털뭉치를 바라보며 입맛을 다셨다.

그 순간, 오해를 한 산적들의 얼굴이 창백해졌다.

'서, 설마 잡아먹으려고?'

산적들에게 새끼 은호는 나름대로 정이 든 녀석이었다.

게다가 저 녀석의 어미는 독각사로부터 그들을 구해 준 은인이기도 했다.

'저 산적보다 더 산적 같은 놈이 은호를 잡아먹으려고 하면 어쩌지?'

'모, 못 먹게 막아야 하는데…….'

'하지만 주먹이 너무 큰걸…….'

산적들이 조마조마한 표정으로 자신과 은호를 번갈아 바라보자, 야수혁이 눈을 흘기며 말했다.

"뭘 봐?"

"아, 아닙니다!"

다행히도 야수혁이 입맛을 다신 이유는 야들야들한(?) 호랑이 고기가 먹고 싶었던 게 아니었다.

그는 털뭉치의 몸 곳곳에 베이고 쓸린 자국을 보고 있었다.

"……금창약 가진 사람 있어?"

"예? 고, 고약이라면 있습니다만……."

"갖고 와 봐."

잠시 후, 산적 하나가 야수혁에게 고약을 가져다주었다.

"뛰면서 많이도 자빠지더라니."

야수혁은 잠든 털뭉치의 몸에 고약을 덕지덕지 발랐다. 깨우지 않기 위해 나름대로 조심스러운 손길로.

"쬐깐한 게 손은 더럽게 많이 가네."

고약을 다 바른 후, 야수혁은 숨소리가 한결 편해진 털뭉치를 물끄러미 바라봤다. 그리고 툭 내뱉었다.

"야. 나도 고아다."

그 말이 전부였다. 야수혁은 고약으로 눅눅해진 털뭉치를 부채주에게 맡겼다.

피부에 닿는 털 때문에 자꾸 간질간질한 기분이 들어서였다.

야수혁은 산적들을 불러 함께 시체를 치웠다.

"일단 시체들부터 빨리 치우고, 선생님이 돌아올 때까지 울타리 정도는 고쳐 놓자고."

"예."

개미가 기어가는 듯한 산적들의 대답에, 야수혁이 인상을 팍 구겼다.

"목소리 봐라. 이래가지고 영업은 다시 할 수 있겠어!"

"예, 예!"

산적들이 조금 전보다 두 배로 크게 대답했다.

그중 가장 어리바리하게 생긴 산적은 자기도 모르게 "예! 두목!"이라고 대답했다. 하지만 아무도 이상하다고 생각하지 않았다.

비로소 대답이 마음에 든다는 듯, 야수혁이 고개를 끄덕였다.

"아까보다 좀 낫네. 시체 다 치웠으니까 나무나 베러 가자."

"예! 두목!"

야수혁은 남들은 두 손으로 들기도 힘든 도끼를 어깨에 대충 걸치고 앞장섰다.

그 모습은 딱 영업을 나가는 산적 두목이었다.

◆ ◈ ◆

신호탄을 터트리고 하루가 지나기 전에, 학생들이 하나씩 산채에 도착했다.

가장 먼저 도착한 사람은 거상웅이었다.

산속에서 대체 뭘 하고 다닌 건지, 거의 벌거벗은 몸으로 나타난 거상웅은 산적들 사이에 서 있는 야수혁을 보고 놀라서 멈춰 섰다.

"너…… 결국 산채 하나를 접수한 거냐?"

"결국은 뭔 결국. 선배는 옷은 왜 다 찢어먹었수?"

"곰이랑 싸우다가 다 찢어졌다. 휴우. 그래도 아랫도리만큼은 어떻게든 사수했지."

"자랑이라고……. 누가 저 인간한테 옷 좀 갖다 줘라."

산적들은 야수혁보다 조금 더 크고 두꺼운 사내가 나타나자 잔뜩 겁에 질렸다. 게다가 거상웅에게 맞는 옷도 없었다.

결국, 거상웅은 커다란 곰 가죽을 장포처럼 몸에 둘렀다. 그는 점점 인간보다 곰에 더 가까운 형상이 되어 가고 있었다.

"선배님! 수혁아!"

두 번째로 도착한 것은 위지천이었다.

거상웅과 달리 위지천은 깔끔한 모습으로 나타났다.

할아버지와 산에서 살았던 경험 덕분에, 낯선 산에서도 그리 고생하지 않은 모습이었다.

마지막으로, 헌원강과 여민이 티격태격하며 함께 도착했다.

"야! 너 때문에 제일 늦었잖아!"

"아까 길 잃은 건 선배 때문이거든요?!"

둘 다 고초를 많이 겪었는지, 온몸에 나뭇잎이며 흙 같은 것들이 잔뜩 묻어 있었다.

"음? 그 쬐그만 녀석은 뭐냐?"

"어머 귀여워!"

하얀 털뭉치를 발견한 여민이 달려들어서 녀석을 마구 쓰다듬었다. 이미 위지천과 거상웅이 배를 만지고 있었지만 개의치 않았다.

캬아아!

털뭉치는 인간들의 손길이 귀찮은 듯 하악질을 하며 피하려 했다. 하지만 소용없었다. 인간들은 집요하고 지독했다.

귀여워! 귀여워! 귀여워!

여민, 위지천, 거상웅이 털뭉치를 서로 만지겠다고 난리를 피웠다. 처음에는 구경만 하던 헌원강도 어느새 슬쩍 손을 뻗었다.

야수혁이 그들의 모습을 보며 고개를 절레절레 저었다.

"선배들. 한 번만 말할 테니 잘 들으쇼. 지금 이 산에 독각사라는 마물이 나타났는데……."

야수혁은 부채주에게 들은 이야기를 모두에게 전했다.

이야기가 끝난 후, 네 사람의 표정도 덩달아 심각해졌다.

그 와중에도 털뭉치를 만지는 손길을 누구도 거두지 않았지만 말이다.

"마물이라니……."

"빨리 잡아야겠네요."

"선생님은 그 녀석을 찾으러 간 거야?"

마물에 대해 이야기하던 학생들은, 이내 하루아침에 고아가 된 새끼 은호를 안쓰럽다는 눈빛으로 바라봤다.

"불쌍한 녀석. 이렇게 어린데 어미를 잃다니……."

"우리가 데려가서 키우는 거죠?"

"난 찬성! 이름은 뭐로 할까?"

"흠흠. 흰 호랑이니까 백범 어때?"

차례대로 거상웅, 위지천, 여민, 헌원강의 말이었다.

헌원강이 낸 의견은 모두에게 비난을 받아 즉시 기각됐다.

"이 털뭉치를 데려가서 키우자고? 다들 미친 거 아니야?"

야수혁은 모두의 반응을 이해할 수 없다는 듯 고개를 절레절레 저었다.

그때, 기회를 보고 있던 털뭉치가 야수혁의 머리 위로 폴짝 뛰어올랐다. 그야말로 사냥감을 노리는 맹수의 움직임이었다.

"끄악! 이 쬐끄만 게! 안 내려와?"

야수혁이 손을 뻗어 털뭉치를 잡으려 했지만, 그 순간 녀석이 야수혁의 등으로 미끄러져 내려갔다. 영물답게 아주 민첩했다.

낯선 인간들이 자꾸 만지려 하는 통에, 그나마 익숙하고 만만한 야수혁에게 매달린 것이다.

"젠장! 이거 좀 떼 줘!"

안타깝게도 광배근과 팔 근육이 너무 큰 야수혁은 자기 등에 달라붙은 털뭉치를 떼어낼 재간이 없었다.

캬아앗!

신이 난 털뭉치가 야수혁의 넓은 등판에 매달려서 승자의 포효를 터트렸다.

"아 좀! 떼어 달라니까!"

아무도 야수혁을 도와주지 않았다. 그저 부러움의 시선으로 야수혁을 바라볼 뿐이었다.

"부럽다……."

"저 자식. 혼자 간택 받았어……."

"역시, 역시 남자는 등인가?"

백수룡이 산채로 돌아온 건 다음 날이 되어서였다.

그 말은 즉, 야수혁은 그날 내내 털뭉치와 선배들에게 시달렸다는 이야기였다.

251화

# 약은 약사에게 산은 산적에게

"드르렁~ 피유우…… 드르렁~ 피유우……."

"산적 소굴에서 잘도 자네."

야수혁은 누가 업어 가도 모를 정도로 깊이 잠든 선배들과 동기를 보며 혀를 찼다.

다들 종일 산속을 뛰어다니느라 피곤했던 모양.

하지만 산이 고향과 다름없는 야수혁은 딱히 피로감을 느끼지 않았다.

그가 자청해서 불침번을 서기로 결심한 이유였다.

'어차피 잠도 안 오고.'

조용히 숙소 밖으로 나오자, 산채 곳곳에 밝혀진 횃불이 보였다.

독각사의 습격에 대비하고자, 산채를 둘러싼 울타리 주변으로 횃불을 밝혀 둔 것이다.

경계를 서던 산적들은 야수혁을 보고 기가 바짝 들어선, 묻지도 않았는데 곧장 보고했다.

"근무 중 이상 없습니다!"

고개만 가볍게 끄덕인 야수혁은 가장 높은 망루로 올라가 아래를 살폈다.

"……."

오랜만에 동종업계 종사자들을 만나서 그런지, 자연스럽게 고향에 있는 형님들 생각이 났다.

—형님. 대호가 이곳을 습격한 모양입니다. 제가 아는 나무꾼 집인데…….

—어? 저기 웬 어린애가 있는데?

호환(虎患)으로 아버지를 잃고 집 안 구석에서 오들오들 떨고 있던 야수혁을 발견한 건 우락부락한 덩치의 사내들이었다.

도끼며 커다란 칼을 어깨에 둘러멘, 험상궂은 인상의 사내들.

—어린 녀석이…… 넋이 나갔군.

당시 어린아이였던 야수혁은 그들을 보고도 두려움을 느끼지 못했다.

호랑이가 눈앞에서 아버지를 잡아먹던 모습이 계속 반복되고 있었으니까.

넋이 나간 소년의 옷에는 아버지의 피가 묻어 있었다.

—쯧쯧. 불쌍한 것.

—그 찢어 죽일 범 새끼. 벌써 몇 명째야?

—애는 어떻게 할까요? 두고 가면 짐승들이 내려올 텐데…….

그때, 다른 사내들보다는 덩치가 작고 마른 사내가 앞으로 나섰다. 산적들 사이에 웬 선비가 있는 느낌이었다.

—내가 한번 보마.

다른 이들보다 왜소한 그의 한마디에, 우락부락한 산적들이 옆으로 비켜섰다.

사내는 허리를 숙여 어린 야수혁과 눈높이를 맞추더니, 손으로 소년의 얼굴에 묻은 피를 닦아 주었다.

—산 아랫마을에 친척이나 아는 사람이 있느냐? 있으면 데려다주마.

—…….

—없느냐? 정 갈 곳이 없으면 우리를 따라갈 테냐? 적어도 굶어 죽지는 않을 거다.

—…….

—너 혼자 마을로 내려가 봤자 동냥질이나 하게 될 게다. 그러다 운이 나쁘면 동네 거지들한테 맞아 죽겠지. 근골이 좋아 보이니 개방에 들어갈 가능성도 있긴 하다만…… 그것도 운이 따라야 한다.

—……

—허어. 충격이 커서 말을 못 하는 것인가…….

잠시 고민하던 사내는, 마지막이라는 생각으로 물었다.

—대호에게 복수하고 싶으냐?

그 한마디가 어린 야수혁의 정신을 번쩍 깨웠다. 소년은 갈라진 목소리로 대답했다.

—……복수하고 싶어요.

—허어. 쬐그만한 녀석이 사내는 사내로구나. 그럼 날 따라오너라.

그때까지만 해도 몰랐다.

사내를 따라 향하게 될 곳이, 녹림 72채 중에서도 아주 유명한 곳이라는 사실을.

사내는 손을 뻗어 어린 야수혁의 손을 잡았다.

—앞으로는 나를 큰형님이라고 불러야 한다.

—……예. 큰형님.

많은 시간이 흘러 야수혁이 대호에게 복수하고 난 뒤, 큰형님은 야수혁을 불러 말했다.

—청룡학관에 입관하거라. 필요한 서류는 내가 다 준비했으니, 너는 가서 입관 시험만 보면 된다.

—예? 갑자기 뭔 소립니까?

큰형님은 산적이라는 걸 믿을 수 없을 정도로 많이 배운 사내였다.

실제로 향시에 합격하고 회시까지 본 적이 있다고 들었는데, 왜 벼슬길을 포기하고 녹림에 투신했는지는 아무도 알지 못했다.

하여튼, 그런 큰형님이 야수혁을 앉혀 놓고 진지하게 말했다.

—앞으로는 녹림도 배워야 살아남을 수 있다. 청룡학관에 가서 정파의 무공을 배우고, 생각을 배우고, 그들이 쌓아온 체계를 배워라. 훗날 우리가 녹림을 운영하는 데 큰 도움이 될 게다.

—……거절해도 됩니까?

머리 아픈 이야기에 야수혁이 발을 빼려고 했지만, 큰형님은 인자한 미소를 지으며 그의 어깨에 손을 올렸다.

—물론 강요는 아니다. 코흘리개를 데려와서 지금까지 먹여 주고, 재워 주면서 사람 만들어 놨는데, 은혜를 아는 짐승이라면 그런 짓을 어찌 하겠냐마는, 절대 강요는 아니다.

—……할게요. 하면 될 거 아닙니까.

결국, 야수혁은 큰형님의 부탁(?)을 거절하지 못하고 청룡학관에 입관 시험을 보러 가게 되었다.

그 사실을 알게 된 다른 형님들은 포복절도했다.

—푸하하하! 이 녀석이 정파 무림학관에 입관한다고?

—보름 안에 퇴학당해서 돌아온다는 데 내 전 재산을 건다!

—보름? 닷새면 충분하지!

산채를 떠나는 날, 몰려와서 머리를 쓰다듬고 등을 퍽퍽 치던 형님들.

야수혁은 그들을 귀찮다는 듯 밀어냈다.

—이제 가야 하니까 적당히들 좀 하쇼!

—이 녀석아. 정파 샌님들이랑 싸우지 말고.

—성질난다고 주먹부터 휘두르면 안 된다.

—웬만하면 다른 놈들이랑은 말도 섞지 마라. 너랑 일각만 얘기해 보면 산적인 게 다 뽀록난단 말이지.

걱정인지 놀림인지 모를 형님들의 배웅 인사 속에서, 녹의장삼을 입고 나온 큰형님이 형제들에게 말했다.

—다들 그만해라. 막내 보내 줘야지.

무림에서는 그를 녹의수사(綠衣修士)라 불렀다.

항상 선비처럼 단정하게 녹의장포를 입고 다닌다고 해서 붙여진 별호였다.

—막내야.

—예. 큰형님.

—수혁아.

—……예. 큰형님.

야수혁의 무뚝뚝한 대답에 녹의수사는 빙긋 웃었다.

—대체 언제까지 큰형님이라고 부를 거냐? 아버지라고 부르라고 한 것이 몇 년 전인데. 그게 그리 어렵더냐?

—아니, 그게……. 입에 안 붙어서…….

야수혁은 멋쩍은 듯 머리를 긁적였다.

그 마음을 안다는 듯, 녹의수사는 피식 웃었다.

주변을 둘러싼 녹림의 형제들이 껄껄 웃었다.

녹의수사가 다가와 이미 자신보다 훨씬 커진 야수혁을 안아 주었다.

—그건 네가 다녀온 다음에 들으마. 잘 다녀오거라.

—……예.

짧은 회상을 끝내고, 야수혁은 현실로 돌아왔다.

등 뒤에서 느껴지는 맹수의 기척 때문이었다.

휘익!

야수혁의 넓은 등판으로 폴짝 뛰어오르려던 털뭉치의 계획은 실패로 돌아갔다.

캬앗!

손안에 잡혀 바동거리는 털뭉치를 보며 야수혁은 한숨을 내쉬었다.

"이 쬐그마한 건 지치지도 않고 빨빨거리는군."

차라리 어디다 가둬 놓을까, 야수혁이 그런 고민을 할 때였다.

"흐아암……. 안 자냐?"

곰이 망루에 올라온 줄 알았으나, 그냥 곰처럼 거대한 거상웅이었다.

"선배는 안 자고 뭐 하슈?"

"오줌 마려워서 깼다. 네가 안 보이길래 뭐 하나 궁금해서 나와 봤지. 응?"

거상웅은 야수혁의 손에 잡혀 있는 털뭉치를 보고 피식 웃었다.

"그 녀석이 너를 정말 좋아하는 모양이다."

"귀찮아 죽겠어."

야수혁이 짜증 담긴 눈으로 털뭉치를 노려보자, 그의 아버지가 호랑이에게 물려 죽은 사연을 떠올린 거상웅이 조심스럽게 물었다.

"……죽이려는 건 아니지?"

"안 죽일 거요."

야수혁은 털뭉치를 거상웅에게 던졌다. 거상웅은 녀석을 조심스럽게 받아서 품에 안았다.

"그 녀석 어미가 녹림도들을 구해 줬다고 들었거든. 녹림의 은인을 함부로 죽일 수는 없지."

"이젠 숨기지도 않는구나."

"……."

야수혁은 고개를 돌려 망루 아래를 내려다봤다.

독각사에게 죽은 시체들을 묻어 놓은 봉분이 보였다.

시체를 보는 건 어려서부터 익숙했다.

녹림도란 원래 목숨을 내놓고 사는 자들이기 때문에 그렇다.

산속에서 온갖 벌레와 맹수, 질병에 노출된 상태로, 종종 무림인들과도 싸워야 한다.

그래서 저들의 죽음에는 별 감흥이 없었다.

하지만…….

"독각사라는 놈. 꼭 잡을 거요. 녹림은 은원이 분명하거든."

야수혁의 눈이 서늘하게 빛나고 있었다.

본인이 이런 이야기를 들으면 싫어하겠지만, 거상웅은 후배의 기질이 호랑이를 닮았다고 생각했다.

저 조그마한 털뭉치가 야수혁을 따라다니는 이유는 그래서일지도 모른다.

씩 웃은 거상웅이 하품을 하며 말했다.

"흐아암……. 난 다시 내려가마. 너도 좀 자라."

"들어가슈."

거상웅이 아래로 내려간 후, 야수혁은 드러누워서 하늘을 올려다봤다.

캬앗!

어느새 돌아왔는지, 털뭉치가 폴짝 뛰어올라 야수혁의 배 위에 올라섰다. 그러곤 동그랗게 몸을 말았다.

"……귀찮게 진짜."

확 망루 밖으로 던져 버릴까 했지만.

귀찮아진 야수혁은 그냥 눈을 감았다.

배 위에서 자꾸만 꼼지락거리는 감촉이 느껴졌다.

◆◈◆

백수룡은 하루가 지나서야 산채로 돌아왔다. 그는 다소 피곤한 표정으로 마중 나온 제자들에게 말했다.

"못 찾았다. 아주 꽁꽁 숨은 모양이야."

산채 주변 일대를 이 잡듯이 뒤졌건만, 은호와 독각사가 어디로 갔는지는 결국 알아내지 못했다.

'내가 전혀 예상할 수 없는 곳에 숨었거나, 어쩌면 술법으로 몸을 숨겼을지도…….'

혼자서 계속 찾아 봤자 소득이 없을 것 같아서 일단은 산채로 돌아온 참이었다.

백수룡은 한자리에 모인 제자들을 둘러보며 말했다.

"다들 수혁이한테 상황은 전해 들었지?"

제자들이 진지한 표정으로 고개를 끄덕였다.

"그래. 그런데……."

진지한 표정과 달리, 제자들의 행색은 전혀 그렇지 못했다. 백수룡은 황당하다는 표정으로 물었다.

"다들 하루 만에 산적이 되기로 결심이라도 한 거냐?"

제자들이 하나같이 짐승 가죽을 대충 기워 만든 옷을 입고 있어서 한 말이었다.

옷이 사람을 만든다더니, 산적 옷을 빌려 입은 제자들은 지금 당장 영업을 나가도 위화감이 없을 것 같았다.

특히 헌원강, 거상웅, 야수혁 삼인조는…… 말을 말자.

"앙? 선생님이 내공 없이 호랑이한테 쫓겨 봤어요?"

"그래도 아랫도리만큼은 안 찢어지게 지켰습니다. 인간 최후의 존엄성만은 지키려고……."

“선배. 지금도 딱히 인간 같지는 않아요.”

“전 이게 원래 옷인데요?”

차례대로 헌원강, 거상웅, 여민, 그리고 야수혁의 말이었다. 유일하게 위지천의 옷만 멀쩡했다.

백수룡이 제자들의 겨드랑이에 몰래 발라 둔 영약의 효과가 너무 좋았던 탓에, 제자들은 산채까지 찾아오는 동안에도 끊임없이 짐승에게 습격을 받았다.

내공도 없이 맹수들과 싸우려니, 옷이 남아날 리 없었다. 산채에 도착하자마자 다들 입던 옷을 버리고 산적들이 남긴 옷으로 갈아입어야만 했던 이유였다.

카악, 퉤!

헌원강이 바닥에 걸쭉한 가래침을 뱉더니, 불량하게 짝다리를 짚었다. 이쪽 업계에서 십 년은 굴렀다고 해도 믿을 것 같았다. 그리고 옆에 있는 위지천에게 장난을 걸었다.

“흐흐. 이봐 애송이. 가진 거 다 내놓으면 목숨만은 살려 주마. 안 그러면 그 곱상한 얼굴에 칼자국을…….”

따악!

헌원강의 이마에 큼직한 혹을 만들어 준 백수룡이 주위를 둘러보며 말했다.

“그건 그렇고. 새끼 은호는 어디 있어?”

호랑이도 제 말 하면 온다더니, 산채 안쪽에서 은호가 두다다다 달려왔다.

캬앗!

백수룡 앞에서 폴짝 뛰어오른 털뭉치가 그의 어깨 위에 올라섰다. 그러곤 짧은 목을 치켜들었다. 산을 정복한 맹수의 제왕처럼 의기양양한 모습이었다.

그러나 잠시 후, 털뭉치는 백수룡에게 뒷덜미를 잡혀 강제로 내려왔다. 야수혁에게 했던 것처럼 등 쪽으로 피하려 했지만 어림도 없었다.

끼잉…….

백수룡은 얌전해진 털뭉치를 품에 안고 녀석의 머리를 손으로 긁어 줬다. 보들보들해서 제법 기분이 좋았다.

"음? 누가 고약을 발라 줬네? 야수혁. 네가 한 거냐?"

"제가 미쳤어요?"

야수혁은 절대 아니라며 강하게 부정했다. 하지만 백수룡은 그의 옷에 묻어 있는 고약의 흔적을 놓치지 않았다.

"신기하게 선생님 앞에서는 얌전하네."

"이 녀석도 알아보는 거지. 이 인간을 함부로 건드렸다간 아주 뭣 된다는 걸."

"영물은 영물이구나……."

제자들이 몰려와서 얌전해진 털뭉치를 구경했다. 백수룡이 작게 한숨을 쉬었다.

"수업할 때나 이렇게 집중하면 얼마나 좋아."

백수룡은 한 손으로 털뭉치를 안고, 다른 손으로는 흑룡편을 들었다.

"지금 우리가 있는 곳은 천주산맥에서 갈라져 나온 이름 모를 산이다. 천주산이 여기에 있다 치고, 내 생각엔…… 독각사는 아마 이렇게 이동했을 거다."

슥슥.

백수룡은 자신이 예상한 독각사의 이동 경로를 바닥에 그렸다.

"여기서 독각사는 산채를 공격했고, 어미 은호가 나타나서 싸웠다. 그 후로 싸움의 흔적은 이렇게 이어진다."

흑룡편이 바닥에 구불구불한 선을 그리며 움직였다. 백수룡이 일대를 이 잡듯 뒤지며 겨우 찾은 흔적이었다.

"그리고 이쯤에서 흔적이 뚝 끊겼다. 싸움이 끝났다는 뜻이겠지."

흑룡편이 멈춘 곳은 경공을 사용하지 않고 뛴다면 반나절 정도는 걸릴 거리였다.

그만큼 독각사와 은호의 싸움이 치열했다는 이야기였다.

"그 주변에서 가장 높은 봉우리로 올라가서 확인했지만, 독각사나 어미 은호의 흔적은 찾지 못했다."

빽빽하게 자라난 나무들이 시야를 방해했고, 영산이 파괴되면서 흘러나온 자연의 기가 백수룡의 기감을 교란했다.

이런 상황에서 독각사가 기를 완전히 죽이고 동굴 혹은 땅굴이라도 파고 숨어들었다면, 혹은 술법을 사용해 숨었다면, 아무리 백수룡이라 해도 찾아내는 데 긴 시간이 필요했다.

"최대한 빨리 찾아야 해. 어미 은호가 독각사를 죽였다면 다행이지만, 상처를 회복한 독각사가 민가로 내려가기라도 하면…… 피해는 걷잡을 수 없게 될 거야."

마물이 민가로 내려갈 수도 있다는 말에, 모두의 표정이 심각해졌다.

"반드시 그 전에 찾아야겠네요."

"하지만 수색 범위가 너무 넓은데……."

"이 인원으로는……."

상대가 기를 감추는 데 능숙한 영물인 이상 기감으로 찾는 건 거의 불가능했다.

즉, 산을 일일이 뒤져야 한다는 의미였다.

"어떡한다……."

"끄응……."

다들 인상을 쓰며 방법을 고민할 때였다.

팔짱을 끼고 잠시 생각에 잠겨 있던 야수혁이 말했다.

"선생님. 산에 관련된 일은 산 전문가들한테 맡겨 보는 게 어때요?"

"전문가? 누구?"

"산은 산적들이 제일 잘 알죠."

야수혁은 그렇게 말하더니, 고개를 돌려 부채주를 불렀다.

"어이. 부채주."

"예! 두목!"

'두목'이라고 부르는 사람이나 듣는 사람이나, 위화감이 전혀 없었다.

하루아침에 새로운 두목을 모시게 된 부채주가 다가와서 고개를 조아렸다.

야수혁이 그에게 물었다.

"이 주변에 산채가 몇 개쯤 있어?"

252화

# 청룡녹림 연합 전선

야수혁의 물음에, 부채주가 잠시 생각하더니 대답했다.

"비허가 영업장까지 다 하면 다섯쯤 됩니다."

비허가 영업장?

요즘 산적들은 나라에 허가도 받고 영업하나?

처음 듣는 녹림 업계 이야기에 백수룡과 다른 제자들은 고개를 갸웃했지만, 야수혁은 바로 이해한 듯 다음 질문으로 넘어갔다.

"인원은?"

"전부 합치면 이백 명은 될 겁니다. 그런데, 무슨 일로 그러시는지……."

야수혁은 대답 대신 백수룡을 돌아보며 말했다.

"산적 이백이면, 반나절 안에 산에 있는 토끼굴이 몇 개인지까지 알아낼 수 있어요. 정확히 뭘 찾으면 돼요?"

야수혁은 마물을 잡기 위해, 인근의 산적들에게 협조를 구하자고 말하고 있었다.

영물들이 아예 하늘로 승천한 게 아닌 이상, 산에서 그들의 눈을 완전히 피할 수는 없을 테니까.

백수룡도 좋은 의견이라고는 생각했다.

다만, 인근의 산적들이 순순히 협조해 줄지가 문제인데…….

'뭔가 생각이 있으니 하는 말이겠지.'

백수룡은 녹림 출신의 제자에게 한번 맡겨 보기로 했다.

지금까지 단 한 번도, 야수혁이 이렇게 주도적으로 나선 적은 없었으니 말이다.

"거대한 뱀이나 호랑이, 녀석들이 숨을 만한 동굴, 연못, 평소와 다르게 기가 지나치게 뭉쳐 있는 곳, 그 외에도 뭐든 수상한 게 있으면 전부 나한테 보고하면 된다."

고개를 끄덕인 야수혁이 부채주를 돌아보며 그대로 전달했다.

"방금 들은 내용, 녹림맹의 이름으로 협조문 만들어서 싹 돌려."

"……예?"

깜짝 놀란 부채주가 눈을 부릅떴다.

녹림맹의 이름으로 공문을 돌리라니?

함부로 맹의 이름을 팔았다간, 훗날 녹림맹의 고수에 의해서 처절하게 응징을 당할 수도 있었다.

'니들은 볼일 끝나고 떠나면 그만이지만, 우린 계속 여기서 먹고 살아야 한단 말이다!'

그대로 말할 수는 없는 노릇이라, 부채주는 난처한 표정을 지으며 다른 핑계를 댔다.

"공문을 돌리려면 산채와 채주의 이름을 걸어야 합니다. 헌데 아시다시피 전 채주님은 돌아가셨고, 저희 산채는 이름이 안 알려진 영세한 곳이라 효과가 있을지……."

"산채 이름이 뭔데?"

그러고 보니 아직까지 이 산채의 이름도 알지 못했다.

백수룡과 제자들도 조금 궁금했는지 귀를 기울였다.

"……전 두목의 이름을 따서 구일(丘一)채입니다."

"녹림맹에 등록된 건 확실하지?"

"물론이지요! 하지만 저희같이 영세한 산채에서 함부로 녹림맹을 언급하면 큰일 납니다. 뒤를 봐주는 산채도 없고요."

"……."

야수혁이 말없이 팔짱을 끼고 바라보자, 부채주가 지레 겁을 먹고 목을 자라처럼 움츠렸다.

중년의 사내가 눈물이 그렁그렁한 눈으로 백수룡과 다른 제자들을 바라보며 말했다.

"대협들. 제발 사정 좀 봐주십시오. 녹림맹 이름을 함부로 팔았다간, 저희 나중에 진짜 큰일 납니다요."

"……알았으니까 잠깐 나가 있어 봐."

야수혁은 부채주에게 말해, 잠깐 밖에 나가 있게 했다.

이번에는 야수혁이 난감한 표정을 지었다.

어디까지나 협조를 요청하려는 것이지, 녹림의 형제들을 곤란에 빠지게 할 생각은 없었다.

'방법이…….'

한 가지 있기는 했다.

그것도 아주 확실한 방법이.

다만 그 방법을 사용하면, 지금까지의 일상에 금이 가게 될지도 모른다.

야수혁은 잠시 갈등했다. 하지만 고민은 길지 않았다.

'언젠가는 해야 할 말이었어.'

결정을 내린 야수혁은 백수룡과 백룡장 동기들을 돌아보며 말했다.

"……지금까지 말 안 하고 숨긴 게 있어요. 아니, 상웅 선배만 알고 있겠죠."

야수혁의 표정이 전에 없이 비장했다. 다들 무슨 이야기를 하려나 하고 그를 바라봤다. 눈치 빠른 몇몇은 이미 알아챈 듯 고개를 끄덕였다.

"다들 상상도 못 했겠지만……."

야수혁은 눈을 질끈 감으며 질러 버렸다.

"사실 저 녹림 출신입니다!"

결국 말해 버렸다!

야수혁은 차마 선생님, 선배들, 동기의 눈을 똑바로 마주 볼 자신이 없어서 고개를 숙이고 있었다.

'선생님한테 더 이상 무공을 못 배우게 될지도 몰라. 선배들하고는 어색해지겠지. 백룡장에서 나가야 할지도…….'

사파로 취급받는 단체 중에서도 가장 천한 취급을 받는 녹림.

산을 오가는 행인들의 돈을 갈취하고, 아무렇게나 사람을 죽이는 인간 백정들의 집합소.

야수혁이 아는 녹림은 절대 그렇지 않지만, 세상의 편견은 쉽게 고쳐지지 않는 것이었다. 형님들이 정체를 숨기라고 한 것도 그런 편견 때문이었다.

"……."

야수혁은 잠시 기다렸다.

자신을 향한 분노든, 경멸이든, 비난이든, 피하지 않고 마주할 생각이었다.

그런데…….

아무 일도 일어나지 않았다.

"그래서?"

"어쩌라고?"

"그게 왜?"

"난 또 뭔 얘기를 하려나 했네."

"네가 정파였으면 더 놀랄 뻔했어……."

아무도 놀라지 않아서, 오히려 야수혁이 크게 당황했다.

"왜 아무도 안 놀라? 나 녹림 출신이라니까? 흉악무도한 산적인데……."

"자랑이다."

따악!

야수혁의 정수리에 별이 반짝였다.

하지만 정수리의 통증보다, 이어진 백수룡의 말이 더 충격이었다.

"녀석아. 너 산적인 건 다들 알고 있었다."

"예에? 말도 안 돼. 지금까지 감쪽같이 속였다고 생각했는데……."

"……진심이냐?"

백수룡뿐만 아니라 다들 알고 있었다는 듯 피식피식 웃었다. 야수혁은 망연자실한 표정이 되었다.

"상웅 선배만 아는 줄 알았는데……. 혹시 선배가 미리 말했수?"

"네 연기가 형편없어서 말할 필요도 없었다."

거상웅이 껄껄 웃으며 말했다.

그뿐만이 아니었다. 헌원강은 별것도 아닌 일로 분위기를 잡는다며 등을 퍽퍽 때렸고, 여민은 요즘 산적들은 벌이가 어떠냐고 물었다.

유일한 일 학년 동기이자, 가장 정파 샌님처럼 생긴 위지천은 빙긋 웃더니 전음을 보냈다.

[사실 나도 혈교 출신이야. 아, 이건 아직 비밀이니까 아무한테도 말하면 안 돼.]

전음으로 뭔가 엄청난 말을 들은 것 같았지만, 정신이 다소 멍했던 야수혁은 한쪽 귀로 흘려들었다.

"그럼 다들 알고도……."

야수혁이 녹림 출신이라는 사실은 모두가 알고 있었다.

하지만 그 사실을 처음 알았을 때도, 지금도, 달라진 건 아무것도 없었다.

다들 자신을 아무렇지 않게 대하고 있었다는 사실을 알게 되자 긴장이 풀린 듯, 야수혁이 히죽 웃으며 말했다.

"이럴 줄 알았으면 진작 말할 걸 그랬네."

묵은 체증이 내려가면서 마음이 한결 편해졌다. 백수룡이 그를 보며 말했다.

"아까 녹림맹 이름으로 공문을 보낸다더니. 거기에 네 이름을 적을 생각인 거냐?"

역시 눈치 백 단인 백수룡이었다. 야수혁이 뒤통수를 긁적이며 말했다.

"사실은, 양아버지 이름을 좀 빌리려고요."

"양아버지?"

"고아가 됐던 저를 거두어 준 분이에요."

야수혁은 구일채의 부채주를 다시 불러들였다.

백룡장 식구들이 알게 된 이상, 자신의 정체를 밝히는 데도 더는 거리낄 것이 없었다.

"협조문에 이렇게 적어. '녹의수사의 아들'이 녹림의 형제들에게 도움을 청한다고."

부르는 대로 받아 적던 부채주가 입을 떡 벌리더니, 고개를 들어 야수혁을 바라봤다.

"누, 누, 누구의 아들이요?"

놀란 것은 부채주뿐만이 아니었다.

고개를 갸웃거리며 녹의수사라는 이름을 되뇌던 거상웅은, 이내 표정이 창백하게 변해서 소리쳤다.

"녹의수사 주표!"

천하십대상단의 아들답게, 거상웅은 녹림 72채의 주요 산채와 그 채주들에 대해서도 대부분 알고 있었다.

"녹의수사가 누군데 그래?"

현 녹림에 별 관심이 없는 백수룡이 물었다. 헌원강과 위지천, 여민도 비슷한 반응이었다.

그들의 태연한 반응에 거상웅이 헛웃음을 지으며 대답했다.

"녹의수사 주표. 녹림 72채 중에서도 한 손에 꼽는 염라채의 채주로…… 유력한 차기 녹림왕 후보입니다."

"……!!"

즉, 야수혁은 단순히 녹림 출신이 아니라 녹림왕이 될지도 모르는 사내의 직속이라는 소리였다.

"그리고…… 십대악인 중 한 명이기도 합니다."

다들 눈을 크게 뜨고 야수혁을 바라봤다.

야수혁이 단순히 산적이라는 사실을 밝혔을 때와는 이야기가 완전히 달랐다.

거상웅이 심각한 표정으로 야수혁에게 말했다.

"너 이거 걸리면 퇴학 정도가 아니라 죽을 수도 있어. 녹의수사한테 원한 가진 사람이 적지 않아."

"원래 거기까진 밝힐 생각이 없었는데. 선생님이랑 선배들은 아무렇지도 않아 하니까……."

"우린 우리고, 다른 사람들은 안 그래. 너희들도 꼭 비밀은 지켜 줘야 한다."

거상웅은 다른 후배들에게도 신신당부했다.

다들 어디 가서 떠벌리고 다닐 성격은 아니었지만, 주의하지 않으면 실수로라도 입에서 나올 수 있었으니까.

"알았어. 아무튼, 이 녀석 양아버지가 끗발이 끝내준다 이거지?"

"녹림왕이면 돈도 엄청 많겠다. 그럼 너도 완전 금수저네?"

헌원강은 대수롭지 않게 고개를 끄덕였고, 여민은 잿밥에 더 관심이 많은 듯 보였다.

[나도 팔대가문 출신이야!]

그리고 위지천은 환하게 웃으며 야수혁에게 전음을 보냈다. 같은 극악무도한 사파 출신이라는 사실에 동질감이 더욱 강해진 것 같았다.

"어, 그러냐……."

팔대가문이 뭔지는 잘 모르겠지만, 야수혁은 일단 고개를 끄덕였다.

그리고 백수룡은 그런 야수혁의 모습을 보면서 생각했다.

'인연이란 게 참 묘하군.'

그는 전생에 녹림투왕 맹호악에게서 받은 것이 무척 많았다. 지금 강사를 할 수 있는 것도, 녹림십팔식으로 기초를 단련해 둔 덕분이니까.

그런데 이번 생에 만난 제자 중 하나가 차기 녹림왕으로 유력한 사내의 양아들이라고 한다.

전생의 인연이 이렇게 이어진다는 사실에 기분이 무척 묘했다.

광마의 무공이 헌원강에게 이어졌고.

검존의 무공이 위지천에게 이어졌다.

빙월신녀의 무공은 여민에게 이어졌으며.

녹림투왕의 무공은 모두의 신체를 단단하게 다져 주면서, 거상웅과 야수혁에게 그 오의(奧義)가 이어지고 있었다.

'나중에 기회가 된다면, 녹의수사도 한번 만나 봐야겠군. 만약 그가 맹사부의 후계자로 어울리는 사내라면…….'

본래 녹림으로 돌아가야 했던 것들을 돌려줄 생각이었다.

물론, 당장의 문제를 해결한 후에 생각할 문제였다.

짝!

백수룡이 손뼉을 치자 모두의 시선이 집중됐다. 그는 아직도 얼떨떨한 표정을 짓고 있는 구일채의 부채주에게 말했다.

"부채주는 최대한 빨리 공문을 작성해서 돌리도록. 이제 문제없는 거지?"

"……저, 공문을 돌린다 한들 저쪽에서 믿지 않을 수도 있습니다."

"어째서?"

백수룡이 미간을 찌푸리며 묻자, 부채주가 어깨를 움츠리며 대답했다.

"녹의수사의 아드님이 이런 곳에 방문하셨다고 하면, 저 같아도 믿지 않을 겁니다……."

"……."

딴에는 맞는 말이었다.

이 일대는 넓게 보면 남궁세가의 영역이었고, 그 탓에 큰 산채가 들어서지 못했다.

고만고만한 산채들이 영업하고 있는 상황에서, 갑자기 녹의수사라는 거물의 이름으로 공문이 온다면?

의심부터 할 확률이 높았다.

"그럴 경우엔 어떻게 할까?"

머릿속에 떠오르는 방법은 있었지만, 백수룡은 먼저 야수혁에게 의견을 물었다.

"정식 공문을 보여 줘도 안 믿으면, 제 양아버지를 무시하는 거예요."

우둑, 우두둑.

야수혁이 목을 좌우로 꺾었다. 두 눈이 먹이를 노리는 호랑이처럼 사납게 빛났다.

"그러니까, 안 믿으면 믿게 해 줘야죠."

야수혁은 산적보다 더 산적 복장이 잘 어울리는 청룡채, 아니 청룡학관 선배들과 동기를 바라보며 씩 웃었다.

마침 백수룡도 제자와 비슷한 생각을 떠올린 참이었다. 그의 입가에도 야수혁과 비슷한 미소가 맺혔다.

"마침 너희가 딱 다섯 명이니, 각자 한 군데씩 들러서 공문을 전달하면 되겠다."

잠시 후, 부채주가 다섯 장의 정식 협조 공문을 완성했다. 거기에는 구일채의 직인이 선명하게 찍혔다.

제자들에게 공문을 한 장씩 나눠 준 백수룡이 말했다.

"지금부터 마물을 잡기 위한, 청룡학관과 녹림의 연합 전선을 구축한다. 가서 잘 '설득'하고 와라."

설득의 의미를 누구보다 잘 아는 제자들이 새어 나오는 웃음을 참지 못했다.

"크흐흐……."

"맡겨 주십쇼."

"누구보다 잘 설득하고 오겠습니다."

"다녀오겠습니다, 형님!"

휘익! 휘이익!

다섯 제자가 녹림도들을 설득하기 위해 산채를 떠났다. 내공을 마음껏 사용할 수 있도록 혈도는 이미 풀어준 뒤였다.

253화

# 독각마룡(1)

약 한 시진 후.

눈탱이가 밤탱이가 된 산적들이 구일채로 집합했다. 그 숫자가 얼추 이백이었다.

백수룡은 산적들을 이끌고 온 제자들을 바라보며 미간을 좁혔다.

"저 녀석들……."

산적들을 '설득'하는 과정이 꽤나 만족스러웠는지, 하나같이 입가에 기분 좋은 미소를 짓고 있었다. 그동안 쌓인 게 많았던 모양.

"큰형님! 저희 왔습니다!"

헌원강이 멀리서부터 손을 흔들며 외쳤다. 백수룡은 부끄러운 제자의 시선을 피하며 모른 척했다.

잠시 후, 제자들이 다시 한자리에 모였다.

백수룡은 혹시나 하는 노파심에 그들에게 물었다.

"죽이거나 하진 않았지?"

이번 작전은 산적들의 자발적인 협조를 얻어야 의미가 있었다.

약간의 손찌검 정도야 괜찮다.

하지만 그 이상으로 피를 봤다면, 저들을 공포로 잠시 강제할 수는 있어도 제대로 된 협조를 얻기는 어려웠다.

녹의수사의 이름을 내건 야수혁도 곤란해졌을 것이다.

다행히 그런 일은 없었다. 다들 야수혁의 입장을 배려했던 것이다.

"에이. 우릴 뭐로 보고."

"일단 공문부터 보여 주고, 못 믿겠다고 해서 실력으로 믿게 해 줬죠."

"두목만 좀 쥐어패니까 바로 믿던데요?"

"저 녀석들. 우릴 완전히 녹림맹의 고수로 생각하더라고요."

산적들은 갑자기 나타난 청룡학관 학생들을 같은 녹림이라고 철석같이 믿었고, 그들의 무공 실력을 보고 난 후에는 그들이 가져온 녹림맹의 공문 역시 진짜라고 믿을 수밖에 없었다.

빠른 시간 안에 산적들을 데려올 수 있었던 건 녹림맹의 공문과 제자들의 무공, 두 가지의 적절한 조화라고 할 수 있었다.

다만…….

조용히 수군거리는 산적들 사이에서 '녹림오마'니 '녹림오귀'니 하는 말이 들려오는 걸 보면, 제자들이 어지간히 무섭게 '설득'한 모양이었다.

절로 한숨이 나왔다.

"정파 후기지수란 놈들이 잘하는 짓이다."

이런 놈들을 대체 누가 가르쳤는지…….

아, 내가 가르쳤지.

살짝 헛기침을 한 백수룡은 야수혁을 돌아보며 말했다.

"다 모인 것 같으니까, 가서 계획을 설명해 줘."

"예? 제가요?"

야수혁의 눈이 휘둥그레졌다.

이곳으로 산적들만 데려오면, 나머지는 백수룡이 알아서 해 줄 거라고 생각했던 것이다.

"저는 싸움이나 할 줄 알지, 말주변도 별로 없고……."

"이건 네가 직접 해야 한다."

백수룡이 야수혁의 말을 끊었다. 그리고 단호한 어조로 말했다.

"우리는 결국 외부인이야. 힘으로 저들을 제압하는 건 쉬워도, 저들이 진심으로 협력하도록 이끄는 건 같은 녹림도인 너만 할 수 있는 일이다."

"……."

무공과는 관련이 없지만, 이것 또한 하나의 수업이었다.

스스로 시작한 일을 끝까지 마무리 짓는 것.

백수룡은 야수혁의 커다란 등을 밀어주며 말했다.

"걱정 말고 해 봐. 정 못하겠다 싶으면 내가 도와줄 테니까."

"……네."

고개를 끄덕인 야수혁이 큼직한 바위 위로 훽 뛰어올랐다.

"후우……."

야수혁은 자신에게 모여드는 시선에 잠시 호흡을 가다듬었다.

무슨 말을 해야 할지 생각을 정리하면서, 한자리에 모인 이백여 명에 가까운 산적들을 바라봤다.

못마땅한 표정이 많았다.

여기 있는 산적들 대부분은 녹의수사의 이름이 걸린 공문 때문에, 또는 난데없이 등장한 고수들이 무서워서 어쩔 수 없이 따라온 자들이었다. 마음속에 불만이 가득할 것이다.

'차라리 당장 독각사랑 싸우는 게 낫겠어.'

꽉 쥔 주먹에서 식은땀이 흘렀다.

그냥 주먹을 휘두르면 간단히 해결될지도 모른다. 목숨을 두고 협박하면, 대부분은 억지로라도 시키는 대로 할 테니까.

하지만 다른 사람은 몰라도 자신이 그래서는 안 된다. 그건 녹림을 천대하고 무시하는 자들과 다를 바가 없는 짓이었다.

'이들 모두가 녹림의 형제들이다.'

그 순간, 야수혁은 자신이 무슨 말을 해야 할지 깨달았다.

쿵!

발을 구른 야수혁이 말했다.

"나는 녹의수사의 아들 야수혁이오."

야수혁의 첫마디를 듣는 순간, 백수룡은 팔뚝에 살짝 소름이 돋는 것을 느꼈다.

'저 녀석. 타고났군.'

방금까지 잔뜩 긴장했던 소년은 온데간데없었다.

마치 거대한 호랑이 한 마리가 아래에 모인 짐승들을 내려다보는 듯했다.

그것은 무공의 재능과는 전혀 다른 기질.

타고난 지배자의 기질이 드러나고 있었다.

"이미 들었겠지만, 독각사라는 마물이 구일채를 덮쳐서 많은 형제들이 죽고 다쳤소. 모두 주위를 한번 둘러보시오."

산적들은 야수혁이 시키는 대로 주위를 둘러봤다.

독각사에게 공격당한 구일채의 모습이 보였다.

시체를 치우고 파괴된 흔적을 지웠다지만, 그 처절했던 싸움의 흔적은 지우지 못한 핏자국과 함께 그대로 남아 있었다.

야수혁이 낮은 목소리로 말했다.

"두 눈으로 직접 보시오. 그들이 싸우고 죽어 간 흔적을."

……꿀꺽.

침묵 속에서 누군가가 침을 삼키는 소리가 들렸다.

야수혁은 묵념을 하듯 잠시 눈을 감았다가 천천히 떴다.

그리고 굳은 표정으로 천천히, 하고 싶은 말을 정리하면서 입을 열었다.

"빨리 놈을 잡지 않으면, 곧 다른 산채도 습격당할 것이오. 그게 어디가 될지는 모르지."

"형제들을 이렇게 한자리에 모은 것도 그 때문이오. 또 다른 피해가 생기기 전에 대비하기 위해서."

"그 과정에서 약간의 충돌이 있었지만, 이해해 주길 바라오."

야수혁은 달변가가 아니었다. 목소리는 거칠었고, 사용하는 단어는 투박했다.

하지만 사람들을 집중시키는 힘이 있었다.

그 순간, 백수룡의 눈에는 야수혁의 얼굴 위로 맹호악이 겹쳐 보였다.

녹림의 역사상 가장 강하고 패도적이었던 지배자.

녹림투왕은 말 한마디로 녹림 72채의 산적들을 지옥 불에 뛰어들게 할 수 있는 사내였다.

오죽하면 혈교가 녹림투왕의 수하들을 꼬드겨 내부에서 반란을 일으키도록 했던 게, 녹림의 세력이 혈교를 위협할 정도로 커질까 봐 우려해서였을까.

"독각사란 놈은 아주 위험하오. 그래서 수색만 부탁할 생각이오. 놈의 흔적을 찾아주면, 나와 여기 있는 고수들이 놈을 쳐 죽이겠소."

야수혁은 그 기질이 맹호악과 닮았다.

물론 아직 둘을 비교하는 것은 어불성설이었다.

맹호악이 말 그대로 산중호걸(山中豪傑)이었다면, 야수혁은 아직 이빨도 다 자라나지 않은 새끼 호랑이에 불과했다.

하지만 새끼도 호랑이는 호랑이였다.

"녹림은 결코 은원을 잊어선 안 된다! 나는 양부이신 녹의수사에게 이렇게 배웠소."

"그 값을 상대에게 확실하게 셈해 주지 않으면, 녹림은 영원히 천대와 멸시를 받을 것이라고 하셨소."

"또한 우리가 아무리 천대받고 무시당하더라도, 녹림의 형제들끼리는 서로 도와야 한다고 배웠소."

야수혁의 말 한마디 한마디가 듣는 이들의 가슴에 비수처럼 박혔다.

강제로 끌려와 불만이 가득하던 눈빛에 부끄러운 감정이 스며들고, 대충 시키는 대로 시간이나 때우다가 돌아가려 했던 마음은 용암처럼 뜨겁게 끓어 올랐다.

쿵!

다시 한번, 야수혁이 발을 굴렀다.

"맹세하건대, 나는 녹림의 형제들을 죽인 뱀 새끼를 찾아 토막 내고, 그 고기를 삶아 먹을 거요. 아무도 돕지 않더라도, 나 혼자서라도 죽어간 형제들을 기릴 것이오."

"……!!"

"……!!"

아직 앳된 흔적이 남아 있는 젊은 녹림도의 선언이, 듣는 이들의 가슴 속에서 무언가가 울컥하게 했다.

"젠장! 나도 돕겠소!"

산적들 중 더 이상 참지 못한 누군가가 외쳤다.

처음이 어려울 뿐, 그다음부터는 봇물 터지듯 연이어 목소리가 터져 나왔다.

"녹림은 은원을 잊지 않는다!"

"은혜는 열 배로 갚고, 원한은 백 배로 갚아야 녹림이지!"

"반드시 그 뱀 새끼를 찾아냅시다!"

"형제들의 복수를 합시다! 우리 구역은 우리가 지켜야지!"

산적들은 어느새 이 젊은 지배자에게 진심으로 열광하기 시작했다. 감정이 북받친 녹림의 사내들이 일제히 함성을 내질렀다.

우와아아아!

함성이 어마어마했다. 무기를 뽑아 든 산적들은 목이 터지도록 함성을 질렀다.

캬앗!

야수혁 주위를 맴돌던 은호가 폴짝 뛰어올라 그의 어깨 위에 올라섰다. 그리고 산적들과 함께 포효했다.

낯선 야수혁의 모습에, 청룡학관 선배들과 동기들은 팔에 돋은 닭살을 쓸어내렸다.

"저 녀석……."

"우리가 알던 야수혁이 아닌 것 같아."

"……나 지금 소름 돋았어."

하지만 누구보다 놀란 사람은 백수룡이었다.

"허어……."

산적들에게 계획만 제대로 설명해도 성공이라 생각했다.

자신이 아는 야수혁은 말재주가 뛰어난 녀석이 아니었으니까.

그런데 야수혁은 보란 듯이 이백여 명의 산적을 휘어잡았다.

저들은 이제, 야수혁의 명령에 불구덩이라도 뛰어들 기세였다.

백수룡은 과거 녹림투왕의 모습을 떠올렸다.

"……맹사부. 내가 당신의 후인을 찾은 것 같소이다."

단순히 무공을 전수한 후계자를 말하는 것이 아니었다.

녹림십팔식의 오의를 익힌 건 거상웅도 마찬가지였으니까.

"당신이 꿈꾼 평생의 숙원을 이뤄 줄 녹림의 후계자를 말이오."

어쩌면 이 순간, 새로운 녹림투왕의 탄생을 지켜보고 있는 것일지도 몰랐다.

◆◈◆

이백여 명의 산적이 독각사와 은호가 사라진 마지막 흔적을 중심으로 천라지망을 펼쳤다.

"반드시 찾아내라!"

"개미 새끼들이 기어간 흔적까지 찾아내!"

따로 명령을 내릴 필요도 없었다. 각 산채의 채주들이 알아서 구역을 나눴고, 산을 샅샅이 뒤지기 시작했다.

녹림의 형제들을 죽인 원수를 찾는 일이었다. 눈이 벌게진 녹림도들은 식음을 잊고 몰두했다.

그렇게, 산적들이 집요하게 산을 뒤져 댄 결과.

"찾았습니다!"

수색을 시작한 지 이틀 만에 독각사가 숨은 곳을 찾아냈다.

"저 아래에 숨겨진 연못이 하나 있는데, 그 주변으로 해괴한 짐승들이 하나둘 모여들고 있습니다."

"해괴한 짐승들이라니?"

"팔이 넷인 성성이, 눈동자가 푸른 곰, 꼬리가 여럿인 여우도 봤습니다. 생전 처음 보는 놈들입니다. 대체 지금까지 어디에 숨어 있었던 건지……."

"영물들이로군."

조용히 듣고 있던 백수룡이 대화에 끼어들었다.

그동안 산적들이 많은 흔적을 찾아냈지만, 전부 독각사와는 상관없는 것들이었다.

하지만, 이번에는 뭔가 달랐다.

영물들이 모여드는 연못이라니. 그런 일이 자연적으로 생길 리는 없었다.

"거기가 어디야? 안내해."

백수룡은 산적들을 따라 연못 앞에 도착하자마자 느꼈다.

'이곳이다.'

안개 낀 연못 안에서 거대한 기가 꿈틀거리는 것이 느껴졌다.

자신이 생각했던 것보다 훨씬 더 강렬한 마기(魔氣).

그리고 연못 주변을 눈자위가 검게 변한 짐승들이 지키고 있었다.

크르르르……

크르르르……

연못을 둘러싼 짐승의 숫자는 수십 마리가 넘었고, 점점 늘어나고 있었다.

'영물로 보이는 놈들만 넷이군.'

평생 하나의 영물만 만나도 기연이라고들 하는데 네 마리면, 이 일대에 있는 영물이 전부 모였다고 해도 과언이 아니었다.

"저게 대체……."

"다 어디서 나온 거야?"

백수룡을 따라온 제자들의 표정도 하나같이 굳었다.

짐승들이 내뿜는 기운이 만만치가 않았다.

연못 가까이 인간들이 접근하면 당장이라도 덤벼들 기세였다.

백수룡이 야수혁에게 말했다.

"녹림도들에게 대형을 갖추라고 해. 섣불리 움직이지 말라고도 하고."

"예!"

그때였다.

안개 낀 연못 전체가 부글부글 끓어오르더니, 그 중심에서 물줄기가 하늘로 폭발했다.

푸화아악!

물방울이 사방으로 비산했다. 연못에서 거대한 존재가 솟구쳐 올랐다.

순간적으로 하늘이 어두워졌다.

하늘을 올려다본 녹림도들이 겁에 질려 뒷걸음질을 쳤다. 일부는 다리가 풀려 주저앉기까지 했다.

"뭐야 저게……."

"배, 뱀이라고 하지 않았어?"

저렇게 거대한 것을 뱀이라고 부를 수 있을까.

하늘에 떠 있는 놈은 몹시 신령스러운 동시에, 새카만 몸에서는 불길한 기운이 흘러나왔다. 뿔의 길이만 해도 육 척이 넘었다.

백수룡은 구일채의 부채주를 불러서 물었다.

"네가 본 독각사가 저놈 맞아?"

"비, 비슷하긴 한데 저것보다 훨씬 작았습니다. 두 배는 더 커졌습니다……."

"……탈피라도 했나 보군. 저건 더 이상 독각사 따위가 아니야."

백수룡은 오래전에 읽은 책에서 저것과 비슷하게 묘사된 존재를 떠올렸다.

"독각마룡……."

승천에 실패한 이무기가 마물이 되고, 그 마물이 인간과 영물을 잡아먹으며 더욱 강해진 괴물이었다.

크롸라라라라라라라!

독각마룡이 포효하자, 연못을 둘러싼 짐승들의 눈이 뒤집혀 인간들을 향해 달려오기 시작했다.

그에 맞서, 백수룡이 앞으로 나서며 외쳤다.

"대형을 갖춰라! 여기서 못 막으면 다 죽는다!"

곧, 싸움이 시작되었다.

254화

# 독각마룡(2)

눈이 뒤집힌 짐승들이 인간들을 찢어발기기 위해 달려오고 있었다.

캬아아아아!

크아아아아!

언뜻 봐도 평범한 짐승들이 아니었다. 하나같이 동족보다 몇 배는 크고 사나운, 노련한 산적들도 오금이 저릴 만한 맹수가 수십 마리였다.

"쫄지 마라! 그래 봤자 짐승이다!"

야수혁은 두려움에 떠는 산적들의 사기를 고취시키기 위해 성큼성큼 앞으로 나섰다.

마침 적의 선두에서 달려오던 늑대가 땅을 박차고 뛰어올랐다. 보통의 늑대보다 덩치가 세 배는 큰, 호랑이도 물어 죽일 수 있을 것 같은 놈이 칼날 같은 이빨을 드러냈다.

그러나 늑대는 상대를 잘못 골랐다.

콰악……!

야수혁은 놈의 주둥이를 양손으로 잡더니, 괴력을 이용해 반으로 찢어 죽였다.

촤아아악!

쏟아지는 피를 그대로 뒤집어썼다. 그가 두 조각난 늑대의 사체를 바닥에 내팽개치며 포효했다.

"녹림의 형제들이여! 오늘 밤은 짐승 고기로 잔치를 벌이자!"

그동안 억눌러 두었던 야성이 폭발했다.

같이 매일 수련하는 백룡장의 선배들마저 깜짝 놀랄 만큼, 야수혁은 맹렬한 투기를 뿜어냈다.

"저 자식……. 오늘따라 좀 멋진데?

"후배한테 질 수는 없지."

"저희도 가요!"

"야! 백룡장에 거친 남자는 나 하나로 충분하거든?"

거상웅, 여민, 위지천, 헌원강이 한마디씩 하며 앞으로 달려나갔다.

그들도 선두로 나서며 포악한 맹수들을 상대했다.

"형제들이여! 우리도 가자!"

"우와아아!"

녹림맹(?)의 다섯 고수가 펼치는 활약에, 두려움을 떨친 산적들도 각자 무기를 꼬나쥐고 달려나갔다.

콰직! 푸욱! 쩌어억!

처음에는 대형이 유지되었지만 곧 난전으로 변했다. 사람과 짐승이 마구잡이로 뒤섞였다. 전장의 흥분이 이성을 잃고 날뛰게 만들었다.

전장에서 차가운 이성을 유지하는 사람은 백수룡이 유일했다.

'뭔가 이상해.'

백수룡은 일부러 무공을 거의 드러내지 않고 있었다.

처음에는 밀려오는 맹수들을 보고 앞으로 나서려 했지만, 문득 든 어떤 생각이 그를 망설이게 했다.

다행히 제자들이 그를 대신해 잘 싸우고 있었다. 덕분에 백수룡은 생각할 시간을 벌 수 있었다.

'왜 직접 나서지 않는 거지?'

백수룡의 시선은 연못 위에 떠 있는 독각마룡에게 향했다.

하늘 위에서 지상의 인간들을 오연히 굽어보는 새카만 눈.

번들거리는 파충류의 눈은 지독한 분노와 증오로 물들어 있었고, 반쯤 벌어진 아가리에서는 시커먼 마기가 지옥의 불길처럼 넘실거렸다.

크롸라라라라!

백수룡이 이상하다고 생각하는 건 바로 그 점이었다. 그가 혼잣말을 중얼거렸다.

"저렇게 화가 났으면서 왜 보고만 있는 거지? 직접 나서면 단숨에 쓸어버릴 수 있을 텐데……."

처음 독각마룡이 연못에서 솟구쳐 나왔을 때, 백수룡은 일순간 공포를 느꼈다.

남궁세가에서 성취를 얻으며 생긴 오만함이 단숨에 씻겨나갔다. 무림십존도 아닌 한낱 마물은 사냥감에 불과하다고 생각했다.

뼈아픈 오산이었다.

정면승부로는 독각마룡에게 승산이 보이지 않았다. 제자들만 아니었다면, 진지하게 도주를 고려했을 것이다.

'그런데, 그토록 강한 마물이 직접 싸우지 않고 짐승들을 불러모아서 군대를 만든다?'

영물들까지 수족처럼 부리다니 놀라운 능력이었지만, 독각마룡이 직접 나서는 것에 비하면 번거로운 일이었다.

생각을 거듭한 백수룡은 한 가지 결론에 도달했다.

'직접 나서지 않는 게 아니라, 나서지 못하는 상황이라면?'

백수룡은 시선을 아래로 움직여, 독각마룡의 앞에서 수호신처럼 서 있는 네 마리의 영물을 바라보았다.

대호, 청안웅, 육미호, 팔이 넷인 성성이.

몸 안에 절정고수 이상의 기를 품은 영물, 아니 이제는 마물이라고 불러야 할 괴이한 짐승들이, 아직까지 전투에는 참여하지 않은 채 이쪽을 가만히 노려보고만 있었다.

'만약 저놈들이…… 독각마룡을 지키기 위해 움직이지 않는 거라면?'

백수룡은 구일채의 부채주와 잠시 나눴던 대화를 떠올렸다.

—네가 본 독각사가 저놈 맞아?

—비, 비슷하긴 한데 저것보다 훨씬 작았습니다. 두 배는 더 커졌습니다…….

머릿속에서 조각이 맞춰진다.

"……탈피한 지 얼마 안 됐고, 힘을 완전히 갈무리하지 못한 거라면."

아직은 추론일 뿐이지만, 백수룡은 자신의 추론을 구 할 이상 확신했다.

"너, 몸이 정상이 아니구나."

독각마룡을 노려보는 백수룡의 입가에 회심의 미소가 맺혔다.

약점을 알아냈으니 노리지 않을 이유가 없었다.

백수룡은 흩어져서 싸우고 있는 제자들에게 외쳤다.

"야수혁은 산적들과 함께 지금처럼 짐승들을 상대하고, 나머지는 나와 함께 독각마룡을 친다!"

"네?"

"갑자기요?"

"이 많은 짐승들을 뚫고요?"

자세히 설명할 시간이 없었다.

독각마룡이 탈피한 후 비대해진 기운을 갈무리하는 중이라면, 시간을 끌수록 불리해지는 것은 이쪽이었다.

"다들 내 곁으로 모여!"

제자들이 백수룡의 곁으로 모였다.

그들이 빠지면서 산적들이 받는 부담이 커지겠지만, 백수룡은 야수혁에게 어떻게든 버티라고 할 수밖에 없었다.

"최단 거리로 돌파한다. 저기 앞을 막고 있는 영물들 보이지?"

제자들이 고개를 끄덕였다. 그들 또한 심상치 않은 기운을 풍기면서도 전투에는 참여하지 않은 영물들에 조금씩 의문을 가지던 차였다.

"너희가 하나씩 맡아라."

작전은 간단했다.

제자들이 독각마룡을 지키는 영물들을 떼어내면, 백수룡이 그 틈에 전력으로 독각마룡에게 달려들어 치명적인 일격을 가한다.

백수룡은 독각마룡에게 최대한 접근할 때까지 무공을 숨기는 게 관건이었다. 미리 실력을 드러낸다면 독각마룡도 크게 경계할 테니 말이다.

다행히, 아직 놈은 백수룡을 경계하지 않았다.

"다들 정신 바짝 차려. 이번엔 진짜로 너희까지 신경 쓸 여력이 없으니까."

"걱정 마세요!"

"수련의 성과를 보여 드릴게요!"

제자들이 비장한 표정으로 고개를 끄덕일 때였다.

크롸라라라라라!

독각마룡은 다시 포효를 터트리자, 녀석의 몸에서 아까보다 더 강렬해진 마기가 흘러나왔다.

그리고, 산 전체에 지진이 발생했다.

두두두두두!

산 위에서 수많은 짐승들이 내려오며 일으키는 지진이었다. 독각마룡의 의지가 산의 짐승들을 지배하고 있었다.

"이런 미친……."

"지금도 겨우 막고 있는데!"

"도, 도망쳐야 하는 거 아니야?"

겨우 버티고 있는 산적들의 표정이 창백해졌다. 야수혁이 그들에게 자리를 지키라며 고래고래 소리를 질렀다.

그 모습을 본 백수룡이 제자들에게 말했다.

"시간이 없다. 가자."

백수룡이 가운데에 서고, 제자들이 양쪽에 둘씩 나뉘어 경공을 펼쳤다.

촤악! 촤아아악!

그들은 앞을 가로막는 짐승들을 베어 넘기며 질주했다. 산 위에서부터 온갖 짐승들이 쏟아져 내려오고 있었다.

모든 힘을 갈무리하기 전에, 백수룡의 검이 독각마룡에게 닿아야 했다.

잠시 후, 예상대로 독각마룡을 지키기 위해 영물들이 으르렁거리며 일행을 가로막았다.

그 순간, 백수룡은 슬쩍 뒤로 빠졌다. 제자들이 각자 하나씩 상대를 찾아서 흩어졌다.

"하아압!"

"차핫!"

"우워어어어!"

"네 상대는 나다!"

헌원강이 대호를 맡았고, 거상웅은 청안웅을, 위지천이 팔이 넷인 성성이를, 여민은 육미호를 상대로 출수했다.

휘이익!

그리고 백수룡은 제자들이 만들어 준 길로 내달렸다. 그가 제자들을 지나치며 소리쳤다.

"영물한테 지는 놈은 돌아가서 지옥훈련이니까 각오해라!"

"이 악마!"

제자들의 절규를 뒤로하고, 백수룡은 독각마룡을 향해 일직선으로 쇄도했다.

크롸라라라라!

독각마룡이 백수룡을 내려보고 있었다.

몸길이가 십 장이 넘는 독각마룡에 비하면, 백수룡은 한없이 작고 약한 존재처럼 보였다.

[하찮은 미물이여.]

갑자기 머릿속에 울리는 목소리에 백수룡은 깜짝 놀랐다. 전음과는 본질적으로 다른 무언가. 목소리라기보다는 의지 자체가 머릿속에 전달되고 있었다.

"설마……?"

독각마룡이 그에게 말을 걸고 있었다.

[나에게 닿는 것이 무슨 의미가 있느냐. 너는 내 비늘에 흠집조차 내지 못할 것이다.]

"살려면 뭐라도 해 봐야지. 그냥 죽으란 거야?"

[인간들은 내 보금자리를 사라지게 했고, 천 년을 쌓아 온 공덕마저 수포로 만들었다.]

예상대로, 천주산을 폐허로 만든 흑야마제와 창천검왕이 독각사를 마물로 만든 원인인 듯했다.

백수룡은 억울함을 가득 담아 항변했다.

"그걸 왜 우릴 탓해? 다른 인간들이 한 짓인데."

[천 년간 내가 지켜본 인간들은 항상 같았다. 나의 내단을 탐하고, 욕심을 주체하지 못해 피를 불렀지.]

쿠르르릉……!

하늘에서 먹구름이 몰려오기 시작했다. 독각마룡의 몸이 더욱 높이 날아올랐다. 기껏 가까워진 거리가 다시 멀어졌다.

[너희들은 세상에 해악만 끼치는 존재다.]

독각마룡의 몸에서 흘러나오는 힘이 점점 강해지고 있었다. 탈피를 거친 몸에 적응하고 있다는 의미였다.

[어차피 선계로 가지 못하게 된 몸. 나는 인간을 멸해 이 세상을 정화할 것이다.]

독각마룡은 아득해진 높이에서 백수룡을 내려다봤다.

마치 놀리는 듯했다. 인간 따위가 이곳에 닿을 수 있겠느냐고.

물론, 백수룡은 대답을 준비해 왔다.

"이쯤이면 되겠군."

연못 앞에 멈춰선 백수룡이, 지금까지 몸 안에 꽁꽁 숨겨 두었던 힘을 일제히 개방했다.

츠츠츠츳…….

그의 머리카락이 순식간에 붉게 물들었다가 다시 검게 변했다. 워낙 찰나여서 독각마룡을 제외한 누구도 보지 못했다.

[하하하하! 힘을 숨겼었구나. 하지만 바뀌는 것은 없다!]

독각마룡의 비웃음이 머릿속에 천둥처럼 울렸다. 백수룡이 인상을 쓰며 말했다.

"말 더럽게 많네. 바뀌는 게 왜 없어?"

백수룡은 왼손을 뻗어 연못에 빙백신장을 뿌렸다. 그의 손에서 눈보라가 휘몰아쳤다.

쩌저저적!

연못 전체가 삽시간에 얼어붙었다. 백수룡은 빙판으로 변한 연못을 미끄러지듯 내달렸다.

[감히!]

자신의 터가 얼어붙은 데 분노한 독각마룡이 포효를 터트렸다. 즉시 무시무시한 기운이 뭉쳤다. 웬만한 무인은 숨조차 쉴 수 없을 극악한 마기가 공간을 짓눌렀다.

하지만 백수룡에겐 아무런 영향도 끼치지 못했다. 오히려 그의 몸에 더 활력을 돌게 했다.

독각마룡은 상대가 다루는 힘이 자신과 크게 다르지 않음을 깨닫고 경악했다.

[어떻게 인간 따위가……!]

"역천(逆天)의 힘을 다루냐고?"

피식 웃은 백수룡이 바닥을 박찼다.

터어엉!

연못의 얼음이 박살 나며, 백수룡의 신형이 벼락처럼 위로 솟구쳤다. 그는 단숨에 독각마룡과 눈높이가 맞는 위치까지 올라왔다.

"뱀 주제에 적당히 설쳤어야지."

백수룡의 두 눈이 지옥의 업화처럼 시뻘겋게 불타오르고 있었다. 혈마안을 사용한 것이었다.

모든 마(魔)를 꿰뚫어 보는 혈마안이 독각마룡의 몸 안에 흐르는 기운을 파악했다.

"찾았다."

머리에서부터 몸의 삼분지 일 지점, 그곳에 기가 비정상적으로 뭉쳐서 제대로 흐르지 못하는 부분이 있었다.

흔히 용의 역린(逆鱗)이라고 부르는 약점이었다.

역린을 발견한 백수룡은 망설이지 않았다. 확인한 즉시 독각마룡의 역린에 검을 꽂아 넣었다. 그리고, 아직 힘을 다 갈무리하지 못한 독각마룡은 대처가 느렸다.

크롸라라라라라!

끔찍한 고통을 견디지 못한 독각마룡이 지상으로 추락하기 시작했다.

255화

# 독각마룡(3)

크롸라라라라라라!

독각마룡은 지상으로 추락하는 와중에도 백수룡을 떼어내기 위해 몸부림쳤다.

[떨어져라! 떨어지란 말이다!]

그러나 백수룡은 역린에 박아 넣은 검을 단단히 붙들고 놓아 주지 않았다. 오히려 내공을 잔뜩 불어넣었다.

우우우웅!

천하에서 가장 패도적인 역천신공의 기운이 독각마룡의 몸 내부를 헤집었다. 백수룡은 놈을 수십 조각으로 찢어발길 작정으로 공력을 끌어올렸다.

'여기서 끝낸다!'

그러나, 독각마룡도 천 년을 살아온 괴물이었다. 쉽사리 당하지 않았다.

[네놈 뜻대로 되지는 않을 것이다!]

몸 안에 백수룡의 기운이 흘러들어 오는 즉시, 독각마룡의 내단에서도 막대한 공력이 흘러나와 맞섰다.

독각마룡의 몸 내부에서 두 개의 기가 맹렬하게 충돌했다. 싸울수록 손해를 보는 쪽은 명백했다. 독각마룡의 소름 끼치는 비명이 산천초목에 울려 퍼졌다.

크롸라라라라라!

몸 내부에서 일어나는 공격을 막느라, 독각마룡에겐 다른 것을 할 여력이 없었다. 지상으로 추락하는 것을 알면서도 몸을 웅크리는 것 외에는 아무것도 할 수 없었다.

콰아아앙!

독각마룡의 거체가 추락하자, 일대의 지반이 움푹 가라앉았다. 마룡의 입에서 검은 피가 울컥울컥 흘러나왔다.

바닥에 충돌하기 직전, 백수룡은 독각마룡의 몸에서 검을 뽑으며 지상으로 뛰어내렸다.

그 또한 온전치 않은 모습이었다. 몸부림치는 독각마룡의 공격에서 버티는 건 쉬운 일이 아니었다.

"후우……."

백수룡이 잠시 숨을 고르며 검을 살펴보니, 검 전체에 부식이 진행되고 있었다.

그대로 두었다면 독각마룡의 몸 안에서 녹아내렸을 것이다.

백수룡의 표정이 살짝 굳었다.

'하필이면 이럴 때…….'

백수룡의 무공이 점점 강해지고, 만나는 적들의 수준도 높아지고 있었다. 웬만한 보검으로는 이후의 싸움을 감당하지 못할 터였다.

'더 좋은 검이 필요해.'

자연스레 위지열이 만들고 있는, 혈마검을 능가할 만한 절세보검으로 생각이 미쳤다.

당장 지금만 해도 혈마검 수준의 절세보검만 손에 쥐어져 있었다면, 독각마룡에게도 훨씬 치명적인 상처를 입힐 수 있었을 것이다.

'대체 언제쯤 완성되는 건지.'

아쉬운 마음이 들었지만, 일단은 독각마룡을 처리하는 것이 우선이었다. 돌아가서 위지열을 만나 보기로 하고, 백수룡은 잡생각을 털어냈다.

"오늘까지만 버텨다오."

월영의 검신을 가볍게 쓸어내린 백수룡은 독각마룡을 향해 걸어갔다.

크르르르르…….

먼지 속에서 독각마룡이 거대한 몸을 일으키고 있었다.

놈의 몸에서 무시무시한 마기가 파동처럼 번져 나왔다.

이래서 가능하면 일격에 쓰러뜨리고 싶었다. 시간을 끌수록 놈의 힘은 점점 안정될 테니까.

하지만 독각마룡의 비늘은 강기에도 저항할 만큼 단단했고, 기를 다루는 능력 또한 절세고수 못지않았다.

여전히 놈은 오금이 저릴 만큼 강해 보였다.

하지만.

"이 정도면 해볼 만하지."

백수룡의 두 눈동자가 붉게 달아올랐다. 그는 혈마안을 밝혀 독각마룡의 몸을 살폈다.

전보다 훨씬 약하고 불안정한 기의 흐름이 보였다. 방금 공격으로 놈이 치명상을 입었다는 증거였다.

처음 봤을 때 떠올랐던 '절대 이길 수 없다'란 생각은 머릿속에서 사라졌다. 지금이라면 충분히 해볼 만했다.

백수룡이 발을 굴렀다.

쿠웅!

발 구름 한 번에 땅이 갈라졌다. 백수룡의 신형이 폭발적으로 쏘아졌다. 청색장포가 바람에 찢어질 듯 펄럭였다.

촤아아악,

첫 공격은 독각마룡의 눈을 스쳤다. 백수룡은 실망하지 않고 몸을 회전시키며, 곧바로 다음 공격을 준비했다.

왼손으로 새하얀 냉기를 뿌리고, 오른손에 든 검을 사선으로 올려 그었다. 강기를 두른 검의 궤적에 독각마룡의 뿔이 있었다.

독각마룡도 피하지 않았다. 뿔에 천 년의 공력을 두르고 빛살처럼 찔렀다. 절세고수의 찌르기와 우열을 가르기 힘든 속도였다.

쩌어어어엉!!

충격에 십여 장을 밀려난 백수룡이 미간을 찌푸렸다. 검을 쥔 손바닥에 저릿저릿한 통증이 느껴졌다. 반면, 독각마룡의 뿔에는 흠집도 나지 않았다.

"지랄 맞게 단단하네."

백수룡은 짜증과 동시에 기대감이 섞인 눈빛으로 독각마룡의 뿔을 바라봤다.

저걸로 무기나 갑주를 만든다면 어떨까?

놈의 비늘도 단단하기가 비할 데 없는 물건이었다. 내단은 말할 것도 없었다.

독각마룡을 도축하면, 족히 수십 명은 무장시킬 수 있는 전리품이 나올 것이다. 그것만으로도 목숨을 걸어 볼 가치는 있었다.

[하찮은 미물아. 네 눈에서 더러운 탐욕이 보이는구나.]

순간, 독각마룡이 아가리를 쩍 벌렸다. 그 입에서 시커먼 불길이 쏟아졌다. 거의 코앞이었다. 백수룡은 바닥을 얼려 미끄러지듯 몸을 굴렸다.

콰콰콰콰콰콰!

불길이 지나간 자리가 잿더미로 변했다. 백수룡의 모골이 송연해졌다. 간신히 피하지 못했다면 자신도 저 꼴이 됐을 테니까.

"무지막지하긴……."

애초에 천 년의 공력을 쌓아온 영물이었다.

비록 용이 되어 승천하지 못하고 마물이 되었다지만, 녀석이 쌓아온 기(氣)는 인간과 비교할 수준이 아니었다.

백수룡은 상대를 짐승이라 얕보던 마음을 완전히 지웠다. 아니, 동격의 고수라고 여기며 신중하게 움직였다.

독각마룡이 백수룡을 집어삼킬 기세로 입을 벌리며 덤벼들었다. 맹독을 품은 독니가 시퍼렇게 빛났다.

콰콰콰콰콰쾅!

그들이 정면으로 충돌하자, 귀가 먹먹해지는 굉음이 연달아 터졌다.

독각마룡의 비늘이 찢겨나가고, 백수룡의 장포가 독액에 녹아내렸다.

퍼억!

독각마룡이 휘두른 꼬리에 맞은 백수룡이 피를 뿜으며 수십 장을 날아갔고,

촤아악!

백수룡의 검은 기어이 독각마룡의 눈알 하나를 베어냈다. 독각(毒角)마룡은 이제 독안(獨眼)마룡이 되었다.

크아아아아아아!!

고통에 찬 용울음에 산사태가 일어났다. 새들이 일제히 하늘로 날아오르고, 짐승들이 공포에 미쳐 날뛰었다.

경천동지할 싸움으로 일대가 초토화되고 있었다.

몰아치는 힘의 파편이 대지에 지워지지 않을 흉터를 남겼다. 운 나쁘게 휘말린 짐승들은 형체도 알아보지 못하게 갈려 나갔다.

"괴물 같은 놈……."

백수룡은 몇 번이나 피를 토했다. 푸른 장포 곳곳에 혈흔이 번졌다.

독각마룡은 괴력난신(怪力亂神)이라는 말이 어울리는 괴물이었다. 부서지거나 찢어진 상처가 눈에 보일 정도로 빠르게 회복됐다. 천 년 공력으로 인간의 이해를 벗어난 권능을 부렸다. 처음 찢어 놓았던 역린의 상처도 아문 지 오래였다.

그러나, 백수룡은 그렇지 않았다. 찢어진 상처에서는 계속 피가 흘렀고, 부러진 뼈는 저절로 맞춰지지 않았다.

하지만.

백수룡은 지금 그 어느 때보다 고양되어 있었다. 진다는 생각은 조금도 들지 않았다. 그는 검파를 꽉 쥐었다.

'보인다.'

백수룡은 싸우는 내내, 독각마룡의 움직임을 냉정하게 관찰했다.

분노와 광기에 물들어 상대를 파괴할 생각뿐인 독각마룡과 달리, 백수룡은 적을 관찰하고, 분석하고, 연구했고, 기어이 상대를 쓰러뜨릴 방법을 찾았다.

그것은 오래전부터 백수룡을 살아남게 해 준 생존 방식이었다.

휘익!

독각마룡의 꼬리를 피한 뒤, 백수룡은 그 위에 올라탔다. 비늘과 비늘 사이로 검을 찔러넣어 균형을 잡았다.

거듭된 싸움으로 그의 애검, 월영은 검의 형상만을 겨우 유지하고 있었다.

"그동안 고생 많았다."

백수룡은 이것이 월영의 마지막 순간임을 깨달았다. 그는 검에 짧은 작별인사를 한 후, 모든 공력을 불어넣었다.

우우우우웅!

월영이 공명하며 피처럼 붉은 검강을 피워냈다. 그러곤 그대로, 독각마룡의 꼬리에서 등으로 질주하며 검을 휘둘렀다.

촤촤촤촤촤촤!

수십 번의 검격은 전부 비늘과 비늘 사이를 정확히 베었다. 비늘이 떨어져 나가며 드러난 속살에서 피가 터져 나왔다. 독각마룡의 거체가 무너질 듯 휘청였다.

크롸라라라라라!

독각마룡이 괴성을 지르며 백수룡을 떨쳐 내려고 몸부림쳤지만 소용없었다. 백수룡은 혈마안으로 독각마룡의 움직임을 미리 다 읽고 있었다.

타닷!

독각마룡의 머리까지 훌쩍 뛰어오르자 눈과 눈이 마주쳤다. 백수룡이 말했다.

"솔직히 조금은 존경스러울 정도야."

인간으로 치면, 독각마룡은 심각한 내상을 입은 상태로 싸움을 시작한 것과 다름없었다. 이렇게까지 고전하게 될 줄은 상상도 못 했다.

만약 독각마룡이 완전한 상태에서 싸웠다면, 절대 이기지 못했을 것이다.

"다만, 네 운이 나빴다고 생각해라. 하필 이곳에서 나를 만난 것을 말이야."

[우습구나. 아직 아무것도 끝나지 않았거늘…….]

"지금 끝낼 생각이다."

스걱!

차가운 달빛을 머금은 월영이 허공에 붉은 궤적을 그렸다. 독각마룡 뿔의 밑동을 정확히 잘라내는 일검이었다.

끄아아아아아아악!

독각마룡이 처절한 비명을 질렀다.

그의 뿔에는 천 년 공력의 정수가 담겨 있었다.

신체에서 가장 단단한 부위였지만 동시에, 역린보다 더 큰 약점이었다.

하지만 그 사실을 아는 건 독각마룡 자신뿐인데!

[대체 어떻게…….]

"약점을 찾는 게 내 특기거든."

뿔이 잘린 독각마룡은 급격히 쇠락해 갔다. 거대했던 몸이 줄어들고, 천 년의 공력이 몸에서 빠져나갔다.

결국.

쿠우웅!

독각마룡이 흙먼지를 일으키며 쓰러졌다. 싸움의 끝을 알리는 소리였다.

백수룡은 바닥에 쓰러진 독각마룡에게 다가가며 말했다.

"마무리는 고통스럽지 않게 해 주지."

[하찮은 미물이 나를 동정하는 것인가…….]

독각마룡의 생명이 빠르게 꺼져 가고 있었다.

하지만, 인간에 대한 증오와 원망은 조금도 사그라지지 않았다.

일순간 독각마룡의 두 눈이 샛노랗게 빛났다.

[역천(逆天)의 길을 걷는 인간이여. 나는 네 손에 죽겠지만, 그 대가로 너 또한 사멸하게 되리라.]

문득 불길함을 느낀 백수룡은 곧장 달려들어 독각마룡의 목을 베어냈다.

채앵!

자신의 마지막 소명을 다한 월영은 결국 두 조각으로 부러졌다. 독각마룡의 목과 함께 부러진 검 조각이 바닥에 떨어졌다.

[천 년을 기다려온 삶이 이토록 허무하게 끝나다니. 실로 우습구나…….]

독각마룡이 완전히 죽었음에도, 불길함은 사라지지 않았다. 아니, 오히려 점점 더 강해졌다.

"……뭐지?"

백수룡이 주위를 둘러보며 경계했다.

츠츠츠츠츳…….

죽은 독각마룡의 몸에서 막대한 기가 흘러나와 백수룡을 휘감았다.

그것은 독각마룡이 죽기 전에 남긴 강렬한 의지.

백수룡이 미처 어떻게 할 겨를도 없이, 독각마룡이 남긴 천 년 공력이 그의 몸으로 흡수되기 시작했다.

"무슨……!"

일반적인 경우 영물의 기를 흡수된다는 것은 기연이지만, 백수룡의 경우에는 달랐다.

-내공이 깊어진다는 것은 좋은 일이지. 하지만 그에 걸맞은 신체의 격 또한 갖추어져야 한다네.

지금의 백수룡에게 이 이상의 공력은 극독이나 다름없었다. 그의 그릇은 이미 꽉 차 있었으니까.

"날 터트려서 죽이려고……. 끄으윽……."

백수룡은 이를 악물고 저항했다. 몸이 갈기갈기 찢어질 것 같았다.

이대로 시간이 흐르면 밀려드는 공력을 감당하지 못하고 몸이 터져 죽거나, 운이 좋아도 골수까지 마기가 스며들어 광인이 될 것이다.

혈교에서 보았던 수많은 마인들처럼 말이다.

그 순간, 백수룡이 생각할 수 있는 최악의 상황이 머릿속에 떠올랐다.

만약, 만약 자신이 마인으로 변해 이성을 잃고 폭주하게 된다면…….

가장 가까이 있는 인간들부터 죽이게 될 것이다.

"……안 돼. 오지 마. 오면 안 돼."

저 멀리서 제자들이 달려오는 것이 보였다. 한 명도 빠짐없이, 사투를 벌인 스승의 안위를 확인하기 위해 전력으로 달려오고 있었다.

하지만 백수룡은 그런 제자들을 반겨 줄 수 없었다. 곧 자신이 저 아이들을 죽일지도 모르기 때문이었다.

"……도망쳐, 도망쳐라! 내게서 최대한 멀리 도망쳐!!"

백수룡은 제자들을 향해 있는 힘껏 소리쳤다. 그의 목소리에 가공할 살기가 담겼다.

256화

# 한 번쯤은 우리가

당장 도망쳐라!

가공할 살기가 담긴 목소리에 달려오던 학생들이 멈춰 섰다.

백수룡은 그 모습을 보며 겨우 안도의 한숨을 내쉬었다. 그리고 지친 목소리로 중얼거렸다.

"그래. 그대로 돌아서서 도망쳐라. 최대한 멀리. 내 눈에 보이지 않는 곳으로…… 끄으윽!"

백수룡의 두 눈에 핏발이 섰다. 독각마룡이 남긴 막대한 공력이 그의 몸 안으로 들어오고 있었다. 이미 꽉 찬 그릇에 강제로 더 들어오려 하니, 전신이 찢어질 듯 고통스러웠다.

'이걸 막지 못하면…… 몸이 터지거나, 살아도 광인이 된다.'

털썩.

백수룡은 바닥에 주저앉아 가부좌를 틀었다.

운기조식을 하려는 의도는 아니었다. 오히려 백수룡은 호흡을 멈췄다.

운기조식이란 호흡을 통해서 자연의 기를 흡수해 내공을 늘려나가는 행위. 지금의 백수룡에겐 자살행위나 마찬가지였다.

가부좌를 틀고 앉은 이유는 그 반대였다. 최대한 편안한 자세로 정신을 집중해서, 독각마룡의 기운을 밖으로 밀어낼 생각이었다.

으득!

백수룡은 이를 악물고 내공을 끌어올려 벽을 만들었다. 그리고 흡수되는 독각마룡의 공력을 밖으로 밀어내기 시작했다.

츠츠츠츠츳……!

공력과 공력이 부딪치며 마찰을 일으켰다.

몸 내부로 들어오려는 기와 밖으로 밀어내려는 기의 싸움.

무인들 간의 내공 대결과 비슷한 형태로 흘러갔다. 백수룡의 이마에서 식은땀이 줄줄 흐르기 시작했다.

'밀린다……!'

직접 싸워서 이기긴 했지만, 공력의 양은 독각마룡이 백수룡을 압도했다. 내공 대결로는 애초에 승산이 없었다.

기껏 시간을 조금 버는 게 고작이었다.

'생각해 보자. 분명 방법이 있을 거야.'

백수룡은 전생과 현생의 모든 무공 지식을 동원했다.

익히고 있는 다섯 개의 절세신공은 물론, 혈교의 수많은 마공들, 혈교에서 수집한 정파와 세외의 무공들까지.

하지만 그 수많은 무공 지식을 되새겨봐도, 이 상황에서 벗어날 마땅한 방법은 떠오르지 않았다.

주르륵…….

악문 이 사이에서 피가 흘러내렸다. 백수룡은 핏물을 삼켰다. 고통으로 흐려지고 있던 정신이 조금 맑아졌다. 그러나 잠시뿐이었다.

"커허어억!"

강제로 막대한 공력을 몸 안에 쑤셔 넣은 탓에, 전신 세맥과 혈도가 터질 것처럼 팽창하기 시작했다. 몇 번이나 각혈했다.

온몸이 갈기갈기 찢어질 것만 같았다. 귓가에서 우웅 이명이 울리고, 세상이 점점 붉게 물들었다. 흘러나온 피눈물 탓이었다.

"빌어처먹을……!"

운기조식을 하는 것만 아니라면, 말을 하거나 몸을 움직여도 상관없었다. 고통에 몸부림치던 백수룡은 고개를 들어 하늘을 바라봤다.

겨우 이렇게 죽는 건가?

허탈한 생각에 실없이 웃음이 새어 나왔다.

"사부들. 나 이렇게 죽나 보오."

하늘의 별자리에 네 사부의 얼굴이 하나씩 나타났다.

자랑스레 자신의 무용담을 늘어놓던 녹림투왕의 얼굴.

가문에 지은 죄를 씻고 싶다던 광마의 지친 얼굴.

차가워 보여도 속마음은 세심하던 빙월신녀의 얼굴.

검에 대해서는 늘 아이처럼 순수하게 가르침을 주던 검존의 얼굴.

하늘의 별자리가 되었을 네 사부가 하늘에서 백수룡을 내려다보는 듯했다. 의식이 흐릿해지면서 보이는 착시현상이었다.

"……그래도 사부들의 무공은 제대로 된 녀석들을 찾아서 전해 주었으니, 다시 만나더라도 너무 구박하지들 마시오."

몸은 점점 뜨거워지다가 차가워지기를 반복했고, 이제는 아예 감각이 사라졌다.

백수룡은 정신이 육체에서 아득하게 멀어지는 것을 느꼈다.

'그래도 이만큼이나 버텼으면 다들 멀리 도망쳤겠지.'

그것 하나만이 유일한 위안이었다.

안도의 한숨을 내쉰 백수룡의 눈꺼풀이 천천히 감길 때였다.

"선생님!"

"……!!"

도망간 줄 알았던 제자들의 목소리가 들려왔다. 백수룡은 눈을 부릅떴다. 그리고 경악했다.

대체 왜.

"선생님!"

백수룡 곁에 도착한 제자들이 걱정 가득한 얼굴로 그를 지켜보고 있었다. 피투성이가 된 스승을 바라보는 제자들의 눈에 눈물이 그렁그렁했다.

"누, 눈 떴다! 정신이 드세요?"

"선생님. 괜찮아요?"

"이렇게 다쳤으면서 왜 오지 말라고 한 건데요!"

"세상에. 몸에 열이……."

"누구 약 가진 것 없어?"

다시 제자들의 얼굴을 본 순간, 백수룡은 정신이 번쩍 들었다. 스스로도 놀랄 정도였다.

"이런 멍청한 자식들……!"

백수룡은 버럭 화를 냈다.

"도망치라고 몇 번을 말해야 알아들어! 전부 죽고 싶은 거냐!"

지금까지 수련을 위해서 살기를 드러낸 적은 있어도, 백수룡이 이토록 진심으로 화를 낸 건 처음이었다.

"서, 선생님?"

"왜 그러세요?"

"너무 아파서 그런 거예요?"

영문을 모르는 제자들은 당황스러운 얼굴로 백수룡을 바라봤다. 백수룡은 몹시 다급한 표정이었다.

"당장 내 눈앞에서 꺼져. 지금 당장! 최대한 멀리! 그러지 않으면……커허억!"

"선생님!"

죽은 피를 한 사발이나 토한 백수룡이 고개를 들었다.

그가 텅 빈 눈으로 제자들을 바라보며 중얼거렸다.

"내 손으로, 또 너희를 죽일지도 모르니까……."

"……!!"

그 순간, 백수룡의 눈은 현재가 아닌 과거를 보고 있었다.

네 사부들과 함께 혈교를 탈출하려고 했을 때, 자신을 막아섰던 네 명의 제자들.

—교관님. 이러려고 우리를 가르쳤습니까?

—처음부터 끝까지, 우린 당신에게 이용만 당했네.

—기대하지 않았기에 실망도 하지 않았소.

—…….

자신의 손으로 감정을 말살하고, 마뇌의 눈을 속이기 위해 살인병기로 만들어야만 했던 아이들.

—……비켜라. 너희만큼은 내 손으로 죽이고 싶지 않다.

탈출을 계획할 때부터 예상했던 상황이었다.

그래도 어떻게든, 이 싸움만은 피하고 싶었다.

하지만 그 녀석들을 설득하려 했을 땐, 이미 너무 늦은 뒤였다.

—우리를 이렇게 만든 건 당신이야.

자신을 죽이려고 달려드는 녀석들의 눈에는 아무런 감정도 없었다.

"나는……."

"선생님? 선생님! 정신 좀 차려 봐요!"

"아……."

어깨를 흔드는 헌원강의 손길에 백수룡은 다시 현실로 돌아왔다. 하마터면 그대로 의식을 잃을 뻔했다.

"우리를 또 죽일지도 모른다는 게 무슨 말이에요? 자세히 설명해 보라고!"

"……."

제자의 피를 손에 묻히는 경험은 두 번 다시 겪고 싶지 않았다.

백수룡이 어떻게든 제자들을 멀리 도망치게 하려는 이유였다.

하지만 무작정 화를 내는 것으로는 이 녀석들을 쫓아낼 수 없다는 것 역시 깨달았다.

"독각마룡의 공력이 내 몸으로 흡수되고 있다……."

백수룡은 차분하게, 자신의 현재 상태에 대해 설명했다.

죽은 독각마룡이 남긴 저주에 의해, 원하지 않는 공력이 몸 안으로 흘러들어오고 있으며.

그 때문에 그릇이 넘치다 못해 깨지기 직전이라는 것도 이야기했다.

마지막에는 약간의 거짓말을 더했다.

"……물론 나 혼자서 해결할 수 있다. 너희가 있으면 집중에 방해만 돼. 그러니 너희는 먼저 돌아가 있도록."

이 정도면 알아들었겠지.

하지만 백수룡의 예상과 달리, 제자들은 꿈쩍도 하지 않았다.

"……거짓말하지 마세요."

"혼자 해결할 수 있다는 사람 몰골이 이래요?"

"진짜 조금만 더 멀쩡했어도 한 대 쥐어박았다."

차례대로 위지천, 여민, 헌원강의 말이었다.

헌원강은 화를 참기 힘든지, 몇 번이고 주먹을 쥐었다가 폈다.

"선생님만 두고는 절대 안 갑니다."
"사내가 의리가 있지."
캬앗!
거상웅, 야수혁, 그리고 야수혁의 품에서 고개만 쏙 내민 털뭉치도 고개를 도리도리 저었다.
"이 멍청한 자식들."
백수룡은 속이 터질 것 같았다.
지금 이 순간에도 독각마룡의 공력이 그의 몸 안으로 쏟아져 들어오고 있었다.
"이럴 시간이 없다. 당장 여길 떠나…… 크허어어억!"
다시금 찾아온 격통에 백수룡의 비명을 질렀다.
그러나 안간힘을 쓰고 버텼다.
이대로 정신을 잃으면, 다시 눈을 떴을 때 제자들의 시체를 보고 있을지도 모르기에.
"부탁이다. 제발 여기서 떠나……."
"닥쳐!"
헌원강이 고함을 질렀다.
모두가 깜짝 놀랄 정도로 커다란 목소리. 헌원강이 씩씩대며 말을 이었다.
"왜 항상 선생님만 우리를 구해 줘요?"
"……뭐?"
"한 번쯤은 우리가 선생님을 구해 줄 수도 있는 거잖아!"
"너……."
"언제까지 어린애 취급할 거야? 닥치고 가만히 있어! 이번엔 우리가 구해 줄 테니까!"
"……."

이번만은 누구도 헌원강의 언행에 뭐라 말하지 않았다.
오히려 같은 생각이라는 듯, 고개를 끄덕였다.
위지천이 의견을 냈다.
"우리가 선생님 몸 안에 있는 공력을 흡수하는 건 어때요?"
다들 좋은 생각이라며 고개를 끄덕이는데, 백수룡만 고개를 저었다.
"이건 너희가 흡수할 수 없는 기운이다."
위지천이 말한 방법을 생각해 보지 않은 것도 아니었다.
격체전력을 이용해 공력을 나눠 줄 수만 있다면, 제자들에겐 어마어마한 기연이 될 수도 있었다.
문제는 독각마룡이 마물(魔物)이라는 점이었다.
놈이 가진 천 년의 공력은 마물이 되면서 지독한 마기(魔氣)로 변했고, 아무나 견딜 수 있는 기운이 아니게 되었다.
역천신공을 익힌 백수룡에게는 별다른 해를 끼치지 못하지만, 제자들에겐 극독이나 마찬가지다.
이만한 양을 흡수하면, 반드시 죽는다…….
"그거야, 해 보지 않고는 모르는 거잖아요."
"다섯 명이 부담을 나누면 괜찮을 거예요."
"까짓거 해 보자고!"
"시간 없으니까 바로 시작하자!"
……제자들은 막무가내였다.
그리고 그 순간, 그들이 예상치 못한 조력자가 등장했다.

[마기를 정화하는 일이라면, 내가 도울 수 있을 것 같구나.]

자애로운 여인의 목소리가 모두의 머릿속에 전달됐다.
"누, 누구야?"

"뭐야!"

다들 당황해서 주위를 둘러보았으나 아무도 없었다. 짐승들은 모두 정신을 차려 도망쳤고, 산적들에게도 멀리 떨어져 있으라 말해 두어서 반경 백 장 이내에는 그들 외에 아무것도 없었으니까.

캬앗!

그때, 야수혁의 품 안에 있던 털뭉치가 폴짝 뛰어올라 백수룡에게 다가왔다. 녀석의 눈이 푸른빛으로 신령스럽게 빛나고 있었다.

"털뭉치? 네가 말하는 거냐?"

당황한 야수혁의 물음에 털뭉치가 고개를 끄덕였다.

[나는 이 아이의 어미다. 자식의 눈을 통해서 너희를 지켜보고 있었단다.]

목소리의 정체는 독각사와 싸우다가 사라진 어미 은호였다.

백수룡이 낮게 침음하며 중얼거렸다.

"독각사에게 잡아먹힌 줄 알았는데……. 날 도와주겠다고?"

[한 가지 조건이 있단다.]

"뭐든 좋으니, 도와주시오."

백수룡은 자세히 듣지 않고 고개를 끄덕였다. 은호는 신령스러운 영물이었다. 해가 될 부탁을 할 리 없었다.

그리고 더 이상 버티는 건 정말 한계였다. 의식이 몇 번이나 끊어질 뻔했다.

[내 아이의 몸을 잡아라.]

백수룡은 손을 뻗어 털뭉치를 품에 안았다. 그 순간, 청량한 감각이 몸 안에 가득 퍼졌다. 고통을 견디는 데 조금 편해졌다.

[너희는 스승의 등에 손바닥을 올리거라.]

제자들이 백수룡의 등 뒤에 가부좌를 틀고 앉았다.

위지천과 헌원강이 나란히 앉아 백수룡의 등에 손바닥을 대고.

그 뒤로 거상웅, 여민, 야수혁이 나란히 앉아 앞에 앉은 두 사람의 등에 손바닥을 올렸다.

[마룡의 기운은 내가 정화하겠다. 격체전력을 시작하거라.]

대답할 기운도 없었다. 이를 악문 백수룡은 몸 안에 쌓인 독각마룡의 공력을 움직여 제자들에게 나눠 주었다.

콰콰콰콰콰콰콰콰!

독각마룡이 남긴 공력에는 인간에 대한 증오, 분노, 악의가 담겨 있었다. 지독한 마기(魔氣) 탓에 보통의 인간은 그 기운을 감당할 수 없었다.

마기가 제자들의 몸에 들어가려는 순간, 은호의 몸에서 흘러나온 신령한 기운이 마기를 정화했다. 깨끗하게 정화된 공력이 다섯 제자들에게 골고루 흘러 들어갔다.

"크윽……!"

"흐읍……!"

몸 안으로 흘러들어오는 막대한 공력에 제자들은 이를 악물었다.

이 몇 배가 되는 공력을 혼자서 감당했다고?

제자들은 다시 한번 자신들의 스승에게 경악했다.

다섯 명 모두 절세신공을 익혔고, 대단한 자질을 지녔음에도 불구하고, 격체전력이 끝날 때까진 몇 시진이나 소요되었다.

"하아아……."

"허억, 허어억……."

"드디어 끝난 거야?"

탈진한 제자들이 바닥에 아무렇게나 드러누웠다.

당장은 드러나지 않았지만, 그들의 몸에는 각각 이백 년에 가까운 공력이 쌓였다. 내공으로는 또래에서 적수를 찾기 힘든 수준이 된 것이다.

물론 그 공력을 자신의 내공으로 완전히 소화시키려면 시간이 더 필요할 테지만, 엄청난 기연임은 틀림이 없었다.

[다행히 잘 끝난 듯하구나…….]

그때, 모두의 머릿속에 다시 어미 은호의 목소리가 들렸다.

[……이제 내 부탁을 들어다오.]

전과 달리, 매우 지치고 약해진 음성이었다.

257화

# 은호

백수룡은 격체전력이 끝나자마자 의식을 잃고 쓰러졌다.

—우리를 이렇게 만든 건 당신이야.

그는 꿈을 꾸었다.

피투성이가 된 옛 제자들이 감정 없는 눈으로 백수룡을 바라보았다. 그의 손은 제자들의 피로 얼룩져 있었다.

'너희만은 내 손으로 죽이고 싶지 않았어.'

백수룡은 피 묻은 손을 물로 씻어 내고자 했다. 하지만 아무리 씻어도 씻겨 나가지 않았다. 오히려 비릿한 혈향만 점점 진해질 뿐이었다.

'이건 꿈이야.'

백수룡은 고개를 숙여 옛 제자들의 시선을 외면했다. 이 악몽에서 빨리 깨어나고 싶었다.

차라리 혈마와 싸우는 꿈이었다면 이렇게까지 괴롭지는 않았을 것이다.

―우리를 봐. 우리를 이렇게 만든 건 당신이야.

울컥한 백수룡은 고개를 들어 옛 제자들을 노려봤다.

'빌어먹을! 다 끝난 얘길 가지고 나보고 어쩌라는 거…….'

그 순간, 백수룡의 눈동자가 거세게 흔들렸다.

옛 제자들은 어느새 백골로 변해 있었다. 텅 빈 눈구멍에서 벌레가 기어 나왔다. 삐걱거리며 다가온 제자들이 사방에서 그를 포위했다.

―당신이 우릴 이렇게 만들었어.

―당신은 우릴 이용하고 버렸어.

―우리에게 거짓말을 했어.

―믿었는데, 정말 믿었는데…….

백수룡은 주저앉아 몸을 웅크렸다. 두 손으로 머리를 감쌌다. 온몸이 사시나무처럼 떨렸다.

'나는…….'

당시에는 아무런 죄책감도 느끼지 않았다.

살아남기 위해서라면 어린아이들이 아니라 그 어떤 것이라도 이용할 수 있었으니까.

남을 속이고, 훔치고, 강탈하고, 죽여야만 혈교에서 살아남을 수 있었으니까.

고문이나 다름없는 훈련으로 어린아이들의 감정과 인격을 말살하고, 힘들다고 우는 아이의 뺨을 때리고, 지쳐 쓰러진 아이를 걷어차고, 명령에 따르지 않으면 죽이겠다 협박하고…….

그 녀석들에게 단 한 번이라도 웃어 주거나 따뜻하게 대해 준 적이 있었던가?

—교관님…… 도와주세요…….
—교관님…… 저 너무 아파요…….
—잠깐만 쉬면 안 될까요……?
—제발 저희를 버리지 마세요…….

이건 꿈이다.
백수룡의 오랜 죄책감이 만들어 낸 꿈.
스스로도 잘 알고 있었다.
어쩌면 저 녀석들 중에는 죽지 않고 살아남은 아이가 있을지도 모른다.
당시 백수룡은 혈마와 싸우느라 정신이 없었으니까. 사부들과 맞붙은 저 녀석들이 정확히 어떻게 되었는지까지는 보지 못했다.
'전부 큰 상처를 입은 건 보았지만…….'
그 순간, 배경이 뒤바뀌었다.
옛 제자들의 어린 시절이다.
지금 청룡학관에서 가르치는 제자들보다 훨씬 어린아이들.
하나같이 몸이 상처투성이다. 대부분 백수룡 자신이 만든 것이었다.

—교관님!
—교관님…….

자신을 바라보는 아이들의 눈에는 두려움과 존경심이 뒤섞여 있었다.
'이리 오거라.'
백수룡은 어린 제자들을 끌어안았다. 아이들이 놀라서 눈을 휘둥그레 떴다. 지금껏 단 한 번도 이런 적이 없었으니까. 당황해서 몸을 비틀기도 했다.

'미안하다.'

더 세게 끌어안았다. 불편한 듯 꿈틀대던 아이도 이내 얌전해진다. 녀석들이 헤헤 웃으며 말했다.

-교관님. 이젠 어디 가지 마세요.

-이제 저희랑 같이 있어요!

-저희가 청룡학관 애들보다 먼저잖아요? 그렇죠?

천진난만한 얼굴로 자신을 올려다보는 아이들을 향해, 백수룡은 흐릿하게 웃어 주었다.

'그래. 이제 아무 데도 가지 않으마.'

주화입마(走火入魔)였다.

독각마룡이 남긴 공력은 인간에 대한 지독한 증오, 분노, 악의가 담긴 마기(魔氣)였다.

백수룡은 온몸으로 그것을 받아들였다. 다행히 은호의 도움으로 몸이 터지기 전에 그 공력을 제자들에게 나눠 주었으나, 그 마기는 온전히 스스로가 감당해야 했다.

전신 세맥과 혈도가 상처를 입었고, 마기가 골수까지 침범했다. 주화입마가 일어나는 게 당연했다.

'영원히 너희와 함께 있으마.'

알고 있음에도, 거부할 수 없었다.

옛 제자들에게 약속하자, 비로소 마음이 편안해졌다.

앞으로 이 아이들을 보살피며, 과거에 저지른 잘못을 만회할 것이다.

백수룡은 눈을 감았다. 잠이 쏟아진다. 피곤한 일이 너무 많았다. 한숨 자고 일어나서, 제자들과 밥을 지어 먹을 것이다…….

—선생님! 정신 차려요!

익숙한 목소리가 잠을 깨웠다. 백수룡은 내려앉은 눈꺼풀을 힘겹게 들어 올렸다.

—교관님! 듣지 마세요!
—무시해요! 마귀의 속삭임이에요!
—우리랑 이곳에 함께 있어요!

품에 안겨 있던 옛 제자들이 눈을 사납게 뜨고 하늘을 올려다봤다. 그들은 백수룡을 더욱 세게 끌어안았다.

—정신 좀 차려 보라고요!

쿠구궁……!

세상이 흔들린다.
차갑던 몸 안에 따뜻하게 온기가 돌고, 어둠뿐이던 공간에 한줄기 서광이 비친다.
익숙한 목소리는 서광이 비치는 곳에서 들려오고 있었다.
아니, 이제는 목소리'들'이었다.

—몸이 얼음장이야…….
—팔다리를 주물러 보자. 선생님이 우리한테 해주던 것처럼 추궁과혈을 하는 거야.
—……몇 대 때리면 깨어나지 않을까?

—선배! 선생님 지금 아프다고요!
—난 진지한데? 일단 정신을 차리게 하는 게 먼저잖아.

목소리들이 점점 많아지고, 커졌다.
백수룡은 고개를 들어 그 빛을 바라봤다.
주화입마로 인해 멍해졌던 정신이 돌아오고 있었다.
이대로 가만히 있으면 한 대 맞을 거라 생각하니, 정신이 더 빨리 들었다.
'보나 마나 원강이 놈이겠지.'
피식 웃은 백수룡은 빛을 따라 손을 뻗었다.
그러자 그의 품에 매달린 옛 제자들이 소리를 질렀다.

—교관님! 가지 마요!
—또, 또 우리를 버리려고!
—당신은 거짓말쟁이야!
—제발 부탁이에요. 가지 마세요…….

피눈물이 맺힌 아이들이 절규한다. 백수룡은 손을 뻗어 제자들의 머리를 쓰다듬어 주었다.
"미안하다."
처음으로, 선명한 육성으로 말했다. 꿈에서 빠져나가고 있다는 증거였다.
"너희에겐 미안하다. 하지만 밖에 날 기다리는 제자들이 있어. 저 녀석들에겐, 너희에게 했던 것처럼 상처를 주고 싶지 않구나."
옛 제자들의 모습이 서서히 흐릿해졌다. 백수룡은 그 얼굴들을 하나하나 눈에 담았다.

이 아이들을 잊지 않을 것이다.

하지만 더 이상 과거에 얽매이지도 않을 것이다.

"난 현실을 살아야겠다."

잠시 후, 백수룡은 정신을 차렸다.

◆ ◈ ◆

"허어억!"

소스라치게 놀라며 잠에서 깨어난 백수룡은 주위를 둘러봤다.

"선생님!"

스승의 팔다리를 열심히 주무르던 제자들이 앞다투어 백수룡의 얼굴 쪽으로 머리를 내밀었다. 그러느라 서로 머리가 부딪쳤다.

"아악!"

동시에 머리를 움켜쥐는 다섯 제자들.

그 얼굴을 하나하나 확인한 백수룡은 안도의 한숨을 쉬었다.

"다들 무사한 거냐? 다친 사람은?"

"크게 다친 사람은 없어요. 기를 많이 흡수해서 그런가, 속이 좀 더부룩하긴 한데……."

백수룡은 천천히 제자들을 살폈다.

다들 몸에 상처가 많았다. 대수롭지 않은 척해도, 전부 힘든 싸움을 했다는 의미였다.

"고생했다. 영물들을 상대하기가 쉽지만은 않았을 텐데……."

"선생님."

위지천이 갑자기 진지한 표정으로 말했다.

"응?"

평소의 착하고 소심한 소년의 표정이 아니었다.

위지천은 작심한 듯 평소에 생각했던 것을 말했다.

"가끔 보면 선생님은 너무 저희를 과보호하려고 하는 것 같아요. 수련 시킬 땐 저희를 엄청 굴리면서, 정작 위험한 일은 매번 혼자 하려고 하시잖아요."

"……내가 그랬나."

그러자 다른 제자들도 모두 동의한다는 듯 고개를 끄덕였다. 다들 쌓인 불만이 있는 듯했다.

"내 말이! 평소엔 우릴 거의 죽이려고 하면서 왜 이럴 땐 혼자 죽으려는 건데!"

"저희는 어린애가 아닙니다."

"선생님이 보기엔 부족해 보이겠지만, 저희도 정말 열심히 하고 있다고요."

"그러니까 애 취급하지 마십쇼."

차례대로 헌원강, 거상웅, 여민, 야수혁의 말이었다.

백수룡은 멋쩍은 듯 뺨을 긁적였다.

아마도 과거의 기억 때문일 것이다. 자신의 손으로 제자들을 죽인 경험 탓에, 청룡학관의 제자들을 가르치면서 자기도 모르게 과보호하게 되었던 것 같다.

마치, 그것으로 과오를 덮으려는 듯이 말이다.

"……미안하다."

명백히 자신의 잘못이었다. 백수룡은 순순히 인정했다. 꿈속에서 옛 제자들을 만나고 나니 확실하게 알 수 있었다.

"앞으로는 안 그러마. 필요하면 너희에게 도움도 받고, 너희들이 내 학생이라고 감싸고 돌지 않을 거야."

그 대답에 제자들도 만족한 듯 고개를 끄덕였다.

백수룡은 헌원강의 부축을 받아 몸을 일으켰다.

몸 내부가 엉망이었다. 돌아가서 최소 열흘은 요양만 해야 할 듯했다.

그러다 문득 잊고 있던 사실이 떠올랐다.

"어미 은호는?"

"저희를 기다리고 있어요."

야수혁이 말했다. 그의 품 안에는 지친 새끼 은호가 곤히 잠들어 있었다.

"시간이 없으니 선생님이 깨어나면 바로 와 달라고 했어요."

◆ ◈ ◆

어미 은호는 산속 깊은 동굴 안에 몸을 숨기고 있었다.

[……왔구나.]

은호는 움직이고 싶어도 움직일 수 없는 상태였다.

찢어진 옆구리에서 내장이 흘러내렸고, 온몸에는 독각마룡의 독으로 인한 검은 얼룩이 군데군데 퍼져 있었다.

어미 은호는 죽어 가고 있었다.

끼이. 끼이잉.

잠에서 깬 새끼 은호가 달려가서 어미에게 치댔다.

어미는 혀로 천천히 새끼를 핥아 주었다. 그러자 새끼의 몸에 난 상처가 아물었다.

[……이제 남은 시간이 많지 않으니.]

새끼가 완전히 잠든 후, 은호는 고개를 돌려 자신을 찾아온 인간들을 바라봤다. 지친 목소리로 말을 이었다.

[내 아이를 돌봐줘서 고맙다는 인사를 먼저 해야겠구나.]

은호의 시선은 야수혁을 향했다. 야수혁은 멋쩍은 듯 머리를 긁적였다.

호환으로 아버지를 잃은 자신이 호랑이한테 고맙다는 소리를 듣다니. 살다 보니 별일이 다 있었다.

"됐어. 그 쬐깐한 놈한테 우리도 도움을 받았으니까."

[그래도 은혜는 갚고 싶단다.]

그 순간, 은호의 몸에서 흘러나온 하얀 빛이 야수혁의 몸에 깃들었다.

"뭐, 뭐야?"

당황한 야수혁이 자신의 몸을 바라봤다. 빛은 금방 사그라들었고, 몸이 따뜻해진 느낌 외에 다른 변화는 없었다.

[앞으로 산의 짐승들이 너를 따를 것이다. 나무와 새들이 너를 반길 것이고, 꽃들이 길을 알려 줄 것이다.]

하얀빛은 은호의 축복이었다. 야수혁은 얼떨떨한 표정이었다.

은호가 조금 더 지친 얼굴로 다른 인간들을 둘러봤다. 목소리가 힘겨워 보였다.

[너희 모두에게 축복을 나눠 주고 싶지만, 내겐 그만한 힘이 남아 있지 않구나.]

"어차피 산에 자주 가는 녀석은 이 녀석뿐이야. 우린 별로 필요 없어."

백수룡이 앞으로 나서며 은호의 모습을 살폈다. 그의 눈에 이채가 어렸다.

'예상은 했지만, 평범한 영물은 아니로군.'

평범한 영물이 이토록 신령스러운 기운과 능력을 가지고 있을 리 없었다. 영물보다는 신수(神獸)라고 불러야 마땅한 존재였다.

"우릴 부른 이유가 뭐지? 부탁이란 건 또 뭐고?"

[역천(逆天)의 운명을 타고난 인간이여. 그대는 어디까지 알고 있는가?]

그 순간, 백수룡의 표정이 굳었다.

"……너희는 잠깐 나가 있어라."

백수룡은 제자들을 돌아보며 말했다.

그의 진지한 분위기에 제자들이 조용히 밖으로 나갔다.

모두가 밖으로 나간 후, 백수룡이 미간을 찌푸리며 은호에게 물었다.

"알고 있냐고? 무슨 말이지?"

그 순간, 은호의 눈이 신령스러운 푸른빛으로 물들었다.

[앞으로 세상은 더 큰 혼란에 빠질 것이다. 독각마룡과 같은 마물이 또 다시 나타날 것이고, 괴력난신(怪力亂神)이라 불릴 괴이한 일이 늘어날 것이니…….]

은호가 백수룡의 눈을 똑바로 바라보며 말했다.

[이것은 그대의 운명과도 무관하지 않다.]

258화

# 네가 왜 여기 있어?

[세상은 더 큰 혼란에 빠질 것이다. 독각마룡과 같은 마물이 또다시 나타날 것이고, 괴력난신(怪力亂神)이라 불릴 괴이한 일들이 늘어날 것이니…….]

푸른빛으로 물든 은호의 눈동자.

그 커다란 눈동자에 비친 자신의 얼굴이, 백수룡은 어쩐지 낯설게만 보였다.

[이것은 그대의 운명과도 무관하지 않다.]

"……."

그 말을 듣는 순간, 백수룡은 얼마 전 남궁세가에서 현천신녀를 만났을 때도 비슷한 말을 들었던 것을 떠올렸다.

―역천의 운명. 천기를 거스르고, 세상을 멸할 수도, 구할 수도 있는

운명을 타고났구나.

역천(逆天)의 운명.

그때는 남궁세가의 비밀을 파헤치느라, 그 말을 곰곰이 생각할 시간도 없었다.

하지만 은호를 만나서 같은 말을 듣게 된 지금, 백수룡의 머릿속은 복잡해질 수밖에 없었다.

"앞으로 세상에 닥칠 혼란이 내 운명과 무관하지 않다고?"

불현듯, 백수룡의 머릿속에 어떤 가정이 떠올랐다.

설마…….

백수룡은 굳은 표정으로 은호를 노려봤다.

"나 때문에…… 세상이 혼란에 빠진다는 뜻인가?"

혈교가 망하고 수십 년이 지난 후, 백수룡은 전생의 기억을 떠올렸다.

공교롭게도, 음지에 숨어 힘을 키우던 혈교가 다시 무림에 모습을 드러내기 시작한 것과 시기가 겹쳤다.

'단순한 우연일까?'

우연이 아닐지도 모른다.

현천신녀와 은호의 말대로 자신이 역천의 운명을 타고났고, 그 운명이 세상을 혼란에 빠뜨리는 것이 필연이라면?

나로 인해 세상이 혼란으로 뒤덮인다면?

[맞기도 하고, 아니기도 하다.]

은호의 애매한 대답에, 백수룡이 그를 노려보았다.

"똑바로 말해. 뜬구름 잡는 소리나 하려고 날 여기까지 부른 건 아닐 거 아니야?"

[……역천의 운명을 타고났다고 해서, 반드시 세상을 멸망시키거나 혼란에 빠뜨리는 것은 아니다. 역천은 말 그대로 하늘(天)의 뜻을 벗어나는(逆) 일. 그 결과가 어찌 될지는 아무도 알지 못한다.]

"그럼, 나랑 상관이 있다는 건 무슨 뜻이야?"

[…….]

은호는 말없이 백수룡을 바라보았다. 신령스럽게 빛나는 눈동자는 백수룡이 하는 말의 진위를 가늠하는 듯했다.

[역시, 너는 아닌 듯하구나.]

"날 시험한 거냐?"
백수룡은 눈을 가늘게 뜨고 은호를 노려봤다.
그제야, 지금까지 은호가 자신을 시험하고 있었음을 눈치챘다. 은호는 순순히 그 사실을 인정하고 사과했다.

[미안하구나.]

"뭐가 아니라는 건데?"

[누군가가 역천의 힘을 퍼트리고 있다.]

"……퍼트린다고?"
은호의 푸른 눈은 백수룡을 향하고 있었지만, 백수룡을 보고 있지 않았다.
그 눈은 먼 미래를 응시하고 있었다.

[세상 곳곳에서 역천의 기운이 움트고 있다. 그로 인해 오랫동안 잠들어 있던 존재들이 깨어나고, 섭리를 벗어난 일들이 벌어질 것이다.]

역천의 힘은 말 그대로 하늘의 뜻을 거스르는 힘.
이를 달리 말하면, 하늘의 노여움을 받아 소멸하기 쉬운 힘이기도 했다.
백수룡이 가지고 태어난 천음절맥이 바로 그런 경우였다.
역천신공을 익히지 않았다면, 백수룡은 서른을 넘기지 못하고 단명했을 것이다.

[하늘의 뜻을 거스르며 살아남았다 해도, 역천의 힘은 무척 적고, 그 영향력은 미미했다. 세상의 질서를 위협할 정도로 역천의 힘이 커진 적은 단 한 번도 없었지.]

"지금은 아니라는 거지?"
은호는 지친 모습으로 고개를 끄덕였다. 천기를 누설한 대가인지, 몸이 급속도로 쇠약해지고 있었다.

[역천의 힘을 퍼트리는 존재를 막아야 한다. 막지 못하면…… 순리가 뒤집힌 세상은 결국 파멸할 것이다.]

미래를 내다본 신수가 세상의 종말을 예언했다.
백수룡은 심각한 표정으로 생각에 잠겼다.

누군가가 인위적으로 역천의 힘을 퍼트리고 있다고?

'대체 누가?'

가장 먼저 떠오른 것은 당연히 혈교였다.

혈교에서 무림을 정복하기 위해 사술을 연구한 건 한두 번이 아니었으니까.

하지만 백수룡이 알기로, 아무리 혈교라고 해도 역천의 힘을 다룰 수 있는 술법은 존재하지 않았다.

'역천신공을 제외하면…….'

그 순간, 직관적으로 한 존재가 뇌리에 떠올랐다.

백수룡과 같은 역천신공을 익혔고, 무공과 술법의 경지가 모두 극에 이른 존재.

"혈마……."

―다음에 또 오너라.

꿈속에서 떠날 때, 혈마가 나른하게 웃으며 자신을 바라보던 모습이 떠올랐다.

만약 혈마가 역천의 힘을 세상에 퍼트리고 있는 흉수라면?

[혈마? 그자가 네가 생각하는 흉수인가?]

은호는 빛이 꺼져 가는 눈으로 백수룡을 바라보며 물었다. 백수룡은 애매한 표정으로 대답했다.

"내가 아는 한, 그런 짓을 할 수 있는 능력을 가진 존재는 그자밖에 없어. 하지만 이미 수십 년 전에 죽었는데……."

[죽음을 직접 보았나?]

백수룡은 고개를 저었다.

오십여 년 전.

내분으로 약해진 혈교를 무림맹이 기습했을 때, 혈마는 정파의 고수들에 합공에 죽었다고 알려져 있었다.

"……죽었을 거야. 살아 있었다면 혈교가 그렇게 허무하게 무너졌을 리 없으니까."

백수룡은 혈마가 얼마나 두려운 존재인지 누구보다 잘 알았다.

가공할 무공과 술법은 물론이고, 존재하는 것만으로도 교도들을 죽음을 두려워하지 않는 광신도로 만들 수 있는 자였다.

그가 살아 있었다면, 혈교가 수십 년이나 음지에 숨어 있었을리 없다.

"……아마 새로운 혈마의 짓이거나, 혈교가 뭔가 수작을 부리고 있는 거겠지."

백수룡은 전대의 혈마가 살아 있을지도 모른다는 가능성은 일단 배제했다.

하지만 가슴 한편에 경계심은 남겨 두었다.

그 혈마라면, 죽음에서 부활한다 해도 놀랍지 않을 테니까…….

"네가 확인할 수는 없나? 놈이 살아 있는지 죽었는지."

[……알 수 없구나. 천기를 보는 눈으로도 역천의 운명은 볼 수 없으니.]

은호의 목소리가 점점 작아지고 있었다. 생명력이 다해가고 있다는 증거였다.

끼잉. 끼이잉.

얌전히 어미의 품에 안겨 있던 새끼 은호가 낑낑대며 어미에게 몸을 치댔다. 함께할 시간이 얼마 남지 않았음을 본능적으로 아는 것이다.

할짝.

어미 은호는 새끼의 몸을 정성스럽게 핥았다. 어미의 애정이 백수룡에게 느껴질 정도였다.

[나는 천 년이 넘도록 살았다.]

은호의 기는 이제 눈에 띌 정도로 희미해졌다. 언제 생명이 꺼져도 이상하지 않았다.

[선계로 올라갈 날만을 기다리고 있었지. 하지만 한 가지 미련이 남아 오르지 못했다. 바로, 새끼를 낳는 것 말이다.]

은호는 새끼의 이마에 자신의 이마를 맞댔다. 작은 털뭉치가 꼼지락거리며 기분이 좋은지 가르릉 울었다.

[나는 태어날 때부터 조금 특별했기에, 영물이 되기 전에도 다른 짐승과 짝을 이룬 적이 없었다.]

어미 은호는 새끼의 모습을 눈에 가득 담았다.

[궁금했다. 새끼를 갖는 것은 어떤 것일까. 나를 닮은 작은 생명을 잉태한다는 것은…… 어떤 기분일까.]

"……."

백수룡은 어미 은호의 마지막 말을 가만히 들어주었다. 어미는 눈을 감고 새끼의 냄새를 맡았다.

[짝을 이룰 수 없었기에, 그 대신 평생 쌓아 온 내단을 반으로 나누어 새끼를 잉태했다.]

은호가 독각사에게 패한 이유였다.

어미 은호는 출산의 여파로 힘이 크게 약해져 있었고, 독각사는 은호가 약해진 틈을 놓치지 않았다.

은호의 피를 마시고 살점을 뜯어먹은 독각사는 독각마룡으로 탈피했다. 은호로서는 겨우 도망치는 것이 한계였다.

"후회하지는 않나?"

[조금도.]

백수룡의 물음에 은호는 웃었다.

사람과 호랑이의 표정은 다르지만, 백수룡은 은호가 기분 좋게 웃고 있다는 것을 알 수 있었다.

그녀는 품 안에서 치대는 새끼를 밀어냈다.

처음에는 끼잉, 끼잉거리며 저항하던 새끼가 결국 뒤로 물러났다. 두 귀가 아래로 축 처졌다.

[이 아이가 조금 더 클 때까지만 돌봐주겠나?]

백수룡은 고개를 끄덕였다.

어미 은호는 그와 제자들의 은인이었다. 더한 부탁도 들어줄 수 있었다.

"그러지. 마침 애들도 좋아하는 것 같던데."

[……고맙구나.]

어미 은호의 목소리에 안도감이 느껴졌다.

그리고 그 순간, 은호의 하얀 빛이 흘러나와 백수룡의 몸에 스며들었다.

"이건……."

찢어지고 상처 입은 백수룡의 혈도와 전신세맥으로 부드러운 기운이 스며들었다.

적어도 열흘은 요양만 해야 했을, 완전히 나으려면 한 달 이상은 걸릴 거라고 생각했던 내상이 대부분 회복되었다.

'며칠만 더 회복하면 되겠어.'

하지만 그것이 은호가 가진 마지막 힘이었다.

푸스스스.

은호의 꼬리 끝부터 서서히 먼지로 화하기 시작했다.

"……소멸하는 건가? 아니면 선계로 올라가는 건가?"

은호는 대답 대신 가르릉 웃었다. 그리고 마지막 말을 남겼다.

[마지막으로 닿은 인연이 그대와 같은 인간이어서 다행이었다. 부디 이 세상과 저 아이를 지켜다오.]

푸스스스,

은호의 몸이 완전히 먼지가 되어 흩어졌다. 동굴 안에 하얀 가루가 눈처럼 흩날렸다.

끼이잉…….

백수룡은 새끼 은호를 품에 안았다. 녀석은 의외로 덤덤히 어미의 죽음을 받아들었다.

그가 동굴 밖으로 나오자, 기다리고 있던 제자들이 몰려왔다.

"선생님!"

"얘기는 잘 끝났어요?"

"어미 은호는요?"

백수룡은 제자들에게 은호가 등선했다고 말했다.

실제로는 어떻게 됐는지 모르지만, 부디 그러길 바라는 마음이었다. 다들 잘됐다며 가슴을 쓸어내렸다.

"이제 돌아가자."

그렇게 짧지만 강렬했던 영물 사냥 실습이 끝났다.

돌아가는 길에는 일행이 하나 늘어 있었다.

◆ ◈ ◆

청룡학관으로 돌아가는 길을 서두르지 않았다.

우선 독각마룡의 사체에서 나온 부산물을 수습했고, 제자들이 영물들을 사냥해 얻은 것도 챙겼다.

꽤 많은 내단과 부속물을 얻을 수 있었다. 덕분에 제자들의 얼굴에 화색이 돌았다.

"이거 다 팔면 우리 엄청 부자되는 거 맞죠?"

"팔아서 받은 돈으로 뭐 살까? 새 칼이랑 옷이랑……."

"일단 술이지 술! 벌써부터 군침 도네. 쓰으읍!"

"너희들. 이왕 팔 거면 우리 상단에 팔아라. 특별히 시세보다 더 쳐 주마. 응?"

거상웅이 후배들을 상대로 흥정을 벌였다.

어떻게든 바가지를 씌우려는 상인과 한 푼이라도 더 받아 내려는 자들의 싸움이었다. 물론, 누구도 상인의 아들을 이길 수는 없었다.

"운기조식부터 해라."

백수룡이 틈이 나는 대로 제자들에게 운기조식을 시켰다.

그들의 몸에는 각각 독각마룡에게서 얻은 이백여 년의 공력이 깃들어 있었다.

"단순히 몸에 흡수했다고 너희의 내공이 된 건 아니다."

몸 안에 공력이 들어왔다 해도, 전부 내공으로 바뀌지는 않는다.

부단히 운기조식을 해야, 그중 일부를 자신이 익힌 무공에 맞는 내공으로 만들 수 있었다.

그 과정에서 자연적으로 손실되는 공력도 적지 않았다. 보통 영약을 섭취할 때, 기운을 절반만 흡수해도 다행이라고 했다.

'절반만 제 것으로 만들더라도 또래에서 손에 꼽히는 내공을 얻겠지만…….'

백수룡은 기뻐하는 제자들 앞에서 코웃음을 쳤다.

"내공 좀 많아졌다고 좋아할 것 없다. 구파일방과 오대세가의 자식들도 영약을 밥 먹듯이 먹는다. 너희는 그 녀석들하고 겨우 조건이 비슷해졌을 뿐이야."

들뜨지 말라고 일부러 그렇게 말했지만, 백수룡도 속으로 기쁘기는 마찬가지였다.

방금 말한 구파일방과 오대세가의 제자들은 전 무림에서 가장 촉망받는 기재들을 말하는 것이었으니까.

'이제 천무학관 녀석들한테도 안 밀린단 말이지.'

천무제의 가장 큰 경쟁자들과 대등한 조건을 갖췄다. 이제 내공으로는 누구한테도 밀리지 않을 것이다.

"흠흠! 그러니까 좋다고 실실대지 말란 말이다."
"선생님이 제일 좋아하는 것 같은데요?"
"웃음 참는 거 다 보여요."
그렇게 일행은 틈나는 대로 운기조식하고, 무공을 수련하고, 내상을 치료하면서 천천히 청룡학관으로 귀환했다.
캬앗!
처음에는 종일 시무룩해 있던 털뭉치도 시간이 지나며 기운을 차렸다. 녀석은 주로 야수혁과 백수룡의 품을 오갔다.
그렇게 며칠 후, 일행은 남창에 도착했다.
백수룡이 손으로 죽립의 끝을 내려 얼굴을 절반 이상 가리면서 말했다.
"최대한 조용히 들어가자."
악인곡에서 혈수귀옹을 베고 돌아왔을 때도 엄청난 인파가 그들을 맞이했다.
남궁세가에서의 일도 소문이 퍼졌을 테니, 그때보다 더하면 더하지, 못하진 않을 터.
'그 난리를 또 치르는 건 사양이야.'
일부러 야심한 밤에 도착한 이유였다.
일행은 죽립을 써서 얼굴을 가리고, 최대한 조용히 백룡장으로 들어갈 계획이었다.
하지만 백룡장이 저 멀리 보이기 시작했을 무렵, 백수룡은 그 주위를 서성이는 사람들을 보고 기가 막혔다.
'날파리들이 왜 이렇게 많아?'
적어도 수십 명은 되는 사람들이 백룡장을 감시하고 있었다. 무인도 보였고, 무인이 아닌 자도 있었다.
다행히 안으로 침입하려는 자는 없었다.

'선생님. 어떡해요?'

백수룡은 눈빛으로 묻는 제자들에게 수신호를 보냈다.

'담을 넘자.'

자기 집 담장을 몰래 넘는다고 생각하니 기분이 이상했지만, 최대한 조용히 들어가서 쉬려면 이 방법뿐이었다.

다행히도 감시자들 중에 특출난 고수는 없었다.

'내가 먼저 넘으마.'

휘익!

백수룡이 가장 먼저 담을 넘어 마당에 안착했다.

그런데 그 순간, 어둠을 가르며 예상치 못한 검격이 날아왔다.

'흡!'

피하려 했지만 공격이 상상 이상으로 날카로워 막을 수밖에 없었다. 백수룡은 오는 길에 녹림채에서 빌려온 칼을 꺼내 공격을 막았다.

까앙!

어둠 속에서 불꽃이 튀기고, 그 순간 두 사람은 서로의 얼굴을 확인할 수 있었다.

백수룡은 깜짝 놀라 소리쳤다.

"네가 왜 여기 있어?"

"도둑인 줄 알았더니……. 집 주인이 돌아왔군."

방금까지 요리를 하고 있었던 듯, 앞치마를 두른 남궁수가 국자를 겨누고 있었다.

259화

# 손님 받아라!

상대가 백수룡임을 확인한 남궁수는 국자를 천천히 아래로 내렸다.

"……몰래 들어오기에 또 도둑이 든 줄 알았다."

국물 요리를 하다가 달려 나왔는지, 국자의 둥그런 부분에 야채 건더기가 들러붙어 있었다. 제때 막지 못했으면 저 건더기가 뺨에 붙었을 것이다.

하지만 백수룡은 국자에 붙은 건더기보다 방금 남궁수가 한 말이 더 신경 쓰였다. 그가 눈썹을 꿈틀거리며 물었다.

"또? 도둑이 들었었어?"

"내가 잡은 것만 세 번째다."

남궁수는 대수롭지 않게 고개를 끄덕였다.

그때, 백수룡을 따라 담장을 넘은 학생들이 마당에 내려섰다.

"……남궁수 선생님?"

"선생님이 왜 여기 계세요?"

"저, 저 앞치마는 뭐야."

"다들 조심해! 환영진일지도 몰라!"

"누가 인피면구를 쓴 걸지도……."

앞치마 차림에 국자를 든 남궁수를 본 학생들은 잠시 현실을 부정했다.

물론, 그렇다 해도 국자가 검으로 변하지는 않았다.

"전부 무사히 귀환했군."

이 사내는 수치심이라는 걸 모르는 걸까.

남궁수는 앞치마에 국자를 들고도 평소와 다름없는 고고한 표정을 유지했다.

학생들을 슥 훑은 그가 국자를 까딱이며 물었다.

"저녁 식사는 했나?"

"여기 와서 먹으려고 아직……. 그보다 네가 여기 왜 있냐니까?"

"안으로 들어가서 이야기하지. 밖에 듣는 귀가 많다."

남궁수는 마치 손님을 맞이하는 집주인처럼 행세했다.

몸을 돌려서 익숙하게 안채로 들어가는 모습이, 백룡장에서 머문 게 하루 이틀이 아닌 듯 보였다.

"대체 뭔……. 일단 들어가자."

백수룡은 제자들과 함께 남궁수를 따라 안으로 들어갔다.

마침 안채에서 군침 도는 냄새가 퍼져 나오고 있었다. 다들 배가 꽤나 고팠다.

"우웅?"

몰래 반찬을 하나씩 집어 먹고 있던 남궁미가 기척을 느끼고 고개를 돌렸다. 순간 소녀의 눈이 동그랗게 변했다.

"오라버니? 뒤에는 누구……."

백수룡은 물론이고, 뒤따라오는 학생들도 거지나 다름없는 차림이었다.

영물들과 험난한 전투를 치른 후 녹림도들의 옷을 빌려 입은 탓이었다. 이후에도 마을에 들르지 않고 운기조식과 수련을 병행하며 옷이 더해졌으니, 지금은 웬만한 거지도 저리 가라 할 정도였다.

잠시 눈동자를 굴리며 생각하던 남궁미가 아! 하면서 손바닥을 부딪쳤다.

“거지들한테 밥 주려고 데려오신 거예요?”

“비슷하다.”

“이 자식이? 비슷하긴 뭐가 비슷해.”

한차례 구시렁거린 백수룡이 죽립을 벗었다. 달빛 아래 드러난 얼굴을 본 남궁미가 벌떡 일어났다.

“선생님!”

소녀는 총총걸음으로 뛰어왔다.

백수룡은 남궁세가의 은인이었다. 게다가 얼굴도 엄청 잘생겨서, 남궁미는 오라버니 다음으로 백수룡을 좋아했다.

백수룡이 남궁미의 머리를 쓰다듬으며 물었다.

“잘 지냈냐?”

“네에! 왜 이렇게 늦으셨어요?”

“애들 수련 좀 시키느라고.”

남궁미의 시선이 백수룡 뒤쪽의 제자들을 향했다. 거지꼴을 면치 못한 제자들이 손을 흔들었다.

“언니! 오라버니들!”

남궁미가 백수룡의 제자들과 알고 지낸 건 얼마 되지 않았지만, 열 살 소녀의 친화력은 무적이었다.

소녀는 헤실헤실 웃으며 학생들에게 다가갔다.

그때였다.

캬앗!

야수혁의 품에서 고개를 내민 털뭉치가 소녀를 경계했다.

소녀의 시선이 털뭉치의 새하얀 털을 향했다.
작고 하얀 생명체.
동그란 눈과 앙증맞은 발.
부드럽고 포슬포슬한 털뭉치…….
침을 꼴깍 삼킨 남궁미가 야수혁에게 다가가며 말했다.
"저…… 고양이 한 번만 만져 봐도 돼요?"
"이거 호랑이다."
고양이든 호랑이든 상관없는 듯했다. 남궁미가 털뭉치에게 손을 뻗었다.
캬앗!
털뭉치는 낯선 이의 손을 허락하지 않았다. 앞발로 남궁미의 손을 쳐내고, 작은 이빨을 드러내며 경계했다.
하지만 남궁미도 무림세가의 딸이었다. 고양이의 하악질에 겁먹을 만큼 소심하지 않았다. 오히려 그 모습에 더욱 애가 탔다.
"귀여워!"
남궁미와 털뭉치는 야수혁을 가운데에 두고 뱅글뱅글 돌며 쫓고 쫓기는 추격전을 벌였다. 야수혁은 심히 귀찮은 표정이었다.
"미야."
남궁수가 앞치마를 벗어 한쪽에 개어 두면서 동생을 불렀다.
"식사 자리다. 얌전히 있지 못하겠느냐."
"네……."
시무룩해진 남궁미가 남궁수의 옆자리로 가서 앉았다. 하지만 시선은 계속 털뭉치를 향하고 있었다.
남궁수는 주인이 손님들에게 말하듯 입을 열었다.
"둘이 먹으려 했던 터라 차린 건 별로 없지만, 시장이 반찬이라 생각하고 먹도록."

"직접 만들었다고?"
차린 것이 없다기엔 반찬만 십여 가지가 넘었다.
게다가 남궁수가 직접 만든 음식은 무척 맛있었다.
며칠 동안 짐승 고기와 열매만 먹은 일행의 눈이 번쩍 뜨였다.
"맛있어……."
"이거 정말 선생님이 만든 거예요?"
다들 궁금한 것도 잊고 식사에 집중했다. 특히 아직 한창 성장기인 학생들은 게걸스럽게 먹어댔다.
"……먹을 만한가 보군."
먹을 만한 정도가 아니었다. 산해진미가 따로 없었다. 학생들은 입으로 쉼 없이 음식을 삼키며, 말없이 엄지를 치켜세웠다.
상 위의 음식이 전부 사라진 후에야 대화를 나눌 여유가 생겼다. 그만큼 음식이 맛있었다는 이야기였다.
백수룡이 차를 마시며 물었다.
"이제 좀 들어 보자. 네가 왜 여기 있는 거야? 밖에 모여든 사람들은 또 뭐고."
기품 있게 젓가락을 내려놓은 남궁수가 백수룡을 바라봤다. 그의 미간이 살짝 모였다.
"백수룡. 너는 지금 유명세를 호되게 치르는 중이다."
"그거야, 어느 정도 예상이야 했지만……."
악인곡에서 돌아왔을 때보다 조금 더 심한 정도일 줄 알았는데.
설마 야밤에 집 밖에서 수십 명이나 되는 사람들이 진을 치고 있을 줄이야.
남궁수는 밖에 있는 자들의 면면을 백수룡에게 설명해 주었다.
"너에게 비무를 청하러 온 무인들, 어떻게든 줄을 대러 온 자들, 널 살피러 온 구파일방의 정보원들, 근처에 있으면 떡고물이라도 떨어질까 기대하며 어슬렁거리는 한량들, 제자로 받아달라고 온 자들, 구걸하러 온 거지들, 도둑들, 그리고……."

"그만, 그만!"

백수룡 가만히 듣고 있다가 황당하다는 표정으로 말했다.

"내가 아무리 남궁세가에서 명성을 떨쳤기로서니…… 이건 너무 과한 거 아니야?"

남궁수는 한숨을 쉬었다.

예상은 했지만, 보름이 넘게 산에서 수련만 하다 온 백수룡은 아무것도 모르고 있었다.

"전혀 과하지 않다. 새로운 십존으로 이름이 오르내리는 무인에게 이 정도 관심은 당연한 법이다."

"……새로운, 뭐?"

백수룡은 자신이 잘못 들었나 하고 되물었다. 제자들도 놀란 토끼처럼 눈을 동그랗게 떴다.

"무림십존. 최근 공백이 생긴 자리에 네 이름이 언급되고 있다."

"……!!"

무림십존.

무림에서 가장 강하다는 열 명의 고수.

천하제일인이라고 말할 만한 압도적인 절대고수가 없는 현 무림에서, 천하제일에 가장 가까운 열 명의 무인을 일컫는 말이기도 했다.

혹자는 강호는 넓고 고수는 모래알처럼 많기에, 그 안에서 열 명을 추리는 것은 의미 없는 짓이라 말하기도 했다.

은퇴한 전대의 고수들, 속세에 관심이 없는 재야의 고수들 중에는 십존 못지않은 고수들이 얼마든지 있을 수 있기 때문이었다. 실제로 그런 고수들이 기존의 십존을 죽이고 새로운 십존이 되는 경우도 있었다.

그럼에도 무림십존이라는 위치가 가진 상징성은 어마어마했다.

한 명 한 명이 절세고수가 아닌 자가 없었고, 십존을 보유한 문파나 가문은 당대에 큰 부귀영화를 누렸다.

때문에, 그만큼 그 자리를 노리는 자들도 많았다.

"내가 십존이라고?"

백수룡은 백대고수에도 이름을 올린 적이 없었다.

굳이 구분하자면, 최근에서야 이름을 날리기 시작한 신성에 불과했다.

그런데 갑자기 십존이라니?

"아직 십존으로 확정된 것은 아니다. 유력한 후보 중 한 명으로 언급되고 있을 뿐이지."

"그것도 말이 안 되잖아."

"원래는 말이 안 되는 일이지만……."

남궁수가 낮게 한숨을 쉬었다. 어쩐지 백수룡에게 미안해하는 기색이었다.

"내 아버님께서 너에 대해…… 굉장히 좋게 말씀하셔서 그렇게 됐다."

"남궁가주께서? 그건 또 무슨 소리야?"

철혈검 남궁천.

남궁세가의 현 가주는 재앙을 겪은 세가를 수습하기 위해 동분서주하고 있었다.

그 과정에서 무림맹, 구파일방, 오대세가의 주요 인사들과 회합을 몇 차례 가졌는데, 누군가가 청룡신협에 대해 묻는 말에 대답한 것이 모든 일의 화근이었다.

**청룡신협의 무위는 결코 내 아래가 아니오.**

그 몇 마디가 엄청난 파장을 몰고 왔다.

부친인 창천검왕 때문에 십존에 오르지 못했을 뿐, 철혈검의 무공은 십존에 들기에 부족함이 없다고 알려져 있었다.

그런데 철혈검이 청룡신협의 무공이 자신의 아래가 아니라고 공언했다. 자연스레 청룡신협의 무공도 십존에 버금간다는 소문이 흘러나올 수밖에 없었다.

"좋은 의미로 하신 말씀이겠지만…… 보다시피 덕분에, 골치가 아프게 됐다."

남궁수가 멀쩡한 자기 집을 두고 백룡장에서 며칠째 머물고 있는 이유이기도 했다.

"소문이 퍼지자 널 보려고 수많은 무인들이 찾아왔다. 네가 아직 돌아오지 않았다고 해도 막무가내였지. 결국 나와 학생주임 선생님이 번갈아 가면서 이곳을 지키는 중이었다."

소문이 돌고 며칠 만에 도둑이 세 번이나 들었다. 남궁수가 정체도 확인하지 않고 국자부터 휘두른 이유였다.

"네가 돌아왔다는 사실이 알려지면 더 심해질 거다. 며칠 후면 임시 휴관도 끝나는데, 출퇴근이나 제대로 할 수 있을지 모르겠군."

자신이 처한 상황을 알게 된 백수룡은 팔짱을 끼고 한숨을 쉬었다.

"이거 참…… 골치 아프게 됐군."

백수룡이 무인으로서의 명성을 원했던 것은 사실이다.

하지만 무림십존은 너무 일렀다.

스스로 느끼기에도, 아직 그들의 수준에 닿기에는 턱없이 부족했다.

또한 너무 큰 명성에는 대가가 따르기 마련이었다. 지금처럼 말이다.

'그럼 우린 십존의 제자가 되는 거야?'

'언젠가 이렇게 될 줄 알았어요. 선생님이 항상 우리보다 더 강해지니까…….'

'젠장. 주화입마 걸렸을 때 때렸어야 했는데. 그때가 마지막 기회였을지도 몰라.'

'선배는 철없는 소리 좀 하지 마요.'

두 선생이 심각한 분위기에서 대화를 나누자, 제자들이 구석에서 저희들끼리 수군거렸다.

백수룡이 한숨을 내쉬며 물었다.

"귀찮은데 그냥 다 쫓아내면 안 되나?"

남궁수가 굳은 표정으로 고개를 저었다.

"다른 자들은 적당히 쫓아낼 수 있겠지. 하지만 문제는 너에게 도전하기 위해 찾아오는 무인들이다."

남궁수가 담장 밖으로 시선을 돌렸다. 밖에 모여 있는 수십 개의 기 가운데 특출난 몇 개가 느껴졌다.

"저들은 날이 밝으면 대문을 두드릴 거다. 그리고 정중하게 비무를 요청하겠지. 네가 왔다는 사실은 이미 알려졌을 테니 더 이상 기다리지 않을 거다."

"끄응……."

비무 요청에 일일이 상대해 주다간 몸이 몇 개라도 모자랄 것이다.

그렇다고 모두 거절할 수도 없었다. 한두 번이야 가능하겠지만, 전부 거절하면 기껏 쌓아 올린 명성에 금이 갈 것이다.

'그건 또 싫단 말이지.'

백수룡이 대문파나 가문의 출신이었다면 아무런 문제도 없었을 것이다. 소속된 집단의 울타리가 알아서 그를 보호했을 테니까.

하지만 백수룡은 하늘에서 뚝 떨어진 고수나 마찬가지였다. 구파일방과 오대세가 출신도 아니었다.

호승심 강한 무인들, 가르침을 원하는 무인들, 천하에 명성을 떨치고자 하는 무인들이 찔러 보기에 이만한 상대도 없었다.

"한마디로, 내가 제일 만만하다 이거군."

"……본가의 실책이다. 아버님도 이렇게 될 거라곤 예상하지 못하셨을 거다.”

남궁수가 대신 사과했다. 남궁세가를 기준으로 생각하면 아무 일도 없을 일이었다.

“됐어. 예상보단 좀 빠르지만, 어차피 겪어야 할 일이었으니까.”

백수룡은 손가락으로 탁자를 톡톡 두드리며 말했다.

“정리를 좀 해 보지. 내 소문을 듣고 불청객들이 잔뜩 몰려왔는데, 그냥 쫓아냈다간 소문이 나쁘게 돌거라 이거지?”

“그렇지.”

“꼭 나쁘게 생각할 건 없을 것 같은데.”

“……?”

어차피 피할 수 없는 일이다.

그렇다면 저 불청객들로부터 뭐라도 얻어낼 방법을 생각해야 한다.

일방적으로 주기만 하는 건 성미에 안 맞으니까.

생각을 정리한 백수룡이 자리에서 일어났다.

“좋아. 내일부터 손님을 받아 주자고.”

“……진심인가?”

그 순간, 백수룡의 입가에 악동 같은 미소가 번졌다.

“그 대신, 이곳에 방문한 고수들도 그냥은 못 돌아갈 거야. 얘들아!”

“네?!”

“손님 받을 준비 해라.”

다음 날.

백룡장의 문이 활짝 열렸다.

260화

## 뭔가 이상한데?

웅성웅성.

이른 아침부터 백룡장 주변으로 많은 인파가 모여들었다. 사람들은 굳게 닫힌 대문을 바라보며 수군거렸다.

"어젯밤에 누가 담을 넘었다면서?"

"또 도둑이 든 거요?"

"이번엔 도둑이 아닌 것 같소. 전에 들어갔던 도둑들은 전부 호된 꼴을 당하고 쫓겨났는데, 어제는 잠잠했거든. 게다가 늦게까지 불이 켜져 있었소이다."

"언뜻 말소리도 들리던데……."

뜬눈으로 밤을 지새우며 자리를 지킨 이들도 적지 않았다.

모두가 청룡신협을 보러 온 사람들이었다.

개중에는 열흘이 넘도록 기다린 사람들도 있었다.

"간밤에 청룡신협이 돌아온 것 아니오?"

누군가의 말에 군중들이 눈을 반짝였다.

특히 며칠씩 기다려온 무인들은 당장이라도 쳐들어갈 기세였다.

"간밤에 나도 인기척을 느꼈소이다! 주인이 돌아온 게 맞는 것 같은데……."
"돌아왔으면 당장 나와 볼 것이지. 안에서 뭘 하는 게야?"
"손님들을 밖에 세워 두는 건 예의가 아니지!"
"우리 같은 하수들은 눈에 보이지도 않나 보군. 신협이라 치켜세워 주니 오만하기 짝이 없지 않은가!"
사람들 사이에 불만이 팽배해졌다.
그들 중 청룡신협에게 초대받아서 온 손님은 아무도 없었지만, 그들은 당연히 청룡신협이 자신들을 맞이하러 나와야 한다는 태도였다.
"더는 못 기다리겠군. 힘으로라도 열고 들어가야겠소이다!"
"나도 같이 갑시다!"
성격 급한 무인들이 정문으로 몰려갈 때였다.
"문이 열린다!"
굳게 닫혀 있던 백룡장의 정문이 좌우로 열렸다.
그리고 그 안에서 푸른 장포를 입은 관옥 같은 얼굴의 청년이 걸어 나왔다.
청년이 누구인지는 말하지 않아도 모두가 알고 있었다.
"청룡신협이다!"
"왜 이제야 문을 여는 게요!"
"허어. 드디어 무림십존의 귀한 존안을 뵙는군."
벌써부터 청룡신협을 무림십존이라 부르는 목소리도 있었다. 하지만 그 말에서 느껴지는 감정은 감탄이나 존경이 아닌 조롱에 가까웠다.
제아무리 백수룡이 남궁세가에서 혈교의 장로를 베어 남궁세가를 구했다 해도, 그것만으로 십존으로 인정받을 수 있는 것은 아니었다.
'나를 꺾고 실력을 검증받아야 할 것이다!'
청룡신협에게 도전하러 온 무인들의 공통된 생각이었다. 그들 중 일부는 벌써부터 백수룡을 꺾고 명성을 날릴 생각으로 들떠 있었다.

"백수룡입니다."

모두의 시선이 집중되는 가운데, 백수룡이 절도 있게 포권을 취하며 입을 열었다.

"우선 백룡장을 찾아와 주신 분들께 사과의 말씀을 드리겠습니다. 남궁세가에서 입은 내상과 여행의 여독이 아직 남아 있는 탓에, 지난밤에는 피치 못하게 조용히 집으로 돌아와 휴식을 취했습니다."

백수룡의 얼굴은 창백했다.

이곳에 모인 모두가 남궁세가의 일을 알고 있었기에, 거짓말이라고 생각하지는 않았다.

"그렇다면야 뭐……."

"끄응……."

일부는 불만스러운 표정이었으나, 대체로 수긍하는 분위기였다.

청룡신협은 이제 천하에 명성을 떨치는 고수.

저런 고수가 예의를 깍듯이 지키며 잘못을 사과하는 일은 쉽게 볼 수 없었다.

'분위기가 좀 수그러들었군.'

백수룡은 자신을 낮추고 상대를 높이면서 성난 민심을 달랬다. 그러곤 입가에 부드러운 미소를 띠며 말을 이었다.

"이해해 주셔서 감사합니다. 마땅히 여기 계신 모든 손님들을 안으로 모셔야 하겠으나……."

백수룡은 주변을 둘러보며 난감한 표정을 지었다.

이른 아침인데도 백룡장 주변으로 몰려온 사람들이 백여 명 가까이 되었다.

게다가 청룡신협이 왔다는 소문이 퍼졌는지, 그 숫자는 점점 늘어나는 중이었다.

"안에 손님을 모실 공간이 마땅치 않고, 대접할 것도 부족한 형편입니다."

"설마 이 앞에서 며칠을 기다렸는데 그냥 가라는 것이오!"

성격 급한 무인 하나가 버럭 소리를 질렀다. 백수룡은 고개를 저었다.

"그런 말씀이 아닙니다. 한 번에 많은 손님을 다 수용할 방법이 없다는 것이지요. 그렇다고 땡볕 아래에서 기다리시게 하는 것도 죄송한 일입니다."

손님들을 염려하는 백수룡의 표정과 목소리에는 진정성이 있었다. 누구도 그것을 연기라고 생각하지 못했다.

"저는 짧은 시간이라도 한 분 한 분과 진정성 있는 대화를 나누고 싶습니다."

"오오……!"

"보기 드문 대협의 풍모가 아닌가."

"풍문으로는 젊은 나이에 고수가 되어 오만하다고 들었거늘."

많은 무인들이 청룡신협에게 감탄했다.

문전박대당하거나 쫓겨날 각오까지 했건만, 백수룡은 기꺼이 모두에게 시간을 내주겠다 말하고 있었다.

'거의 다 넘어왔군.'

무림에 무기를 잘 쓰는 고수는 많을지 몰라도, 혀를 잘 쓰는 고수는 많지 않았다. 대부분은 고집이 세고 자존심이 강했다.

하지만 백수룡은 달랐다.

오랫동안 다른 사람을 가르치고 설득해 온 강사의 입심이 이 자리에서도 빛을 발했다.

"그래서, 제 나름대로 최선의 방법을 생각해 보았습니다. 가장 먼저 오신 분이 누구십니까?"

"접니다."

한쪽에서 개방도로 보이는 거지 청년이 손을 들었다. 땟국물이 흐르는 손은 남들보다 두 배는 크고 두꺼웠다.
그를 알아본 군중들이 수군거렸다.
"저자는 대력수 왕손이 아닌가?"
"강서분타의 분타주? 그럼 방주의 제자……."
"뭐 놀랄 일이라고. 청룡신협의 이름이 천하에 울리는데, 응당 분타주 정도는 와야지."
졸지에 모두의 시선을 받게 되었지만, 왕손은 태연하게 두꺼운 손가락으로 코를 후볐다. 콧구멍도 무척 큰 청년이었다.
"왕손 분타주께서는 뒤에 오신 분들의 순서를 기억하십니까?
백수룡의 질문에, 왕손은 잠시 생각해 보곤 대답했다.
"제 뒤로 서른 명 정도는 기억하고 있습니다만……."
왕손은 더럽고 둔하게 생긴 외모와 달리, 기억력이 좋고 총명한 사내였다. 한 성의 분타주는 아무나 하는 것이 아니었다.
왕손은 개방 방주의 제자 중 한 명이기도 했는데, 무림의 배분은 높은데도 불구하고 백수룡에게 말을 높였다.
'상대는 차기 무림십존으로 언급되는 초고수다. 잘 보여 둬서 나쁠 것이 없어.'
히죽.
왕손이 누런 이를 드러내며 웃었다.
나름대로 호감을 드러낸 것이었는데, 처음으로 백수룡의 미소가 깨질 뻔했다. 코를 후빈 손가락을 입에 넣고 쪽쪽 빨고 있었던 것이다.
"……서른 명이나 기억하신다니 잘되었군요. 저를 좀 도와주시겠습니까?"
"뭘 도와드리면 되겠습니까?"
"애들아."
백수룡의 뒤에서 제자들이 나타났다. 두 손에 종이뭉치를 잔뜩 들고 있었다.
"오신 순서대로 번호표를 나눠 드리겠습니다. 가까운 객잔에서 쉬고 계시면, 제 제자들이 가서 순번대로 모셔 오겠습니다. 굳이 힘들게 이곳에서 기다리실 필요가 없습니다."
"오오……!"
"그런 방법이!"
감탄한 군중들이 무릎을 쳤다.
백수룡의 말대로 하면 더 이상 땡볕 아래에서 기다릴 필요가 없었다.
다들 온 순서대로 줄을 서서 번호표를 받았다. 개방 분타주인 왕손이 순서를 확인해 주었기에, 새치기나 잡음 또한 거의 없었다.
"가까운 곳에 백룡객잔이라고 있습니다. 되도록 한곳에 계셔야 제자들이 모셔오기 쉬우니, 웬만하면 그 주변에서 머물러 주시면 감사하겠습니다."
백수룡은 자연스럽게 백룡상단이 운영하는 객잔을 손님들에게 추천했다. 이상하게 생각하는 사람은 아무도 없었다.
하지만 다른 이유로 반발하는 자들은 있었다.
"어중이떠중이를 다 손님으로 받아 주겠다는 거요? 어느 세월에 기다리란 말인가."
싸늘한 목소리가 분위기에 찬물을 끼얹었다.
저벅, 저벅.
긴 검상이 왼쪽 뺨을 가로지르는, 오만하고 강인한 인상의 사내가 인파를 헤치고 앞으로 나섰다.
"조가검문의 조연일이라 하오. 청룡신협에게 비무를 신청하기 위해 천릿길을 마다하지 않고 달려왔소이다."
"추혼검객!"
"섬서에서 마두를 단칼에 베었다는?"

추혼검객의 명성을 들어 본 구경꾼들이 웅성거렸다.

조연일은 군문 출신으로 일가를 이룬 조가검문의 후계자로, 무공을 완성하겠다는 일념 아래 삼 년째 천하를 주유하며 비무행 중인 고수였다.

군중들의 경탄 어린 시선에 조연일의 입꼬리가 미세하게 올라갔다. 하지만 이내 아무렇지 않은 척하며 앞으로 나섰다.

스르릉.

검을 반쯤 뽑은 추혼검객이 백수룡을 바라봤다. 길이 잘든 검날이 시퍼렇게 번뜩였다.

"청룡신협에게 비무를 신청하는 바요. 내 검은 철저히 실전으로 갈고닦은 검이니, 그대가 피하지만 않는다면 승부가 나는 데 오랜 시간이 필요치는 않을 것이오."

추혼검객의 입가에 오만한 웃음이 걸렸다.

그는 백수룡과 싸워서 이길 자신이 있었다.

삼 년 동안 숱한 실전을 치르면서 검을 갈고닦았고, 이제는 그 기예가 극에 달했다고 자부했다.

남은 것은 이름 높은 고수를 상대로 무공을 증명하는 것뿐이었다.

'이 기생오라비같이 생긴 자가 무림십존이라고? 내가 그 허명을 벗겨주지.'

추혼검객뿐만이 아니었다.

줄을 서서 번호표를 받는 것에 불만을 가지고 있던 고수들이 전부 앞으로 나섰다.

"여기도 있소이다!"

"나도 청룡신협에게 도전하기 위해 왔소!"

"내 창이 두렵지 않다면 청룡신협은 비무를 피하지 마시오."

하나같이 기파가 남다른 고수들이었다.

어디에 가서도 인정받는, 그래서 기다리는 일에 익숙하지 않은 이들이

기도 했다.

하지만 백수룡의 대답은 단호했다.

"이러시면 공평성에 문제가 생깁니다. 도착한 순서대로 번호표를 받아 주시기 바랍니다."

"비무를 피하기 위해서 핑계를 대는 것은 아니고?"

조연일의 말에 고수들 사이에서 조소가 흘렀다. 백수룡의 눈살이 찌푸려졌다.

'저걸 콱…….'

생각 같아서는 묵사발을 내고 싶었으나, 보는 눈이 많아서 그러기도 힘들었다.

다행히 백수룡에겐 든든한 원군이 있었다.

"도저히 건방진 작태를 두고 볼 수가 없군."

조연일보다 훨씬 더 날카롭고 싸늘한 목소리가 공기를 냉각시켰다.

"건방진 작태라고? 주둥이를 함부로 놀리는 자가 누구냐!"

흥분한 조연일의 외침에, 백수룡의 뒤편에서 남궁수가 걸어 나와 백수룡과 나란히 섰다.

"본인은 대남궁세가의 삼남이자, 청룡학관의 일타강사인 남궁수요."

"……!"

훤칠한 두 사내가 나란히 서자 한 폭의 그림이 완성됐다. 구경꾼들에 섞인 여인들 사이에서 절로 감탄사가 터져 나왔다.

"……아무리 남궁세가의 아들이라 해도 지금은 도를 넘는 언행이 아닌가."

조연일이 이를 까드득 갈며 남궁수를 노려봤다.

그러나 남궁수는 웬 개가 짖냐는 듯 코웃음을 쳤다.

"당신들은 초대받지 않은 손님이오. 무릇 예의와 법도를 아는 자라면, 불청객임에도 시간을 내어 맞이하겠다는 주인의 배려에 감사해야 할 것이오. 헌데 당신들은 기다려 달라 부탁하는 주인에게 칼부터 뽑아 들었소. 하는 짓으론 강도와 다를 게 무엇이지?"

"……."

남궁수의 일침에 조연일은 순간 말문이 막혔다. 다른 고수들도 마찬가지였다.

"……어째서 이 일에 끼어드는 것이오?"

"백수룡 강사가 청룡학관 소속이기 때문이오. 못난 후배가 핍박당하는 걸 두고 볼 수는 없지."

"야. 누가 못난……."

"또한 남궁세가의 은인이기도 하지."

남궁수는 백수룡의 속삭임을 무시하고 앞으로 나섰다. 그가 서슬 퍼런 눈으로 무인들을 노려봤다.

"이래도 횡포를 부리고 싶다면, 내 검부터 상대해야 할 것이오."

남궁수와 눈이 마주친 무인들이 시선을 피했다.

비록 최근에 혈사를 겪었으나, 천하제일세가의 명성은 아직 건재했다.

게다가 주변의 여론도 남궁수의 편이었다.

"옳소! 차례를 지키시오!"

"무공이 세다고 새치기하는 것은 너무하지!"

조연일은 난감한 상황이 되었다.

남궁수와 검을 나누는 건 두렵지 않았으나, 그로 인해 자신의 평판이 떨어지는 것은 두려웠다.

'빌어먹을…….'

결국 추혼검객 조연일은 뒤로 물러날 수밖에 없었다.

"……내가 성급했군. 번호표를 받고 기다리겠소."

조연일은 백수룡을 잠시 노려보다가 물러나서 줄을 섰다. 다른 고수들도 마찬가지였다.

잠시 후, 번호표를 받은 그들은 백룡객잔으로 향했다.

◆ ◈ ◆

"불쾌하군."

조연일은 독한 화주를 한입에 삼켰다. 몇 시진 전에 망신당한 일이 아직도 뇌리에서 잊히지 않았다.

자신은 다른 어중이떠중이와 달랐다.

청룡신협을 만나려고 온 자들 대부분은 알랑방귀나 뀌러 온 날파리에 불과했다.

'그런 자들과 무인으로서 검을 겨루러 온 내가 어찌 같단 말인가!'

뿌드득!

다시 생각해도 이가 갈렸다. 조연일은 독한 화주를 더 들이켰다.

'흥. 여론은 내가 청룡신협을 꺾으면 변하게 될 터. 결국 무인은 무공으로 증명하는 것이다.'

며칠 후 새로운 초고수의 탄생으로 시끄러워질 무림을 상상하며, 조연일은 화를 다스렸다.

하지만 술값을 알고 나서 다시 화가 치밀었다.

그가 살기 어린 눈으로 점소이를 노려보며 말했다.

"뭐가 이렇게 비싸지?"

"예? 저희는 원래 가격이 이렇습니다만……."

"다른 객잔보다 곱절은 비싼 것 같은데."

"아이고, 무사님! 억울합니다요!"

아무리 봐도 바가지를 씌우는 것 같은데…….

하지만 조연일도 더 이상 따지지는 못했다.

주변에 보는 눈이 많았다.

무림인이란 체면 때문에 목숨도 거는 자들이었다.

조가검문의 후계자인 자신이, 고작 돈 몇 푼 때문에 점소이에게 해코지를 했다는 소문이 날 수는 없었다.

'청룡신협이 설마 일부러 비싼 곳을 추천했나? 아니, 그렇다고 그자에게 이득이 돌아갈 리도 없는데…….'

외지에서 온 손님들은 몰랐다.

백룡객잔이 백룡상단이 운영하는 객잔이라는 것과 그들이 도착하기 전에 음식과 술 가격이 두 배로 올랐다는 것을 말이다.

'뭔가 이상한데.'

이상한 것은 그게 다가 아니었다.

백룡객잔으로 웬 상인들이 들어오더니 좌판을 펼쳤다.

"싱싱한 영물의 내단이 있습니다. 날이면 날마다 오는 내단이 아닙니다!"

"내단이라고? 한번 봅시다."

영물의 내단이라는 말에 무인들이 하나둘 모여 앉았다.

상인들이 호언장담한 대로 아주 싱싱한, 상등품의 영물 내단이었다.

내공이 부족한 무인들의 눈이 돌아갔다.

"내가 사겠소!"

"아니, 나한테 파시오!"

결과적으로 상인들이 가져온 내단은 경쟁이 붙어서 시세보다 훨씬 비싼 값에 팔려나갔다.

'완전히 바가지가 아닌가!'

전낭을 탈탈 털어 내단을 산 무인들은 만족스러워 보였다. 하지만 내일도 같은 생각일까?

조연일은 고개를 저었다.

그리고 한 시진에 두어 번씩, 청룡신협의 제자들이 번호표를 들고 찾아왔다.

"삼십이 번 고객님, 아니 손님 계십니까!"

"여기 있소! 드디어 내 차례로군!"

자리에서 일어난 자는 조연일처럼 백수룡에게 도전하겠다고 나섰던 무인이었다.

"내 청룡신협의 검이 얼마나 예리한지 보고 오겠소!"

보무도 당당히 나선 그는 반 시진쯤 지나서 돌아왔다.

결과는 물어볼 것도 없었다.

들어올 때는 고개를 푹 숙이고 들어왔으니까.

"……부끄럽게도 다섯 합 만에 무기가 부러졌소."

"다섯 합에? 청룡신협의 무위가 그리 고강하단 말이오?"

"자자, 한잔 마시고 자세히 좀 얘기해 보시구려."

주변의 재촉에 무인이 입을 열었다. 조연일도 안 듣는 척하면서 귀를 기울였다.

"검이 제대로 보이지도 않았소이다. 정신없이 막다 보니 검이 뚝, 하고 부러져 버렸소."

"이보시오. 검이 부러졌다면서, 들고 있는 검은 무엇이오? 새것 같은데."

"아, 이건……."

무인은 새것임이 분명한 검을 소중히 품에 안았다.

"청룡신협이 검을 부러뜨려 미안하다며 근방에서 가장 솜씨가 좋은 철방을 추천해 주었소. 위지철방이라고, 거기서 이 녀석을 만났지. 흐흐흐."

마음에 쏙 드는 듯, 무인은 새 검을 품에 안고 흐뭇하게 웃었다.

"보기 드문 명검이오. 전 재산을 털어서 겨우 마련할 수 있었지."

검 하나를 사는데 전 재산을 털었다고?

하필 청룡신협이 검을 부러뜨려서?

그것도 좀 이상하지 않나?

'이상해. 하나같이 전부 이상한데…….'

조연일의 머릿속이 복잡해질 때였다.

"칠십오 번 손님! 여기 계신가요?"

허리춤에 검을 맨 앳된 소년이 객잔으로 들어오더니 고개를 두리번거렸다.

"……드디어 내 차례로군."

조연일이 자신의 번호표를 확인하고 자리에서 일어났다. 칠십오 번. 예상했던 것보다 호명이 빨랐다.

"지금 바로 가면 되나?"

"앗, 아니요. 지금 가셔도 한 시진은 기다리셔야 할 것 같습니다."

"그럼 왜 벌써 왔지?"

"사실은…… 시간이 괜찮으시면 부탁드리고 싶은 것이 있어서요."

"부탁?"

소년은 초롱초롱한 눈으로 조연일과 그의 검을 번갈아 바라봤다.

"아까부터 지켜봤는데……. 대련을 부탁드려도 될까요?"

그 소년의 이름은 위지천이라고 했다.

261화

# 검의 천재

“나와 비무를 하고 싶다고?”

추혼검객 조연일은 기가 찬다는 표정으로 눈앞의 소년을 바라봤다.

아직 솜털도 가시지 않은 애송이였다.

검을 잡은 것도, 길어 봤자 십 년쯤 되었을까?

“진심이냐? 한 수 가르침을 달라는 것도 아니고, 진검으로 비무를 하자고?”

“네!”

호흡이나 자세로 보아 기초는 제법 잘 잡힌 듯했지만, 추혼검객이라 불리는 자신의 상대가 되기에는 역부족이었다.

헌데, 천진난만한 얼굴로 하는 말이 가관이지 않은가?

“꽤 강한 검객이신 것 같아서요. 어떤 검법을 익히셨는지 직접 부딪쳐 보고 싶어서…….”

언뜻 칭찬인 것 같지만, 듣는 입장에서는 기분이 묘한 말이었다.

‘꽤 강한 검객’이라는 말은 자신보다 수준이 높은 고수에게는 쓰지 않는다.

비슷하거나 만만해 보이는 상대에게나 쓰는 표현.
추혼검객은 명백히 그렇게 느꼈다.
그의 눈빛이 싸늘하게 변했다. 은은한 살기마저 맺혔다.
"청룡신협이 네게 날 모욕하라고 시켰느냐?"
전혀 예상치 못했던 반응에 위지천이 깜짝 놀랐다.
"네? 아, 아니요! 저는 정말 추혼검객님과 겨뤄 보고 싶어서 온 건데요……."
"네가 내게 비무를 신청한 것이, 맹세코 청룡신협과 아무런 관계도 없단 말이렷다?"
추혼검객의 매서운 추궁에, 위지천은 어깨를 움츠리며 대답했다.
"싸워 보면 도움이 될 거라고는 하셨지만……."
"도움이 된다? 옳거니. 그거였군."
추혼검객은 위지천이란 애송이가 자신을 도발하는 이유를 깨달았다.
그는 위지천의 '도움이 된다'라는 말을 '청룡신협에게 도움이 된다'라는 뜻으로 오해했다.
"교활한 작자 같으니. 제자를 통해서 내 실력을 먼저 가늠해 보려는 생각이구나."
"……네? 누가요?"
청룡신협의 계획을 파악하자, 오히려 웃음이 나왔다.
추혼검객의 입가에 자부심 가득한 미소가 맺혔다.
'그럼 그렇지. 청룡신협. 네가 나를 호적수로 인정했구나!'
청룡신협은 자신을 극도로 경계하고 있는 것이 분명했다.
그래서 어린 제자를 보내 도발하고, 검술을 조금이라도 알아내려 하는 것 아닌가!
추혼검객은 흡족한 마음에 올라가려는 입꼬리를 억지로 내리며 말했다.
"네 스승이 내 검술에 대해서 알아내 오라고 시키더냐?"

"아니요. 선생님은 그런 말씀은 전혀 안 하셨는데요……."

추혼검객은 위지천의 말을 무시했다.

그가 객잔에 모인 무림인들을 돌아보며 말했다.

"다들 들으셨소? 이것이 청룡신협이라는 자의 실체요. 제자를 보내어 내 검술의 약점이라도 찾으려고 한 모양이지. 하하하! 이 얼마나 얄팍한 생각이란 말인가!"

설마?

대부분의 무인들은 고개를 갸웃했지만, 일부는 고개를 끄덕여 동조했다. 대부분 제 실력에 과한 자신감을 지닌 이들이었다. 그들은 청룡신협을 술안주 삼아 씹어댔다.

"흐흐. 청룡신협이 추혼검객을 보고 겁을 집어먹은 모양이군."

"쯧쯧. 아무리 그래도 그렇지. 어린 제자를 보내서 이게 뭐 하는 짓인가."

"사실이라면 무척 실망스러운데……."

"운이 좋아서 분에 넘치는 명성을 얻었으니 불안하기도 할 테지!"

분위기가 이상하게 흘러가자 당황한 건 위지천이었다.

"그, 그런 게 아닌데요!"

"돌아가서 네 스승에게 전해라. 실전으로 완성된 내 검술에 약점은 없다고."

킥킥 웃으며 말한 추혼검객이 아차, 하며 짐짓 곤란하다는 표정을 지었다.

"그 말을 듣고 꽁지가 빠져라 도망치면 어쩌지?"

푸하하하하!

그의 능청에 구경꾼들 사이에서 폭소가 터졌다. 위지천의 얼굴이 붉게 달아올랐다.

"선생님은 그쪽한테 관심도 없다니까요! 그냥 제가 싸워 보고 싶은 거라고요!"

추혼검객은 피식 웃으며 위지천의 어깨를 가볍게 두드려 주었다.

"네 실력으로는 내 실력의 삼 할도 이끌어낼 수 없으니, 돌아가서 내 말이나 똑바로 전하도록 해라. 교활한 스승에게 이용당해서 괜히 다치지 말고."

'교활한 스승'이라는 말이 결정적이었다.

위지천은 더 이상 스승을 조롱하는 상대의 언행을 참지 않았다.

"……날 무시하는 건 상관없지만."

그 순간, 위지천의 기세가 일변했다.

당황해서 어쩔 줄 몰라 하던 소년은 더 이상 없었다.

위지천은 칼자루에 손을 올리며 추혼검객에게 경고했다.

"더 이상 선생님을 모욕하는 건 못 참아요."

주인의 살기를 느낀 위지천의 애검, 검혼이 우우웅 하고 검명을 울렸다.

그 순간, 추혼검객의 표정이 딱딱하게 굳었다.

'이 녀석. 보통내기가 아니로군.'

하지만 딱 그 정도였다.

추혼검객은 여전히 위지천이 자신의 상대가 되지 않는다고 판단했다.

'기껏해야 학관에 다니는 꼬맹이다.'

재능이 출중해 검명을 울리는 경지에 도달했을지언정, 수많은 실전으로 검술을 갈고닦은 자신과 비교할 수는 없었다.

……괜히 긴장할 이유가 없었다.

"내 대답에는 변함이 없다. 돌아가서 청룡신협에게 전해라. 내 검법을 견식하고 싶다면 비겁하게 제자를 보내지 말고, 본인 눈으로 직접 보라고."

"흐응."

위지천의 입가에 비릿한 조소가 맺혔다. 한순간에 딴사람이 된 것 같았다.

"그거 아세요? 제가 당신과 검을 겨뤄 보고 싶다고 하니까, 선생님이 조언을 하나 해 주셨는데……."

"조언?"

검을 잡은 위지천은 더 이상 어리숙한 소년이 아니었다. 상대를 베기로 마음먹은 사나운 검귀였다.

히죽.

어린 검귀의 입꼬리가 더 올라갔다. 혀로 입술을 핥으며 장난기 가득한 얼굴로 상대를 도발했다.

"지금 제 수준에는 추혼검객 정도가 딱 맞는 상대래요. 실력만 제대로 발휘하면 충분히 목을 벨 수 있을 거라던데."

평소의 위지천이라면 결코 하지 않을 오만한 도발.

그만큼 효과는 대단했다.

추혼검객의 얼굴이 붉으락푸르락해졌다.

"머리에 피도 안 마른 애송이가……!"

무인이 공개적인 장소에서 까마득한 후배에게 모욕을 당했다.

어리다고 넘어갈 수 있는 수준을 넘어섰다.

이 자리에서 위지천의 목이 날아간다 해도, 그 누구도 추혼검객에게 과하다 하지 않을 것이다.

"정녕 진검으로 비무를 원하느냐? 내 검에는 눈이 없다. 평생의 흉터가 생길 수도 있는데, 후회하지 않을 자신이 있나?"

추혼검객의 눈에도 살기가 맺혔다.

내뱉는 한마디 한마디에선 마치 맹수가 으르렁거리는 듯 낮은 울림이 퍼졌다.

객잔 안에서 지켜보던 무인들도 놀라서 침을 꿀꺽 삼켰다. 더 이상 누구도 농담 같은 건 하지 못했다.

위지천은 혀로 입술을 핥으며 대답했다.

"목이 베여도 후회하지 않을 테니까, 빨리 붙어 보시죠?"

"하! 그 기개는 마땅히 높이 사마. 따라 나와라!"

추혼검객의 몸에서도 사나운 살기가 피어올랐다.

별호에서 알 수 있다시피, 그는 살인을 마다하지 않은 무인이었다.

강호를 떠돌며 사파의 고수들을 추살하고 다닌 이유 자체가, 실전에서 자신의 검법을 완성하기 위해서였다.

정파 출신이 아니었다면 그의 별호는 추혼검귀가 되었을 것이다. 그만큼 살기가 짙은 검법을 사용했다.

'꼬마야. 보는 눈이 많아 죽이진 않겠지만, 평생 잊지 못할 흉터를 만들어 주마.'

추혼검객은 적어도 위지천의 팔 하나쯤은 자를 생각이었다.

두 사람은 객잔 뒤편에 있는 마당으로 나갔다.

구경꾼들이 두 사람을 우르르 따라 나왔다.

"이, 이러다가 송장 하나 치우는 것 아닌가?"

"쯧쯧. 저 어린 녀석이 분을 못 이겨 스스로 무덤을 판 게지."

"저 아이, 위지천이라고 올해 청룡학관에 수석 입학한 학생입니다."

"그래 봤자 후기지수가 아닌가. 추혼검객은 몇 년 전부터 이름을 날린 고수란 말일세! 결과는 보나 마나 뻔하지."

"추혼검객의 자비를 기대하는 수밖에……."

구경꾼들 대부분이 위지천의 목이 날아가거나 최소한 사지 중 하나가 떨어질 거라고 예상했다.

하지만 드물게 다른 생각을 가진 사람도 있었다.

"글쎄……. 어쩌면 의외의 결과가 나올지도 모르지."

개방 강서분타주, 대력수 왕손이 코를 후비며 마주 선 두 검객을 지켜보며 중얼거렸다.

느긋하고 지저분한 태도와 달리, 왕손의 작은 두 눈은 영활하게 움직이고 있었다.

'위지천. 청룡학관 일 학년. 청룡신협 백수룡과 함께 청룡학관에 들어온 검의 천재.'

개방은 자타공인 천하제일의 정보단체였다.

하지만 개방이 가진 청룡신협 백수룡에 대한 정보는 표면적인 것뿐이었다.

'청룡학관에 입사하기 전 청룡신협의 행적, 그리고 그의 무공에 대해서는 알려진 바가 전혀 없다.'

위지천도 마찬가지였다.

스승과 마찬가지로 하늘에서 뚝 떨어진 것처럼, 과거의 행적을 전혀 알아낼 수 없었다.

'청룡신협의 다섯 제자들 중에서도 가장 신비에 싸인 소년. 둘 사이에는 분명 연관성이 있어.'

왕손이 지금 위지천을 유심히 지켜보는 이유이기도 했다.

번호표 일 번을 받은 왕손은 이미 백수룡과 만나서 많은 것을 묻고 온 이후였다.

두 사람이 나눈 이야기 중에는 청룡신협이 아끼는 제자들에 대한 것도 있었다.

―천이요? 그 녀석은 검의 천재입니다.

위지천에 대한 질문에, 백수룡은 확신에 찬 표정으로 그렇게 대답했다.

–흔히 천재라고 말하면 근골이 뛰어나고, 오성이 뛰어난 아이들을 말하죠. 하지만 위지천은 그런 종류의 천재는 아닙니다.

–……근골과 오성이 뛰어나지 않은 무공의 천재도 있습니까?

–말씀드렸지 않습니까. 무공의 천재가 아니라, '검의 천재'라고요.

–그게 뭐가 다르다는 건지…….

이해할 수 없다는 듯 고개를 갸웃거리는 왕손에게, 백수룡이 의미심장하게 웃으며 말했다.

–머지않아 온 무림이 알게 될 겁니다. 제 말이 무슨 뜻인지.

"……어디 한번 보자고. 검의 천재가 무엇인지."

왕손은 짧은 상념을 떨쳐 내고 두 검객에게 집중했다. 그들은 검을 들어 서로에게 겨누고 있었다.

"……."

"……."

찰나의 침묵.

그 순간 두 사람의 신형이 흐릿해지더니, 누가 먼저랄 것도 없이 달려들어 검을 휘둘렀다. 간격이 순식간에 사라졌다.

쩌엉!

충돌과 함께 충격파가 후욱 번졌다. 두 사람을 중심으로 바닥의 흙먼지가 휘몰아쳤다. 그 사나운 기파에 가까이 있던 자들이 깜짝 놀라 뒷걸음질 치다가 엉덩방아를 찧었다.

"제법이구나!"

추혼검객이 눈을 번뜩이며 외쳤다. 검을 회수한 그의 입가에 사나운 미소가 맺혔다.

"그쪽도."

위지천의 입가에도 비릿한 미소가 맺혔다. 어린 검귀는 기세 싸움에서 전혀 밀리지 않았다.

추혼검객의 눈썹이 불쾌감으로 꿈틀댔다.

"건방도 여기까지다!"

두 검귀가 서로를 향해 다시 달려들었다. 추혼검객의 검이 맹수의 발톱처럼 바람을 찢었다.

촤아악!

추혼검객은 이번 공격에 칠성의 내공을 담았다. 첫 공격에는 고작 사성의 내공만을 담았었다. 꼬마가 생각보다 강했지만, 이번에는 압도하리라 확신했다.

쩌어엉!

하지만 결과는 처음과 같았다. 위지천은 한 걸음도 물러나지 않고 추혼검객의 검을 받아 냈다. 오히려 여유로워 보였다.

"너……!"

"슬슬 제대로 하시죠? 안 그러면……."

어린 검귀의 눈이 살기로 번뜩인다. 그 시선은 상대의 급소를 노리고 있었다.

"목 날아갈지도 몰라요?"

휘릭!

위지천은 상대의 검을 쳐 내며 몸을 팽이처럼 회전시켰다. 회전력을 더한 검이 추혼검객의 목을 노렸다.

까앙!

"큭!"

한 번으로 끝나지 않았다. 위지천은 몸을 계속 회전시켰다. 검 끝이 쉼 없이 천변만화하며 추혼검객의 전신 요혈을 노렸다.

까가가강!

추혼검객의 눈에 경악이 어렸다. 자신보다 스무 살은 어린 아이를 상대로 승기를 가져오기는커녕 막기에 급급했다. 그의 무복 위로 혈흔이 번졌다.

'빌어먹을!'

수치심과 두려운 마음이 동시에 들었다. 잠시라도 눈을 떼면 목이 날아갈 것 같았다. 추혼검객은 방심하던 마음을 버리고 이를 악물었다.

"갈!"

내공을 단숨에 폭발시킨 추혼검객은 아껴뒀던 절초를 펼쳤다. 무색의 검기가 위지천의 허리를 두 동강 낼 기세로 날아갔다.

휘익!

위지천은 무리하지 않고 뒤로 훌쩍 물러섰다. 회심의 검기는 허무하게 허공을 벴다.

두 검객 사이에 거리가 벌어지자, 구경꾼들도 그때까지 참았던 숨을 뱉었다.

"허억……!"

"지, 지금 추혼검객이 밀리는 것 아니오?"

"믿기지 않는군. 저것이 일개 학생의 무위란 말인가!"

모두가 경악한 얼굴로 위지천을 바라봤다.

추혼검객은 이미 무림에 명성을 떨치고 있는 절정의 고수였다.

청룡신협에 비하면 그 명성이 부족하다고 하나, 도전자로서의 자격은 충분했다.

헌데 지금 그를 압도하고 있는 사람은 청룡신협이 아니라, 그의 제자 중 한 명이었다.

그것도 가장 어린 제자!

"놀랍군……."

왕손도 눈을 부릅뜨고 위지천을 바라봤다.

백수룡에게 들어서 실력이 만만치 않으리라 예상은 했지만, 설마 저 정도일 줄이야.

'추혼검객의 손속이 과해지면 끼어들어서 중재하려 했는데…….'

조금 더 지켜봐야겠지만, 지금으로선 그럴 필요가 없어 보였다.

"이상하다. 선생님 말이 틀릴 리가 없는데……."

위지천은 검 끝을 바닥에 끌며 추혼검객에게 다가갔다.

끼기긱, 바닥이 긁히는 불쾌한 소리에, 추혼검객이 저도 모르게 한 걸음 뒤로 물러났다.

어린 검귀가 고개를 갸웃하며 그에게 물었다.

도발이나 조롱이 아니었다. 그 눈동자는 한없이 투명했다.

"설마 이게 전부는 아니죠?"

"노오옴!"

분을 참지 못한 추혼검객이 위지천을 향해 다시 검을 휘둘렀다.

262화

# 검재

쩌엉!

두 검객의 검이 다시 부딪쳤다. 이번에는 힘에서 밀린 위지천의 몸이 허공에 붕 떴다.

휙!

위지천은 고개를 옆으로 홱 젖혔다. 머리카락 몇 올이 추혼검객이 날린 검기에 잘려나갔다. 조금만 늦었으면 얼굴이 베였을 것이다.

"그 입부터 찢어 주마."

추혼검객의 검이 집요하게 위지천의 얼굴을 노렸다. 처음엔 팔만 자르려 했지만, 자존심에 상처를 입은 절정의 검객에겐 더 이상 살검을 펼치는 데 망설임이 없었다.

까가가각!

두 검날이 서로를 긁어 대며 불꽃이 튀었다. 기세를 탄 추혼검객이 맹렬히 검을 휘둘렀다. 위지천은 불안정한 자세로 용케 공격을 피하고 막았다.

'강해!'

방심을 떨쳐 낸 추혼검객은 위지천이 생각한 것 이상으로 강했다. 흐릿한 잔상만 남을 정도로 검이 빨랐다.

'방심하면 내가 당할 거야.'

다른 생각을 할 여유가 없었다. 위지천은 모든 감각을 상대에게 집중했다. 부딪치는 검날에서 불티가 쉬지 않고 튀었다.

'힘으로는 당해 낼 수 없어.'

신체를 단련한 세월이 두 배 이상 차이가 났다. 그동안 위지천이 아무리 녹림십팔식을 부단히 수련했어도 메울 수 없는 간극이 있었다.

애초에 소년은 또래보다 작은 체구를 가지고 태어났다. 타고난 약점이었다. 노련한 검귀인 추혼검객은 상대의 약점을 놓치지 않았다.

쩌어엉! 쩌어엉!

빛살 같은 쾌검에 강검의 묘리가 더해졌다. 속도가 조금 느려진 대신, 일격 일격에 실린 힘이 견디기 버거울 정도였다. 부딪칠 때마다 손아귀가 찢어질 듯했다.

"크……."

꽉 다문 입술 사이로 신음이 새어 나왔다. 붉은 선혈과 함께였다.

순식간에 궁지에 몰린 위지천의 모습에 구경꾼들이 탄식했다.

"추혼검객이 본격적으로 손을 쓰니 맥을 못 추는군."

"저렇게 버티는 것만 해도 대단하지."

"저 소년이 오만했어. 상대가 방심했을 때 몰아쳐서 승부를 냈어야지."

"쯧쯧. 흐름이 기울었으니 곧 결판이 나겠군."

"어린애를 상대로 너무 과한 손속은 아닌지……."

모두가 위지천의 패배를 예상했다.

고수 간의 싸움에서 한 번 빼앗긴 흐름을 되찾아오기란 거의 불가능했다. 상대가 노련한 검객이라면 더더욱 그러했다.

서걱!

검이 위지천의 가슴팍을 스치고 지나갔다. 뒤로 물러났지만, 완전히 피하지는 못했다. 무복 위로 핏물이 붉게 번졌다. 조금만 늦었어도 심장이 갈라졌을 것이다.

"……하."

뒷덜미가 오싹했다. 찰나에 목숨이 몇 번이나 오갔다. 목숨 건 외줄 타기를 하는 기분이었다.

하지만 이 극한의 상황 속에서…….

"하, 하하!"

위지천은 웃었다. 땀방울로 젖은 머리카락 사이로 보이는 소년의 눈이 보석처럼 빛났다.

"……뭐가 웃기지?"

추혼검객의 미간을 모으며 물었다. 그의 검은 쉬지 않고 움직였다. 위지천은 목덜미를 노리는 검을 쳐 내며 대답했다.

"즐거워서요."

허세로 내뱉은 말이 아니었다.

위지천은 진심으로 즐거웠다.

생명을 위협하는 적의 검이, 자신을 한계까지 몰아붙이는 격렬함이 소년의 입꼬리를 올라가게 했다.

'이러다 죽을지도 몰라.'

날 선 위기감에 온몸의 세포가 올올이 깨어났다.

살아남으려면, 한계를 넘어 그 이상의 실력을 쥐어짜 내야 한다. 고도의 집중력을 발휘하자 머릿속이 불타는 것 같았다.

꽈악……!

위지천은 검파를 단단히 움켜쥐었다. 추혼검객의 검을 받아 내며 손바닥은 찢어진 지 오래였다. 손가락 사이로 핏물이 뚝뚝 흘러내렸다.

무척 쓰라리고 고통스러웠다. 하지만 위지천의 입가에 맺힌 미소는 가실 줄을 몰랐다.

"검에 미친 놈이었군."

추혼검객이 흐흐 웃으며 중얼거렸다. 그도 위지천과 비슷한 경험이 있었다. 어쩌면 뛰어난 검객은 다 비슷한 과정을 거치는 것인지도 모른다.

'하지만 너는 여기서 죽는다.'

추혼검객의 눈에 광폭한 살기가 맺혔다.

그는 위지천이 머지않은 미래에 강력한 적수가 될 것임을 직감했다.

아니, 미래라고 할 것도 없었다.

저 어린 검귀는 당장이라도 빈틈이 보이면 자신의 심장에 검을 꽂을 수 있었다. 조금이라도 어릴 때 싹을 뽑아야 한다.

화아악!

추혼검객은 공력을 모조리 끌어올렸다. 회색 무복이 터질 것처럼 펄럭였다. 그의 검에 맺힌 검기가 더욱 짙어졌다.

'아직 여물지 않은 몸으로는 내 강검을 버티지 못할 터!'

추혼검객은 위지천의 단점을 명확하게 파악했다.

또래의 소년들보다도 작고 가녀린 체구.

다람쥐처럼 날렵하게 움직이며 날카롭게 검을 휘두르지만, 기교에 비해 힘과 속도는 부족했다.

'외공도 내공도 내가 우위다.'

상대가 기교가 뛰어나면 기교를 펼칠 시간을 주지 않으면 된다.

압도적인 힘과 속도로 싸움을 최대한 단순하게 끌고 가는 것.

그것이 숱한 실전에서 검을 갈고닦은 추혼검객의 전략이었다.

쩌엉! 쩌엉! 쩌어엉!

검이 부딪칠 때마다 위지천의 자세가 무너질 듯 휘청였다. 겨우 버텨내는 것이 신기할 지경이었다. 파리한 안색은 이미 내상을 입었음을 증명했다.

'조금만 더 하면 무너지겠군.'

추혼검객의 입꼬리가 조소를 그리며 올라갔다.

위지천을 상대로 내린 그의 판단은 노련하고 적절했다.

하지만 그도 예상하지 못한 것이 하나 있었다.

"……똑같은 검술은 이제 안 통해요."

바로 압도적인 검의 재능.

"아직도 주제 파악을 못 하고……."

추혼검객이 코웃음을 치는 순간, 위지천의 신형이 푹 꺼지듯 사라졌다.

아니, 사라진 듯 보였다.

"!!"

놀란 추혼검객이 검을 거두며 몸을 홱 돌렸다. 왼쪽 옆구리에서 날카로운 예기가 느껴졌다. 그는 본능적으로 검을 휘둘렀다.

채앵!

수십 합 만에 추혼검객이 뒷걸음질 쳤다. 급하게 검을 휘두르느라 제대로 힘을 싣지 못한 탓이었다.

추혼검객의 사각에서 나타난 위지천이 입가에 흐릿한 미소를 지었다.

"이제 제 차례죠?"

위지천의 반격이 시작되었다.

채채채채챙!

검이 부딪치는 소리가 달라졌다. 한층 경쾌해지고 박자가 빨라졌다. 추혼검객의 눈에는 위지천의 움직임이 갑자기 가속한 것처럼 보였다.

'지금까지 실력을 감추고 있었다고?'

추혼검객이 눈을 부릅뜨고 위지천을 노려봤다.

말도 안 되는 가정이다. 위지천에겐 실력을 숨길 이유가 없었다. 저 몸에 생긴 상처들, 그리고 내상은 진짜였다.

그럼 갑자기 위지천의 움직임이 빨라진 이유는 뭐란 말인가?

'대체 무슨 사술을 쓴 거냐!'

추혼검객은 이를 악물며 검을 내질렀다. 십성 공력이 담긴 찌르기가 빛살처럼 공간을 갈랐다. 평생을 통틀어도 손에 꼽힐 정도로 빠른 쾌검이었다.

휘익!

그러나 추혼검객의 검은 허무하게 허공을 베었다. 위지천의 옷깃조차 스치지 못했다.

몇 번을 해 봐도 마찬가지였다. 추혼검객의 검은 더 이상 위지천에게 위협이 되지 못했다. 전부 막히거나 파훼당했다.

"똑같은 검술은 안 통한다니까요."

"설마……!"

그 순간, 소름 돋는 사실을 깨달은 추혼검객의 표정이 참혹하게 일그러졌다.

위지천의 움직임이 빨라진 게 아니었다.

계속 한 발 먼저 움직였기에 빨라진 것처럼 보였을 뿐이다.

'내 검로를 전부 읽고 있다!'

있을 수 없는 일이었다.

고작해야 일백 합 정도를 겨뤘다.

초식을 하나씩 천천히 보여 준 것도 아니고, 목숨이 오갈 정도로 위험한 실전에서 검을 맞댔다.

……이 상황에서 자신의 검로를 전부 파악했다고?

"말도 안 되는 소리!"

듣도 보도 못한 재능이다.

하지만 실제로 마주한 현실이었다. 평생을 연마해온 검초가 위지천에게 모조리 파훼당하고 있었다.

"웃기지 마라!"

추혼검객은 미친 듯이 검을 휘둘렀다. 하지만 전부 헛손질에 불과했다. 혼자서 허공을 베는 기분이었다.

"뭐가 어떻게 돌아가는 거야?"

"추혼검객이 갑자기 맥을 못 추는데?"

두 검객을 따라 바쁘게 눈동자를 움직이는 구경꾼들도 비무의 흐름이 변했음을 눈치채고 웅성거렸다.

개중에는 고수들도 적지 않았지만, 그들조차 위지천을 괴물 보듯 바라보고 있었다.

"……보면서도 믿기지 않는군."

"그 짧은 시간에 상대의 검초를 전부 파악했다는 건가?"

"근골은 그리 뛰어나 보이지 않지만, 검에 천부적인 감각을 타고났다고 봐야지."

"허허. 저런 재능은 들어 본 적도 없소이다."

"못 들어 보셨소? 천무학관에 비슷한 천재가 있다던데……."

모든 사람들이 위지천을 보고 같은 감정을 느꼈다.

천재.

범인의 기준으로는 설명할 수 없는 검의 천재가 나타났다고.

"청룡학관에 가공할 검재(劍才)가 나타났군."

개방 강서분타주, 대력수 왕손이 감탄한 얼굴로 중얼거렸다.

주변에 적지 않은 고수가 있었지만, 누구도 그의 말을 부정하지 않았다.

"크아악! 머리에 피도 안 마른 애송이가!"

유일하게 추혼검객만이 자신의 패배를 받아들이지 못하고 있었다. 그의 검은 여전히 위지천을 노렸다.

하지만 닿는 것은 없었다. 흥분할수록 손발은 더 어지러워졌고, 혼자서 날뛰는 꼴이 되었다.

반대로, 검을 부딪칠수록 위지천은 차분해졌다. 소년은 검을 거두며 말했다.

"패배를 인정하고 선생님에게 무례한 말을 한 걸 사과하세요. 그럼 저도 여기서 끝낼게요."

"사과? 지금 사과라고 했느냐?"

치미는 모욕감에 추혼검객이 몸을 부르르 떨었다.

자신의 절반밖에 살지 않았을 애송이에게 검으로 패배한 것도 부족해서, 수많은 구경꾼 앞에서 망신을 당하고 있었다.

들끓는 분노가 뇌를 마비시켰다.

"같잖은 애송이가……!"

추혼검객의 눈이 붉게 충혈됐다. 살기가 이성을 잠식했다.

위지천은 추혼검객의 변화를 가장 먼저 느꼈다.

'살검!'

한때 위지천을 괴롭혔던 심마였다.

"흐흐흐……."

괴소를 흘린 추혼검객이 위지천에게 달려들었다. 그의 검이 기이하게 꺾이며 위지천의 목을 노렸다. 이전과는 다른 검로에 위지천의 반응이 순간 늦었다.

푸확!

위지천의 어깨에서 피가 터졌다. 비무가 끝난 줄 알았던 구경꾼들이 깜짝 놀라 비명을 질렀다.

"크흐흐흐! 뒈져라!"

살검에 사로잡힌 추혼검객이 폭주했다. 핏빛 궤적이 허공을 사정없이 난도질했다. 그 궤적 안에 위지천이 있었다.

까가가가가각!

"크크…… 크하하하!"

추혼검객은 무아지경에 빠져 검을 휘둘렀다. 살검의 목소리에 몸을 맡겼다. 그들을 중심으로 거센 혈풍이 몰아쳤다. 흙먼지가 피어올라 구경꾼들의 시야를 가렸다.

"마, 말려야 하는 것 아닌가?"

"주화입마 같은데……."

걱정하는 말과 달리, 두 검객을 둘러싼 무인들이 점점 더 멀어졌다.

가까이 있다간 눈먼 검기에 신체 중 하나가 절단될 것 같았으니까.

'이대로는 둘 중 하나가 죽어야 끝난다.'

왕손은 심각한 표정으로 두 검객을 바라봤다.

휘몰아치는 혈풍에 가려 제대로 보이지 않았지만, 싸움이 얼마나 흉험한지는 보지 않아도 느낄 수 있었다.

이내 작게 한숨을 내쉰 왕손은 천천히 그들에게 접근했다. 어떻게든 싸움을 멈춰 볼 생각이었다.

그때, 누군가가 그의 어깨를 잡아당겼다.

"조금 더 지켜봅시다."

"!!"

왕손은 깜짝 놀라 옆을 돌아봤다. 아무리 주변에 신경을 쓰지 못했다고 해도, 그는 절정에 이른 고수였다. 그런데 이토록 쉽게 옆을 내주다니!

그러나 상대의 정체를 알게 되자 수긍할 수밖에 없었다.

"청룡신……."

"쉿."

죽립으로 얼굴을 가린 백수룡이 손가락을 들어 입을 막았다.

왕손은 이해할 수 없다는 듯 고개를 갸웃거렸다.

"말려야 하는 것 아닙니까? 여기서 추혼검객이 죽어도 청룡…… 그쪽의 명성에 큰 흠이 생길 겁니다. 소문이란 대부분 과장되고 나쁘게 퍼지니까요."

백수룡이라고 그 사실을 모를 리 없었다. 하지만 그는 고개를 저었다.

"소문이 두려워서 제자의 싸움을 방해할 생각은 없습니다. 그건 이후에 생각할 문제이기도 하고…… 무엇보다, 천이는 상대를 죽이지 않을 겁니다."

"……."

백수룡은 사납게 몰아치는 혈풍 속에 갇힌 소년을 바라봤다.

위지천의 작은 체구는 분명 약점이었다.

잘 먹으면서 부단히 수련했음에도 불구하고, 위지천은 또래보다 성장이 느렸다.

'하지만 작다고 약한 것은 아니지.'

체구는 크지 않지만, 소년의 몸은 폭풍을 흘려보내는 갈대처럼 유연했다.

겉으로는 여리고 약해 보여도, 그 속에는 누구보다 단단하고 예리한 검이 있었다.

고작 추혼검객 따위에게 꺾일 재능이 아니다.

오히려 위지천이라면 저 싸움으로 한 번 더 성장하리라. 백수룡은 확신했다.

"그렇지."

백수룡의 입가에 미소가 맺혔다. 그 순간, 혈풍 속에서 무언가가 부러지는 소리가 들렸다.

쨍강!

사납게 몰아치던 혈풍이 서서히 멈췄다. 흙먼지가 가라앉으며, 가려졌던 두 검객의 모습이 드러났다.

털썩.

의식을 잃은 추혼검객이 바닥에 쓰러졌다.

그의 온몸에 거미줄 같은 상처가 있었지만, 숨은 끊어지지 않았다.

위지천은 그 앞에 심호흡을 하며 서 있었다.

"후우……."

잠깐의 정적이 흐르고.

숨죽였던 군중들이 일시에 승자를 향해 환호와 탄성을 터트렸다.

"무명의 소년이 추혼검객을 이겼다!"

"위지천이라고 했나? 별호는 검재가 어떻소!"

"어허 검제(劍帝)라니! 그건 너무 과한 별호가 아닌가!"

"검제 말고 검재 말이오. 허허! 언젠가는 검제라 불리게 될지도 모르지!"

검재(劍才) 위지천.

훗날 무림을 놀라게 할 소년의 별호가 처음으로 불린 순간이었다.

263화

# 귀신에 홀린 것 같은 기분이군

신성(新星)의 탄생을 목격한 군중들의 흥분은 쉬이 가시지 않았다.

수많은 인파가 지켜보는 가운데, 무명의 소년 고수가 이름난 중견고수를 쓰러뜨렸다. 오늘이 지나기 전에 이 소식이 도시를 들썩이게 할 터였다.

이미 많은 이들이 들뜬 목소리로 감상을 내뱉고 있었다. 일대가 금세 시장통처럼 소란스러워졌다.

"보면서도 믿기지 않는군. 일개 학생이 절정의 검객을 쓰러뜨리다니."

"검재라……. 장차 천하제일검이 될 재목이 아닌가!"

"과한 기대는 금물이오. 한때 신동으로 이름을 날렸다가 사라진 후기지수들이 지금껏 한둘이었나."

"어허! 그들과 검재가 어찌 같다고 보는 게요! 저 나이에 벌써 추혼검객을 쓰러뜨리는 걸 두 눈으로 보지 않았소!"

"……그럼 검재가 벌써 백대고수에 근접한 수준이라는 얘기요?"

"으음. 그리 말하는 건 무리겠지만……."

추혼검객은 무림백대고수에는 미치지 못하지만, 그에 견주어도 크게 부족함이 없다고 평가받던 고수였다.

절정의 검객 중에서도 두드러지는 실력에, 강호행을 하며 마두들을 척살하며 명성을 높였다. 그의 검에 고혼이 된 사파의 무인만 서른이 넘는다고 알려져 있었다.

"추혼검객의 실력은 소문에 비해 과장된 면이 있더군. 백대고수와 비견하기에는……."

"오늘 제대로 망신을 당했지. 청룡신협의 검을 꺾겠다고 호언장담했다가 그 제자에게 검이 꺾이지 않았소?"

"앞으로 강서 일대에서는 얼굴을 들고 다니기 힘들겠지."

"푸흐흐. 오만하게 굴더니 꼴좋게 되었군."

승자에게 환호가 쏟아지는 만큼 패자에게는 조롱과 야유가 쏟아졌다.

비무를 끝까지 지켜본 이들은 추혼검객의 마지막 모습을 기억했다. 패배를 받아들이지 않고 동귀어진에 가까운 검초를 펼치며 야차처럼 날뛰던 모습이었다.

위지천의 자비가 아니었다면, 추혼검객은 살아남지 못했을 것이다. 그를 향한 비난이 더 인정사정없는 이유였다.

"검재! 이쪽을 한 번만 봐주시오!"

반면, 일부 흥분한 군중들은 소년의 얼굴을 자세히 보기 위해 목청을 높였다.

분위기에 취해 짓궂은 농담을 하는 자들도 있었다.

"부디 소년 영웅에게 술 한 잔 살 기회를 주시오!"

"검재에게 한 수 가르침을 청하오!"

"혹 교제하는 여인은 있는지? 내 딸이 나를 닮아서 아주 어여쁜데……."

"예끼! 젊은이 신세 망치게 할 일 있나!"

사방에서 쏟아지는 환호와 관심에 으스댈 법도 하지만, 오히려 위지천은 어깨를 잔뜩 움츠리고 어쩔 줄을 몰라 했다.

"죄, 죄송합니다! 백룡장으로 빨리 돌아가 봐야 해서……."

검을 들지 않은 위지천은 소심하고 수줍은 소년이었다. 부끄러운 마음에 최대한 빨리 자리에서 벗어나고 싶었다.

잘 익은 홍시처럼 붉어진 얼굴은 검을 휘두르던 모습과 전혀 어울리지 않았다. 구경꾼들은 왁자지껄 웃음을 터트렸다. 오히려 인파가 점점 더 모여들었다.

모든 관심이 위지천에게 쏠려 있는 동안 추혼검객은 조용히 사라졌지만, 그에게 관심을 주는 사람은 아무도 없었다.

"참으로 뛰어난 제자를 두셨습니다."

왕손이 옆에 있는 청룡신협의 눈치를 보며 말했다.

백수룡은 여전히 죽립을 눌러쓴 채 멀리서 제자를 지켜보고 있었다.

하지만 죽립 아래로 보이는, 입가에 맺힌 흐뭇한 미소는 숨길 수 없었다. 백수룡이 어깨를 으쓱하며 말했다.

"실력은 제자들 중에 가장 믿음직한 녀석입니다."

"가장 어리다고 알고 있습니다만……."

"나이가 많으면 무공을 익힐 시간이 더 많기는 하죠."

하지만 위지천의 재능은 남들과 다른 시간을 산다고 말해도 될 만큼 압도적이었다. 왕손도 순순히 인정할 수밖에 없었다.

'위지천. 청룡신협의 제자들 중에서도 가장 뛰어난 고수. 검을 사용하는 걸 보면, 아마도 청룡신협으로부터 직전무공을 전수받은 수제자일 터.'

천하의 후기지수들을 통틀어도 위지천은 손에 꼽을 것이다.

저 천무학관을 포함한다 하더라도 말이다.

왕손이 머릿속에 새로운 정보를 새겨 두는데…….

백수룡이 팔짱을 끼며 혼잣말처럼 중얼거렸다.

"그렇게 큰 차이는 아닙니다. 다른 녀석들도 충분히 재능이 있거든요.

이번 기회에 좀 따라잡았으면 좋겠는데…….”

“하하. 그렇군요.”

백수룡의 말이 농담이라고 생각한 왕손은 어색하게 웃었다.

다른 제자들도 위지천과 비슷한 재능을 지녔다고?

아무리 제자 사랑이 각별해도 그건 좀 지나친 농담이 아닌가.

‘그 말이 사실이라면…… 천무제 우승도 충분히 가능하겠군.’

속으로 헛웃음을 짓던 왕손은 백수룡의 태연한 모습을 보고 표정을 굳혔다.

죽립에 가려져 코 위로는 보이지 않았지만, 분위기만으로도 농담인지 진담인지 구분할 수 있었다.

‘진심인가?’

왕손은 백수룡이 조금 전에 한 말을 천천히 되새겨 보았다. 다시 생각해 보니 뭔가 걸리는 게 있었다.

“……방금 이번 기회에, 라고 하셨습니까?”

왕손은 눈치가 빨랐다. 거지는 눈치가 빨라야 밥을 빌어먹을 수 있었고, 분타주쯤 되면 거지들 중에서도 상거지라 할 수 있었다.

또한 개방은 자타공인 천하에서 가장 뛰어난 정보단체였다. 왕손은 백수룡이 지금까지 벌인 일들을 대부분 알고 있었다. 더불어 성격 역시 어느 정도는 파악하고 있었다.

그리하여 머릿속에서 백수룡의 말을 분석한 결과…….

[……처음부터 제자들에게 대신 비무를 시킬 생각이셨군요? 백룡장에 찾아온 고수들을 상대로 경험을 쌓게 해 줄 목적으로.]

왕손은 육성 대신 전음을 사용했다. 혹시라도 누가 듣는다면, 청룡신협 입장에서는 결코 좋을 것이 없는 이야기였기에.

백수룡은 순순히 고개를 끄덕였다.

[맞습니다. 애들한테 다양한 경험을 시켜 주기에 이보다 좋은 기회도 없지요.]

가만히 있어도 무림의 온갖 고수들이 알아서 찾아온다니. 제자들이 다양한 경험을 쌓기에 최적의 환경이었다. 짭짤한 수입은 부차적인 것에 불과했다.

[허! 번호표를 나눠 주실 때부터 뭔가 계획이 있을 거란 예상은 했습니다만…….]

[전부 그러려는 건 아닙니다. 오늘처럼 애들 실력에 맞는 상대가 나타났을 때만 기회를 줄 생각입니다. 너무 티가 나면 안 되니까요.]

오히려 대부분의 하수들은 백수룡이 직접 상대했다.

자연스럽게 무기를 부러뜨려서 위지철방으로 보내는 일은, 아직 제자들한테 시키기엔 무리였으니까.

[세상에…….]

왕손은 청룡신협을 찾아온 무인들이 사실 그의 손바닥 위에서 놀아나고 있었다는 걸 깨달았다.

'단순히 무공만 강한 사내가 아니라는 건 알고 있었지만…….'

백룡객잔의 음식값이 하루아침에 곱절로 뛰었다는 사실이라면 이미 알고 있었다. 위지철방의 주인이 위지천의 조부라는 것도 마찬가지였다.

하지만, 그런 것들로 백수룡을 비난할 생각은 없었다.

먼저 불청객으로 찾아온 건 무림인들이었고, 객잔에서 바가지를 쓰는 것 정도야 청룡신협 같은 고수의 시간을 빼앗는 것에 비하면 값싼 대가였으니까.

하지만 자신을 찾아온 고수들을 제자들을 수련시키는 용도로 써먹을 줄은, 정말 상상도 못 했다.

[……이런 이야기를 저한테 하시는 이유는 뭡니까?]

왕손이 경계심 가득한 표정으로 백수룡을 바라봤다.

지금 백수룡이 하는 말은 전부 그의 평판에 치명적인 흠이 될 수도 있는 것들이었다.

그걸 정보단체인 개방의 분타주에게 먼저 시인한다?

의도가 심히 의심스러울 수밖에 없었다.

'설마 다 털어놓은 후에 살인멸구를 하려는……?'

왕손의 표정이 창백해지는 가운데, 백수룡은 묘한 미소를 지었다.

[분타주께서는 이미 웬만큼 알고 계셨을 테니까요. 그래서 저도 솔직하게 말씀드리는 겁니다. 그래야 서로를 신용할 수 있지 않겠습니까?]

다행히 살인멸구는 걱정하지 않아도 될 듯했다.

왕손이 속으로 안도의 한숨을 내쉬며 물었다.

[이해했습니다. 본 방과 거래를 원하시는 겁니까?]

[단도직입적으로 말씀드리겠습니다. 저는 개방의 협력을 원합니다.]

[……구체적으로 말씀해 주시겠습니까?]

[저를 찾아오는 고수들의 명단을 미리 알려 주십시오.]

[…….]

청룡신협이 무림십존의 후보로 언급되기 시작한 이상, 앞으로도 많은 고수들이 그를 찾아올 것이다.

그중에는 단순히 비무를 원하는 것이 아니라 다른 목적을 가진 자들도 있을 것이다. 혹은 사파의 고수 혹은 혈교의 고수가 정체를 숨기고 접근해 올 수도 있었다.

백수룡은 개방의 도움을 받아 그들의 정보를 미리 얻고자 했다. 제자들을 위한 일이기도 하고, 본인을 위한 일이기도 했다.

[천하에서 오직 개방만이 가능한 일이라고 생각합니다.]

백수룡은 하오문하고도 인연이 있었지만, 두 단체는 다루는 정보의 영역이 조금 달랐다.

무림의 고수들에 대한 정보는 개방이 더 빠르고 정확했다. 누가 백수룡을 찾아오는지, 충분히 미리 알 수 있을 것이다.

"으음……."

왕손은 잠시 생각에 잠겼다.

그 역시 백수룡이 무엇을 원하는지는 이해했지만, 쉽게 대답할 수 없었다.

백수룡이 바라는 건 단발성 정보가 아니라, 꾸준한 정보이기 때문이었다. 백룡장 주변으로 수상한 자들이 오는지 감시해 달라는 말과 다름이 없었다.

[그래서 개방이 얻는 이득은 무엇입니까?]

협력은 일방적인 관계가 아니라, 서로 힘을 합쳐 돕는다는 의미.
하지만 지금은 백수룡만 정보를 요구하는 입장이었다.
왕손의 질문은 당연했고, 백수룡은 적절한 대답을 준비해 두었다.

[훗날 천하제일을 논할 무인들이 개방의 도움을 잊지 않을 겁니다.]

얼굴색 하나 안 바뀌는 뻔뻔한 대답에, 왕손은 입을 떡 벌렸다.

[본인이 천하제일인이 될 거란 말입니까?]
[아니, 제가 아니라 저쪽 말입니다.]
[예?]

백수룡은 턱짓으로 한쪽을 가리켰다.
언제 도착했는지, 다른 제자들이 위지천을 데리고 인파를 헤치며 백룡장으로 돌아가고 있었다.
"비켜요, 비켜!"
"자꾸 우리 막내 괴롭히지 마십쇼!"
"너 혼자 나가서 자꾸 사고 칠래? 비무할 거면 말이라도 하고 가던가!"
"어휴. 왜 안 들어오나 하고 와 봤더니……."
불과 얼마 전에 녹림을 접수했던 인상파 제자들이 눈을 부라리자, 인파로 막혀 있던 길이 뻥뻥 뚫렸다.
"고마워요, 선배님들. 고마워, 수혁아……."
위지천은 헌원강의 등 뒤에서 숨어서 따라갔다. 조금 전 보인 검귀의 모습은 그 어디에서도 찾아볼 수 없었다.
백수룡은 하나로 똘똘 뭉쳐 집으로 돌아가는 제자들을 바라보며 피식 웃었다.

여전히 그의 눈에는 어설픈 꼬맹이들이지만, 언제까지 그렇지는 않을 것이다. 그날을 생각하자 조금 묘한 기분이 들었다.

"천하제일검, 천하제일도, 천하제일권, 천하제일의 빙공고수. 미래의 천하제일들이 다 저기 있거든요."

"……뭐라고 반응을 해야 할지 모르겠군요."

왕손도 같은 장면을 보고 있었다.

그는 백수룡의 말을 다 믿지는 않았다. 제자 사랑이 각별한 스승의 눈에는 자기 제자들이 천하제일로 보이는 게 당연할 테니까.

하지만 백수룡과 위지천의 미래만 생각해도 손해 보는 거래는 아니었다. 여기에 백수룡의 말이 절반만 사실이어도, 다른 제자들도 모두 대단한 고수가 될 것이다.

'이미 청룡신협을 잘 지켜보라는 방주님의 지시가 있었다. 앞으로 무림에 일어날 큰 사건의 중심에 그가 있을 확률이 높다고 하셨지.'

왕손은 짧은 고민 끝에 결정을 내렸다. 그는 백수룡의 제안을 받아들이기로 했다.

"알겠습니다. 일단 제 능력이 닿는 부분까지는 협력하지요."

"잘 생각하셨습니다."

더 이상 전음으로 밀담을 나눌 필요가 없었다.

왕손은 고개를 돌려 백수룡의 제자들을 바라봤다. 그가 염려 섞인 말투로 말했다.

"추혼검객은 시작에 불과합니다. 점점 더 강한 고수들이 찾아올 겁니다. 그때는 제자들로는 감당하지 못할…… 음?"

뭔가 허전한 느낌이 든 왕손은 고개를 돌렸다.

청룡신협은 나타났던 것처럼 홀연히 사라진 후였다.

"참나…… 귀신에 홀린 것 같은 기분이군."

왕손은 고개를 절레절레 저었다.

◆◈◆

며칠 후.

백수룡은 왕손으로부터 첫 번째 서찰을 받았다.

**열흘 안에 백룡장에 도착할 고수들의 명단입니다.**

서찰에는 백룡장으로 오고 있는 고수들의 이름과 무공의 특징, 성격에 대해서까지 자세하게 적혀 있었다.

술술 읽어 내려가던 백수룡은 서찰의 마지막 부분에서 손이 멈췄다.

**조만간 무림맹주가 그곳으로 갈 것 같습니다.**

264화

# 지존을 배알합니다

**조만간 무림맹주가 그곳으로 갈 것 같습니다.**

"……무림맹주가 온다고?"

서찰의 내용을 확인한 백수룡은 미간을 좁혔다. 그의 머릿속에 무림맹주에 관한 여러 풍문이 떠올랐다.

권왕 야율황.

무림십존의 일원이자 현 무림맹의 맹주로, 혈교의 잔존 세력을 박멸하는 것을 자신의 숙명이라 여기는 사내.

예전에 제갈소영에게 듣기로는, 한번 화를 내면 집무실의 물건이 남아나질 않는다고 한다.

그녀의 친언니가 무림맹에서 일하고 있는데, 무림맹주의 개차반 같은 성격 때문에 머리카락이 빠질 지경이라고…… 아무튼.

"날 만나러 온다고? 설마……."

무림맹주로서 청룡신협의 실력을 직접 검증해 볼 생각인 걸까?

그렇다면 이쪽에서 먼저 사양이었다.

'맹주와 싸워선 안 돼.'

권왕은 십존을 말할 때도 늘 앞쪽에 언급되는 절세고수였다.

세간의 평가는 창천검왕과 동급.

아직 백수룡이 이길 수 있는 상대가 아니었다.

……아니, 싸워서 이기느냐 지느냐는 중요한 문제가 아니었다.

'권왕은 오십 년 전 혈교와의 전쟁에 참전했던 고수다. 창천검왕이 그랬던 것처럼 의심받을 수도 있어.'

절세고수의 감각은 통찰의 영역에 이르렀다고들 말한다.

혈교와 관련된 흔적을 한 번도 보인 적 없었는데도, 창천검왕 역시 백수룡의 정체를 의심했었다.

—나는 네가 혈교의 첩자라고 생각했다.

그와 비슷한 고수로 평가받는 무림맹주도 충분히 그럴 수 있었다.

물론 그때보다 백수룡의 경지도 깊어졌으니 더 잘 숨길 수 있겠지만, 백수룡은 약간의 위험부담도 감수하고 싶지 않았다.

"아직은 만나고 싶지 않은 상대인데……."

뒷 내용은 다음 장으로 이어져 있었다. 백수룡은 종이를 넘겼다.

[아직 무림맹주의 정확한 목적은 확인되지 않았습니다만, 아마도 청룡학관 시찰 겸 청룡신협을 만나 보려는 것 같습니다.]

"이건 그나마 다행이라고 해야 하나."

백수룡은 작게 안도의 한숨을 쉬었다.

맹주의 주목적이 청룡학관 시찰이라면, 맹의 공식적인 업무라는 이야기였다.

그렇다면 자신과도 이야기만 나눌 확률이 높았다.
물론 안심하기에는 이르지만…….
"맹주쯤 되는 인물이 함부로 주먹을 휘두르고 그러진 않겠지."
어느 정도는 희망사항이기도 했다.

[아직 정확한 일정은 잡히지 않았지만, 맹주의 급한 성정으로 보아 사흘 안에는 출발할 것으로 보입니다. 변동사항이 있으면 다시 전달 드리겠습니다.]

서찰의 내용은 그것으로 끝이었다.
백수룡은 서찰을 한 번 더 읽은 후 삼매진화로 태워 버렸다. 그리고 손바닥에 남은 잿더미를 툭툭 털어 내며 중얼거렸다.
"무림맹주라. 왠지 거창한 행차가 될 것 같은데……."
무림맹주가 움직이는 건 큰 사건이었다.
학관에서도 맹주를 맞이할 준비를 해야 할 텐데, 그것 때문에 학사 일정이 또 밀린다면 곤란했다.
당장만 해도 일학기 기말고사가 코앞으로 다가와 있었다.
"뭐, 학관주님이 알아서 잘 하시겠지."
자리에서 일어난 백수룡은 방문을 열고 밖으로 나갔다.
드르륵.
새벽부터 연무장에서 땀 흘리며 수련하던 제자들이 동시에 그를 돌아봤다.
다들 백수룡이 어떤 말을 해 주기만 기다리는지, 눈이 초롱초롱했다.
백수룡이 고개를 끄덕이며 말했다.
"그만하고 씻어라. 밥 먹자."
"네!"

잠시 후, 식사를 마친 백수룡과 제자들은 청룡학관으로 향했다.

임시 휴관이 끝나고, 그들은 다시 일상으로 복귀했다.

오가는 길에 만난 학생들이 그들을 보고 반갑게 아는 체를 했다.

“백수룡 선생님!”

“저희도 나중에 지도 대련 부탁드려도 될까요?”

“위지천 네가 추혼검객을 꺾었다며? 진짜야?”

“상검연은 언제부터 다시 나올 거야? 검화 선배가 얼마나 섭섭해하는 줄 알아?”

그들을 바라보는 눈빛에서 예전과는 달라진 대우가 느껴졌다.

망나니, 문제로 불렸던 학생들이 이제는 동경과 부러움의 대상이 되었다. 그들은 어느새 인파에 둘러싸였다.

“훠이! 훠이! 비켜, 이 새끼들아! 우리가 니들처럼 한가한 줄 알아?”

보다 못한 헌원강이 인상을 쓰며 앞으로 나서자 길이 열렸다. 헌원강이 히죽 웃으며 말을 이었다.

“선생님은 바쁘니까 만나고 싶으면 우리한테 번호표를 받으라고. 흐흐. 뭐라도 성의를 보이면 좀 빨리 만나게 해 줄 수 있긴 한데…….”

야비하게 손바닥을 비비는 헌원강의 뒤통수로, 천벌이 떨어졌다.

따악!

“아악! 왜 때려요!”

“성의를 보여? 네가 산적이냐?”

“……선생님. 요즘엔 산적들도 저렇게 야비한 짓은 안 해요.”

“음. 미안하다. 산적들한테 사과하마.”

그들은 평소처럼 티격태격하며 청룡학관으로 향했다.

‘사파 무공의 이해와 실전 대비’ 강의실로 들어선 백수룡은 오랜만에 만난 학생들을 둘러보며 말했다.

“임시 휴관으로 쉴 때는 좋았지? 이제 기말고사가 얼마 안 남았으니 죽었다고 복창해라."

곳곳에서 탄식이 터졌다.

"벌써요? 별로 배운 것도 없는데요?"

"원래 그런 거다. 남은 기간에 더 집중해서 열심히 하자. 알았냐?"

"네!"

학생들의 힘찬 대답이 강의실을 가득 메웠다.

다들 남궁세가를 구한 청룡신협의 소문을 들었기에, 그런 고수가 자신들을 가르쳐 준다는 사실에 의욕을 불태웠다.

하지만 그것이 비명으로 변하는 데는 일 각도 걸리지 않았다.

"끄아아악!"

"사, 살려 주세요!"

"남궁세가에서 돌아오더니 더 사악해졌어!"

"이쯤 되면 우리랑 사파랑 다를 게 뭐지……?"

퇴근한 후에는 백룡장으로 돌아와 손님을 받았다.

처음 며칠보다는 줄어들었지만, 여전히 청룡신협을 찾아오는 호구들, 아니 손님들이 적지 않았다.

가끔씩 찾아오는 진상 역시 여전했다.

"청강문의 대제자 청일소요! 내 오늘 청룡신협을 꺾어 청강문의 절세신공을 온 천하에 알릴 것이오!"

"……백수룡입니다. 편할 때 들어오시면 됩니다."

"듣던 대로 오만방자하구려! 하긴 무인이 혀가 길어서 무엇하겠는가! 옛 성현들께서도 이르시기를……."

"혀는 그쪽이 긴 것 같습니다만? 언제 시작하실 건지?"

"……문답무용! 차하앗!"

자칭 절세신공을 익혔다는, 이마에 영웅건을 두른 청년 청일소가 어설픈 보법을 밟으며 달려들었다.

쨍강!
결과는 다른 무인들과 같았다.
한 합에 도가 반으로 쪼개지자, 놀란 청일소가 다리가 풀려 주저앉았다.
"본문의 보도가……!"
애초에 문파의 보도였으면 한 합에 부러지지도 않았겠지.
백수룡이 작게 한숨을 내쉬며 말했다.
"여기서 나가서 좌측 큰길로 올라가시면 위지철방이라고 있습니다. 거기 가면 지금 부러진 도보다 괜찮은 도가 있을 겁니다."
"남은 돈이 한 푼도 없단 말이오!"
"……어쩌라고?"
"크흠. 내 나중에 갚을 테니 돈을 좀 빌려주시면 안 되겠소?"
'뭐 이런 진상 새끼가…….'
다행히 속으로만 한 말이라 청일소는 듣지 못했다. 그는 백수룡이 가만히 있자 고민하는 거라 생각했는지, 다시금 뻔뻔하게 부탁했다.
"그리고 돌아갈 여비도 좀 챙겨 주시오. 청룡신협을 만나려고 먼 길을 왔단 말이오."
백수룡도 더 이상 참지 않았다. 그는 한쪽에서 수련 중이던 헌원강을 불렀다.
"원강아. 손님 가신다. 밖에 모셔다드려라."
"예! 형님!"
이럴 때는 헌원강의 진가가 드러났다.
잠시 뚝딱뚝딱하더니, 눈탱이가 밤탱이가 된 청일소가 헌원강에게 질질 끌려가며 울부짖었다.
"청룡신협 이노옴! 내가 본문의 절세신공을 완성하는 날! 오늘의 치욕을 갚으러 돌아올 것이다!"

"문밖에 소금도 뿌려라. 아주 왕창 뿌려. 오늘 장사, 아니, 손님맞이는 이만 끝내야겠다."

……그렇게 대체로 평화롭고, 가끔 진상을 상대하는 일상이 한동안 반복되었다.

백수룡은 하루에 한 시진만 자면서 바쁜 나날을 보냈다.

학생들을 가르치고, 본인의 무공도 수련하고, 틈틈이 개방과 하오문에서 보낸 보고서를 읽으며 무림의 정세를 살폈다.

'조만간 혈교도 움직임이 있을 거야. 그 전에 대비해야 한다.'

위지열이 찾아온 것은 백수룡이 하오문에서 보낸 보고서를 한창 읽고 있을 때였다.

똑똑.

"시간 좀 내줄 수 있겠나?"

"어르신? 들어오십시오."

위지열이 방 안으로 들어왔다.

노인임에도 불구하고, 그는 날이 갈수록 풍채가 좋아지고 얼굴이 밝아졌다.

도망자 신세에서 벗어나, 좋아하는 일을 마음껏 하면서 생긴 변화였다.

"내가 바쁜 사람을 방해한 건 아닌가?"

"괜찮습니다. 앉으시죠."

"맨손으로 오기 좀 그래서 술을 가져왔다네."

"좋지요."

두 사람은 마주 앉아 술을 몇 잔 주고받았다. 이렇게 보는 것은 백수룡도 오랜만이었다.

"철방에 손님 좀 그만 보내게나. 만들어 둔 무기가 전부 거덜 났어. 이젠 주문도 못 받을 지경이라니까."

위지열이 껄껄 웃으며 말했다. 백수룡도 피식 웃었다.

"사람을 좀 더 뽑으시죠."

"안 그래도 제자를 몇 놈 두려고 하네. 눈여겨 봐둔 놈들도 있고."

"그렇습니까?"

백수룡은 위지열이 운영하는 철방에 대해서는 아는 것이 거의 없었다. 위지열이 부담을 가질까 봐, 일부러 관심을 두지 않았다.

"그런데, 어쩐 일로 이 시간에 찾아오셨습니까? 일이 바쁘실 텐데요."

그 질문을 기다렸다는 듯, 위지열이 씨익 웃었다.

"자네와 함께 축하할 만한 일이 있어서 찾아왔다네."

"설마……."

백수룡은 기대감 어린 시선으로 위지열이 들고 있던 길쭉한 목함을 바라봤다.

검 하나가 들어가기에 딱 맞는 길이였고, 사실 위지열이 처음 들어올 때부터 신경이 쓰이고 있었다.

꿀꺽.

침을 삼킨 백수룡이 물었다.

"드디어 완성된 겁니까?"

고개를 끄덕인 위지열이 씨익 웃으며 목함을 열었다. 그 순간, 목함 안에서 은은한 푸른 빛이 퍼져 나왔다.

파아앗.

빛이 가라앉은 자리에는 검 한 자루가 나신을 드러낸 채 누워 있었다.

은빛 검신 전체에 은은한 푸른빛이 스며들어 있었고, 승천하는 용 한 마리가 검신을 따라 검봉을 향해 새겨져 있었다.

"검집은 아직 완성되지 않았다네. 원래 만들어 둔 것이 있었지만, 자네가 얼마 전에 가져다준 독각마룡의 뿔로 다시 만들 생각이야. 오래 걸리지는 않을 게야."

"이게 바로……."

백수룡은 목함에서 검을 들어 홀린 듯이 바라보았다.

좌우의 균형이 완벽했고, 검신의 굵기나 길이도 적당했다. 스스로 내뿜는 예기는 살이 베일 듯 날카로웠다.

"형태와 길이는 월영과 비슷하네. 월영을 제법 오래 썼으니, 익숙한 것이 좋을 것 같아 그리 만들었지."

"무게는 더 무겁군요."

"자네의 무공이 고절하니, 파괴적인 무공도 잘 펼칠 수 있도록 신경을 썼다네. 운철이 들어가서 더 무겁기도 할 것이고."

백수룡은 고개를 끄덕였다. 더 무거워진 것은 그도 마음에 들었다. 입가에 절로 웃음이 맺혔다.

"평생의 숙원을 이루신 겁니까?"

이 검이 혈마검을 뛰어넘는 신검이냐는 질문이었다.

위지열의 입가에 의미심장한 미소가 맺혔다.

"그야, 직접 부딪쳐 보지 않으면 알 수 없는 일이겠지. 하지만 이것 하나는 확신할 수 있네. 자네가 앞으로 누구와 싸우든, 검 때문이란 핑계는 댈 수 없을 것이야."

"그거면 충분합니다."

백수룡의 입가에도 흐뭇한 미소가 맺혔다.

조심스럽게 검신을 손으로 쓸어내리자 기분 좋은 서늘함이 느껴졌다.

'빨리 휘둘러 보고 싶군.'

무기를 보고 이런 생각이 든 건 처음이었다.

그때, 위지열이 조금 떨리는 목소리로 말했다.

"……검신에 피를 한 방울 떨어뜨려 보겠나?"

"예?"

"검이 주인을 처음 인식하는 과정이라네. 우리 가문에 대대로 내려오는 비기지.”

긴장한 위지천의 표정이 조금 이상했지만, 백수룡은 시키는 대로 피한 방울을 검신 위에 떨어뜨렸다.

툭…….

핏방울은 검신에 새겨진 용에 스스슷 스며들더니, 순식간에 용의 형상 전체가 붉게 물들었다.

우우우웅!

검이 스스로 울기 시작했다. 꽉 잡고 있지 않으면 놓칠 정도로 마구 요동을 쳤다.

그렇게 한동안 요사스러운 기운을 내뿜던 검은 이내 천천히 잠잠해졌다.

“허허허허…….”

그 광경을 본 위지열이 멍하니 헛웃음을 흘렸다. 그는 자신이 만든 검과 백수룡을 번갈아 바라봤다.

“처음부터 운명이었던 겐가…….”

“어르신?”

위지열이 의자에서 일어나선, 갑자기 바닥에 무릎을 꿇었다.

털썩.

백수룡이 당황해서 자리에서 일어났다.

“어르신? 왜 이러십니까?”

“위지가의 마지막 가주 위지열이, 혈마신교의 지존을 배알합니다.”

“…….”

바닥에 오체투지한 채 극상의 예를 취하는 노인의 앞에서, 백수룡은 난감한 표정을 지었다.

265화

# 명을 내려주신다면

백수룡이 한숨을 내쉬었다. 그는 바닥에 납작 엎드린 위지열의 뒤통수를 내려봤다.

"어르신."

오체투지(五體投地).

노인은 두 팔꿈치와 무릎, 이마를 땅에 대고 절하는 극상의 예를 취하고 있었다. 한 치의 부끄러움이나 수치심도 느껴지지 않는 모습이었다.

"결론부터 말씀드리겠습니다. 저는 혈마가 아닙니다. 혈교와 아무 관련도 없습니다."

"……."

위지열은 꼼짝도 하지 않았다. 숨조차 쉬지 않고 참았다. 마치 제 숨소리마저 결례라는 듯, 그대로 망부석이라도 된 것처럼 엎드린 채 백수룡의 말을 경청했다.

"거짓말을 해서 죄송합니다. 처음에는 어르신을 믿지 못했고, 나중에는 말할 기회를 놓쳤습니다."

"……지존께 믿음을 드리지 못한 죄, 죽음으로 갚으라 하셔도 따르겠습니다.”

농담이 아니라는 듯, 위지열은 품에서 비수를 꺼내 백수룡의 발치에 두었다.

“끄응.”

백수룡은 골치가 아픈지 손가락으로 관자놀이를 꾹꾹 눌렀다.

지금껏 몇 번이고 혈마로 오해를 받았던 적이 있었다.

역천신공을 목격한 혈교의 고수들은 모두 백수룡을 혈마로 오해했다. 그걸 이용해서 정보를 캐거나 위기에서 벗어난 적도 있었다.

하지만 위지열은 달랐다.

백수룡은 그의 앞에서 역천신공을 보인 적이 없었다. 과거 혈랑대의 후손이라 말하긴 했으나, 혈마라고 오해받을 만한 행동은 한 적 없었다.

‘역시 이것 때문인가.’

백수룡은 손에 들린 검을 바라봤다.

은은한 푸른빛이 도는 검신에, 승천하는 용 한 마리가 새겨진 검.

하지만 백수룡의 피를 한 방울 머금은 순간, 검신에 새겨진 푸른 용은 핏빛 혈룡으로 변했다.

진동은 잦아들었지만, 검을 쥔 손에 느껴지는 감각으로는 마치 살아 있는 생물을 붙잡은 것 같았다.

“이 검. 역천신공에 반응한 겁니까?”

“……그렇습니다. 지존이시여.”

위지열이 여전히 땅에 이마를 댄 채로 공손히 대답했다. 그 목소리가 떨리고 있었다.

“혈마검을 만드신 선조로부터 내려온 본가의 비전(祕傳)으로 철을 제련했습니다. 날카롭고 단단하기가 천하에 비할 것이 없을 것입니다. 하지만 이 검의 진짜 힘은, 역천신공을 익힌 무인만이 끌어낼 수 있습니다.”

“진짜 힘?”

"혈마검과 함께, 천하에서 유이하게 역천신공을 온전히 담아낼 수 있으며, 모든 마(魔)의 천적이자 주인의 의지대로 날카로움을 조절할 수 있습니다. 지존께서 바라신다면, 무자비하게 휘두르신다 해도 적에게는 상처 하나 내지 않을 것입니다."

백수룡은 이런 병기를 부르는 호칭을 알고 있었다. 그가 나직이 감탄하며 중얼거렸다.

"신병이기(神兵利器)로군요."

위지열이 바닥에 이마를 쿵 찧었다. 감격한 듯 울먹이는 목소리였다.

"이 위지열의 일생을 걸고, 혈마지존의 격에 부끄럽지 않은 검을 만들었나이다!"

"혈마 아니라니까요."

백수룡이 한숨을 쉬었다. 오해를 풀려면 아무래도 이야기가 길어질 것 같았다.

"제가 역천신공을 익힌 건 맞습니다. 하지만 혈교와는 아무 상관도 없어요. 정말 우연히 익혔을 뿐입니다. 옛 혈마가 안배해 둔 동굴에서요."

전부 사실대로 말할 수는 없었다.

자신이 수십 년 전에 죽은 무공교관의 환생이고, 과거 혈교를 망하게 한 주범이기도 하다는 것을 어떻게 말하겠는가.

하지만 이것만은 분명히 말할 수 있었다.

"……저는 혈교를 증오합니다. 전쟁이 벌어진다면 이 검으로 놈들과 싸울 겁니다. 그러니 일어나세요. 어르신도 혈교와 인연을 끊지 않으셨습니까."

그 순간, 위지열은 이마를 땅에서 한 치쯤 들었다가 다시금 강하게 바닥을 찧었다.

쿵!

"지존이시여! 속하의 충성심을 의심하지 마십시오!"

위지열의 이마에서 피가 철철 흘렀다. 내공으로 이마를 보호하지 않은 것이다.

그 과격한 행동에 백수룡은 입을 쩍 벌렸다.

'미치겠군. 미리 기막을 펼쳐 놔서 다행이지.'

아까 위지열의 입에서 혈교라는 말이 나왔을 때부터 기막을 펼쳤다. 두 사람의 대화가 밖으로 새어 나가는 걸 막기 위해서였다.

"의심이라니요?"

"본교의 부흥을 위해 힘쓰지 않고 비겁하게 산에 숨어 산 것……. 배교자라 생각하셔도 할 말이 없습니다."

위지열은 단단히 오해하고 있었다.

백수룡이 처음 자신을 찾아온 순간부터 지금까지, 노인은 모든 것을 백수룡이 꾸민 것으로 의심하고 있었다.

'어쩌면 천이의 주화입마조차 계획된 것이었을지도…….'

대체 얼마나 심계가 깊은 자란 말인가!

뼛속까지 밀려드는 공포에 위지열의 몸이 부르르 떨려왔다.

"이 자리에서 속하의 죄를 죽음으로 씻겠나이다. 그러니 부디……."

고개를 든 노인의 눈에 눈물이 그렁그렁했다. 죽음을 각오한 사람의 눈이었다.

"제 손자만은 거두어 주십시오. 재능이 출중한 아이입니다. 앞으로 지존의 검이 되어 무림일통에 앞장설 것입니다."

말을 마친 위지열은 바닥에 이마를 찧었다. 몇 번이고 강하게 내리쳤다.

쾅! 쾅! 콰앙!

"어, 어르신! 그만 하세요!"

백수룡이 말렸으나, 위지열은 멈추지 않았다.

콰앙! 콰앙! 콰앙!

내버려 두면 정말로 머리가 부서져 죽을 기세였다.

깜짝 놀란 백수룡이 위지열의 어깨를 잡았다. 그러나 위지열은 멈추지 않았다. 바닥에 머리를 부딪치지 못한다면 혀라도 깨물 기세였다.

그 순간, 백수룡의 머릿속에서 위지열을 멈출 방법은 하나밖에 떠오르지 않았다.

"멈춰라! 교주령이다!"

"……존, 명."

본능적으로 멈춘 위지열이 힘겹게 고개를 들었다. 이마에서 피를 철철 흘리며 백수룡을 올려봤다. 혀를 조금 깨물었는지 입가에도 피가 흘렀다.

백수룡은 한숨을 푹 내쉬었다.

"하아"

잊고 있었다.

혈교는 상식으로는 이해할 수 없는 광신도 집단이고, 위지열은 그 집단에서도 수뇌부에 속했던 팔대 가문의 가주였다는 사실을.

그는 교주가 원하면 언제든지 목숨도 끊을 수 있는 사람이었다.

'내가 지금까지 자신을 시험했다고 생각한 모양이군.'

백수룡은 엎드린 위지열의 앞에 한쪽 무릎을 꿇고 앉았다.

그리고 눈을 똑바로 마주 보며 말했다. 그의 두 눈에 은은한 혈광이 맺혔다.

"지금부터 내 허락 없이 목숨을 끊거나, 자해하는 행위는 용서치 않겠다."

"……."

혈마안을 본 위지열이 몸을 움츠리며 정신없이 고개를 끄덕였다.

단단히 약속을 받아 낸 백수룡은 혈마안을 해제하고 입을 열었다.

"잘 들으세요. 나는……."

백수룡은 사실과 거짓을 적당히 섞어서 이야기를 만들어 냈다.

우연히 고향에 있던 동굴에서 혈마의 유산을 발견해 역천신공을 익혔고, 그 무공을 바탕으로 청룡학관의 강사가 되었다는 것.

위지열에게 말한 혈랑대 역시 동굴에서 알게 된 걸 바탕으로 꾸며 낸 것이며, 악인곡에서 마뇌가 남긴 유산을 발견했다는 것까지.

"악인곡에는 마뇌가 후대의 혈마에게 남긴 무공과 보물, 영약이 있었습니다. 그때 성취가 크게 늘었습니다."

"마뇌!"

아는 별호가 나오자 위지열이 이를 갈았다. 그의 눈에서 분노가 느껴졌다.

"이제 제 말에 믿음이 갑니까? 저는 혈마가 아닙니다. 그냥 운이 좋아서 혈마의 무공을 익혔을 뿐이라고요."

"하지만……."

위지열은 혼란스러워했다.

백수룡의 말이 앞뒤가 전부 딱딱 맞는 것은 아니었지만, 기연이 있었다면 충분히 납득이 될 만한 내용이었다.

잠시 생각을 정리한 노인이 힘겹게 입을 열었다.

그 말투는 여전히 조심스러웠다.

"말씀이 전부 사실이라고 해도, 역천신공을 익히셨으니 교주가 될 자격을 갖추신 것은 분명합니다."

"대체 그게 무슨 의미가 있습니까? 혈교에는 이미 교주가 있을 텐데요."

"……정말 모르시는군요."

백수룡은 말없이 팔짱을 꼈다. 계속 말해 보라는 의미였다.

위지열은 차분하게 말을 이었다.

"무림맹의 합공으로 전대 교주님이 돌아가시고, 가증스러운 무림맹 놈들이 본교를 모조리 불태웠습니다. 장로와 가주들은 대부분 죽거나 훗날을 기약하며 도망쳤습니다. 훗날을 도모하라. 그것이, 교주님의 마지막 명이었습니다."

"……."

백수룡은 처음 듣는 이야기였다.

그 전쟁을 직접 경험한 사람은 대부분 무림의 전대고수들이었고, 그마저도 쉬쉬하는 이야기였다.

"생존자들은 뿔뿔이 흩어졌습니다. 하지만 그들을 하나로 모을 구심점이 없었지요. 교주에게 후계자가 없었기 때문입니다. 자식은 물론이고, 제자도 없었지요."

어떤 이유에서인지, 전대의 혈마는 자식은커녕 제자도 들이지 않았다.

그러나 본인이 워낙에 고강한 무인이었기에, 교 내에서도 크게 걱정하는 분위기는 아니었다.

"허나 예상치 못한 무림맹의 공격으로 교주님이 돌아가시면서, 역천신공의 후계자는 대가 끊겼습니다."

"잠깐만."

백수룡이 고개를 갸웃거리며 물었다.

"최근에 혈교가 다시 발호했습니다. 그럼 교주가 없는 채로 움직였단 말입니까?"

"그렇습니다."

"무슨 말도 안 되는……."

"사도라는 자들이 나타났습니다."

"사도?"

그 순간, 백수룡은 혈령자가 죽기 전에 했던 말을 떠올렸다.

-일사도께서 제게 이르시기를, 남궁세가를 멸문시키고 음양마존께서 안배하신 탈혼마인들을 데려오라고 하셨습니다…….

"사도들이 흩어진 교의 세력을 수습했다고 들었습니다. 거기에 일부 장로들과 가주들은 합류한 것으로 압니다."

"사도는 정확히 어떤 자들입니까?"

"저도 잘은 모릅니다. 한 명 한 명이 가주와 장로들을 압도할 만한 무공을 지녔고, 다음 대 교주 후보들을 내세우며 경쟁하고 있다는 것 외에는."

"……."

"저에게도 권유가 있었습니다. 하지만 저는 합류하지 않았습니다. 사도가 내세우는 교주를 본교의 적통으로 인정할 수 없었기 때문입니다."

"정말 그게 전부입니까?"

백수룡의 예리한 질문에 위지열은 허허, 하고 헛웃음을 흘렸다.

"……본가는 힘을 잃었습니다. 돌아가 봤자 죽을 때까지 이용이나 당할 것이 뻔했지요. 저는 무공이 변변치 않고, 유일한 혈육은 손자뿐입니다. 천이가 인질이 될 것은 너무나 뻔했지요."

위지열은 고개를 푹 숙였다.

"그래서 도망쳤습니다. 무림맹에게서도, 저를 찾는 혈교에게서도 도망쳤습니다. 하나뿐인 손자만은 지키고 싶었습니다."

위지열의 이야기는 그걸로 끝이었다.

비밀을 솔직하게 다 쏟아낸 노인의 표정은 후련해 보이기도 했다.

"저는 전대 교주님을 모셨습니다. 무공은 변변치 않으나, 사람을 보는 눈은 있다고 자부합니다."

"압니다. 절 처음 보셨을 때, 아직 완성되지 않은 명검이라고 하셨죠."

백수룡이 씩 웃으며 옛 이야기를 하자, 위지열의 입가에도 흐릿한 미소가 맺혔다.

"제 눈으로 보건대, 당신은 혈마신교의 적통을 이으셨습니다. 역천신공을 익혔고, 그 성취에서 벌써 전대 교주님의 그림자가 보일 정도입니다."

"……."

위지열은 모르지만, 백수룡은 전대 교주를 직접 보았다.

때문에 저 말이 엄청난 극찬이라는 사실도 알고 있었다.

위지열이 은근한 목소리로 말했다.

"원하신다면 진정한 혈교의 지존이 되실 수 있습니다."

백수룡은 생각해 볼 것도 없이 고개를 저었다.

"관심 없습니다."

"가볍게 대답하실 일이 아닙니다."

위지열은 뭔가를 결심한 듯, 자리에서 일어났다.

"명을 내려주신다면, 제가 천하에 흩어진 교도들을 규합하겠습니다."

"뭐라고요?"

백수룡이 황당하다는 표정으로 물었다. 생각지도 못한 이야기였다.

그러나 위지열의 표정은 진지했다.

"저처럼 현 체제에 반발하는 자들이 있을 것입니다. 그들과 접촉해 보겠습니다. 진정한 역천신공의 후계자가 존재한다는 사실을 알리겠습니다."

"어르신!"

"천하를 발 아래에 둘 기회입니다. 정녕 관심이 없으십니까?"

위지열의 눈빛이 백수룡을 꿰뚫을 듯 형형했다.

266화

# 창룡검

백수룡은 딱딱하게 굳은 표정으로 위지열을 바라봤다.

'나더러 혈마가 되라고?'

처절하게 싸우다 죽어간 네 사부의 모습이 지금도 선명했다.

혈교에 납치당해 이용만 당하고 끝내 탈출하지 못한 사부들, 어쩌면 그들의 원혼이 아직 구천을 떠돌고 있을지도 모른다.

종종 그런 생각이 들 때마다 피가 거꾸로 솟는 기분이었다.

꾸욱…….

꽉 쥔 주먹의 손등 위로 핏줄이 도드라졌다. 백수룡은 분노를 삭이며 생각했다.

'화낼 것 없어. 위지열은 내 전생에 대해서 모르니까.'

알고도 저런 말을 했다면, 제아무리 위지천의 할아버지라도 입을 찢어버렸을 것이다.

백수룡이 한층 싸늘해진 목소리로 말했다.

"관심 없다고 했습니다."

그러나 위지열도 쉽게 물러서지 않았다.

그는 백수룡 앞에 한쪽 무릎을 꿇으며 읍소했다.

"당신은 역천신공의 적통을 이은 계승자입니다. 그 사실만으로도 수천의 교도가 목숨을 바쳐 따를 것입니다!"

"……그만하세요."

"저 위지열이 앞장서겠습니다. 쇠락했다 해도 팔대가문의 가주입니다. 교도들은 제 말에 귀를 기울일 것입니다."

"그만하라고 했습니다."

"간악한 사도들을 물리치고 본교를 수습하는 것이 우선입니다. 그 후 무림을 일통해서 천하를 발아래에…… 커헉!"

백수룡이 벼락처럼 손을 뻗어 위지열의 멱살을 잡아 바짝 끌어당겼다.

위지열의 얼굴에 극심한 공포가 어렸다.

눈앞에서 백수룡이 살기충천한 눈으로 그를 노려보고 있었다.

"한 번만 더 내게 혈마가 되라는 둥 개소리를 지껄이면, 아무리 어르신이라도 용서하지 않겠습니다. 하나뿐인 손자를 위해서라도 그 입 다무세요."

"컥! 쿨럭……!"

이를 드러낸 백수룡이 포악한 맹수처럼 으르렁거렸다.

숨이 막힌 위지열은 공포에 질려 덜덜 떨었다.

하지만 그 와중에도 노인은 용기를 내 질문했다.

노인에겐 이 질문이 목숨보다 더 중요했다.

"……혈교주가 되면 천하에 존재하는 모든 부와 명예, 권력을 움켜쥘 수 있습니다. 정녕 아무런 욕심이 없으십니까?"

천하제일. 무림일통.

무인이라면 누구라도 한 번씩 꿈꾸는 목표였다.

혈마는 그에 가장 근접한 존재.

천하제일을 다투는 신공을 익히고, 단일세력으로는 최강인 혈교의 주인이었다.

원하는 건 뭐든지 할 수 있었다.

하지만 백수룡은 그 자리가 싫다고 말하고 있었다.

저 말이 과연 진심일까?

"이해가 되질 않습니다. 어째서……."

다른 사람이 역천신공이라는 기연을 얻었다면, 대부분은 위지열의 부추김에 쉽게 넘어갔을 것이다.

하지만 백수룡은 아니었다.

그는 위지열의 멱살을 움켜쥔 손에 더욱 힘을 주며 말했다.

"내가…… 세상 그 누구보다 혈교를 증오하니까."

"……혈교를 그토록 증오하시는 이유를 모르겠습니다. 부디 우둔한 노인에게 가르침을 주십시오."

"고집불통 노인네 같으니……."

백수룡은 한숨을 쉬었다.

네 사부와 관련된 이야기는 할 수 없었다.

하지만 그것이 아니더라도, 그가 혈교를 싫어하는 이유는 얼마든지 말할 수 있었다.

"혈교는 광신도 집단입니다. 더러워진 세상을 피로 씻어 정화하겠다는 미친 교리를 가지고 있죠."

"……."

"그뿐입니까? 어린아이들을 납치해서 교리를 강제로 주입하고, 세뇌시키고, 마공을 가르칩니다. 이게 제정신인 놈들이 할 짓입니까?"

"……."

위지열은 부끄러운지 고개를 숙였다.

그런데 그의 표정이 미묘했다. 백수룡은 그 찰나의 순간을 놓치지 않았다.

'음? 내 말에 안도한다고?'

조금 이상한 생각이 들었지만, 일단 백수룡은 말을 이었다.

"전생의 악연인지, 저는 지금까지 몇 번이나 혈교의 고수들과 싸웠습니다. 놈들의 방식은 항상 끔찍하기 그지없었습니다."

"틀린 말은 아닙니다."

"그런 자들의 지존이 되고 싶지는 않습니다. 천하제일? 관심 없습니다. 무림일통? 인생을 그딴 일에 낭비할 생각 또한 없습니다."

"허허…… 그딴 것이라니……. 본교의 숙원을……."

백수룡은 코웃음을 쳤다.

"저는 학관에서 애들이나 가르치면서 평화롭게, 잘 먹고 잘살고 싶습니다. 그게 제 인생 목표입니다. 혈교가 방해된다면 전부 없애 버릴 겁니다."

"허허허……."

불안에 떨던 위지열이 조금씩 안정을 찾아가고 있었다.

백수룡은 멱살을 쥐었던 손에서 힘을 풀었다.

털썩.

그러곤, 바닥에 힘없이 주저앉은 위지열에게 말했다.

"그러니 더 이상 저를 현혹하지 마십시오. 마지막 경고입니다."

이래도 위지열이 계속 억지를 부린다면, 그는 위지열을 베어 버릴 마음까지 먹었다.

그때, 위지열이 조심스럽게 입을 열었다.

"방금 하신 모든 말씀. 진심이십니까?"

"예."

"정말 진심인 게지요?"

"그렇다니까요. 이 마당에 제가 왜 거짓말을 합니까?"

"휴우……."

위지열이 안도의 한숨을 길게 내쉬었다.

눈치가 백 단인 백수룡이었다. 그는 위지열이 내쉰 한숨의 의미를 금세 깨달았다.

"아까부터 뭔가 이상하다 했는데……."

어이가 없다는 듯, 백수룡이 허탈하게 웃으며 물었다.

"절 떠본 거였습니까?"

"미안하게 되었네."

위지열의 말투가 바뀌었다. 힘없는 미소를 지으며 그가 고개를 끄덕였다.

"이미 자네에게 한번 속지 않았던가. 자네의 속내를 알고 싶었네. 그래서 혈교의 부활을 꿈꾸는 충신인 척해 봤지."

"참나……."

황당하지만 그리 나쁜 기분은 아니었다.

위지열이 혈교의 교리를 맹신하는 광신도가 아니라는 말이었으니까.

문득 궁금증이 든 백수룡이 물었다.

"만약 제가 무림일통을 원한다고 했으면 어쩌시려고 했습니까?"

위지열은 이마의 피를 닦아 내며 천천히 몸을 일으켰다.

그는 백수룡에게 만들어 준 검을 바라보며 흐릿하게 웃었다.

"자네에게 그 검을 마지막 선물로 남기고, 천이와 함께 도망칠 생각이었네."

"……연기를 그렇게 잘하시는 줄은 몰랐네요."

백수룡은 고개를 절레절레 저었다.

실컷 충신인 척해 놓고 사실은 몰래 야반도주를 할 생각이었다니, 하마터면 깜빡 속을 뻔했다.

위지열이 씁쓸하게 웃으며 말했다.

"애초에 나는 신앙심이 그리 깊은 사람이 아니라네. 혈교에서 태어나서 혈교의 교리를 믿었을 뿐, 내 관심은 야장일이 전부였지."

위지열은 쇠를 두드려 무언가를 만드는 것 외에는 아무 관심도 없었던 사내였다.

평범한 집에서 태어났다면, 죽을 때까지 쇠만 두드리다가 평범하게 죽었을 사내.

철저한 약육강식의 세계인 혈교에서 살아가기에는, 너무 올곧고 정직한 사내이기도 했다.

"……혈교의 교리가 잘못됐다는 것은 오래전부터 알고 있었네. 하지만 나는 위지가의 장자로 태어났고, 가주가 되었지. 무언가를 바꿀 생각 같은 건 솔직히 해 보지 않았어. 보기 싫은 건 외면하면 그만이었으니까."

그것은 노인이 평생을 간직했지만, 절대로 말하지 않으리라 생각했던 고백이었다.

"본단이 불타고 도망쳤을 때는 분노뿐이었네. 가문이 몰살당했으니까. 하지만 시간이 지나면서 알게 되더군. 혈교가 세상 사람들에게 어떤 의미였는지, 얼마나 끔찍한 곳이며, 내가 외면하는 동안 얼마나 많은 사람들이 죽었는지. 혈교는 응당 치러야 할 인과응보를 치른 것이야."

백수룡이 그를 물끄러미 바라보며 물었다.

"무림맹에 대한 원한은 없으십니까?"

"……없겠나. 하지만 나는 천이가 행복하다면, 그걸로 충분하다네."

위지열의 시선이 위지천의 방이 있는 곳으로 향했다. 세상 모르게 자고 있을 손자를 생각하며 푸근한 미소를 지었다.

"저 아이가 혈교에서 자랐다면, 지금 같은 평범한 일상과 행복을 누리지 못했을 게야."

한때는 가공할 재능을 가진 손자가 원수들에게 복수하기를 원했지만, 이제는 아니었다.

위지열은 그저 지금처럼 손자의 평온한 일상이 유지되기를 바랐다.

자신은 만인에게 손가락질받는 혈교도로 태어났지만, 위지천은 그렇지 않았으니까.

돌연 그가 굳은 표정으로 말했다.

"나는 손자의 행복을 지켜 주고 싶네. 그러기 위해서는 혈교와의 남은 인연을 정리해야겠지."

"저도 같은 생각입니다."

생각이 통한 두 사람이 고개를 끄덕였다.

하지만 이어진 위지열의 말은, 백수룡도 전혀 예상치 못한 것이었다.

"내가 혈교에 투신하겠네."

"예?"

백수룡의 눈이 휘둥그레졌다. 반문할 새도 없이 위지열이 말을 이었다.

"안으로 들어가서 내부를 살피겠네. 놈들의 규모가 어느 정도인지, 어떤 계획을 꾸미고 있는지 알아내서 자네에게 전달하겠네."

"첩자가 되겠단 말씀이십니까?"

위지열이 덤덤히 고개를 끄덕였다. 그러나 백수룡은 허락할 수 없었다.

"안 됩니다. 너무 위험합니다."

"이래 봬도 내 가치는 매우 높다네. 함부로 죽이지는 못할 게야."

위지열은 천하제일의 실력을 다투는 야장이었다.

그 가치를 생각하면 억류할 수는 있을지언정, 함부로 죽일 수는 없었다.

"그런 문제가 아닙니다. 도망쳤던 위지가의 가주가 갑자기 돌아온다? 의심받을 게 뻔합니다."

위지열이 씨익 웃었다.

"내 연기로 자네도 속여넘긴 걸 잊었나? 내 평생 자네보다 눈치가 빠르고 똑똑한 사람은 본 적이 없네. 이미 검증이 되었다는 소리지."

"어르신……."

"자네 덕분에, 평생의 숙원도 이루었네."

위지열의 시선이 백수룡이 들고 있는 검으로 향했다.

평생의 역작.

다시 만들라 해도 만들 자신이 없는 절세의 보검이었다.

"나는 더 이상 여한이 없네. 남은 삶은 여분이지 않겠는가. 외면했던 과거를 바로잡기 위해, 내 손자를 위해 그걸 쓰려는 것뿐이야."

"……."

백수룡은 위지열이 얼마나 단단한 결심을 했는지 알 수 있었다.

말린다고 말릴 수 있는 고집이 아니었다.

백수룡이 한숨을 내쉬며 물었다.

"천이에겐 뭐라고 말씀하시려고요?"

"핑계야 만들면 그만이지. 순진한 아이니, 속여 넘기는 건 여반장일세."

백수룡은 최후의 수단을 사용해 보았다.

"……허락하지 않겠습니다. 교주령입니다."

그러자 위지열이 흐흐 웃었다.

"지금까지 뭘 들었나? 나는 더 이상 혈교를 믿지 않는다니까."

"끄응……."

꺾일 고집이 아니었다. 혈교의 충신을 자처할 때보다 더 대하기가 어려웠다.

결국 백수룡도 다시 한번 한숨을 내쉬며 고개를 끄덕일 수밖에 없었다.

"알겠습니다. 대신, 준비를 철저하게 한 다음에 보내 드리겠습니다. 그전까지는 안 됩니다."

"얼렁뚱땅 못 가게 하려는 건 아니지?"

"어차피 야반도주할 텐데 무슨 의미가 있습니까?"
잠시 실랑이를 벌이던 두 사람은 합의점을 찾았다.
위지열이 떠나는 것은 열흘 후.
그 안에 백수룡은 모든 준비를 갖추기로 했다.
길게 이야기를 나누다 보니 어느새 새벽 여명이 창문으로 비쳐들었다.
"천이가 깨어나기 전에 철방으로 가야겠군. 이 꼴을 보면 깜짝 놀랄 테니 말이야."
위지열이 자리에서 일어났다. 백수룡이 그를 따라나섰다.
문을 열고 나서기 전, 위지열이 백수룡을 돌아보며 말했다.
"자네가 직접 검의 이름을 지어 주겠나?"
백수룡은 잠시 고민했다. 생각보다 쉽게 이름이 떠올랐다.
"창룡검(蒼龍劍)이라고 부르겠습니다."
위지열이 환하게 웃었다.
"창룡검이라. 자네와 잘 어울리는군. 언젠가 창룡검으로 혈마검을 부러뜨려 주게."
"……알겠습니다."
백수룡은 창룡검을 목함에 담아 다시 위지열에게 건넸다.
"검집은 며칠 안에 완성될 게야. 조금만 기다리게."
그로부터 며칠 후, 창룡검의 검집이 완성되었다.
검은 빛깔에 은은한 푸른빛이 도는 고색창연한 분위기의 검집에, '蒼龍劍'이 일필휘지로 새겨져 있었다.

그리고, 위지열은 백룡장을 떠났다.

267화

# 절대 죽게 하지 않을 겁니다

위지열이 백룡장을 떠나기 전날.

"내일부터 철방은 문을 닫을 것이오."

"예에?"

"갑자기 말입니까!"

위지철방은 완전히 문을 닫았다.

많은 사람들이 의아해했다.

청룡신협을 찾아온 사람들로부터 입소문이 돌아, 지금은 도시 최고의 철방이라 소문나기 시작한 시점이었다. 위지열이 만든 무기를 사려고 줄을 서 있던 손님들에겐 날벼락이었다.

"어르신! 제 것까지만 만들어 주십시오!"

"부탁드립니다!"

"값을 두 배, 아니 세 배로 쳐 드리겠습니다!"

위지열이 만든 무기의 가치를 알아본 고수들이 애원하다시피 했지만, 소용 없었다.

"미안하게 되었소. 지병이 깊어져서 한동안 요양을 하게 되었거든."

아파서 문을 닫겠다는데 어쩌겠는가.

일부 손님들은 아쉬움에 발길을 돌리지 못하고 물었다.

"얼마나 요양을 하실 겁니까? 돌아오실 거지요?"

"모르겠소. 몇 달이 될지, 몇 년이 될지는……. 돌아온다 해도, 더 이상 무기를 만들지 않을 수도 있소이다."

"그런……!"

끝내 위지열의 무기를 사지 못한 무인들은 탄식을 금치 못했다.

노인은 천하에 드문 장인(匠人)이었다.

그가 쇠를 두드려 만든 무기 하나하나가 혼이 깃든 명품이라 할 만했다.

청룡신협의 보증이 아니었더라도, 오래 걸리지 않아 위지철방은 문전성시를 이뤘을 것이다.

그러나 더 이상 철방에서 무기를 만들지 않을 수도 있다고 했으니, 앞으로 위지열이 만든 무기들이 암중에서 몇 배로 비싸게 거래될 것은 자명했다.

모든 손님을 떠나보낸 후.

"……."

위지열은 텅 빈 철방에 홀로 앉아 주변을 둘러보았다.

몇 달 동안 대부분의 시간을 보낸 공간이었다.

백수룡을 졸라서 최고의 시설을 갖추고, 도망자로 살아온 세월 동안 못했던 야장 일을 한이 맺힌 사람처럼 밤낮을 가리지 않고 했다.

그리고, 평생의 숙원도 이루었다.

이쯤이면 한이 남지 않을 법도 한데, 미련이 남는지 자꾸 여기저기에 눈길이 갔다.

위지열은 고개를 저어 미련을 털어냈다.

"혈교에 들어가서도 무기는 실컷 만들 테지. 지금처럼 즐겁지는 않겠지만…….”

위지열은 혈교의 생리를 잘 알았다.

위지가는 과거의 권세를 잃었고, 자신의 무공은 어설펐다.

기껏해야 일류 언저리로, 팔대 가문의 가주라고는 믿을 수 없을 정도로 약했다.

위지가의 가주는 대대로 무공으로 평가받지 않았지만, 위지열은 유독 무공에 관심이 없는 편이었다.

'예전처럼 안정적인 세력을 구축한 혈교였다면 야장 실력을 인정받아 한자리 꿰찰 수도 있겠지만…….'

지금의 혈교는 전쟁을 준비 중이다.

무공이 어설픈 노인은 검 만드는 도구 취급을 당할 것이 뻔했다.

아니, 노예처럼 부려질 것이다.

'각오는 이미 했다.'

위지열은 마지막으로 철방 내부를 정리했다.

하지만 표정이 어두워지는 것만은 어쩔 수 없었다.

그때였다.

"할아버지! 저희 왔어요!"

철방 밖에서 들려온 목소리와 함께, 위지천이 다른 학생들과 함께 안으로 들어왔다. 백수룡도 같이 있었다.

굳어 있던 위지열의 표정이 단숨에 밝아졌다.

"허허. 다들 왔구나. 이쪽으로 앉거라. 차라도 대접하마."

학생들은 위지열이 내준 차를 홀짝홀짝 마셨다. 위지열은 학생들이 전부 손주들처럼 귀여워서 너털웃음을 터트렸다.

"몸이 편찮으셔서 요양을 가신다면서요? 많이 편찮으세요?"

헌원강의 질문에 위지열이 고개를 저었다.

"많이 아픈 것은 아니다. 그간 너무 많이 일해서 지친 게야. 강호 유람이나 좀 다니면서 쉴 생각이란다."

위지열이 생각해 낸 핑계였다.

그가 철방에 들어가 며칠씩 돌아오지 않는 모습을 자주 보았기에, 학생들도 쉽게 수긍했다.

"유람을 떠나기 전에, 너희에게 선물을 하나씩 주려고 불렀다."

선물이라는 말에 학생들의 눈이 초롱초롱해졌다.

"원강이부터 주마."

위지열은 옆에 쌓아 둔 목함 중 하나를 열었다. 그 안에는 은은한 묵빛이 흐르는 도가 들어 있었다.

헌원강의 화등잔만 해졌다.

"이, 이거 저한테 주시려고요?"

"흑도(黑刀)다. 독각마룡의 이빨을 갈아서 만든 칼로, 네 무공에 어울릴 것이다. 도집은 놈의 가죽으로 만들었지."

흑도를 받아 든 헌원강은 여인에게 한눈에 반한 사내처럼 멍하니 도신을 바라보다가, 뒤늦게 위지열에게 감사 인사를 했다.

"……감사합니다, 어르신!"

"허허. 마음에 들어 하니 나도 기쁘구나."

한눈에 봐도 대단한 보도였다. 독각마룡의 이빨로 만들었다면 그 강도와 예기는 말할 것이 없었고, 독각마룡의 사나운 기운마저 품고 있었다.

헌원강은 히죽거리며 흑도를 품에 꼭 안았다. 잘 때도 안고 잘 기세였다.

"너희 둘에게는 이걸 주마."

거상웅과 야수혁에게는 권법을 사용하는 무인들이 손에 끼는 수투(手套)를 건넸다.

이것 역시 독각마룡의 가죽과 비늘로 만든 물건이었다.

"너희의 외공이 더 높은 경지에 오르면 필요하지 않을 테지만, 아직은 필요할 게다. 강기와 부딪치더라도 몇 번은 버텨 줄 것이야."

거상웅과 야수혁이 감격한 표정으로 수투를 받아들었다.

"감사합니다, 어르신!"

"잘 쓰겠습니다!"

귀찮아서, 불편해서, 그리고 맞는 치수가 없어 지금껏 수투를 끼지 않았던 두 사람이었다.

하지만 위지열에게 받은 수투는 분명 손에 착용했는데도, 아무것도 끼지 않은 것처럼 편안했다.

"허! 감촉이 무슨……."

"선배. 이따 나가서 대련해 봅시다."

둘 다 수투를 빨리 사용해 보고 싶어서 근질근질한 표정이었다.

위지열은 마지막으로 여민을 불렀다.

"너에겐 이걸 주마."

여민에게 건넨 것은 쥘부채와 비수 한 자루였다.

쥘부채는 눈처럼 하얀 자태에 수묵화가 그려져 있었다.

"얇아 보여도 한철(寒鐵)로 만들어서 웬만한 도검은 막을 수 있을 만큼 단단하니, 부서질 걱정은 하지 않아도 된단다."

빙공을 익히고 있는 여민에게 한철(寒鐵)로 만든 무기는 최고의 선물이었다. 위지열의 꼼꼼한 배려였다.

"비수는 독각마룡의 뼈로 만든 것이다. 편한 용도로 사용하거라."

"이렇게 비싸고 귀한 걸……. 정말 감사해요, 어르신!"

"다들 마음에 들어 하니 기쁘구나."

위지열은 부드러운 눈으로 아이들 한 명 한 명을 바라봤다.

자신이 만든 무기가, 훗날 이 아이들이 겪을 험난한 싸움에서 한 번이라도 목숨을 지켜 주기를 바랐다.

"내가 없는 동안, 다들 우리 천이를 잘 부탁하마."

"걱정 마세요. 귀여운 막내는 제가 지킬 테니까요."
헌원강이 위지천의 어깨에 팔을 두르며 씩 웃었다.
그러자 거상웅이 코웃음을 쳤다.
"누가 누굴 지켜? 천이한테 한주먹거리도 안 되는 놈이."
"장난해? 누가 한주먹이야? 이제 오십 합 이상은 겨룰 수 있거든!"
"글쎄. 천이가 봐주니까 오십 합이지. 제대로 하면……."
"이 자리에서 붙어봐?!"
티격태격하는 학생들을 보며 위지열은 큭큭 웃었다.
"시간이 늦었으니 이만들 돌아가거라. 나는 선생님과 할 말이 남았으니."
"감사합니다!"
다시 한번 감사 인사를 전한 학생들이 철방을 나갔다.
그러나 위지천은 나가지 않고 마지막까지 남았다.
소년의 표정은 전에 없이 어두웠다.
"천아. 무슨 할 말이라도 있느냐?"
"……."
"호, 혹시 섭섭해서 그런 게냐? 너는 검혼으로 충분할 것 같아서 검을 새로 만들지 않았는데……."
"할아버지. 강호유람 가는 거 아니죠?"
"……."
위지열은 순간 말문이 막혔다.
그의 손자는 순진하기만 한 소년이 아니었다.
'알고 있었구나.'
천하의 백수룡을 속일 수 있을지언정, 피가 섞인 혈육의 감은 속일 수 없었다.
잠시 머뭇거린 위지열이 나직이 한숨을 내쉬며 말했다.

"해야 할 일이 있단다."

"……위험해요?"

"아마도 그럴 게다."

"……혈교 때문이죠?"

"그래."

"꼭, 가셔야 해요?"

위지천의 눈빛이 간절했다. 순간 위지열의 마음이 크게 흔들렸지만, 그는 표정을 굳히며 고개를 끄덕였다.

"가야 한다. 이 할애비가 해야만 하는 일이 있다."

"……."

눈물이 뚝뚝 떨어질 것 같은 얼굴로 할아버지를 바라보던 위지천은 이내 고개를 푹 숙였다.

"꼭 돌아오셔야 해요. 할아버지까지 없으면 전 혼자예요."

'네가 왜 혼자란 말이냐? 이제 사부도 있고, 청룡학관에서 사귄 친구들도 있는데.'

위지열은 그렇게 말하고 싶었지만, 그 대신 묵묵히 고개를 끄덕였다.

그때, 백수룡이 위지천의 어깨를 감쌌다.

"천아. 걱정하지 마라. 어르신은 반드시 돌아오실 테니까."

백수룡은 평소보다 초췌한 얼굴이었지만, 그의 두 눈은 형형하게 빛나고 있었다.

"내가 그렇게 만들 거거든."

위지천마저 철방에서 나가고, 위지열은 백수룡과 마주 앉았다.

"날이 밝으면 바로 출발할 생각이네."

"준비는 다 되셨습니까?"

"나야 뭐, 준비라고 할 것이 있겠나."

백수룡은 조용히 차를 한 모금 마셨다. 그의 초췌한 안색을 살핀 위지열이 말했다.

"자네 많이 피곤해 보이는군."

"……어르신 때문에 며칠 밤을 새웠습니다."

"괜히 마음 쓰게 해서 미안하네."

"아시면, 무사히 돌아오시기만 하면 됩니다."

백수룡은 품에서 무언가를 꺼내 위지열에게 내밀었다.

"개방과 하오문에 연락 가능한 방법을 적어 둔 종이입니다. 제 모든 인맥을 동원했으니, 어르신이 어디서든 신호만 보내면 그들이 어떻게든 찾아낼 겁니다. 외우고 바로 태우십시오."

"고맙네. 가는 길에 읽어 보겠네."

위지열은 백수룡이 준 종이를 품에 잘 챙겨 넣었다.

하지만 그것으로 끝이 아니었다.

백수룡은 이번에는 두툼한 서책을 꺼냈다.

"이건 틈틈이 익히십시오. 마찬가지로 다 외우신 후에 태워 버리시면 됩니다."

"이건……."

**화령신공**火靈神功

아직 먹이 다 마르지도 않은 서책에는 그렇게 적혀 있었다.

위지열은 놀란 표정으로 백수룡에게 물었다.

"……과거 혈교에 화령마공이라는 절세마공이 있었는데, 그것과 관련이 있나?"

백수룡은 맞다며 고개를 끄덕였다.

"악인곡에서 발견했던 걸 제가 뜯어고쳤습니다. 마공으로 생기는 부작용은 없애고, 성취를 빠르게 높일 수 있도록 개선했습니다. 야장 일로 화기를 가까이 한 어르신과 잘 맞을 겁니다."

"열흘도 안 돼 마공을 뜯어고치다니. 자네는 대체……."

"그리고 이것도 드시고요."

놀랄 시간도 없었다. 백수룡은 품에서 영약들을 꺼내 위지열에게 건넸다.

전부 화기(火氣)를 지닌 영약들이었다.

"화령신공을 익히는 데 도움이 될 겁니다. 사흘에 하나씩 드시면 됩니다."

"왜 이렇게까지……."

"혈교는 강자존입니다. 무공이 약하면 무시당하지만, 무공이 강하면 모두가 경외하고 따를 것입니다. 지금 어르신에게 가장 필요한 건 야장 실력이 아니라 강해지는 것입니다."

그것이 백수룡이 내린 결론이었다.

위지열이 허탈하게 웃었다.

"내가 이 나이에 강해져 봤자 얼마나 강해진다고……."

백수룡은 씩 웃었다.

"제가 예순이 넘은 노인도 청룡학관에 입관시킨 사람이거든요? 익혀 보시면 아마 깜짝 놀라실 겁니다."

"……정말 고맙네."

"절대로 죽지 않게 할 겁니다. 어르신도. 제 주변의 그 누구도."

혈교에 소중한 인연을 잃는 일은, 과거의 네 사부로 충분했다.

마음 같아서는 지금이라도 붙잡고 싶었지만, 그것은 위지열을 무시하는 행동이었다.

대신, 백수룡은 단단히 약속을 했다.

"석 달. 그 안에 어르신께 연락이 없으면 제가 직접 찾으러 갈 겁니다."

"……반드시 연락하겠네."

위지열은 품 안에 화령신공과 영약을 챙겨 넣었다.

아직 무공을 익히지도 않았건만, 가슴 속이 뜨거워서 목이 멜 것만 같았다.

◆ ◈ ◆

백룡장을 떠난 위지열은 발길 닿는 대로 움직였다.

정말 강호유람을 나왔다는 생각으로 돌아다녔다.

혈교 본단의 위치를 모르기 때문이었다.

대신 여기저기 쏘다니며 혈교의 수뇌만 알 수 있는 표식을 남겼다.

'기다리면 저쪽에서 연락이 올 터.'

조급하게 생각하지 않고 기다리며, 틈나는 대로 화령신공을 운기했다.

백수룡의 호언장담이 사실이라는 걸 알기까지 오랜 시간이 걸리지 않았다.

'놀랍구나. 진정 절세신공이야!'

위지열의 몸 안에는 철방에서 수십 년간 쌓아온 화기가 쌓여 있었다. 그것이 무서운 속도로 불어났다.

여기에 백수룡이 준 영약까지 섭취하자, 수십 년간 멈춰 있던 무공의 성취가 하루하루 달라졌다.

화르륵!

이윽고, 위지열은 화령신공을 수련한 지 열흘 만에 삼매진화를 펼칠 수 있게 되었다.

"허허. 이대로 절세고수가 되어 버리는 건 아닌지 모르겠군."

처음으로 무공을 수련하는 것이 즐겁다고 느꼈다. 위지열은 화령신공에 점점 매진했다. 화기와 친숙한 그에게 화령신공은 천하제일신공이었다.

혈교에서 접촉해 온 것은, 위지열이 강호유람을 시작한 지 달포쯤 지났을 때였다.

스르륵.

"……본교의 표식을 남기고 다니는 자가 네놈인가?"

객잔의 그림자 속에서 걸어 나온 흑립인이 스산하게 물었다. 끈적끈적한 살기가 온몸을 옥죄었다.

그러나 위지열은 당당하게 호통을 쳤다.

"네놈이라 했느냐? 이런 건방진 놈을 보았나! 그 표식을 보았으면 내가 존귀한 신분임을 알 터!"

"……누구시오?"

"본좌는 위지가의 가주 위지열이니라! 당장 본단으로 안내하거라!"

가슴에 불꽃을 품은 위지가의 가주가, 혈교에 복귀했다.

268화

# 이 땅에서는

오늘도 백룡장 앞은 번호표를 든 무인들로 북적였다. 다들 삼삼오오 모여서 떠들며 순서를 기다리는 중이었다.

그중 인상이 험악한 사내 하나가 투덜거렸다.

"젠장. 명성이 자자한 청룡신협을 만나려고 광동에서부터 달려왔거늘, 번호표나 받고 기다리란 말인가?"

"형장은 대기 번호도 많이 남은 것 같은데, 편하게 객잔에서 기다리는 게 낫지 않겠소?"

다른 사내의 질문에, 인상이 험악한 사내는 팔짱을 끼며 백룡장의 담벼락을 노려봤다.

"좀이 쑤시는 통에, 객잔에서 얌전히 기다릴 수가 있어야지. 지금도 확 담을 넘어 버릴까 고민 중이오."

그러자 주변 사내들이 고개를 절레절레 저으며 만류했다.

"청룡신협의 얼굴이라도 보고 돌아가려면 괜히 객기 부리지 마시오. 담을 넘었다가 제자들에게 얻어맞아서 내쫓긴 자들이 한둘이 아니라오."

"뭐라? 이 몸이 고작 학관에 다니는 핏덩이들에게 질 것 같은가!"
"어이구. 자신 있으면 해보시든가. 우리야 재밌는 구경하고 좋지."
"패기 넘치는 형씨. 빨리 넘어 보시오. 어떻게 되나 한번 봅시다!"
"이자들이 정녕……!"
인상이 험악한 사내는 씩씩거리면서도 함부로 담을 넘지는 않았다. 경고를 무시하기에는 왠지 찝찝했기 때문이었다.
'담을 넘었다가 정말 어린애들에게 얻어맞기라도 하면 개망신이 아닌가.'
험악한 인상과 달리 소심한 사내가 속으로 분노를 삭일 때였다.
"어어? 저 사람 저거 새치기 아니오?"
누군가의 외침에 모두가 같은 방향으로 고개를 돌렸다.
웬 사내 하나가 호명되지도 않았는데 백룡장의 정문으로 걸어가는 것이 아닌가?
"이봐!"
그때, 인상이 험악한 사내가 벌떡 일어나더니, 새치기하려는 사내를 향해 성큼성큼 걸어갔다.
마침 너 잘 걸렸다는 심정이었다.
그러나 대문 앞에 서 있던 사내가 돌아선 순간, 험악한 인상의 사내는 저도 모르게 움츠러들었다.
"무슨 일이십니까?"
"그, 그게……."
깔끔한 인상에 표정이 거의 없는 사내였다. 가볍게 돌아서는 동작조차 절도 있게 움직여, 고집스럽다는 인상마저 들었다.
그런데 상대의 목소리를 듣는 순간, 이상하게 위축이 된다.
인상파 사내가 기어들어 가는 목소리로 말했다.
"그, 번호표는 가지고 오셨는지……."

"저는 공무(公務)로 이곳을 방문했습니다만?"

무표정한 사내가 눈매를 예리하게 좁히자, 인상파 사내는 갑자기 없는 죄라도 고백해야 할 것 같은 기분에 휩싸였다.

갑자기 어린 시절, 술을 훔쳐 마시다가 관아에 끌려가 곤장을 맞았던 기억이 떠오르는 것은 왜일까?

"고, 공무원이셨군요. 편히 볼일 보십시오. 하하하."

"……."

결국, 험악한 인상의 사내는 비굴한 웃음을 지으며 그대로 뒷걸음질 쳤다.

그가 자리로 돌아오자 구경하던 무인들이 모두 비웃었다.

"기세 좋게 나가더니 말 한마디 제대로 못 하고 돌아왔군."

"담을 넘어? 콩알만 한 간으로 잘도 그러겠소이다."

"크흠흠!"

인상파 사내는 헛기침을 하며 나름대로 변명을 했다.

"다들 못 들었소? 공무 집행 중이라잖소. 관에서 나온 사람이 청룡신협을 방문한 것이란 말이외다! 관무불가침 모르오? 관무불가침!"

관무불가침.

관이 개입될 만한 사고를 친 무인들이 가장 많이 하는 핑계이자, 조금 전 백룡장의 문을 열고 들어간 사내가 가장 싫어하는 말이었다.

어쨌든 그 말이 통한 것인지, 무인들이 웅성거리기 시작했다.

"군관? 포두란 말인가?"

"옷을 보니 그런 것 같던데……."

"포두라기엔 상당한 고수로 보였소. 그만한 고수가 뭐가 아쉬워서?"

백룡장에 들어간 사내의 정체를 두고 이런저런 말이 나오던 중에, 누군가가 손바닥으로 무릎을 치며 말했다.

"지옥판관 청천!"

"뭐요? 그 사파의 대마두에게나 어울릴 법한 별호는?"

호기심 어린 시선들이 모여들자, 떠들기 좋아하는 사내가 자신의 지식을 뽐냈다.

"이 도시의 별종 중 하나요. 포두인데 무공이 절정고수로 알려져 있는 데다가, 뇌물이 전혀 안 통하는 청렴결백의 화신이지. 특히 무림인들이 저지르는 범죄에는 자비가 없다고 해서 별호가 지옥판관이라오!"

떠버리의 거창한 설명에 몇몇이 못마땅하다는 듯 미간을 좁혔다.

"감히 무림인을 체포해? 관무불가침을 어기는 짓이 아닌가?"

"바로 그게 문제요!"

"응?"

"지옥판관이 가장 흔하게 쓰는 수법이, 무림인 범죄자의 팔다리를 자른 후에 무림인 대 무림인으로서, 비무로 문제를 해결했다고 주장하는 거요."

"……정말이오?"

"이런 미친 자가 있나? 그걸 주변의 문파들이 내버려 둔단 말인가!"

"지옥판관에게 당한 자들이 대부분 명백히 죄를 지었고, 그가 의(義)와 협(俠)을 내세우니 어쩔 도리가 없지 않겠소?"

평소 군관들을 우습게 보던 무인들의 얼굴이 새파랗게 질렸다.

그런 식으로 따진다면, 관무불가침이고 뭐고 따질 명분이 없는 것이다.

생각할수록, 무공이 고강한 데다 법과 공권력까지 등에 업은 포두가 얼마나 무서운지 알게 되었다.

"하여튼, 형씨들도 저자의 눈에 띄지 마시오. 요즘 이 주변에 무림인 출입이 늘어서, 관의 심기가 불편하다고 들었으니까."

하마터면 범의 코털을 뽑을 뻔한 인상파 사내가 침을 꼴깍 삼켰다.

"그런데 청룡신협과는 무슨 인연이 있기에 저자가 이곳을 방문한 거요?"

"그건 나도 모르겠소. 설마 체포하러 온 건 아닐 테고……. 남궁세가의 일 때문은 아닐지……."

다들 궁금한 표정으로 백룡장을 바라봤지만, 청천은 이미 정문을 열고 들어간 후였다.

◆ ◈ ◆

마당에서 수련하고 있던 제자들이 청천을 보고 반갑게 인사했다.

"청천 포두님! 여긴 어쩐 일이세요?"

"너희 선생을 만나러 왔다. 안에 있나?"

"예. 방에 계세요."

고개를 끄덕인 청천은 백수룡의 방으로 걸어가다가 멈춰 섰다. 그리고 학생들을 돌아보며 말했다.

"포두가 아니라 포도부장이다."

"네?"

청천은 얼마 전 새로 맞춘 관복을 내공으로 크게 펄럭이더니, 다시 걸음을 옮겼다.

그리고 여전히 무뚝뚝한 목소리에 표정 변화 없는 얼굴로 흘리듯 말했다.

"얼마 전에 승진했거든."

멀어지는 청천의 뒷모습을 보며 제자들이 황당하다는 표정으로 수군거렸다.

"방금 승진했다고 자랑한 거지?"

"슬쩍 웃는 거 봤어요? 세상에. 그 청천 포두님이……."

"승진한 게 좋긴 한가 봐."

학생들의 수군거림을 뒤로하고, 청천은 곧바로 백수룡의 방으로 향했다.

문을 두드리기도 전에, 안에서 백수룡의 목소리가 들려왔다.

"들어와."

안으로 들어서자, 서류 더미에 파묻히다시피 한 백수룡이 기지개를 켜고 있었다.

"바깥의 줄이 길더군."

"일하랴, 사람 상대하랴, 피곤해 죽겠어. 슬슬 손님도 그만 받으려고."

백수룡이 길게 하품을 하며 말했다.

열흘이 넘도록 오는 손님 마다하지 않고 전부 상대해 주었으니, 한동안 대문을 걸어 잠글 명분은 충분했다.

어차피 진짜 고수들은 소란이 잠잠해진 후에야 찾아올 확률이 높았다.

청천이 그 모습을 보더니 피식 웃었다.

"너도 어지간히 일 중독이로군."

"남 말 할 처지야? 이 동네에서 제일 바쁜 포두 양반이."

"포도부장이다."

"아, 얼마 전에 승진했다며. 축하한다."

두 사람은 오랜만에 회포를 풀며 잠시 잡담을 나눴다.

청천이 백수룡 주변에 쌓인 서류를 둘러보자, 백수룡이 그중 하나를 들고 흔들었다.

"내일부터 기말고사거든."

청천은 백수룡이 흔드는 서류에 적힌 글을 조금 읽었다.

잠시 후, 웬만해선 변하지 않는 청천의 표정이 묘하게 일그러졌다.

"……그게 시험이라고?"

"흐흐. 재미있을 것 같지?"

악마처럼 웃는 백수룡을 보며, 청천은 내일 시험을 치를 학생들에게 미리 애도를 표했다.

"그래서 갑자기 날 찾아온 용건이 뭐야?"

"최근 도시에 무림인 범죄가 늘어나고 있다."

"……나 때문에?"

"아니라고 할 수는 없지. 널 찾아온 무림인들이 객잔 등에서 행패를 부리는 경우도 있고, 무림인들이 모이니 서로 충돌이 발생하는 경우도 있다. 관의 인력으로는 이제 한계다."

"음……."

백수룡은 팔짱을 끼고 고민했다.

다행히 그의 고민이 깊어지기 전에, 청천이 미리 생각해 온 해결 방안을 말했다.

"그래서 말인데, 갱생문을 좀 빌릴 수 있을까?"

"갱생문 애들을? 호오……. 그거 괜찮은 생각인데?"

백수룡은 단숨에 청천의 의도를 이해했다.

"갱생문을 이용해서 도시의 치안을 해치는 무림인들을 때려잡겠다, 이거지?"

더불어 삼류 왈패들의 조직으로 시작한 갱생문의 평판을 바꿀 절호의 기회였다. 백수룡으로서는 마다할 이유가 없었다.

"마음대로 데려다가 써. 그 녀석들도 이제 꽤 쓸 만해졌으니까."

"마음이 한결 놓이는군."

빈민가 출신인 청천이라면 갱생문도들을 다루는 데도 아무 문제가 없을 것이다.

"용건은 그게 전부야?"

"한 가지 더. 무림맹주가 온다는 소식은 들었나?"

"들었지."

백수룡은 개방과 하오문에서 정보를 꾸준히 받아보고 있었다.

무림맹주의 청룡학관 방문이 곧 공식적으로 발표될 것이다.

수행원만 백 명이 넘는 거창한 행차가 될 예정이었다.

"다행히 기말고사 기간이 끝나고 도착할 것 같아. 학사 일정이 안 꼬여서 다행이지."

그런데 청천의 표정이 조금 묘했다.

"못 들었나 보군. 무림맹주가 청룡학관을 무림맹 산하로, 전시편제에 집어넣으려 한다는 이야기가 있다."

"……뭐?"

백수룡의 표정이 굳었다. 처음 듣는 이야기였다. 그가 자세를 고쳐 앉으며 물었다.

"자세히 얘기해 봐."

"무림맹주는 이미 혈교와의 전쟁을 준비하는 모양이더군. 관에도 협조 공문이 내려왔다. 오늘 알게 돼서 바로 알려 주려고 온 거다."

"……."

"명목은 무림맹 강서 지부 및 청룡학관 시찰이지만, 진짜 목적은 청룡학관 자체인 모양이더군."

청룡학관을 비롯한 오대학관은 무림맹의 산하 단체가 아니다.

오히려 협력 관계에 가깝다.

하지만 무림맹주는 준전시 상황을 핑계로, 청룡학관을 통째로 집어삼킬 계획을 꾸미고 있었다.

그 속셈을 알게 된 백수룡의 눈이 서늘하게 빛났다.

"누구 마음대로?"

청룡학관을 무림맹 산하 전시편제에 소속시킨다?

학생들의 생사여탈권을 무림맹주가 쥔다는 이야기였다.

이후의 학사 일정에도 개입할 것이 뻔했고, 어쩌면 전쟁에서 학생들을 미끼나 소모품으로 사용할지도 모른다.

현 무림맹주는 혈교를 박멸하기 위해서라면 무슨 짓이든 할 사내였으니까.

'혈교와 전쟁에 대비해야 한다는 건 동의하지만, 멋대로 내 제자들을 끌고 가서 싸우게 하는 꼴은 못 보지.'

미리 알게 돼서 다행이다.

하마터면 아무것도 모르고 있다가 당할 뻔했다.

백수룡이 청천에게 말했다.

"알려 줘서 고맙다. 덕분에 미리 대비할 수 있겠어."

"도움이 필요하면 말하도록. 무림의 일에 내가 할 수 있는 일이 있을지는 모르겠지만……."

"일단 생각 좀 해 보고."

할 말을 모두 마친 청천은 자리에서 일어났다.

이야기를 길게 나누기엔, 둘 다 공사가 다망한 몸이었다.

다만, 청천은 한 가지는 묻고 싶었다.

"무림맹주와 맞설 생각이냐?"

"그건 그쪽이 어떻게 나오느냐에 따라 달라지겠지."

백수룡은 씩 웃으며 대답했다.

다른 누가 저런 말을 하면 객기를 부린다는 생각부터 들 텐데, 이상하게 백수룡은 그런 느낌이 들지 않았다.

청천은 관아로 돌아가는 길에 이유를 깨달았다.

'하긴. 이 도시의 상권에, 공권력에, 인맥, 무력, 이제는 천하를 들썩하게 하는 명성까지 얻었으니…….'

청천은 백수룡이 가진 것들을 하나씩 떠올렸다.

천하십대상단인 금룡상단의 비호 아래 무섭게 성장 중인 백룡상단.

전례가 없는 승진을 거듭하고 있는 포도부장 청천.

서찰 한 통이면 만 명의 군사라도 당장 보내 줄 승상 공손수.

삼류 왈패들의 조직이었으나, 이제는 어엿한 무림문파로 변모 중인 갱생문.

"여기에 내가 모르는 것들도 분명히 더 있겠지."

설사 무림맹주가 온다고 해도, 백수룡이 기 싸움에서 밀릴 이유가 없었다.

"적어도 이 땅에서는, 청룡신협이 무림맹주보다 강할 것 같군."

피식 웃은 청천은 한결 가벼워진 발걸음으로 관아로 향했다.

## 269화

# 조졌다

드디어 '사파 무공의 이해와 실전 대비'의 기말고사 시험날이 되었다.

"……이번엔 어떤 시험일까?"

헌원강의 질문에 아무도 대답을 하지 못했다.

예측조차 할 수 없기 때문이다.

다들 궁금하기는 마찬가지.

그래서 새벽 수련 시간임에도 불구하고, 자꾸만 백수룡의 방을 힐끔거리고 있었다.

위지천이 두려움과 불안감이 반반씩 섞인 얼굴로 중얼거렸다.

"선생님. 밤새 안 주무시는 것 같던데……."

지난밤, 백수룡은 퇴근 후 방 밖으로는 단 한 걸음도 나오지 않았다.

침식(寢食)마저 잊은 채, 막바지 시험 준비에 집중하고 있다는 의미였다.

"잠도 안 자고 시험 준비를 했다고?"

"저 안에서 도대체 무슨 일이 일어나고 있는 거야?"

"뭘 준비하는 건지 상상도 안 돼……."

꿀꺽.

이번엔 또 얼마나 악랄한 시험을 준비했을까?

다들 상상하는 것만으로도 두려움에 마른 침을 꼴깍꼴깍 넘길 때였다.

"흐흐흐……."

백수룡의 방 안으로부터 흘러나오는 괴소.

그 음산한 웃음소리에서 집념 어린 광기가 느껴졌다.

'도대체 뭐야!'

제자들은 백수룡의 방 앞에 모여 귀를 바짝 가져다 댔다. 그들의 등에서 식은땀 한 방울이 또르륵 흘러내렸다.

사각사각사각.

어젯밤부터 방 안에서 들려오던 사각사각거리는 소리와, 가끔씩 들려오는 괴소가 절정을 향해 치닫고 있었다.

캬악!

야수혁의 어깨에 앉아 있던 은호마저 불길함을 느꼈는지 털을 바짝 세웠다. 야수혁이 손바닥으로 털뭉치의 입을 막았다.

'쉿!'

다행히 백수룡은 고도로 집중했는지, 문 앞에 있는 제자들의 기척도 느끼지 못한 것 같았다.

스르릉.

기어이 흑도를 반쯤 빼든 헌원강이 비장한 얼굴로 선후배들을 돌아봤다. 그리고 입 모양만으로 말했다.

'더 늦기 전에 우리가 먼저 치자. 이대로 아무것도 못 해 보고 당할 거야?'

평소 같았으면 가장 먼저 면박을 주었을 거상웅이 심각한 표정으로 한숨을 내쉬었다. 그 역시 입 모양만으로 말했다.

'처음으로 나도 원강이 말에 동의하고 싶어졌다.'

'이대로 당할 수는 없어. 지금이 마지막 기회라니까!'

'진짜 거사를 한번 도모해 봐?'

'너희들 생각은 어때?'

'가능성만 있다면야…….'

제자들의 눈에 독기가 스며들었다.

백수룡을 따라다니며 온갖 험한 일을 겪어서인지, 이제는 웬만한 사파 고수들도 오금이 저릴 법한 눈빛이었다.

-기말고사 시험이 시작되기 전까지, 언제든지 내게서 시험 문제를 빼앗거나 훔쳐도 된다. 성공하면 만점을 주지.

백수룡은 기말고사 시험을 준비하면서 학생들에게 그렇게 선언했다.

하지만 아직까지 아무도 그 방법을 시도하지 않았다.

아니, 못했다.

-대신…… 실패하면 대가를 치러야겠지?

그 마귀 같은 미소를 떠올린 제자들은 몸을 부르르 떨었다.

하지만 지금이 가장 좋은 기회라는 것은 부정할 수 없었다.

빠르게 눈빛을 교환한 제자들이 고개를 끄덕였다.

'가자!'

결정을 내린 제자들이 백수룡의 방문을 부수며 안으로 들어갔다.

콰지직!

거상웅과 야수혁의 신형이 포탄처럼 쏘아지고, 헌원강이 그 뒤를 받쳤다. 위지천은 은밀하게 뒤로 돌아갔고, 여민은 뒤에서 빙공을 뿌리며 백수룡의 움직임을 제한했다.

한 치의 빈틈도 없는 완벽한 협공!

헌원강은 서로의 움직임을 완벽히 보완한 이 합격진의 이름을 외치지 않을 수 없었다.

"백수룡 조지기 팔십팔 번으로 간다!"

콰콰콰콰!

광풍 같은 기세가 방 안을 휩쓸었다.

그러나 백수룡은 기다리고 있었다는 듯, 앉은 자리에서 일어나 휙 돌아서며 제자들을 맞이했다.

그의 입가에 비릿한 미소가 맺혔다.

"애송이들. 한발 늦었구나. 시험 문제는 이미 완성되었단다."

젠장! 늦었나!

거상웅과 야수혁은 달려들던 속도의 두 배로 튕겨 나갔고, 헌원강의 흑도는 허공을 갈랐다.

위지천의 검은 백수룡의 손가락 사이에 잡혔고, 여민은 도망치려다가 신발이 그대로 바닥에 얼어붙어 꼼짝도 못 하게 되었다.

그 모든 것이 눈 몇 번 깜빡할 시간에 벌어졌다.

"들어올 때부터 각오는 했겠지?"

백수룡이 목을 좌우로 꺾으며 기습에 실패한 제자들을 향해 걸어갔다.

하나같이 무림의 종말이라도 목격한 표정이었다.

"……망했어."

"그러니까 내가 하지 말자고 했잖아!"

"전부 원강 선배가 시켰어요!"

"왜 나한테 덮어씌워!"

천천히 뒷걸음질 쳐 보지만 다가오는 종말, 아니 백수룡보다 빠를 수는 없었다.

"다들 죽었다고 복창해라."

빠바바바박!

약 일 각 후, 백수룡은 눈탱이가 밤탱이가 된 제자들의 앞에 서서 코웃음을 쳤다.

"날 기습하려면 아직 백 년은 멀었다."

말은 그렇게 하지만, 백수룡은 내심 꽤 놀란 상태였다. 그는 몇 군데나 베인 자신의 소맷자락을 슬쩍 바라봤다.

'꽤 날카로웠어.'

좁은 공간이라 전력을 다하지 않았다지만, 제자들의 실력에 장족의 발전이 없었다면 이것조차 불가능했을 것이다.

"그래도 뭐."

아주 조금씩이지만, 제자들이 자신을 따라잡고 있다.

무공을 가르치는 선생으로서 이보다 뿌듯한 일은 없었다.

백수룡의 입가가 씰룩이며 미소가 맺혔다.

"이번엔 나쁘지 않았다. 다음엔 더 잘해 봐."

백수룡은 시무룩해 하는 제자들의 어깨를 툭툭 두드려 준 후 출근 준비를 서둘렀다.

"오늘은 나 먼저 출근할 테니 너희는 운기조식하고, 어지럽힌 내 방도 치우고 와라."

"네에……."

"그럼 시험시간에 보자."

백수룡은 제자들을 뒤로하고 백룡장을 나섰다.

옆구리에 처음 보는 항아리를 끼고 있었다.

⬥ ◈ ⬥

"형님. 웬 항아리예요?"

백수룡이 옆구리에 항아리를 끼고 오자, 동기들이 고개를 관심을 가지며 다가왔다.

목이 좁고 긴 적갈색 항아리였다. 사람 손 하나가 겨우 들어갈 정도였는데, 안에는 무언가 내용물이 담겨 있는 것 같았다.

백수룡은 대수롭지 않게 대답했다.

"이거? 오늘 볼 기말고사 시험."

그 순간, 동기들의 표정이 뭐라 설명할 수 없게 변했다. 다들 멈춰 서서 경계의 시선으로 항아리를 바라봤다.

"……독물을 넣어 온 건 아니죠?"

"절단된 사체라거나……."

"버, 법은 확실하게 지키고 있는 거죠?"

동기들의 반응에 백수룡은 어이가 없다는 표정이었다.

"왜 니들이 난리야? 지들이 시험 볼 것도 아니면서."

"흠흠. 그렇긴 하지만."

어느새 다들 다가와선 항아리를 자세히 관찰했다.

하지만 겉으로만 봐서는 내용물을 전혀 예측조차 할 수 없었다.

"이 안에 들어 있는 게 이번 기말고사 시험이라고요?"

백수룡은 '사파 무공의 이해와 실전 대비'의 기말고사 시험 내용을 아무에게도 알려 주지 않았다.

그저 '실기'라고만 알려져 있었는데, 예전과 달리 청룡신협의 명성이 천하를 들썩일 정도로 높아진 터라 그의 수업에도 엄청난 관심이 쏟아지고 있었다.

제갈소영이 호기심 어린 표정으로 물었다.

"열어 봐도 돼요?"

"아직 안 돼. 대신 시험 내용은 너희가 가장 먼저 알게 해 줄게."

백수룡은 몇 번 접어 품에 넣어 둔 대자보를 꺼내서, 동기들에게 하나씩 나눠 줬다. 아침 일찍 그들을 부른 이유였다.

"시험이 시작되기 일 각 전에, 이걸 학생들이 최대한 많이 볼 수 있는 곳에 붙여 줘."

"이건……."

백수룡에게 대자보를 받아든 동기들은 그 내용을 읽어 나갔다.

시선이 아래로 갈수록 눈은 휘둥그레졌고, 다 읽었을 땐 턱이 빠질 것처럼 입을 떡 벌어져 있었다.

"……야 이 악마야!"

"정말 이게 시험이라고요?"

"위험하지 않을까요?"

경악과 우려가 뒤섞인 반응에, 백수룡은 단호하게 고개를 저었다.

"한 학기 동안 내 수업을 제대로 들었다는 걸 증명하려면 그 정도는 해야 해. 그리고, 그걸로 끝이 아니야."

백수룡은 왼쪽 옆구리에 낀 항아리를 손바닥으로 툭툭 두드리며 씩 웃었다.

"진짜는 여기 있거든."

"예?"

"이것만으로도 애들 죽어날 것 같은데……."

"하여튼 부탁 좀 하마. 늦지도 빠르지도 않게, 딱 제시간에 맞춰서 붙여 줘. 나중에 내가 술 한잔 살 테니까."

백수룡은 동기들을 뒤로하고 강의실로 발걸음을 옮겼다.

그의 발걸음이 경쾌하기 그지없었다.

그 모습을 본 청룡학관 동기들은 합리적인 의심을 할 수밖에 없었다.

"아무리 봐도 애들 괴롭히는 걸 즐기는 것 같은데?"

"확실해요. 전 재산도 걸 수 있어요."

"걔들도 참. 선생을 잘 만난 건지, 잘못 만난 건지……."

강사들은 곧 지옥을 경험하게 될 학생들에게 미리 애도를 표했다.

◆◈◆

'사파 무공의 이해와 실전 대비' 강의실.

기말고사를 치르러 온 학생들은 강의실에 들어오기 전부터 주위를 두리번거리며 경계했다.

혹시라도 강의실 안에 함정이나 기습이 있지 않을까 확인하는 것은 물론이고, 독에 대비해 온갖 해독약을 챙겨 온 건 기본이었다.

'우리도 이제 쉽게 안 당해!'

다들 눈에 독기가 가득했다.

남들은 청룡신협에게 무공 지도를 받으니 좋겠다, 부럽다, 속 편한 소리를 하지만, 정작 수강생들이 배운 건 상상치도 못했던 지저분한 사파의 수법이 대부분이었다.

신기하게도 그 와중에 무공 실력이 늘어난 것은 맞지만 말이다.

"독이나 함정은 없는 것 같은데……."

"방심하면 안 돼. 갑자기 천장이 무너질지도 몰라."

"에이 설마. 그렇게까지 할까……."

"아직도 몰라? 상대는 백수룡이라고!"

다들 바짝 긴장한 상태로 무슨 일이 일어나기를 기다리고 있을 때, 백수룡이 강의실 문을 열고 들어왔다.

저벅저벅.

천천히 걸어와 교탁 앞에 선 백수룡이 말했다.

"거두절미하고 기말고사 시험에 대해서 설명하겠다."

쿵!

백수룡은 가져온 항아리를 교탁에 올려놓았다.

"이 항아리 안에는 향낭과 비밀 임무가 적힌 밀지가 하나씩 들어 있다. 나와서 한 명씩 가져가도록."

학생들은 어리둥절해 하면서도 시키는 대로 했다. 한 명씩 나가서 항아리에 손을 넣어 향낭을 뽑았다.

"밀지는 안에 없는데요?"

"향낭을 열어 보면 있다. 아직 열지는 말고."

전부 향낭을 하나씩 가져간 것을 확인한 백수룡이 말을 이었다.

"시험은 간단하다. 너희는 지금까지 내 수업 시간에 배운 것을 이용해, 수단과 방법을 가리지 않고 밀지에 적힌 임무를 완수한 후 증거를 가져오면 된다."

"시험 기간은 사흘. 기말고사 기간이 끝날 때까지만 완수하면 된다. 어렵지 않겠지?"

"……."

대답은 없었다.

다들 머릿속으로 시험에 대해서 생각하기 바쁜 가운데, 모범생 독고준이 손을 들고 질문했다.

"개인 시험입니까? 아니면 다른 학생과 협력해도 되는 시험입니까?"

"협력해도 상관없다. 하지만 향낭과 밀지를 잃어버리면 시험은 거기서 끝이다."

협력해도 된다고?

예상했던 것보다 어렵지 않았다. 학생들이 반쯤 의심할 때였다.

"하지만 그냥 하면 재미가 없겠지?"

그럼 그렇지.

방심하지 않았던 학생들은 내공을 끌어올리며 돌발상황에 대비했다.

하지만 백수룡은 그저 한 번 씩 웃더니, 품에서 무언가를 꺼내 강의실 칠판에 붙였다.

이곳에 오기 전에 동기 강사들에게 나눠 준 것과 같은 대자보였다.

'사파 무공의 이해와 실전 대비' 기말고사 시험 외부자 참여 안내

-본 수업에서는 수강생들에게 향낭을 하나씩 나눠 주었음.

-향낭을 빼앗아 가져오는 학생에게는 보상으로 청룡신협의 개인 무공 지도와 다음 학기 수업 수강신청권을 제공하겠음.

-단, 이 보상은 청룡학관 재학생만 대상으로 함.

대자보에 적힌 글은 단순했다. 그러나 그 내용은 결코 단순하지 않았다.

"이런 미친……!"

"어쩐지 쉽다 했어!"

청룡신협이 무공 지도와 다음 학기에 자신의 수업을 들을 수 있는 수강신청권을 걸었다!

곧, 어떤 상황이 벌어질지 예상한 학생들의 얼굴색이 새하얗게 질렸다.

"지금쯤 이 대자보가 학관 곳곳에 붙었을 거다."

학생들을 쭉 둘러본 백수룡이 사악하게 큭큭 웃었다.

"여길 나가는 순간부터, 청룡학관 모든 학생이 너희의 향낭을 빼앗으려 할 거란 말이지. 한번 잘 버텨 보도록. 아, 임무를 완수하지 못해도 탈락이다. 탈락하면…… 재수강하면 되지 뭐. 그치?"

할 말을 모두 마친 백수룡은 강의실을 나섰다.

쿵!

다들 할 말을 잃고 앉아 있는 가운데, 헌원강이 두 손으로 머리를 감싸며 중얼거렸다.

"조졌다……."

모두의 심정을 대변하는 말이었다.

270화

# 밀지에 적힌 것은

"다 같이 힘을 합쳐야 해."

독고준이 가장 먼저 정신을 차렸다.

열두 쌍의 눈이 동시에 독고준에게로 향했다. '사파 무공의 이해와 실전 대비' 수강생 전원이었다.

역시 학생회장!

독고준을 바라보는 학생들의 눈에는 기본적으로 신뢰와 믿음이 깔려 있었다.

"각자 밀지에 어떤 임무가 적혀 있는지는 모르지만, 혼자서 움직이는 것보단 함께 움직이는 편이 효율적이고 또 안전할 거야."

"나도 같은 생각이다. 따로 움직이면 각개격파 당할 확률만 높아지겠지."

수강생 중 유일한 사 학년인 거상웅도 독고준의 의견에 힘을 실어 주었다.

하지만 반대 의견도 있었다.

"우린 열 명이 넘어요. 우르르 몰려다니는 쪽이 더 눈에 띌걸요?"

이곳에 있는 학생들 중 경공과 은신술이 가장 뛰어난 여민이 말했다. 혼자서도 충분히 도망 다닐 자신이 있으니 아쉬운 게 없다는 태도였다.

"차라리 필요에 따라서 몇 명씩 조를 이루는 게 낫지."

"조를 이룬다면, 어떤 식으로?"

"밀지의 내용을 공유하는 건 어때? 서로 도움이 되는 사람하고 조가 되어야 하니까."

"난 반대야. 비밀 임무라고 했잖아. 다른 사람과 공유하면 문제가 생길 수도 있다고."

당황한 것도 잠시.

이곳에 있는 학생들은 한 학기 동안 백수룡의 수업을 들었다.

즉, 갑작스러운 상황에서도 최대의 이점을 챙기는 게 당연했다. 각자 상황을 파악하고 본인에게 가장 유리한 방법을 떠올렸다.

뭉치는 것이 유리한가? 아니면 혼자 움직이는 편이 나은가?

정보는 공유해야 하는가? 아니면 독식하는 것이 나은가?

각자 향낭에 들어 있던 밀지의 내용을 확인한 학생들은 표정을 감추며 생각했다.

'내 임무를 위해서는…….'

자신의 상황과 입장에 맞추어, 학생들은 각자 계산을 마쳤다. 그리고 본인에게 가장 유리한 패를 쥐고자 토론에 참여했다.

하지만 그들에게 길게 이야기할 시간은 주어지지 않았다.

"……벌써 몰려왔군."

"이렇게 빨리?"

강의실 밖에서 느껴지는 인기척에 학생들의 표정이 굳었다. 최소 수십이었다.

"창밖으로도 몰려오고 있어요."

건물 밖에도 적지 않은 학생들이 몰려와 있었다. 그 숫자는 점점 늘어나고 있었다.
"주목!"
쿵!
진각을 밟아 자신에게 시선을 집중시킨 독고준이 말했다.
"시간이 없어. 우선 저 포위망을 뚫고 몸을 피하는 게 먼저라는 데는 모두 동의하지? 나는 학생회 건물로 갈 생각이다. 적어도 학생회 소속 학생들은 나를 노리지 않을 테니까. 함께 갈 사람?"
"저희도 가겠습니다."
"나도 합류하지."
"학생회라면 일단 한숨 돌릴 수 있을 테니까……."
대부분의 학생들이 독고준을 따라가기로 결정했다.
중간에 흩어지더라도, 일단 뭉쳐서 강의실에서 벗어나는 것이 급선무였다.
그때, 헌원강이 끼어들었다.
"여기선 동연이 더 가까워. 동연으로 가는 건 어때?"
독고준이 학생회 회장이라면, 헌원강은 동아리 연합 회장이었다. 그리고 동연 건물이 학생회보다 훨씬 가까웠다.
"그것도 나쁘지 않은……."
독고준이 나쁘지 않은 생각이라며 고개를 끄덕이는 순간이었다.
"상검연은 포위진을 펼쳐라!"
"암연(암기연구회)은 천라지망을 펼치세요!"
"헌원강! 순순히 향낭을 내놔라!"
"지금이라면 반쯤 죽여도 문제없다! 백수룡 선생님이 우리 뒤에 있다!"
듣기만 해도 사나운 목소리들과 함께, 진법을 펼치며 다가오는 동아리 연합 소속 회원들이 보였다.

헌원강이 헛기침을 하며 독고준을 돌아봤다.

"흠흠. 학생회로 가자."

"……내가 앞장서겠다."

"잠깐만."

거상웅이 강의실 문으로 다가가려는 독고준을 붙잡았다. 그리고 목소리를 낮춰 말했다.

"이 아래는 빈 강의실이야. 바닥을 부수고 내려간 다음, 학생회 건물까지 최단 거리로 돌파하는 건 어때?"

문밖으로 나가야 시험이 시작된다고 생각하는 건지, 아니면 눈치를 보는 건지, 아직까지 강의실 안으로 쳐들어오는 적은 없었다.

"하지만 선배님. 학관의 기물을 파손할 수는……."

독고준의 안색이 변했다. 백수룡의 수업을 들으며 많이 물들긴 했어도, 여전히 고지식한 면이 남아 있는 모습이었다.

거상웅이 혀를 차며 말했다.

"선생님이 수단과 방법을 가리지 말라고 한 거 못 들었어? 그리고 여차하면 수리비는 내가 물어낼게."

과연 금룡상단의 아들다운 생각이었다.

잠시 고민한 독고준은 결국 고개를 끄덕였다.

"그렇게 하죠."

"이건 우리가 하지."

씩 웃은 거상웅은 야수혁에게 눈짓을 보냈다.

거상웅과 야수혁이 동시에 두 주먹을 번쩍 들어 올렸다가 바닥에 내리꽂았다.

콰지지직! 콰아앙!

바닥에 거미줄처럼 금이 가더니, 바닥이 무너지며 커다란 구멍이 뚫렸다.

"곧 몰려올 거야. 가자!"

독고준을 선두로, 전원이 아래로 뛰어내렸다.

잠시 후, 뭔가 잘못됐다는 것을 눈치챈 외부의 학생들이 강의실로 들이닥쳤다.

"뭐, 뭐야?"

"어디로 갔어?"

하지만 그들이 본 것은 바닥에 텅 빈 강의실과 바닥에 뚫린 구멍뿐.

"이 자식들이 다 어디로……. 저기다! 잡아라!"

그렇게, '사파 무공의 이해와 실전 대비' 기말고사가 시작되었다.

◆ ◈ ◆

청룡학관 본관 옥상.

백수룡은 노군상과 함께 서서, 건물을 부수고 도망치는 제자들을 구경하고 있었다.

"저 자식들. 시작부터 건물을 때려 부수고……."

처음부터 강의실 바닥을 부수고 탈출할 거라곤 예상치 못한 탓에, 백수룡은 황당한 얼굴로 고개를 절레절레 저었다.

오히려 노군상이 더 재미있어했다.

"신경 쓰지 말게. 올해 예산은 아주 넉넉하니까. 기물 좀 파손된다고 별문제는 없으니."

학생이라곤 하나, 무인들의 시험이었다. 실력을 평가하려면 무언가가 부딪치고 부서지고 소란이 벌어지는 것은 당연했다.

"뭐, 이번 시험의 경우에는 학관 전체가 소란스러워질 것 같긴 하지만……."

"도를 넘을 것 같으면 제가 개입하겠습니다. 다른 시험에 민폐를 끼칠 수는 없으니까요."

"그 부분은 믿고 맡기겠네."

고개를 끄덕인 노군상은 성난 망아지처럼 뛰어다니는 학생들을 바라보다가 너털웃음을 터트렸다.

"허허! 시험 기간에 학관이 이렇게 활기가 도는 건 처음이로군."

"……솔직히 이 정도일 줄은 몰랐습니다."

어디에 저렇게 많은 학생들이 숨어 있었는지 의아할 정도였다. 심지어 그 숫자가 점점 늘어나고 있었다.

노군상이 빙긋 웃었다.

"당연하지 않나? 청룡신협의 개인 지도와 다음 학기 수강권이 걸렸으니 말이야."

다들 열심이었다. 쫓는 학생들도 쫓기는 학생들도 전력을 다해서 시험을 치르고 있었다.

"작년만 같았어도 학생들은 대자보에 아무런 관심이 없었을 것이네."

우와아아!

잡아라!

이 비겁한 자식들아!

고함과 야유가 쏟아지고, 곳곳에서 충돌이 일어났다. 학생들이 뿜어내는 열기가 이곳까지 느껴질 정도였다.

"허허. 청춘이구나!"

노군상은 지난 십 년간 보여 온 청룡학관의 모습을 떠올렸다.

천무제에서 꼴찌를 반복하면서 재학생들은 자신감을 잃었고, 재능 있는 신입생의 지원도 줄어들었다.

학생들은 더 이상 청룡학관 소속임을 자랑스럽게 여기지 않았다.

상황이 이러하니, 강사들도 의욕을 잃었다.

매극렴, 남궁수를 비롯한 몇몇 강사들만이 옛 영광을 되찾기 위해 분투할 뿐이었다.

"백수룡 선생."

"예."

노군상은 백수룡을 돌아봤다.

입사할 때 그가 했던 '청룡학관을 천무제에서 우승시키겠다.'라는 발언은 더 이상 헛소리로만 치부되지 않았다.

"고맙네. 자네가 청룡학관을 바꾼 게야. 변할 수 있다는 믿음을 심어 주고, 학생들에게 강한 동기부여를 해 줬지."

"새삼스럽게……."

악인곡에서 혈수귀옹의 목을 베었고, 남궁세가에서는 혈교 장로의 목을 베었다.

백수룡은 청룡학관의 이름을 걸고 무림의 영웅이 되었다.

이제 청룡신협은 청룡학관의 가장 큰 자랑이자, 자부심이었다.

노군상의 주름진 얼굴에 흐뭇한 미소가 번졌다.

"자네는 이미 일타강사라네."

"예? 갑자기 무슨……."

계속되는 칭찬에 백수룡은 얼굴이 달아오르는 것을 느꼈다.

"자꾸만 얼굴에 금칠을 해 주시니 민망한데요."

"정말? 자네도 부끄러움을 느끼는 사람이었나?"

"예?"

"맨날 잘난 척만 하기에 난 또 그런 게 없는 줄 알았지."

"참나……."

장난이라는 것을 안 백수룡이 피식 웃었다.

"일타강사 소리 듣기에는 아직 멀었습니다. 천무제 우승한 후에나 어울리죠."

"허허. 욕심도 많군그래."

두 사람이 대화를 나누는 동안, 독고준을 필두로 한 학생들은 학생회 건물에 도착했다. 낙오자는 단 한 명도 없었다.

제자들이 학생회 건물로 들어간 것을 확신한 백수룡이 노군상을 돌아봤다. 그 목소리가 전과 달리 진지했다.

"관주님."

"말하게."

"생각은 충분히 하셨습니까?"

"……."

백수룡이 괜히 노군상을 찾아온 것이 아니었다.

그는 지난밤 청천에게서 들은 무림맹주의 목적을 노군상에게 이야기했다.

노군상은 잠시 생각할 시간이 필요하다며 함께 옥상으로 올라가자 말했고, 학생들의 모습을 지켜보며 생각을 정리했다.

"전쟁에 대비해 청룡학관을 미리 무림맹 전시편제에 편입시킨다라……. 참으로 그 녀석다운 발상이야."

"절대로 응해서는 안 됩니다."

"나도 같은 생각일세."

그 말에, 백수룡은 안도의 한숨을 쉬었다.

만약 노군상이 맹주 편을 든다면 일이 훨씬 힘들어졌을 테니까.

노군상은 옥상에서 청룡학관 전체를 둘러보며 말을 이었다.

"아직 어린아이들이야. 나는 저 아이들까지 전쟁에 나서는 일은 없었으면 하네."

"저도 그러기를 바라지만……. 쉽지는 않을 겁니다."

혈교가 전쟁을 일으킨다면 이길 확신이 있다는 것이고, 그 힘은 무림이 전력을 다해야 겨우 막을 수 있는 수준일 것이다.

'어리다는 이유로 전쟁을 피해 갈 수는 없다.'

청룡학관 학생들은 중소문파의 웬만한 무인들보다 강하다. 어리다는 이유로 이만한 전력을 내버려 둘 수는 없었다.

"전쟁은 피할 수 없습니다. 하지만 싸우더라도 우리의 의지로 싸워야 합니다. 무림맹 소속도 아닌 저희가 무림맹의 명령을 들을 이유는 없습니다."

"내가 막을 것이네."

노군상이 단호한 표정으로 말했다.

무림맹주와 맞서겠다는 말이었다. 쉽지 않은 결정이지만, 노군상은 마음을 굳힌 듯했다.

"저도 돕겠습니다."

"청룡신협이 도와준다니 든든하군. 결정을 내렸으니, 자세한 이야기는 내려가서 하세나."

"예."

일단 노군상에게 협조를 구하는 데 성공했다.

하지만 무림맹주도 쉽게 물러나지 않을 테니, 백수룡은 따로 준비를 더 할 생각이었다.

두 사람은 옥상에서 내려와 관주실로 향했다.

"헌데 자네 제자들. 무공이 놀라울 정도로 늘었더군."

진지한 이야기는 관주실에 도착한 이후로 미뤄두고, 노군상은 잠시 다른 화제를 꺼냈다.

"아직 한참 멀었습니다."

"저 와중에 밀지에 적힌 비밀 임무까지 수행해야 한다고 했지? 난이도가 어마어마하겠군."

"아마 절반도 제대로 완수하지 못할 겁니다. 제법 고심해서 만들었거든요."

"그리 말하니 더 궁금해지는군. 그 비밀 임무라는 것이 그렇게 어렵나?"

백수룡이 씩 웃으며 말했다.
"무공이 강하다고 할 수 있는 임무가 아닙니다."
"그럼?"
"제 수업을 제대로 이해한 녀석만 살아남을 겁니다."
'사파 무공의 이해와 실전 대비'
뼛속까지 사파인으로 변하지 않는다면, 이번 시험에서 좋은 성적을 거두기란 불가능할 것이다.

◆ ◈ ◆

"후우우……."
"겨우 살았다……."
"누구 죽은 사람 없지?"
학생회 건물 안으로 피신한 학생들은 숨을 몰아쉬며 굳게 닫힌 문을 바라봤다.
향낭을 노리고 쫓아온 학생들도 학생회 건물 안으로는 함부로 쳐들어오지 못한 채 밖에서 대치 중에 있었다.
잠시 소강 상태에 접어든 상황.
독고준이 주위를 둘러보며 말했다.
"향낭을 빼앗긴 사람은?"
다들 고개를 저었다. 아직은 전원 생존한 상황이었다.
"한 가지 제안을 하려고 하는데."
시험이 시작된 후, 독고준은 누구보다 적극적으로 나섰다. 그에겐 그래야만 할 이유가 있었다.
"다 같이 밀지 내용을 공유하는 게 어때? 이곳을 본부로 삼아서, 임무를 하나씩 함께 공략해 나가는 거야. 그럼 모두가 임무를 해결할 수 있어.”

“오……!”

“나쁘지 않은데?”

독고준의 제안에 혹한 몇 명이 다가왔다.

하지만 모두가 그런 것은 아니었다.

“미안하지만 나는 임무를 공개할 수 없어.”

헌원강이 고개를 저었다. 다른 몇 명도 곤란하다며 거절했다.

‘다른 사람에게 공개할 수 없는 임무도 있는 모양이군. 나처럼.’

짧게 생각을 정리한 독고준이 말했다.

“강요는 아니야. 거절해도 돼. 거절한 사람도 이곳에서 편하게 쉬도록 해. 학생회는 안전한 곳이니까. 나는 잠시 임원들을 만나고 올게.”

다들 독고준에게 고마움을 느꼈다. 학생회장에 대한 믿음이 한층 공고해졌다.

잠시 후, 독고준이 돌아왔다.

“내가 가장 먼저 공개하지. 내가 받은 비밀 임무는 이거야.”

독고준이 품 안에서 반으로 접은 밀지를 꺼내 펼치자, 그 안에 휘갈긴 글씨가 보였다.

**학관주실에 숨어 들어가서 관주의 인장을 훔쳐라.**

“……미쳤군.”

“걸리면 퇴학 당하는 거 아니야?”

상상을 초월하는 난이도의 임무에 학생들이 입을 딱 벌렸다.

“시험이니, 걸려도 퇴학은 당하지 않을 거야. 하지만 난이도 자체가 문제지.”

노군상은 전대의 초고수다. 그의 기감을 속이고 관주실로 접근하는 것은 거의 불가능했다.

"나 혼자서는 불가능해. 하지만 양동작전을 벌인다면 가능하지. 다른 사람이 관주님을 유인하고, 그 틈에 내가 숨어드는 식으로."

"과연……."

확실히, 힘을 합친다면 임무를 수행하는 것이 훨씬 쉬워질 것이다.

독고준을 시작으로 다른 학생들도 자신의 임무를 공개했다.

**청룡패 서른 개를 훔쳐라.**

**악연호 선생에게 몰래 설사약을 먹여라.**

**남궁수 선생의 전낭을 털어라.**

"이 정도라면 할 만할 것 같은데."

"……마지막에 말도 안 되는 게 하나 섞여 있는 것 같지 않아?"

"머리를 모으면 어떻게든 될 거야."

하나같이 난이도가 높았지만, 몇 개는 그야말로 극악했다.

"저, 저도 공개할게요."

위지천이 자신의 밀지를 보여 주며 한숨을 쉬었다.

**매극렴의 수염을 잘라 와라.**

"히익!"

그 순간 다들 끔찍한 물건이라도 본 것처럼 뒷걸음질을 쳤다.

다른 사람도 아닌 학생주임의 수염을 잘라 오라니!

"차라리 자살하라고 하지!"

"난, 난 못해. 수염을 건드리는 순간 두 조각으로 나눠질걸?"

위지천의 임무는 누구도 함께하려 하지 않았다. 독고준도 난감한 표정을 지을 뿐이었다.
그 마음을 충분히 이해하기에, 위지천도 한숨을 내쉬며 물러났다.
"하아……."
그때, 헌원강이 위지천에게 다가와 '쉿!' 하고 손가락으로 입술을 막았다. 그리고 전음을 보냈다.

[나도 너랑 같은 임무를 받았어.]

"네?!"

[어차피 아무도 안 도와줄 것 같아서 말 안 한 거라고. 설마 똑같은 걸 뽑은 사람이 있을 줄은 몰랐지.]
[그렇다면…….]

고개를 끄덕인 헌원강이 씩 웃으며 위지천의 어깨에 손을 올렸다.

[우리 둘이 함께하면 어떻게든 방법이 있지 않겠어?]
[맞아요!]
[좋아. 이제부터 우린 시험이 끝날 때까지 같은 편이다.]
[네!]

위지천이 환한 얼굴로 고개를 끄덕였다.
하지만 순진한 소년은 한 가지 사실을 확인하지 않았다.
헌원강이 자신의 밀지를 직접 보여 주지 않았다는 사실을 말이다.

**위지천의 검을 빼앗아라.**

헌원강의 품속에 있는 밀지에는 그렇게 적혀 있었다.

271화

# 나쁜 놈들 전성시대(1)

어느덧 밤이 되었다.

"……어떻게 하는 게 좋을까요?"

위지천과 헌원강은 어둠 속에 몸을 숨긴 채, 매극렴의 처소를 지켜보는 중이었다.

"안에 계신 건 확실해?"

"이 시간에는 항상 차를 마시세요. 특별한 일이 없는 한, 일과대로 움직이실 거예요."

위지천은 매극렴에게 기본적인 예의범절과 소양교육을 꾸준히 받았다. 종종 검론을 듣기도 했다.

즉, 누구보다 매극렴에 대해 잘 아는 사람이 위지천이었다.

"학생주임 선생님은 빈틈이라곤 찾을 수 없는 검객이에요. 자다가도 누가 접근하면 바로 검을 휘두르실걸요?"

"그래? 그거참 곤란하네……."

헌원강은 건성으로 대답하며 위지천의 허리춤을 힐끔거렸다.

매극렴의 수염엔 어차피 관심도 없었다.

처음부터 위지천을 안심시키고 접근하기 위해 거짓말을 했을 뿐, 헌원강의 목적은 오로지 위지천의 검을 빼앗는 것이었다.

'기회는 한 번뿐이야.'

위지천은 잘 때도 검을 안고 자는 녀석이다.

지금도 빈틈투성이인 것처럼 보이지만, 검을 건드리려고 하는 순간 누구보다 빠르게 반응할 것이다.

'실패하면 두 번은 없어.'

솔직히, 싸워서 빼앗을 자신은 없었다.

그게 가능했으면 벌써 구석으로 데려가서 슥삭 했겠지.

'어떻게 해야 이 녀석을 무방비하게 만들 수 있을까?'

헌원강은 머리를 열심히 굴렸다.

그래서 떠올린 것이 차도살인지계(借刀殺人之計).

즉, 남의 칼을 빌려 적을 제압하는 방법이었다.

할짝.

바짝 말라가는 입술을 혀로 핥은 헌원강이 위지천에게 말했다.

"일단 더 가까이 접근해 보자."

"네."

두 사람이 천천히 움직여 매극렴의 처소로 접근할 때였다.

'암기!'

등줄기가 서늘한 느낌에 든 순간, 그들은 동시에 무기를 뽑으며 돌아섰다.

까가가강!

등 뒤에서 날아온 암기를 쳐 낸 두 사람이 어둠 속을 노려봤다.

"과연 청룡신협의 제자들이군."

어둠 속에서 음산한 목소리가 들려왔다. 목소리가 다시 말했다.

"선불리 접근하지 말고 넓게 포위망을 펼쳐라."

열 명이 넘는 흑의복면인이 두 사람을 포위하며 거리를 좁혔다.

"우리는 살수 무공 연구회다. 추적과 은신, 기습을 전문적으로 연구하는 동아리지."

상대의 정체를 알게 된 헌원강이 발끈했다.

"동연 소속 동아리가 동연 회장을 쳐? 이 자식들아! 이거 반란이야!"

"그런 건 백수룡 선생님에게 따지도록. 얌전히 향낭을 내놓는다면 다치는 일은 없을 거다. 회장에 대한 우리의 마지막 배려다."

"선배님. 어떡하죠?"

위지천이 적의 숫자와 위치를 확인하며 헌원강에게 물었다.

작게 혀를 찬 헌원강이 대답했다.

"몇 놈 안 되니까 더 몰려오기 전에 후딱 해치우자."

그 말에 살무연 회장이 코웃음을 쳤다.

"우린 살수 교육을 받은 최정예다. 이 어둠 속에서 우리를 당해 낼 수는……."

"거참 말 많네!"

헌원강과 위지천이 양쪽으로 흩어졌다.

빠악! 빠바바박!

폭풍이 몰아쳤다.

위지천과 헌원강이 움직일 때마다 살수 무공 연구회 학생들이 추풍낙엽처럼 쓰러졌다.

'어? 내가 이렇게 강했나?'

'얘네들 왜 이렇게 약해?'

둘 다 자기 자신에게 놀랐다.

백수룡에게 그간 뼈를 깎는 수련을 받았지만, 사실 그 성과를 체감할 일은 거의 없었다.

아무리 강해져도, 여전히 백수룡의 옷자락 한 번 베기 힘들었으니까.

하지만 백룡장을 나와 청룡학관의 다른 학생들과 검을 부딪치자, 두 사람은 스스로가 얼마나 강해졌는지 실감할 수 있었다.

"괴, 괴물 같은 놈들…… 퇴각해라! 물러난 후에 다시 기회를……!"

"누가 순순히 보내 준대?"

빠악!

어둠 속에 숨어 명령을 내리던 살무연 회장이 가장 먼저 도망치려 했지만, 헌원강이 던진 돌멩이에 뒤통수를 맞고 쓰러졌다.

다른 학생들도 마찬가지였다. 전부 쓰러뜨리는 데 일 각도 걸리지 않았다.

우득! 우득!

헌원강은 쓰러진 살무연 회원들의 손목을 한 번씩 가볍게 비틀었다. 부러뜨리진 않고, 뼈가 살짝 어긋나는 정도로만.

손목이 부어서 며칠은 무기를 제대로 휘두르지 못하게 만든 것이다.

"후환을 없애려면 아예 부러뜨리는 게 확실하지만, 그렇게까지 하는 건 좀 심하겠지?"

"다음에 또 덤비면 그때 부러뜨려요. 아예 몇 달은 무기도 못 쥐도록."

얼굴색 하나 안 변하고 뼈를 부러뜨리겠다는 협박을 하는 헌원강과 위지천.

동아리에 모여서 살수 놀이나 하던 정파 샌님들은 겁에 질려서 싹싹 빌었다.

"다신 안 덤비겠습니다!"

"한 번만 봐주세요!"

살무연을 모조리 쫓아낸 헌원강과 위지천은 마주 보며 씩 웃었다. 과연 그 스승에 그 제자들다운 모습이었다.

그때였다.

"야밤에 이게 웬 소란이냐."

바깥의 소란에 매극렴이 처소에서 걸어 나왔다.

위지천과 헌원강을 발견한 매극렴이 성큼성큼 다가왔다. 예상치 못한 등장에 두 사람은 크게 당황했다.

"하, 학생주임 선생님. 그게……."

"내가 납득할 만한 이유가 없다면 징계를 면치 못할 것이다."

헌원강이 은근슬쩍 위지천의 등을 밀었다.

그나마 네가 친하니까 무슨 변명이라도 해 보라는 의미였다.

"그, 그게……."

하지만 평소와 달리 매극렴의 수염을 잘라야 한다는 생각 탓에 당황한 위지천은, 그 상황에서 가장 하지 말아야 할 말을 해 버리고야 말았다.

"수, 수염 몇 가닥만 잘라 주시면 안 될까요?"

"……뭐라? 지금 날 놀리는 게냐?"

매극렴이 하얀 눈썹을 꿈틀거리며 물었다. 탐스러운 수염이 분노로 부르르 떨렸다.

"그, 그게 아니라……. 꼭 필요해서……."

"야 이 답답아! 공손하게 부탁한다고 잘라 주시겠냐!"

헌원강은 속이 터질 것 같은지 자신의 가슴을 퍽퍽 두드렸다.

둘의 모습을 본 매극렴이 미간을 좁혔다.

"너희들……."

매극렴은 학생들이 생각하는 것보다 더 눈치가 빨랐다.

지금 이 상황, 그리고 백수룡이 낸 시험 때문에 온종일 학관이 들썩거린다는 것을 떠올려 보면, 결론은 하나였다.

"……수룡이 그 녀석이 시킨 짓이더냐?"

"네? 아, 아닌데요."

"천이 너는 서투른 거짓말이 얼굴에 다 티가 난다. 자세한 사정은 나중에 수룡이 그 녀석에게 따져 묻기로 하마."

"……."

"그래. 내 수염이 필요하다고?"
매극렴이 탐스러운 수염을 쓰다듬으며 물었다. 위지천이 소심하게 고개를 끄덕였다.
"기습은 틀렸으니, 실력으로 직접 잘라가는 수밖에 없겠구나."
스르릉.
매극렴이 천천히 검을 뽑아 들자, 달빛에 검날이 반사되어 푸르게 빛났다.
위지천이 바짝 긴장한 얼굴로 검혼을 들어 올렸다.
"……네."
매극렴이 헌원강을 돌아보며 물었다.
"너는?"
"저도 같은 시험을 치르고 있습니다. 같이 덤벼도 될까요?"
헌원강이 진지하게 기수식을 취하며 대답했다.
그러자 매극렴의 입가에 미소가 번졌다.
"둘이라. 가볍게 마실이나 다녀오려 했는데, 그 대신으로 충분하겠구나. 아무 때나 들어오너라."
천천히 기수식을 취하는 매극렴의 몸짓 하나하나에 기품이 흘렀다.
하지만 그 기수식이 끝난 순간, 기품 있는 노인의 모습은 사라지고 한 자루 날카로운 보검만이 보이는 듯했다.
"후우……."
위지천은 길게 심호흡을 하며 긴장을 풀었다.
매극렴은 위지천이 아는 가장 뛰어난 검의 달인이었다.
무공이라면 백수룡 선생님이 더 강할 테지만, 검의 기예만으로 겨룬다면 선생님도 매극렴을 이길 수 없을 것 같다는 생각이 들 정도였다.
'최선을 다해야 해.'
최선으로도 모자라다. 그 이상을 해내야 한다.

위지천은 집중력을 최고조로 끌어올렸다. 모든 감각이 정면에 있는 매극렴의 일거수일투족에 쏠렸다.

"흐흐."

그 순간, 비열한 웃음과 함께 호시탐탐 기회를 노려왔던 헌원강이 벼락처럼 출수했다.

파바박!

등 뒤에서 마혈이 잡힌 위지천의 몸이 목석처럼 굳었다.

겨우 눈동자만 돌린 위지천이 놀란 얼굴로 헌원강을 바라봤다.

"서, 선배님?"

"수업 시간에 항상 뒤를 경계하라고 안 배웠어?"

헌원강은 검을 꽉 쥐고 있던 위지천의 손가락을 하나씩 풀더니, 검혼을 빼앗아 검집에 넣고 허리춤에서 검집째 풀어냈다.

"뭐, 뭐 하시는 거예요?"

위지천은 아직 상황 파악이 안 된 얼굴이었다. 눈만 동그랗게 뜨고 헌원강을 바라봤다.

"미안하다, 천아. 사실 이게 내 비밀 임무거든."

헌원강은 품에서 자신의 밀지를 꺼내 보여 주었다.

**위지천의 검을 빼앗아라.**

비로소 상황을 파악한 위지천의 얼굴이 하얗게 질렸다.

"처음부터 절 속인 거예요?"

"후배야. 이 강호는 비정한 곳이란다. 아무도 쉽게 믿어선 안 돼. 오늘의 일을 반면교사 삼아서 더욱 정진하도록 하거라."

"이 배신자……!"

"훗날 피로 치를 뻔한 수업료를 오늘 싼값에 치렀다고 생각해라."

헌원강이 위로랍시고 위지천의 어깨를 두드려 주었다. 그러나 입가에 맺힌 미소만은 숨길 수 없었다.

"너무해요. 전 지금까지 선배님을 친형처럼 생각했는데……."

그 말에는 헌원강도 조금 양심이 찔렸다.

위지천이 시무룩한 표정으로 눈을 돌리자, 계속 놀리고만 있을 수가 없었다.

"야. 나도 비밀 임무가 이거라서 어쩔 수 없었어. 대신 나중에 밥 사 줄게."

"……배신자가 사 주는 밥 안 먹어요. 독이 들었을지 어떻게 알고 먹어요."

위지천. 제대로 삐쳤다.

헌원강은 조금 난감했지만, 그렇다고 검을 돌려줄 생각은 없었다.

"흠흠. 마혈은 일 각 정도 지나면 저절로 풀릴 거야. 그럼 난 이만."

헌원강은 도망치듯 경공을 펼쳐 자리에서 떠났다.

위지천은 망연자실하게 서서 그 뒷모습을 바라만 보고 있었다.

"……괜찮은 게냐?"

매극렴이 다가와 물었지만, 위지천은 그 목소리도 듣지 못한 듯했다.

위지천의 텅 빈 눈동자에서, 어두운 기운이 스멀스멀 흘러나오기 시작했다.

"더 이상, 아무도 믿지 않을 거야……."

유일한 위안이 있다면, 검은 빼앗겼지만 시험은 아직 끝나지 않았다는 것이었다.

"으히히히!"

울먹이는 위지천의 얼굴을 보고 미안했던 것도 잠시, 헌원강은 가장 먼저 비밀 임무를 수행했다는 생각에 웃음이 새어 나오는 것을 참기 힘들었다.

'설마 나보다 빠른 놈은 없겠지?'

비밀 임무의 난이도가 하나같이 악랄했으니, 첫날에 완수한 사람은 아마도 자신뿐일 것이다.

'순진한 자식.'

잠시 위지천에게 생각이 미쳤다.

몇 살 차이도 안 나긴 하지만, 겉모습이나 행동이나 위지천은 백룡장에서 가장 순수하고 여린 녀석이었다.

'……내가 아니라 누구한테라도 당했을 거야.'

헌원강은 고개를 저어 죄책감을 털어 버렸다.

"흥. 속은 놈이 바보지."

헌원강은 속도를 높였다.

마혈이 풀린 위지천이 쫓아오기라도 하면 곤란했다.

검혼을 빼앗겼다지만, 다른 검을 든다고 해서 위지천이 약해질 리는 없으니까.

바로 백수룡에게 검혼을 제출하고 시험을 끝낼 생각이었다.

어디선가 흘러나온 피 냄새만 아니었다면 말이다.

'피 냄새?'

무시하기엔 너무 짙은 피 냄새였다. 표정이 굳은 헌원강이 조심스럽게 피 냄새가 나는 방향으로 움직였다.

잠시 후, 그는 골목 구석에 몸을 웅크리고 있는 여민을 발견했다.

"야! 너 거기서 뭐 하고 있어?"

"……원강 선배?"

흠칫 놀란 여민이 고개를 치켜들더니, 손을 휘휘 저었다.

"신경 쓰지 말고 갈 길 가요. 내 일은 내가 알아서 할 테니까."

"……이 피는 다 뭐야?"

여민의 주변에 핏자국이 흥건했다. 자세히 보니, 그녀의 옷에도 찢어진 흔적이 보였다.

여민이 힘겹게 숨을 몰아쉬며 말했다.

"……도망다니다가 재수 없게 눈먼 암기에 맞았어요. 치료 끝내고 쉬는 중이었으니까, 그냥 가요."

말과 달리 입술이 창백했다. 옷 위로 붉게 피가 번져 있었다. 헌원강이 천천히 여민에게 갔다.

"오지 말라니까!"

오히려 여민이 쥘부채를 꺼내 헌원강을 겨눴다. 잔뜩 경계하는 얼굴이었다.

헌원강은 여민이 왜 저렇게 자신을 경계하는지 알 것 같았다. 자신이었어도 저랬을 테니까.

"나 지금 임무 끝내고 선생님한테 가는 중이었어. 너한테 용무 없다고."

"……정말?"

"그렇다니까. 속고만 살았나. 이거 보여? 위지천 검. 이걸 뺏는 게 내 비밀 임무였어."

"진짜가 보네……."

헌원강은 고개를 끄덕이며 여민을 안심시켰다.

원래 경공만 수련하던 여민은 제자들 중에서 가장 늦게 독문무공인 빙공을 배우기 시작했다.

아직까지는 상대적으로 무공의 경지가 낮았다. 때문에 충분히 다칠 수 있다는 생각도 들었다.

"가만히 있어 봐. 상처를 좀 살펴볼 테니까."

마혈을 짚고 버리고 온 위지천 생각도 났다.

그 일말의 죄책감이, 여민을 더 적극적으로 도와줘야겠다는 생각으로 이어졌다.

"봐봐. 어딜 찔린 거야?"

헌원강은 여민을 향해 상체를 기울였다. 아주 약간의 빈틈이 드러났다.

그 순간, 여민의 눈이 먹이를 노리는 뱀처럼 빛났다.

휘익!

여민은 손을 뻗어 헌원강의 품 안으로 집어넣곤 순식간에 향낭을 꺼냈다. 동시에 경공을 펼쳐 뒤로 훌쩍 물러났다.

"야!"

눈 뜨고 당한 헌원강이 뒤늦게 손을 뻗었지만, 허공에 흩날리는 머리카락 몇 가닥만 움켜쥐었다.

여민은 백룡장에 온 후 경공을 가장 깊게 수련했다.

즉, 경공으로는 죽어도 못 따라잡는다는 소리였다.

분통이 터진 헌원강이 발을 구르며 소리쳤다.

"젠장! 네 임무가 내 밀지를 빼앗는 거였냐?"

"아뇨. 내 임무는 선배랑 아무 상관도 없어요."

"뭐? 그럼 지금 뭐 하자는 건데?"

여민이 손에 든 헌원강의 향낭을 흔들며 배시시 웃었다.

"내 임무 좀 도와달라고요."

"내가 왜!"

"그야, 안 도와주면 이걸 확 찢어 버릴 테니까?"

헌원강이 길길이 날뛰었다.

"장난해? 네가 진짜 다친 줄 알고 얼마나 놀랐는 줄 알아! 사람의 호의를 이딴 식으로 이용해? 네가 그러고도 인간이야?!"

여민이 혀를 빼죽 하고 내밀며 말했다.

"속은 놈이 바보지."

272화

# 나쁜 놈들 전성시대(2)

"젠장……. 알겠어. 도와주면 될 거 아니야."

달리 방법이 없었다.

향낭을 인질로 잡힌 헌원강은 결국 백기를 들었다. 여민이 비밀 임무를 완수할 때까지 협조하기로.

헌원강이 퉁명스러운 어조로 물었다.

"그래서 네 임무는 뭔데?"

"그건 필요할 때 알려 줄게요."

"뭐?"

"괜히 지금 말했다간 선배한테 약점 잡힐 수도 있잖아?"

여민은 헌원강에게 빼앗은 향낭을 흔들며 한쪽 눈을 찡긋했다. 헌원강은 오늘따라 저 눈웃음이 그렇게 얄미울 수가 없었다.

"모든 사람이 다 너 같은 줄 알아? 이 사기꾼 같으니."

"뭐래. 나만 사기 쳤어? 선배도 위지천한테 똑같이 사기 쳤잖아."

"……봤어?"

"안 봐도 뻔하지. 선배가 그걸 힘으로 뺏어 왔겠어? 무복에 베인 곳 하나 없는데?"

헌원강이 민망한 듯 고개를 돌리며 헛기침을 했다. 여민은 피식 웃었다.

"잘 들어요, 선배. 이건 무공 실력을 겨루는 시험이 아니야. 누가 더 상대를 잘 속이느냐, 또는 잘 이용하느냐를 평가하는 시험이라고요."

"나도 알거든?"

"아는 사람이 위지천한테는 왜 그렇게 미안해하는데?"

"……갑자기 위지천 얘기가 왜 나와?"

"위지천한테 사기 친 게 미안해서 아까 나한테 쉽게 속은 거잖아. 평소 같았으면 선배가 그렇게 쉽게 빈틈을 보였겠어?"

"……."

다 맞는 말이라 헌원강도 할 말이 없었다. 여민이 그의 등을 찰싹 때리며 말했다.

"정신 바짝 차리라고, 이 순딩아. 하여튼 인상은 사나우면서 알고 보면 제일 여리다니까."

"건방지게 후배 자식이……."

그러나 헌원강은 입술만 삐죽거릴 뿐 제대로 된 반박을 하지 못했다.

여민은 이번 시험의 의도를 정확하게 파악하고 있는 학생 중 한 명이었다.

어려서부터 산전수전 다 겪으며 성장한 영향일 것이다.

"따라와요."

휘익!

여민은 어디로 가는지도 말해 주지 않았다. 그녀가 긴 다리로 경공을 펼치자 순식간에 거리가 벌어졌다.

헌원강이 서둘러 따라붙으며 물었다.

"네 임무도 나처럼 다른 사람 물건을 뺏는 거냐?"

"선배랑은 상관없으니 안심해요. 그랬으면 진작 임무 끝냈지."

"너 근데 오늘따라 유독 말이 짧다?"

"그래서 싫어?"

여민이 돌아보며 피식 웃는 순간, 헌원강은 저도 모르게 헛기침을 했다.

'왜 웃으면서 돌아보고 지랄이야.'

백수룡에게 빙백신공을 배우기 시작한 후, 여민은 머리카락이 하얗게 변하는 것을 막아 주는 약을 더 이상 먹지 않았다. 때문에 그녀의 머리는 이제 완연한 백발이었다.

달빛 아래 은은하게 빛나는 백발이 흩날리며, 소녀의 얼굴에 신비로운 분위기를 더해 주었다.

긴 팔다리로 경공을 펼치는 모습은 마치 지상에 강림한 선녀 같……

짜악!

스스로의 뺨을 친 헌원강이 눈을 부릅뜨고 여민을 노려봤다. 얼마나 세게 쳤는지, 뺨이 순식간에 부어올랐다.

"혼자 뭐 하는 짓이야?"

"미인계 따위엔 안 넘어가!"

"……뭐래."

여민은 한심하다는 듯 한숨을 내쉬고는 고개를 돌렸다. 하지만 입가에 작은 미소가 맺힌 것은 스스로도 알지 못했다.

잠시 후, 청룡학관 본관 지붕에 도착한 여민은 몸을 낮췄다. 헌원강도 따라서 몸을 낮췄다.

"일단 여기서 상황을 살피다가 움직일 거예요."

"임무가 뭔지는 끝까지 안 알려 줄 거야?"

"누가 사기꾼인지 그것부터 먼저 확인한 다음에."

"사기꾼?"

"그걸 알아내야 나도 임무를 할 수 있거든."
알쏭달쏭한 말에 헌원강이 고개를 갸웃거리더니, 여민의 시선이 학생회관으로 향하는 것을 보고 말했다.
"우리 중에 거짓말하는 놈을 찾는 거야?"
"……비슷해요."
여민이 의외란 표정으로 헌원강을 바라봤다. 그리고 일말의 기대를 담아 물었다.
"선배가 보기엔 누가 가장 사기를 잘 칠 것 같아요?"
"……백룡장 안에서라면 너나 상웅 선배를 꼽겠지만, 수업에는 별로 안 친한 놈들도 있어서 잘 모르겠는데……."
'사파 무공의 이해와 실전 대비' 강의를 듣는 학생은 총 열두 명.
그중 헌원강이 잘 안다고 말할 수 있는 사람은 절반도 되지 않았다.
여민도 크게 기대는 하지 않았기에 그 대답에 실망하지는 않았다.
"내 생각엔, 우리 중에 가장 위험한 사기꾼은 수업을 제일 열심히 들은 모범생일 확률이 높아요."
"그게 누군데?"
"한 명밖에 더 있어?"
헌원강은 한 학기 동안 '사파 무공의 이해와 실전 대비' 수업을 가장 열심히 들은 모범생이 누군지 생각했다.
아니, 생각할 것도 없었다. 곧바로 한 명의 얼굴이 떠올랐으니까.
"독고준? 에이, 설마……."
독고준이라니.
사기꾼이라는 단어와 가장 안 어울리는 녀석이 아닌가.
"그 설마가 사람 잡을걸?"
그러나 여민은 의미심장한 눈빛으로 학생회 건물을 바라봤다.
"벌써 몇 명은 잡혔을지도 모르고."

◆ ◈ ◆

독고준이 자리에 앉으며 말했다.

"이렇게 모여 줘서 고맙다."

독고준은 자신을 포함해 총 여덟 명의 학생들을 동맹으로 만드는 데 성공했다.

사 학년 거상웅.

독고준 본인과 학생회 소속의 청룡쌍걸.

그리고 존재감이 희미한 네 명의 학생들.

'위지천, 헌원강, 여민, 야수혁을 뺀 전원이 모였군.'

여기 있는 여덟 명은 서로의 비밀 임무를 공유했고, 본격적인 작전을 수립하기로 했다.

"본격적인 임무 수행은 내일부터 시작하는 게 좋을 것 같아."

독고준은 자연스럽게 임시 동맹의 머리가 되어 회의를 주도했다. 학생회장실이 그들의 회의실이었다.

"두 조로 나눠서 움직이는 게 좋을 것 같아. 일 조는 바깥에 있는 추격자들을 유인해서 따돌리고, 이 조는 그 틈에 직접 임무를 수행하는 거지. 혹시 다른 의견 가진 사람?"

기다렸다는 듯 거상웅이 손을 들었다.

"선배님. 말씀하십시오."

"조는 어떤 기준으로 나눌 생각이지?"

"일 조는 경공과 체력이 뛰어난 학생들로, 이 조는 은신과 잠입에 유리한 학생들로 분담하는 게 맞을 것 같습니다."

"이런. 나는 뚱뚱해서 눈에 띄니까 이 조는 무리겠는데?"

"꼭 그래서는 아니지만, 일 조 조장을 맡아 주시면 마음이 든든할 것 같습니다. 선배님께선 유일한 사 학년이시니, 학관 지리에도 누구보다 익숙하실 테고요."

학생회장답게 독고준은 청산유수의 언변으로 회의를 주도했다.

뛰어난 무공에 공명정대하기로 알려진 성품, 그리고 학생회장이라는 권력까지.

이 동맹 안에서 독고준을 견제할 수 있는 사람은 거상웅이 유일했다.

자연스럽게 두 사람이 회의의 중심이 되었다.

거상웅이 고개를 끄덕이며 말했다.

"좋아. 대신, 향낭을 일 조 것까지 이 조에 넘겨줘."

"……향낭을 말입니까?"

"추격자들은 향낭 냄새를 맡고 쫓아올 거야. 그러니 이 조는 그걸 어딘가에 숨기거나 냄새를 지운 후에 움직여야 해. 그럴 바에는 일 조가 다 가지고 다니면서 날파리들을 홀리는 게 낫지. 우린 어차피 미끼니까."

맞는 말이긴 했지만, 독고준은 그 말을 순수하게 받아들일 수 없었다.

"그건, 저희를 못 믿겠다는 말로 들립니다만."

거상웅이 사람 좋게 껄껄 웃으며 고개를 끄덕였다.

"당연하지. 난 이 조를 못 믿어. 너희가 너희 임무만 끝내고 가 버리면, 우린 그대로 닭 쫓던 개가 되잖아? 그런 일은 미연에 방지해야지."

향낭이 없으면 시험에서 탈락한다.

하지만 일 조가 이 조의 향낭까지 가지고 있으면, 이 조는 딴생각을 할 수가 없었다.

일종이 보험이자 인질.

그것이 영 마음에 안 드는지, 독고준이 눈썹을 찌푸렸다.

"선배님. 저희는 서로를 믿고 움직여야 합니다."

"글쎄. 이 수업에서 우리가 배운 건 그런 게 아닐 텐데?"

"……."

"……."

두 사람의 눈빛이 허공에서 팽팽하게 부딪쳤다.

긴장된 분위기에 다른 학생들은 숨도 제대로 쉬지 못하고 눈치만 봤다.

결국, 독고준이 먼저 한숨을 내쉬며 말했다.

"알겠습니다. 대신 이 조의 밀지는 저희가 가져가겠습니다. 똑같이 보험의 의미로요."

"좋아. 그렇게 하자고. 다들 밀지 꺼내서 탁자에 올려놔!"

다들 향낭에서 밀지를 꺼내 탁자의 중심으로 모았다.

거상웅이 그 모습을 보며 말했다.

"남은 건 누구 임무부터 해결할지 순서를 정하는 거군. 제비뽑기로 할까?"

"제가 가장 마지막에 하겠습니다."

독고준이 탁자에서 자신의 밀지를 슬쩍 가져오며 말했다.

언뜻 보기에는 모두에게 순서를 양보하는 모습으로 보였다.

하지만 거상웅은 그렇게 생각하지 않았다.

"이봐, 학생회장."

"말씀하십시오. 선배님."

"지금 나랑 장난하나?"

"……무슨 말씀이신지?"

"어디서 밑장 빼기야!"

콰앙!

솥뚜껑만 한 주먹으로 탁자를 내리치자, 탁자에 쩌저적 금이 갔다.

동시에 학생회장실 문이 열리고 학생회 소속 학생들이 놀란 표정으로 뛰어 들어왔다. 몇몇은 이미 무기를 잡은 모습이었다.

"선배님. 대체 왜 이러십니까?"

극도의 김장감이 감도는 회의실.

독고준은 표정이 사라진 얼굴로 거상웅을 바라봤다. 그 눈빛은 싸늘하기 그지없었다.

그러나 거상웅은 눈 하나 깜빡하지 않았다.

"네 밀지. 이리 줘 봐."

"찢어 버시려고요?"

"아니. 위조인지 아닌지 확인하려고."

"……."

분위기가 더욱 싸늘하게 변했다. 두 사람을 제외한 모든 학생이 눈을 부릅뜨고 독고준을 바라봤다.

"너 아까 잠깐 자리 비웠지? 생각해 보니, 그 시간이면 종이 쪼가리 하나 위조하는 건 간단하겠더라고."

"절 모함하시는 겁니까?"

"모함인지 아닌지는 확인해 보면 알겠지."

회의는 점점 파국으로 치달았다. 더 이상 돌이킬 수 없는 분위기였다.

거상웅의 입가에 비릿한 미소가 맺혔다.

"당당하면 밀지를 다시 보여 줘 봐. 만약 내가 헛짚은 거면 무릎이라도 꿇고 사과하지."

그러나 그 순간, 독고준의 입꼬리가 천천히 올라갔다.

"그러실 필요 없습니다."

"배신자!"

존재감이 희미한 네 명의 학생이 벌떡 일어나서 거상웅 주변으로 모였다.

그러나 방 안에는 이미 학생회 소속 학생들의 숫자가 훨씬 더 많은 상황.

거상웅이 주위를 둘러보며 말했다.

"설마 학생회의 무력을 동원해서 우릴 공격할 건가?"

그 말에 독고준이 눈썹을 크게 꿈틀거렸다. 자존심이 크게 상한 듯했다.

"제 시험입니다. 절대로 그런 짓은 안 합니다."

"정말로?"

"전부 나가도록! 내 시험은 내가 알아서 하겠다."

학생회장의 명령에 학생회 소속 학생들이 우르르 빠져나가려고 할 때였다.

"나는 생각이 좀 다른데."

거상웅은 의아한 얼굴로 자신을 돌아보는 학생들에게 말했다.

"날 도와서 독고준을 공격하는 사람에겐 한 명당 은자 열 냥씩을 지급하지."

"무슨……!"

돈은 귀신도 부린다.

그리고, 거상웅은 돈을 부린다.

다른 수업 같았으면 돈으로 무인을 매수하는 행위는 비겁하다며 지탄받을 테지만, 이 시험에선 수단과 방법을 가릴 필요가 없었다.

"너무 적은가? 그럼 이십 냥으로 올리지. 다들 큰돈을 쉽게 벌 기회를 놓칠 거야?"

거상웅은 그렇게 말하며, 묵직한 주머니 하나를 꺼냈다.

그리고 아직 망설이는 학생들에게 거부할 수 없는 제안을 했다.

"좋아. 삼십 냥. 나 금룡상단의 후계자야. 돈 지랄이 뭔지 제대로 보여줄 수 있다고."

"사, 삼십 냥이면……."

은자 삼십 냥은 학생들이 만지기엔 엄청나게 큰돈.

일부 학생회 학생들의 눈빛이 흔들릴 정도였다. 몇몇은 안면몰수하고 무기에 손을 올렸다.

"하하! 잘 생각했어! 설마 날 돕는다고 학생회장이 쫓아내기야 하겠어? 원래 이런 시험인데?"

거상웅은 이번 시험에서 자신의 장점을 최대한 발휘할 생각이었다.

독고준이 이를 악물며 말했다.

"……각자 판단대로 행동하도록. 뒷일은 걱정하지 마라. 이걸로 뭐라 하진 않을 테니."

독고준은 과연 성인군자였다. 그는 자신이 불리해지는 것을 알고도 학생회 회원들의 배신을 용납해 주겠다고 말했다.

거상웅의 입가에 승자의 미소가 걸렸다.

'좋아. 분위기가 이쪽으로 넘어왔어.'

독고준은 자존심이 굉장히 높은 인간이다.

아무리 나쁜 물이 들었어도, 자기 권력을 함부로 휘두르는 짓을 할 리가 없었다.

그건 정파무인으로서의 자존심이 걸린 문제니까.

'하지만 난 다르지.'

무가에서 태어난 아들과 상인 가문에서 태어난 아들의 차이.

그리고 백수룡에게 맞으면서 배운 학생과 수업으로만 배운 학생의 차이였다.

"독고 후배. 이쯤 됐으면 순순히 항복하고 진짜 밀지 내용을 실토하는 게 어때? 나도 무작정 자네를 몰아붙이기만 할 생각은 없다고."

은자 삼십 냥이라는 제안을 받아들인 학생회 회원들이 무기를 뽑아 독고준을 겨눴다. 그 숫자가 열 명이 넘었다.

"후배가 아무리 강해도 이 숫자는 감당 못 해. 알지? 그러니까……."

그런데…… 독고준은 웃고 있었다.

"……왜 웃어? 아직 상황 파악이 안 돼?"

"선배님. 세상에는 돈으로 움직일 수 없는 것도 있습니다."

같잖은 소리에 거상웅은 코웃음을 쳤다.

"우정? 사랑? 그딴 걸 말하려고? 지금 이 상황에서?"

"아니요. 저희 부회장 말입니다."

"뭐……?"

그 순간, 거상웅은 등골이 오싹한 느낌에 급히 숨을 멈췄다.

털썩. 털썩. 털썩.

거상웅을 돕기로 한 학생들이 하나둘 바닥에 쓰러졌다.

'독!'

그러나 독이라는 것을 깨달았을 때는 너무 늦은 상황이었다. 거상웅은 몸에서 힘이 빠지고, 시야가 어지러워지는 것을 느꼈다. 이미 중독된 것이다.

"호호호."

오싹한 여인의 웃음소리와 함께, 당소소가 문을 열고 회의실 안으로 들어왔다.

그녀는 탁자 위에 놓인 향낭 중 하나를 집어 들어 뺨에 대고 비볐다.

"이것이 다음 학기에 그분과 만나게 해 줄 비밀의 열쇠……."

향낭에 코를 킁킁대는 부회장의 모습에, 독고준은 한숨을 푹 쉬었다.

그렇다고 뭐라 할 수는 없었다. 당소소 덕분에 일이 쉽게 풀렸으니까.

"부회장. 전부 네가 예측한 대로 됐다. 놀라운 선견지명이었어."

"분명 여기에 그분의 손길도 닿았…… 네? 당연하죠. 저런 단순한 사내의 생각을 예측하는 건 아무것도 아니에요."

당소소가 또각또각 걸어 거상웅에게 다가왔다.

그러곤, 거상웅이 떨어뜨린 묵직한 주머니를 들어올리며 싱긋 웃었다.

"선배님. 후원해 주신 돈은 학생회 운영비로 잘 쓸게요."

"너, 이 사기꾼 자식들. 설마 처음부터……!"

거상웅은 독고준과 당소소를 번갈아 노려봤다.

두 녀석에게 완전히 당했다는 것을 깨닫자 피가 거꾸로 솟는 기분이었다. 그리고 그럴수록 독이 빨리 퍼졌다.

"내 피 같은 도온……!"

털썩.

거상웅은 의식을 잃고 쓰러졌다.

273화

# 나쁜 놈들 전성시대(3)

"끄응……."

거상웅이 다시 정신을 차렸을 때, 그는 자신의 팔다리가 구속돼 있다는 사실을 깨달았다.

"……여긴 어디야?"

빛이 거의 들어오지 않는 공간이었다. 팔다리는 굵은 쇠사슬이 묶여 벽에 고정돼 있었고, 아직 중독의 영향에서 완전히 벗어나지 못한 듯 머리가 띵했다.

옷은 상의가 벗겨져 있었는데, 마치 무거운 게 올려진 듯 온몸이 천근만근이었다.

"선배님. 깨어나셨습니까?"

"……독고준!"

거상웅은 어둠 속에서 모습을 드러내는 독고준을 향해 맹수처럼 달려들었다. 그러나 팔다리에 묶인 쇠사슬이 팽팽해지며 그를 제지했다.

거상웅의 주먹은 독고준의 얼굴 한 치 앞에서 멈춘 채 부들부들 떨렸다.

"너 이 자식! 이거 안 풀어?"

거상웅이 아무리 신력을 타고났다 해도, 몸이 정상이 아닌 상태에서 두꺼운 쇠사슬을 끊어 낼 수는 없었다.

"이해해 주십시오. 선배님과 차분히 대화를 나누기 위해서는 이 방법뿐이었습니다."

독고준은 의자를 가져와 거상웅 앞에 앉았다. 목소리가 몹시 차분했다.

"일단 좀 진정하시죠."

"내가 지금 진정하게 생겼냐! 당장 이거 안 풀면……."

"아직 본인의 처지를 잘 모르시는 모양인데."

독고준의 싸늘한 목소리가 거상웅의 말을 끊었다. 날 선 목소리는 명백한 경고였다.

"좋게 말로 하니까 상황 파악이 안 됩니까?"

"……뭐?"

창문조차 없는 밀실.

일렁이는 횃불 아래로 독고준의 얼굴에 짙은 음영이 드리워졌다. 흡사 냉혹한 살인마의 얼굴이었다.

'이 자식, 제대로 몰입했잖아!'

거상웅은 애써 태연한 척 주위를 둘러보며 화제를 돌렸다.

"……학생회 건물에 이런 감옥이 있었나?"

"폐관 수련을 위해서 만든 곳입니다. 이렇게 쓰게 될 줄은 저도 몰랐지만요."

"용도가 많이 잘못된 것 같은데……."

순간, 독고준의 입가에 가느다란 미소가 맺혔다.

"지내다 보면 조용하고 좋습니다. 방음 처리가 아주 잘돼 있어서, 안에서 아무리 소리를 질러도 새어 나가질 않거든요."

"……."

언제든지 널 고문해서 이 안을 비명으로 가득 채울 수 있다, 라고 해석하는 건 지나친 생각이겠지……?

거상웅의 이마에서 삐질삐질 식은땀이 흘렀다. 비로소 자신의 처지가 썩 좋지 않음을 이해했다.

"저, 저기 독고 후배. 왜 이렇게까지 하는 건데? 이건 그냥 시험이잖아? 너무 사파 역할에 몰입한 거 아니야?"

물론 거상웅도 기말고사 시험에 진지하게 임하고 있었지만, 독고준은 완전히 다른 사람이 된 것 같았다.

피식.

독고준의 한쪽 입매가 비틀렸다.

"선배님. 그거 아십니까?"

"응? 뭐?"

독고준이 의자에서 일어나더니 저벅저벅 걸어왔다. 거상웅은 움찔하며 벽 쪽으로 붙었다. 분위기가 심상치 않았다.

"저는 지금까지 수강했던 모든 강의에서, 단 한 번도 수석을 놓쳐 본 적이 없습니다."

"그, 그래서?"

"이번 시험도 마찬가지입니다. 저는 반드시 수석을 차지할 겁니다. 필요하다면 무슨 짓을 해서라도요."

어둠 속에서 광기로 이글거리는 독고준의 눈을 본 순간, 거상웅이 속으로 소리쳤다.

'이거 완전히 또라이 아니야!'

그러니까 시험에서 일등 하려고, 동맹을 전부 배신하고 선배를 납치, 감금, 협박하고 있다는 것 아닌가?

"너, 너 지금 웬만한 사파의 마두보다 더 악당처럼 보이는 거 알아?"

"칭찬 감사합니다. 누구보다 열심히 수업을 들었거든요. 그러니 이번에도 수석은 제 겁니다."

"진짜 뭐 이런 게 다 있어?!"

독고준은 완벽주의자였다.

잘하는 것을 넘어, 뭘 하든 반드시 일등을 해야만 직성이 풀리는 성격.

그러나 평소에는 가문에서 배운 도덕과 윤리가 이런 완벽주의 성향을 억눌러 주었다.

양보. 배려. 이해.

명문정파 가문의 아들로서 당연히 지켜야 할 의무와 규범들.

하지만 '사파 무공의 이해와 실전 대비'의 기말고사 시험은, 독고준을 그런 의무와 규범에서 해방시켰다.

—지금까지 배운 것을 활용해, 수단과 방법을 가리지 말고 밀지에 적힌 임무를 완수한 후 증거를 가져와라.

백수룡의 말을 떠올린 독고준의 입가에 비릿한 미소가 맺혔다.

남은 것은 수단과 방법을 가리지 않고 일등을 쟁취하는 것뿐!

"수단과 방법을 가리지 말 것. 이 시험의 유일한 규칙입니다. 저는 규칙대로 성실하게 시험에 임하는 중이고요."

"……그런 것치고는 진심으로 즐거워 보이는데?"

"솔직히, 가끔은 이런 일탈도 나쁘지 않네요."

거상웅은 질린다는 얼굴로 독고준을 바라봤다.

평소에 얌전한 녀석이 한번 막 나가기 시작하면 눈이 돌아간다는데, 지금의 독고준이 딱 그랬다.

"……나한테 원하는 게 뭐야?"

"몇 가지만 여쭤보겠습니다. 만족할 만한 대답을 들으면 풀어드리죠."

"만족할 만한 대답을 못 들으면?"

독고준의 입가에 잔인한 미소가 맺혔다. 뒷일은 상상에 맡기겠다는 의미였다.

"위지천. 헌원강. 여민. 야수혁. 그 넷에 관한 정보가 필요합니다. 지금 어디 있는지, 그들의 임무가 뭔지, 무공 외의 약점은 뭔지, 선배님이라면 알고 계시겠죠?"

"……나보고 후배들을 배신하란 거냐?"

거상웅의 표정이 딱딱하게 굳자, 독고준이 피식 웃으며 말했다.

"배신이라뇨? 겨우 기말고사에 너무 과몰입하시는 거 아닙니까."

"야! 과몰입은 네가 제일 많이 했잖아!"

거상웅이 버럭 소리를 질렀으나 독고준은 꼼짝도 하지 않았다. 오히려 한 걸음 더 다가와 속삭였다.

"선배님. 이건 배신이 아니라 거래입니다. 어차피 이 시험에선 모두가 경쟁자입니다. 그들의 밀지에 적힌 임무가 '거상웅의 밀지를 빼앗아라' 일 수도 있다는 생각은 안 해 보셨습니까?"

"……."

죄책감을 희석시키려는 악마의 속삭임.

그러나, 거상웅은 한숨을 푹 내쉬며 고개를 저었다.

"아무리 선생님이 수단과 방법을 가리지 말라고 했지만, 그래도 후배들을 팔아넘기는 건 내키지 않아."

"……."

"우리끼리 싸우고 배신하는 건 괜찮다. 하지만 다른 누군가의 협박에 의해서 정보를 내놓는 건 완전히 다른 이야기지. 그 녀석들에 대해 해 줄 말은 아무것도 없다."

거상웅의 표정은 단호했다. 그 어떤 설득이나 협박에도 꺾이지 않을 것처럼 보였다.

독고준은 한걸음 뒤로 물러났다.

"……개인적으론 그 신념을 존경합니다."

"후후. 고맙군. 그럼 이제 이 쇠사슬 좀 풀어주겠……."

"그러니 한번 시험해 보죠. 그 신념이 얼마나 단단한지."

"뭐, 뭐?"

씨익 웃은 독고준이 다가와 거상웅의 복슬복슬한 가슴 털을 한 움큼 움켜쥐었다.

불길한 상상을 떠올린 거상웅의 안색이 창백해졌다.

"뭐, 뭘 하려는 거야?"

"이제 여름인데. 선배도 제모를 좀 하셔야 하지 않겠습니까?"

"필요 없……!"

독고준은 단숨에 거상웅의 가슴 털을 뽑았다.

"으아아악! 따가워어어!"

거상웅은 쇠사슬이 출렁일 정도로 버둥거렸지만, 독고준은 개의치 않고 또 한 움큼의 털을 움켜쥐었다.

"선배는 털이 참 많으시군요. 전부 뽑으려면 시간이 좀 걸리겠습니다. 고민할 시간도 충분하겠죠?"

거상웅의 비명이 밀실에 울려 퍼졌다.

"앗 따가워! 야! 따갑다고! 그만 좀 해 이 악마 같은 자식아!"

거구의 버둥거림에 생겨난 바람에 횃불이 흔들릴 때마다, 독고준의 그림자도 불길하게 일렁였다.

◆◈◆

독고준이 밖으로 나오자, 당소소가 다가오며 물었다.

"회장. 수확은 좀 있었어요?"

"생각보다 강단이 있는 사내더군. 끝까지 아무것도 불지 않았어."

독고준이 손에 들러붙은 털을 툭툭 털어 냈다. 그 털의 정체를 짐작한 당소소가 눈살을 찌푸리며 뒤로 물러났다.

"……제모는 다 끝난 건가요?"

"가슴, 겨드랑이는 끝났어. 한 부위가 남긴 했는데……. 차마 거기까진 못 건드리겠더군."

어딘지 알고 싶지도 않았다. 당소소는 찜찜한 표정으로 한 걸음 더 뒤로 물러났다.

"다음에는 음식으로 회유해 보죠. 거상웅 선배의 식탐은 유명하니까."

"그건 부회장이 진행하도록 해."

"알겠습니다."

두 사람은 학생회장실로 이동했다.

이번 시험과 상관이 없는 학생회 학생들은 모두 내보내고, 두 사람만 있는 자리를 만들었다.

독고준이 물었다.

"남은 네 명의 위치는 파악했나?"

"위지천은 학생주임 선생님 숙소에 있는 걸 확인했고, 야수혁은 학관 외부로 나간 걸 확인했어요. 다만 헌원강, 여민의 행방은 아직 오리무중이에요."

"흐음……."

무언가를 고민하는 듯한 독고준의 표정에, 당소소가 조심스럽게 물었다.

"회장. 밀지를 다른 거로 바꾸실 건가요?"

"……."

독고준은 자신이 처음 받은 밀지를 꺼내 책상 위에 올려놓았다.

수강생 전원의 밀지를 빼앗아라.

처음 밀지를 펼쳤을 때 얼마나 당황했는지 모른다.

하지만 곧, 이 비밀 임무에 성공한다면 수석은 확실하다는 사실을 깨달았다.

자신이 이 임무에 성공한다는 건, 다른 모두가 탈락한다는 말과 같으니 말이다.

계획은 그때부터 시작되었다.

일단 수강생 전원을 학생회 건물로 데려오고, 몰래 당소소를 찾아가 조언을 구했다.

당소소라면 향낭을 꼭 필요로 할 테니까.

예상대로, 당소소는 적극적으로 독고준에게 협조했다.

-일단 위조 밀지를 하나 만들죠. 그리고 돌아가자마자 모두에게 밀지 내용을 공유하자고 하세요.

그리고 지금, 독고준은 일곱 장의 밀지를 손에 넣었다.

사실, 이중 상대적으로 쉬운 것으로 임무를 바꿔서 수행해도 된다.

하지만 독고준은 선택을 바꾸지 않았다.

"아니. 이대로 갈 생각이다."

"회장이라면 그럴 줄 알았어요. 저도 최선을 다해서 돕도록 하죠."

무척이나 든든한 말이었지만, 한 가지 이해되지 않는 게 있었다.

독고준이 미간을 가늘게 좁히며 물었다.

"부회장은 왜 날 계속 도우려는 거지? 이미 향낭 하나를 손에 넣었으니 이제 손을 떼도 그만인데."

이 부분을 납득하지 않는 한, 독고준은 당소소도 완전히 믿을 수 없었다.
당소소가 천천히 입을 열었다.
"……요즘 청룡신협의 다섯 제자들을 묶어 청룡오망(靑龍五蟒)이라 부른다는 거. 들으셨어요?"
청룡신협이 키우는 다섯 이무기.
백수룡의 다섯 제자들을 묶어 부르는 별호로, 백룡장을 방문한 무인들을 통해서 조금씩 퍼지고 있었다.
독고준이 고개를 끄덕였다.
"들었다."
"저는 제가 그 안에 들어가지 못한다는 걸 용납할 수 없어요."
"……그래서?"
당소소에겐 커다란 야망이 있었다.
백수룡이 알면 소스라칠 만한 야망이.
그녀의 눈이 광기로 번들거렸다.
"회장을 도와 그 다섯 명을 모조리 낙제시켜서, 제가 그들보다 더 뛰어나다는 것을 증명하겠어요. 그리고 당당히 백룡장에 입성하는 거죠! 그땐 선생님도 절 거부할 수 없을걸요? 후후후……."
생각지도 못한 대답에 독고준은 입을 딱 벌렸다.
그러니까, 백수룡에게 인정받으려고 이 모든 계략을 꾸미고 있다는 것인가?
'예전부터 알고 있었지만, 부회장은 제정신이 아니야.'
팔뚝에 소름이 돋긴 했지만, 어쨌든 동기가 그렇다면 당소소는 누구보다 믿을 만한 아군이었다.
"……앞으로도 잘 부탁하지."
"후후. 저야말로. 아, 그래서 지원군을 두 명 불렀어요."
"지원군?"

"남은 네 명의 무공이 하나같이 비범하니까요. 이쪽에도 그들을 상대할 수 있는 실력자들이 있어야 하지 않겠어요?"

"누굴……?"

잠시 후, 독고준은 당소소가 말한 지원군이 누군지 알게 되었다.

"검룡. 오랜만이야."

"유이란!"

검화 유이란.

'상승 검법 연구회'의 회장이자, 독고준이 가진 검룡의 별호를 빼앗기 위해 절치부심 중인 검객.

독고준의 입가에 미소가 번졌다.

"검화라면 믿을 만하지. 다른 한 명은 누구지?"

그때, 큰 키의 호리호리한 청년이 학생회장실 문을 열고 들어왔다. 선한 얼굴에 장난기 어린 표정이 인상적이었다.

"후배. 잘 있었나?"

"……방백현 선배? 선배가 여길 어떻게……?"

방백현.

청룡학관의 전년도 학생회장이자, 천무제에서 유일하게 청룡학관의 자존심을 지킨 사람.

독고준이 개인적으로 존경하는 선배이기도 했다.

"폐관 수련에 드신 것 아니었습니까?"

"곧 무림맹주께서 오시거든. 그 전에 무용담 하나쯤은 만들어 두려고 나왔지."

방백현은 여유로운 분위기가 흐르는 사람이었다. 또한 솔직한 성격이었다.

"요즘 청룡오망 이야기로 학관이 떠들썩하던데. 그 녀석들이 독고 너보다 강해?"

"……아마 비슷할 겁니다."

"그래? 그럼 별문제 없네. 너도 나한테 한 번도 이긴 적 없잖아?"

방백현이 장난스럽게 웃으며 말하자, 독고준이 "끄응." 소리를 내며 툴툴댔다.

"그건 작년까지의 이야기입니다. 올해는 한 번도 붙어본 적 없으니까요."

"하하. 이 녀석 여전히 귀엽네."

"서, 선배! 저도 이제 삼 학년입니다."

방백현히 시원하게 웃으며 독고준의 머리를 흐트러뜨렸다. 장난을 쳐도 미워하기 힘든 유형이었다.

"이렇게 모여 주셔서 감사합니다. 선배님들."

당소소가 선배들에게 공손하게 포권을 취했다.

명실상부 청룡학관 최고수들이라고 할 수 있는 삼사 학년 선배들이 한자리에 모였다.

이들이라면, 당소소의 야망을 실현시키는 데 부족함이 없었다.

"날이 밝는 대로, 청룡오망 사냥을 시작하겠습니다."

각자 뚜렷한 목적을 가진 세 사람이 고개를 끄덕였다.

"그래서…… 위지천은 어디 있어? 난 그쪽."

유이란이 눈을 빛냈다.

274화

# 분위기가 어색해졌다

다음 날 아침, 매극렴은 위지천의 안색을 살피며 물었다.

"좀 괜찮아졌느냐?"

위지천은 전날 헌원강에게 배신당해 검을 빼앗기고 큰 충격을 받았다.

그 모습을 지켜본 매극렴은 위지천을 자신의 숙소로 데려와 하룻밤 재웠다.

'검에 대해서는 가공할 자질을 지녔지만, 정신은 아직 어린아이이거늘.'

행여나 여린 마음에 상처를 크게 받았을 것이 걱정돼, 매극렴은 위지천을 옆에 두고 재우며 밤새도록 지켜봤다.

행여나 마음의 상처가 주화입마로 이어질까 염려한 것이다.

"네. 괜찮아요."

다행히 하룻밤 푹 자고 일어난 위지천은 괜찮아진 듯 보였다. 어젯밤처럼 멍한 얼굴로 혼잣말을 중얼거리지도 않았다.

위지천이 예의 바르게 고개를 숙이며 말했다.

"학생주임 선생님. 재워 주셔서 감사합니다."

"뭘 이런 것으로."

위지천의 하나뿐인 혈육인 위지열이 얼마 전 강호 유람을 떠나서 없으니, 대신 돌봐주어야겠다는 마음도 있었다.

'위지열 그 늙은이에게는 사위 일로 도움받은 것도 있으니.'

매극렴이 손을 뻗어 위지천의 어깨를 토닥였다.

"힘든 일이 있으면 아무 때나 나를 찾아와도 된다."

"……저 때문에 귀찮지는 않으셨어요?"

"오히려 적적하지 않아 좋구나. 가끔씩 자러 오너라."

"헤헤. 감사합니다."

위지천이 해맑게 웃었다. 매극렴의 걱정을 크게 덜어 주는 웃음이었다. 두 사람은 함께 이부자리를 정리했다.

"밥 먹자."

"네!"

두 사람은 마치 친할아버지와 손자 같았다. 매극렴의 입가에도 흐뭇한 미소가 맺혔다. 좀처럼 드문 일이었다.

'나도 늙긴 했나 보군.'

매극렴은 아침을 먹으면서도 위지천을 계속 살펴보았다.

다행히 밥도 잘 먹고 아침 수련 때도 아무 문제가 없었다. 매극렴은 위지천이 무사히 운기조식하는 것까지 지켜본 후 고개를 끄덕였다.

주화입마는 걱정하지 않아도 될 것 같았다.

"치우는 건 제가 할게요."

위지천은 설거지와 청소를 도맡아 했다. 평소에도 깔끔하게 정리해 놓는 편이지만, 위지천은 머문 자리에 먼지 하나, 머리카락 하나 없도록 꼼꼼히 치웠다.

"그만하면 되었다. 이리와 앉거라."

"네!"

두 사람은 마주 앉아 차를 마셨다. 매극렴이 위지천에게 차를 따라 주며 물었다.

"이제 어찌할 참이냐? 어제 내게 못 한 도전을 할 테냐?"

위지천의 밀지에 적힌 임무는 '매극렴의 수염을 잘라와라'였다.

하지만 어제는 헌원강에게 배신을 당하는 바람에, 검 한 번 휘둘러 보지 못했다.

"제가 지금 검이 없어서……."

위지천은 허전한 허리춤을 보며 시무룩한 표정을 지었다.

"검이라면 내가 빌려주마. 사용하지 않는 것이 몇 자루 있으니."

매극렴은 가지던 있는 검들을 들고 와서 위지천에게 보여 주었다.

검혼 수준의 보검은 아니지만, 하나같이 길이 잘든 명검이었다. 검치 매극렴이 수십 년 동안 하나씩 모은 검들이었다.

"우와……."

홀리듯 검들을 살펴보던 위지천은 그중 한 자루를 골랐다. 그리고 고개를 들어 매극렴을 바라봤다.

"이 검. 제가 며칠만 빌려도 될까요?"

"며칠을?"

빌려주는 건 문제가 되지 않았다. 그런데 며칠이나 빌려야 하는 이유는 무엇일까?

위지천이 진지한 표정으로 매극렴을 바라보며 대답했다.

"학생주임 선생님께 도전하는 건, 검혼을 되찾은 후에 하고 싶어요. 제가 할 수 있는 최선을 다하고 싶으니까요."

매극렴은 단숨에 그 말뜻을 이해했다. 그의 입가에 미소가 맺혔다.

"이 검을 가지고 나가서 검혼을 되찾아오겠다, 이 말이렷다?"

"……네."

매극렴은 그 마음이 기꺼워 고개를 끄덕였다.

"좋다. 며칠이고 기다려 주마."

"빌려주신 검. 소중히 다루겠습니다."

두 사람은 자리에서 일어났다. 매극렴은 위지천을 배웅했다.

이른 아침인데도 밖에서 기웃거리는 기척들이 여럿 느껴졌다.

"널 찾아온 것 같구나."

감히 학생주임의 숙소로 쳐들어오지는 못하고, 다들 밖에서 위지천이 나오기만을 기다리는 중이었다.

위지천이 떠나기 전, 매극렴은 마지막 조언을 해 주었다.

"네 검을 너무 과신하지 말거라."

"……네."

전날의 일을 떠올린 위지천이 부끄러움에 고개를 숙였다.

하지만 이어진 매극렴의 말에 소년은 다시 고개를 들었다.

"허나, 마지막에 믿어야 할 것은 결국 검뿐이다."

"네?"

아까랑 말이 다르잖아요?

매극렴은 당황해하는 위지천의 머리에 손을 올리며 웃었다.

"과신하진 않되 자신감을 갖거라. 거짓말과 속임수에 속지 않는다면, 학생 중에 네 검을 꺾을 수 있는 아이는 없다. 그건 내가 보증하마."

"……네! 감사합니다!"

위지천의 표정이 환해졌다. 그러더니 눈을 빛내며 말했다.

"시험 기간 동안에는 더 이상 아무도 믿지 않을 거예요. 모두가 적이니까요."

소년의 눈빛이 돌변했다. 순진하기만 하던 눈망울에 스산한 살기가 맺혔다.

"지금부터는 저도 수단과 방법을 가리지 않을 거예요. 필요하다면 뒤통수도 치고, 거짓말도 하고, 고문도 하고 협박도 할 거예요!"

"뭐, 뭐라?"

매극렴이 당황했으나, 위지천은 하던 말을 멈추지 않았다.

"백수룡 선생님의 가르침대로, 이번 시험에서는 철저하게 사파가 되겠어요!"

"잠깐만. 너무 진지하게 그럴 필요는……."

"그럼 또 찾아뵙겠습니다!"

고개를 꾸벅 숙인 위지천은 경공을 펼쳐 날 듯이 담장을 넘었다.

"위지천이다!"

"잡아라!"

우당탕탕 하는 소리와 함께 고함과 비명, 그리고 병기끼리 부딪치는 소리가 들렸다. 대부분은 위지천이 아닌 다른 누군가의 비명으로 끝났다.

매극렴은 절로 한숨이 나왔다.

"썩을 놈. 애한테 뭘 가르친 게야?"

매극렴은 이 모든 일의 원흉인 백수룡을 떠올리며 혀를 찼다. 조만간 만나면 한마디 해야겠다고 생각하며.

"검재! 나와 검을 겨뤄 보자! 나는 삼 학년 무정……."

빠악!

일격에 턱이 돌아간 삼 학년은 그대로 정신을 잃고 쓰러졌다. 자신만만하게 나섰다가 별호도 끝까지 말하지 못하고 쓰러졌지만, 아무도 그에게 관심을 주지 않았다.

당장 야차처럼 날뛰는 위지천을 막기에도 급급했으니까.

"포, 포위해!"

"뭐 이런 괴물이 다 있어!"

"검재라더니……."

위지천은 양 떼 속에 뛰어든 호랑이처럼 포위망을 휘저었다. 소년의 검이 허공에 궤적을 그릴 때마다 누군가의 비명이 터졌다.

'아직은 이 검이 익숙하지 않아.'

새로운 검의 무게와 형태에 익숙해지기 위해, 위지천은 일부러 추격자들을 피하지 않고 검을 부딪쳤다.

하지만 적의 숫자가 너무 많았다. 난전 속에서 불쑥 들어오는 공격들은 위지천의 간담도 종종 서늘하게 했다.

'슬슬 검도 손에 익었으니……'

위지천은 포위망이 가장 얇은 곳을 골라 돌파를 시도했다. 검에 실린 경파가 한층 더 날카로워졌다.

그리 힘을 들이지도 않았다. 상대 공격의 궤적을 읽고 피한 후, 허점으로 검을 찔러 넣거나 휘둘렀다. 향낭을 노리고 온 이리 떼들이 추풍낙엽처럼 쓰러졌다.

위지천은 아직 검을 검집에서 빼지도 않았다. 그럴 필요를 느끼지 못했다.

'이대로 뚫고 나간다!'

포위망이 거의 뚫렸다. 위지천은 그대로 헌원강을 찾으러 갈 생각이었다.

그 순간,

까아앙!

처음으로 검격이 막혔다. 손아귀가 저릴 정도의 반발력에 놀란 위지천이 황급히 뒤로 물러났다. 상대의 검에 가려졌던 익숙한 얼굴이 보였다.

"독고준 선배님?"

독고준은 진지한 표정으로 검을 겨눴다.

"변명은 하지 않으마. 위지천. 네 밀지와 향낭을 받아 가겠다."

"……원강 선배보다는 충격이 덜하네요."

위지천은 한숨을 내쉬며 검을 다시 쥐었다.

그러나 상대는 독고준 한 명이 아니었다.

"저 녀석이 검재야? 과연 대단하군."

큰 키에 부드러운 인상의 청년이 독고준의 왼편에 나타났고,

"위지천. 오랜만이야."

어쩐지 서운한 표정을 하고 있는 유이란이 독고준의 오른편에서 걸어왔다.

"선배님들! 방심하지 마세요. 상대는 청룡오망 중에서도 가장 강하다고 알려진 검재예요."

당소소는 가장 뒤에서 암기를 들고 언제라도 던질 수 있도록 준비했다.

꿀꺽…….

위지천은 바짝 긴장했다.

독고준 한 명만으로도 상대하기 어려운데, 다른 선배들도 약해 보이는 사람이 단 한 명도 없었다.

게다가 뒤는 추격자들로 인해 막힌 상황.

그야말로 진퇴양난이었다.

'어떻게든 뚫고 가는 수밖에 없어.'

위지천이 이를 악물며 검을 꽉 움켜쥘 때였다.

"위지천은 내가 상대하겠어."

유이란이 혼자 앞으로 나섰다. 그 모습을 본 독고준이 우려스러운 목소리로 말했다.

"검화. 너 혼자선 무리다. 여기선 합공하는 게 맞아."

"내가 지면 그때 합공해."

"고집을 부릴 때가 아니라……."
"뭐 어때? 이미 완벽하게 포위했는데."
방백현이 독고준의 어깨에 팔을 걸치며 말했다. 그는 유이란의 편을 들었다.
"이란 후배에게 먼저 기회를 줘 보는 것도 괜찮잖아?"
"선배님까지 이러실 겁니까?"
"나도 일 학년 후배를 여럿이서 합공했다는 소리는 듣고 싶지 않거든."
그 태평한 소리에 독고준이 한숨을 내쉬었다.
"위지천은 평범한 일 학년이 아닙니다. 저 녀석의 검은……."
"나도 눈이 있어. 어이가 없을 정도로 강해 보이네."
"……."
방백현은 진심으로 감탄한 표정으로 위지천을 바라보고 있었다.
검을 든 자세며 피어오르는 기세, 주변에 쓰러진 후배들의 몸에 보이는 흔적까지.
방백현은 어이가 없다는 듯 고개를 절레절레 저었다.
"나랑 동기가 아니어서 다행이야."
"예전에 저한테도 같은 말씀을 하셨었는데요."
"너보다 더 다행이야."
"……."
독고준이 눈을 가늘게 뜨고 노려보자, 방백현이 킥킥 웃더니 말했다.
"농담. 그보다, 유이란의 눈을 봐. 방해하면 우리부터 공격할 것 같은데?"
설마 그렇지는 않겠지만, 유이란의 표정이 진심인 것은 사실이었다.
그녀는 위지천에게 시선을 고정한 채 뒤에 있는 독고준에게 말했다.
"독고준. 이번 한 번만 양보해 줘. 이다음부터는 네 지시에 따를 테니까.”

“……알았다. 건투를 빌지.”

결국 독고준, 방백현, 당소소가 뒤로 물러나 넓게 포위망을 형성했다.

위지천은 주위를 둘러보더니 한숨을 내쉬었다.

“왜 선배님들은 절 못 잡아먹어서 안달일까요?”

“네가 너무 뛰어나니까. 주머니 속의 송곳은 튀어나오는 법이거든.”

유이란의 대답에, 위지천은 웃지도 울지도 못했다. 그녀의 검이 검집에서 뽑혀 나오는 것을 보면서는 더더욱.

“방심하지 마. 나도 그동안 열심히 수련했으니까.”

“저 유이란 선배를 상대로 방심할 만큼 바보는 아니에요.”

소년의 말에 유이란의 입가에 미소가 맺혔다. 그간 서운했던 마음이 사르르 녹는 기분이었다.

하지만 그것도 잠시, 표정을 굳힌 유이란은 기수식을 취했다. 위지천도 방심하지 않고 검을 뽑았다.

긴 대화는 필요 없었다. 유이란이 기합을 넣으며 선공을 취했다.

“차핫!”

비류검법.

공격이 끊이지 않고 면면부절 이어지는 유이란의 독문검법이 위지천의 전신 요혈을 노렸다.

까가가가강!

검과 검이 부딪치며 불티가 튀었다. 두 사람의 보법에 따라 먼지가 어지럽게 피어났다. 웬만한 학생들은 그 움직임을 눈으로 따라가는 것조차 벅찼다.

‘이란 선배. 정말 열심히 수련했구나.’

위지천은 진심으로 감탄했다.

유이란의 검은 전보다 더 날카롭고 빨라졌다. 촘촘하고 집요했다. 잠시라도 방심하면 방어를 뚫고 들어올 것 같았다.

유이란이 얼마나 열심히 수련했을지, 같은 검객으로서 충분히 짐작할 수 있었다.

유이란도 마찬가지였다.

'엄청나게 강해졌구나. 더 격차가 벌어졌어.'

위지천과 검을 부딪치며, 소녀는 소년이 얼마나 발전했는지 느꼈다.

자신보다 강해졌을 거라고 예상하고 있었기에, 놀라긴 했지만 좌절은 하지 않았다.

오히려 조금은 다른 감흥도 느꼈다.

'키도 좀 큰 것 같네.'

처음 만났을 땐 키가 거의 비슷했는데, 이제는 약간이나마 위지천이 더 컸다.

달라진 것은 키뿐만이 아니었다.

쩌엉! 쩌엉! 쩌어엉!

검이 부딪칠 때마다 유이란이 힘에서 밀렸다.

예전에는 힘으로 몰아붙일 수 있었는데, 이제는 오히려 자신이 밀린다.

분한 마음과 동시에, 간질간질한 기분이 들었다.

'남자는 남자라 이거지?'

새삼스레 위지천의 얼굴이 눈에 들어왔다. 평소에는 순한 강아지 같지만, 검만 잡으면 진지해지는 얼굴.

'앞으로 계속 크겠지? 체격도 커질 테고, 몇 년만 지나면 내가 올려봐야 할지도…….'

미래의 위지천의 모습을 상상한 유이란의 볼에 작은 홍조가 피어났다.

"선배? 어디 아프세요?"

"……됐어."

까아앙!

뒤로 훌쩍 물러난 유이란이 한숨을 내쉬며 말했다.

"내가 졌어."

유이란은 빠르게 패배를 인정했다. 몇십 합은 더 겨뤄 볼 수 있겠지만, 더 이상 싸워 봤자 의미가 없다는 것을 깨달았다.

위지천이 고개를 꾸벅 숙이며 말했다.

"양보해 주셔서 감사합니다."

"검이 바뀌었네?"

"……원강 선배가 뺏어갔어요. 임무라면서 절 속이고……."

"걔, 여전히 그러고 다니는구나."

검을 부딪치고 대화를 나누니, 답답했던 속이 시원해졌다. 솔직하게 물어볼 용기도 생겼다.

"남궁세가에서 돌아온 후에, 왜 상검연에는 한 번도 들르지 않았어?"

"네? 아……."

유이란이 서운했던 이유.

남궁세가에서 돌아온 후, 위지천이 한 번도 자신을 찾아오지 않았기 때문이었다.

'어디 다치진 않았을까 걱정했는데.'

먼저 찾아가 볼까 몇 번이나 발걸음을 뗀 적도 있었다. 하지만 주변의 시선이 워낙 많아서 함부로 움직일 수 없었다. 위지천에게 괜히 민폐를 끼칠 수도 있었으니까.

이렇게 공개적으로 만나러 올 핑계가 간절히 필요했던 이유였다.

위지천이 머리를 긁적이며 대답했다.

"죄송해요. 요즘 백룡장에 손님들도 많고, 할아버지도 갑자기 떠나고 하셔서……. 정신이 없었어요."

"……괜찮아 보이니 됐어. 변명 들으려고 물어본 거 아니야."

분위기가 다소 어색했다. 흠흠. 헛기침을 한 유이란이 입을 열었다.

"방학 때 상검연에서 다 같이 합숙 훈련을 하기로 했는데. 너도 같이…… 갈래?"

조심스러운 제안. 위지천은 눈을 깜빡거리다가 뒤늦게 대답했다.

"아……. 생각 좀 해 볼게요. 선생님한테 허락도 받아야 하고요."

다행히 부정적인 대답은 아니었다. 유이란은 일단 이 정도에 만족하기로 했다.

"강요는 아니야. 그냥 권유."

"헤헤. 네."

"아무 데서나 그렇게 웃지 마."

"……네?"

분위기가 더 어색해졌다.

275화

# 거기 서라!

급격히 어색해지는 둘의 분위기를 깬 건, 뒤에서 들려온 독고준의 목소리였다.

"이제 우리 차례인가?"

독고준과 방백현이 동시에 앞으로 나섰다.

두 후배 검객의 수준 높은 비무에 감탄한 방백현이 독고준을 돌아보며 말했다.

"이왕이면 나도 혼자서 싸워 보고 싶은데……."

"선배님. 저도 같은 마음이지만, 지금은 안 됩니다."

"……하긴. 혼자 상대하다가 도망이라도 치면 큰일이겠어."

"후환을 남기지 않도록 이 자리에서 확실하게 처리해야 합니다."

독고준과 방백현.

현 학생회장과 전대 학생회장.

명실상부 청룡학관의 고학년 최고수들이 나란히 걸어오자 위압감이 대단했다.

'어쩌지?'

위지천은 매극렴의 조언대로 자신의 무공을 과신하지 않았다.

이미 유이란과 수십 합이나 검을 겨룬 후였다.

여기서 독고준, 그리고 실력을 짐작할 수 없는 방백현을 동시에 상대하는 건 아무리 생각해도 무리였다.

'뒤에 있는 당소소 선배도 경계해야 해. 언제 독이나 암기를 쓸지 몰라.'

활로를 찾아 두리번거리는 위지천의 시야에, 무방비하게 독고준을 돌아보는 유이란의 모습이 보였다.

독고준이 말했다.

"유이란. 일단 뒤로 물러나. 지금부터는 우리가 나설 테니까."

"……합공은?"

방백현이 독고준 대신 대답했다. 입가에 자신만만한 미소를 지으면서.

"우리 둘로 충분하니 후배는 물러나서 퇴로를 막고 있어. 아마 할 일은 없을 거야."

유이란은 순순히 고개를 끄덕였다. 그녀로서도, 이미 위지천에게 졌는데 또 검을 휘두르는 건 무인으로서의 자존심이 허락지 않았다.

하지만 유이란은 상상도 못 했다. 위지천에겐 그녀를 순순히 놓아줄 생각이 없다는 것을 말이다.

'지금은 수단과 방법을 가릴 때가 아니야.'

싸움이 끝났다고 생각한 유이란이 무방비하게 돌아선 순간, 위지천이 전광석화처럼 움직였다.

"유이란!"

"피해!"

독고준과 방백현이 소리쳤지만, 위지천의 움직임이 한발 빨랐다.

휘익!

위지천이 손을 뻗어 유이란의 손목을 잡아챘다. 금나수의 수법이었다.

손목이 잡힌 순간 유이란이 격렬하게 저항하리라 예상했지만, 그녀는 놀라서 눈만 동그랗게 뜰 뿐 제대로 된 저항을 하지 못했다.

파바박!

순식간에 유이란의 마혈을 점한 위지천은 그녀를 자신의 몸쪽으로 당겨 한 팔로 목을 감았다. 자연스럽게 뒤에서 안은 자세가 되었다.

위지천이 유이란의 목에 검을 가져다 대며 경고했다.

"가까이 다가오면 유이란 선배의 안전은 보장 못 해요!"

"……인질극?"

"쟤 지금 뭐 하는 거야?"

독고준과 방백현이 당황한 표정으로 위지천과 붙잡힌 유이란을 번갈아 바라봤다.

두 사람의 눈빛이 유이란에게 똑같은 질문을 던졌다.

넌 왜 그렇게 쉽게 잡혔어?

"아니, 그게……."

유이란은 얼굴만 붉힐 뿐 고개를 푹 숙였다.

무방비한 상태에서 손목을 잡은 것도 모자라서, 뒤에서 덥석 끌어안다니.

이건 완전 반칙이잖아…….

"전부 물러나요! 같은 편을 다치게 하고 싶지 않으면!"

하지만 위지천은 진심으로 인질극을 벌일 셈인 듯했다.

"……골치 아프게 됐군."

"독고야. 우리가 이걸 진지하게 받아 줘야 하는 거냐?"

독고준과 방백현이 난감한 표정으로 멈춰 섰다.

그때, 뒤에서 상황을 지켜보고 있던 당소소가 앞으로 나섰다.

"위지천 후배. 우리가 물러나지 않으면 어쩌려고? 정말 검화 선배의 목을 긋기라도 하게?"

"예? 그, 그건 아니지만……."
위지천이 깜짝 놀라서 고개를 저었다.
당연히 유이란을 해칠 생각은 없었다.
그저 이 상황에서 벗어날 방법을 찾기 위해 잠시 인질로 잡았을 뿐.
당소소는 차분하게 위지천을 설득하기 시작했다.
"검화 선배를 인질로 잡은 건 이 상황에서 무리수야. 아무리 사파 무림인처럼 생각하고 행동하는 게 이 시험의 요지라지만, 진짜로 사람을 죽일 수는 없잖아?"
"그건 그렇지만……."
"아니면 설마, 검화 선배를 방패로 쓰겠다는 거야?"
"……못할 것도 없죠."
위지천은 독한 표정으로 대답하며 마혈이 집힌 유이란을 더 자신의 품 안으로 끌어당겼다.

[미안해요. 선배. 다치게 하진 않을 테니 잠시만 이러고 있어 주세요.]

"너……!!"
귓가를 파고드는 전음에 유이란은 질끈 눈을 감았다.
귓가에 숨결이 닿을 정도로 가까운 거리였다. 철이 든 이후로는 한 번도 남자에게 허락해 본 적 없는 간격.
위지천의 체온과 냄새, 심장의 맥동까지 느껴져서 어지러웠다.
눈을 꼭 감은 유이란은 간신히 개미만 한 목소리로 대답했다.
"위지천. 이 나쁜 놈……."
"죄, 죄송해요. 그래도 어쩔 수 없어요."
위지천은 어쩔 줄 몰라 하면서도 유이란을 놓아주지 않았다. 일단 인질로 최대한 시간을 끌면서 빠져나갈 방법을 찾을 생각뿐이었다.

눈을 사납게 치켜뜬 위지천이 독고준을 노려봤다.

"갑자기 선배님들이 왜 저를 협공하는 거죠? 제가 가진 향낭은 하나뿐인데……."

"이유를 알려 주면, 인질을 풀어줄 건가?"

"……이유를 알면 협상의 여지가 생길지도 모르죠."

그러자 독고준이 피식 웃었다.

"협상은 없다. 내가 이 수업의 수석을 차지하는 데 있어서, 위지천 네가 가장 큰 걸림돌이니까."

"……네?"

'사파 무공의 이해와 실전 대비'에 한해서, 위지천은 독고준 못지않은 모범생이었다.

수업도 매우 열심히 듣고, 실기 성적도 뛰어났다.

지난 중간고사에서의 성적도 독고준과 비슷할 정도였다.

강력한 경쟁자를 바라보는 독고준의 눈빛에는 싸늘한 한기가, 입가에는 비릿한 미소가 맺혔다.

"널 떨어뜨려야, 내가 수석을 차지할 확률이 올라가거든. 그러니 이만 여기서 사라져 줘야겠다."

비릿한 미소를 지은 독고준이 독고구검의 기수식을 취했다.

싸구려 악당과 같은 비열한 말투와 달리, 몸에서는 막강한 기세가 뿜어져 나왔다.

"……독고. 너 못 본 사이에 많이 변했구나?"

방백현은 질린다는 듯 고개를 절레절레 저었다. 그리고 뒤통수를 긁적이며 위지천에게 말했다.

"난 무림맹주님에게 점수 좀 따려고 여기 꼈어. 너희 청룡오망이 요즘 도시를 들썩이게 할 정도로 유명해서 말이야. 이 시험에 참여해서 너희들을 쓰러뜨리면, 자기소개서에 적을 만한 꽤 괜찮은 무용담이 생기겠다 싫어서."

"겨우 그런 이유로요?"

황당해하는 위지천에게, 방백현은 표정을 굳히며 정색했다.

"겨우 그런 이유? 이쪽은 나름대로 꿈을 이루기 위해 필사적으로 노력하는 중인데. 요즘 자기소개에 한 줄 추가하는 게 얼마나 어려운 줄 알아? 무림맹 입맹시험 경쟁률이 얼마나 높은지는 알고?"

예상치 못했던 정색에 위지천이 어깨를 움츠렸다.

"죄송합니다. 제가 그런 것까지는 잘 몰라서……."

"죄송할 것까진 아니고. 너, 검법은 흉악하면서 마음은 여리구나?"

방백현은 장난스럽게 웃었다. 그러나 어쩐지 씁쓸함이 느껴지는 미소였다.

"선배님들. 더 이상 길게 대화 나누실 것 없어요."

당소소였다.

열 손가락 사이에 암기를 잔뜩 끼운 그녀가 앞으로 나섰다.

"어차피 다 시간을 끌려는 수작에 불과하니까요."

"……부회장?"

"어떻게 하려고?"

당소소가 싱긋 웃었다.

위지천이 보기에는 두 남자 선배가 자신을 공격하는 이유도 이상했지만, 당소소의 광기는 앞선 두 사람과는 차원이 달랐다.

"과연 인질을 방패로 삼을 용기가 있을지, 한번 시험해 볼까?"

말로만 그치지 않았다. 당소소는 진짜로 암기를 뿌렸다.

까가강!

검을 휘둘러 암기를 쳐 낸 위지천이 깜짝 놀라서 외쳤다.

"미쳤어요? 유이란 선배가 맞을 뻔했잖아요!"

"방금 건 맞아도 다치지 않는 물렁한 연습용 암기였어. 확인용이었거든."

"확인용?"

당소소의 입가에 맺힌 미소가 짙어졌다.

"넌 절대로 검화 선배를 방패로 쓰지 못한다는 걸 확인해 줄 물건이었단 뜻이야."

"그, 그런……."

당소소는 교활함에서 위지천보다 몇 수는 위였다.

아니, 청룡학관에서 당소소를 머리로 당해 낼 학생은 없었다.

냉혈독수 당소소.

청룡학관 최고의 지낭이자, 백수룡의 열렬한 추종자.

그 탓에 평소에는 잘 드러나지 않지만, 그녀의 독공과 암기술은 청룡학관에서 첫손에 꼽을 정도로 수준이 높았다.

당소소가 이번에는 제대로 된 암기를 손에 끼우며 말했다.

"너희 다섯을 이번 시험에서 모두 낙제시켜서 내가 너희보다 뛰어난 학생이라는 걸 증명할 거야. 그렇게 되면 선생님도 날 백룡장에 받아들여 주시겠지? 후후. 귀여움을 독차지하는 애제자가 되어야지."

상상만 해도 좋은지 당소소가 몸을 배배 꼬았다.

조금 빈정이 상한 위지천이 거기에 찬물을 끼얹었다.

"누구 마음대로요? 선생님은 더 이상 백룡장에 학생을 들일 생각이 없다고 하셨는데."

잠시 행복한 망상에 젖어 있던 당소소가 도끼눈을 떴다.

"그럼 한 명이 방을 빼면 되겠네? 복에 겨운 후배야. 곱게 향낭이나 내놓으렴!"

당소소의 손에서 뿌려진 암기가 위지천의 전신을 노렸다.

"이란 선배. 미안했어요."

위지천은 검화의 등을 부드럽게 밀어서 멀리 보내는 것과 동시에, 검을 휘둘러 암기를 모조리 쳐 냈다.

채채채챙!

암기는 전부 쳐 내는 데 성공했지만, 독고준과 방백현의 접근은 막지 못했다.

두 청년의 눈이 서슬 퍼렇게 빛났다.

"성적을 위해서일 뿐, 개인적인 감정은 없다."

"미안하지만, 내가 취업을 앞둔 사 학년이라."

휘이익!

독고준, 방백현이 위지천의 좌우에서 동시에 달려들었다.

그들의 뒤에서는 당소소가 지상에 강림한 마왕처럼 웃음을 터트렸다.

"호호호! 나의 백룡장 입성을 위한 첫 번째 제물이 되려무나!"

'못됐어! 선배들이 하나같이 엄청 못됐다고!'

위지천은 이를 악물고 검을 휘둘렀다. 폭풍처럼 몰아치는 선배들의 공격 속에서 반격은 거의 꿈도 꾸지 못했다. 최대한 막고 피하는 것이 전부였다.

채채채챙!

전 학생회장과 현 학생회장의 연수합격에는 빈틈이 없었다.

둘 다 강한 데다, 노련했다.

위지천이 빠져나갈 틈을 주지 않기 위해 적절한 간격을 유지하고, 차륜전으로 상대가 먼저 지치도록 유도했다.

물론 두 사람도 방심할 수 없었다.

잠시라도 긴장을 놓으면 위지천의 검이 벼락처럼 번뜩였다.

피잇!

허리춤의 옷자락이 예리하게 잘려나간 걸 확인한 방백현이 헛웃음을 흘렸다.

"저 녀석이 정말 일 학년이라고?"

"말씀드리지 않았습니까. 평범한 일 학년이라고 생각하면 안 된다고요."

"다치지 않게 제압하려면 한참 걸리겠는데?"

"……저항이 꽤 격렬하니, 조금 다쳐도 어쩔 수 없을 것 같습니다."

"하긴."

눈빛을 교환한 두 사람이 좌우로 흩어졌다. 그들의 기세가 더욱 예리해졌다.

쩌저저저정!

독고구검은 대기를 찢어발길 것처럼 강맹했고, 방백현의 검은 천변만화하며 공간을 가득 채웠다.

'크읏! 둘 다 엄청 강해!'

뿐만 아니라 당소소도 암기를 만지작거리며 호시탐탐 기회를 노리고 있었다. 두 선배의 연수합격이 거의 완벽해 끼어들지 않고 있을 뿐이었다.

시간이 갈수록 위지천의 손발이 어지러워졌다. 무복이 순식간에 너덜너덜해졌다. 비무이기에 망정이지, 실전이었으면 벌써 죽었을 것이다.

'누구 한 명이라도 도와준다면…….'

혼자서는 도저히 빠져나갈 방법이 보이지 않았다.

이제는 검혼을 훔쳐 간 헌원강이 보고 싶어질 지경이었다.

그때였다.

마치 위지천의 생각을 읽기라도 한 것처럼, 위지천의 귓가로 익숙한 전음이 들려왔다.

[야! 숨 쉬지 마!]

위지천은 즉시 숨을 멈췄다. 거의 동시에, 하늘에서 무언가가 날아와

세 사람 사이에 떨어졌다.
“선배!”
“물러나!”
독고준과 방백현이 동시에 소리치며 뒤로 훌쩍 뛰었다.
퍼어어엉!
연막탄이 폭발하며 시커멓고 매캐한 연기가 퍼져 나갔다. 위지천의 모습이 연기에 휩싸여 가려졌다.
“위지천! 이쪽이야!”
뾰족한 목소리가 위지천을 불렀다. 당소소가 목소리가 들려온 방향을 노려보며 소리쳤다.
“놓치면 안 돼요!”
목소리가 들려온 방향으로 독고준과 방백현이 질주했다. 검을 휘둘러 연기를 몰아내면서 도망치는 기척을 뒤쫓았다.
“거기 서라!”

276화

## 우린 직접 배웠거든

"위지천이 도망친다!"

독고준과 방백현만 위지천을 뒤쫓는 것이 아니었다. 멀리서 싸움을 지켜보며 호시탐탐 향낭을 낚아챌 기회를 노리던 학생들도 추격에 가담했다.

퍼어엉! 퍼어엉!

그때, 어디선가 날아온 연막탄이 연달아 터지며 일대가 시커먼 연기로 가득 찼다.

"콜록! 콜록!"

"어, 어디로 간 거야?"

다들 위지천의 모습을 놓쳐서 우왕좌왕할 때, 연기 속에서 날렵한 신형 하나가 허공으로 잠시 솟구쳤다.

휘익!

호리호리한 체형, 허리춤에 검을 매단 채 급히 도망치는 뒷모습.

순식간에 다시 연기 속으로 종적을 감추긴 했지만, 위지천이 분명했다.

"저기다! 위지천이 저기 있다!"

먹이를 노리는 승냥이 떼처럼, 향낭을 노리는 학생들이 위지천의 뒤를 우르르 쫓기 시작했다. 그 과정에서, 연기 속에서 서로 부딪치고 넘어지고 난리도 아니었다.

하지만, 그들 중 위지천을 다시 본 사람은 아무도 없었다.

◆ ◈ ◆

"……놓쳤어."

빈손으로 돌아온 독고준이 낭패한 표정으로 한숨을 쉬었다.

당소소가 혼자서 돌아온 독고준에게 물었다.

"방백현 선배는요?"

"혼자 조금 더 쫓아 보겠다고 하시더군. 혹시라도 함정일지 모르니 너무 멀리 가지 마시라고 주의는 드렸는데……."

"아마 별일 없을 거예요."

독고준도 고개를 끄덕였다.

방백현 선배가 함정에 빠지는 모습은 상상도 되지 않았다.

'무공도 무공이지만, 눈치가 비상하게 빠른 사람이니까.'

잠시 후, 방백현이 돌아왔다.

그 역시 허탈한 표정인 걸 보니, 별다른 소득은 얻지 못한 듯 보였다.

"아무래도 우리가 속은 것 같다."

"네?"

"속다니요?"

방백현은 의아한 표정을 짓는 두 후배를 뒤로하고, 위지천과 마지막으로 검을 부딪친 장소로 걸어갔다.

"역시……. 둘 다 이걸 봐."

방백현은 바닥에 남은 발자국을 손으로 가리켰다.
"이게 내 발자국. 이게 독고. 가장 작은 게 위지천의 발자국이야. 잘 보면, 위지천의 발자국은 우리가 쫓아간 방향과 반대 방향으로 이어져 있어."
"!!"
두 사람이 눈을 부릅떴다. 그들은 방백현이 가리킨 발자국을 살폈다. 방백현이 말한 대로였다.
독고준이 귀신에 홀린 듯한 얼굴로 중얼거렸다.
"하지만, 분명 도망치는 기척을 뒤쫓았는데……."
두 사람은 시커먼 연기 속에서도 위지천의 기척을 놓치지 않고 추적했다.
게다가 연기를 뚫고 잠시 솟구쳤던 뒷모습까지 직접 보지 않았던가.
방백현이 허탈하게 웃으며 말했다.
"애초에 그 녀석은 위지천이 아니었던 거지."
"예? 그럼 저희가 쫓은 건 누구란 말입니까?"
독고준은 여전히 이해할 수 없다는 표정이었지만, 이런 쪽으로 머리 회전이 빠른 당소소는 곧바로 방백현의 말을 이해했다.
"……우릴 낚기 위한 미끼였던 거군요. 연막탄을 터트린 다음, 가짜 위지천이 연기 속에 숨어서 일부러 기척을 흘린 거예요."
다른 사람에게 속았다는 사실이 분했는지, 당소소는 아랫입술을 깨물며 말을 이었다.
"진짜 위지천은 기척을 죽이고 연기 속에 숨어 있었을 거예요. 그리고 혼란 속에서 추격자들이 우르르 움직일 때, 유유히 반대편으로 사라졌겠죠."
그녀의 추리에 방백현이 고개를 끄덕였다.
"내 생각도 비슷해. 누군지 몰라도 꽤 똑똑한 후배가 있는 모양이야.

제대로 한 방 먹었어.”

방백현 역시 이런 식으로 누군가에게 속아 넘어간 것은 무척 오랜만이었다.

하지만 방백현은 분한 감정보다, 신선한 자극에 눈이 초롱초롱해졌다.

‘이거, 생각보다 더 재미있는데?’

방백현은 표정이 굳어 있는 후배들을 바라보며 피식 웃었다.

둘 다 속았다는 사실이 어지간히도 분한 모양이었다.

“나도 나름대로 경공에는 자신이 있었는데, 후배들 중에 경공이 그렇게 빠른 녀석이 있었나?”

“……이 학년 여민일 거예요.”

당소소가 대답했다.

전년도 학생회장인 방백현을 따돌릴 정도로 빠른 경공의 소유자.

그리고 위지천과 헷갈릴 정도로 가녀린 체형, 위지천의 기척을 흉내낼 수 있는 학생.

그 조건에 맞는 학생은 당소소가 알기로 여민뿐이었다.

‘위지천을 빼돌릴 계획도 여민의 머리에서 나온 거겠지.’

헌원강이나 야수혁이 그만큼 똑똑하진 않은 건 확실했다.

당소소는 가짜 위지천이 사라진 방향을 노려봤다.

“여민. 너 제법이다?”

당소소와 여민.

같은 청룡학관 이 학년이지만, 두 사람은 지금까지 아무런 접점도 없었다.

작년까지만 해도, 여민은 수업에도 거의 나오지 않았으니까.

하지만 오늘 이후로 자주 엮일 것 같은 기분이 들었다.

방백현이 물었다.

“여민이라고? 그 녀석도 청룡오망 중 한 명 아닌가?”

"네. 무공이 특출나게 강한 편은 아니지만……. 오늘 보니 요주의 인물을 제가 놓치고 있었네요."

이 정도로 머리를 쓸 줄 안다면 요주의 인물이 맞았다. 당소소는 마음속으로 여민에 대한 경계 수위를 높였다.

'상황이 좋지 않아.'

여민이 위지천을 구했다.

그 말은 즉, 이후에 위지천과 여민이 손을 잡을 확률이 높아졌다는 의미였다.

어쩌면 헌원강이나 야수혁도 이미 포섭했을지 모른다.

"뭉치기 전에 각개격파해야 했는데……."

하필이면 청룡오망 중 가장 강한 검재를 놓치다니.

위지천을 시작으로 하나씩 사냥할 계획이었는데, 여민의 방해로 첫 단추부터 잘못 끼웠다.

하지만 당소소는 크게 걱정하지 않았다.

'너희들이 뭉쳐 봤자 조금 귀찮아질 뿐이야. 결과는 바뀌지 않아.'

당소소는 확신했다.

여전히 자신들이 압도적으로 유리한 상황이라고.

◆ ◈ ◆

긴장이 풀린 위지천은 약속 장소에 도착하자마자 바닥에 주저앉았다.

"휴우……."

당소소는 위지천이 여유롭게 빠져나갔을 거라고 생각했지만, 실상은 그렇지 않았다.

연기 속에서 추격자들의 눈을 피해 빠져나오는 건 고도의 은신술과 집중력을 필요로 했다. 오히려 전력 질주보다 더 몸이 피로했다.

"그 선배들에게 들키지 않아서 다행이야……."

독고준, 방백현, 당소소.

두 번 다시 만나고 싶지 않은 조합을 떠올리며 위지천은 몸을 부르르 떨었다.

"그나저나, 이런 곳에 함부로 들어와도 되는 건가?"

위지천은 주변에 가득 쌓인 식료품을 신기한 듯 구경했다. 그가 도착한 곳은 식료품을 보관하는 창고였다.

ㅡ학생식당 뒤에 식료품 창고로 가서 숨어. 지붕에 구멍 하나 뚫어 놨으니까 찾아서 들어가면 돼.

그 전음이 마지막이었다.

믿어도 되나 잠시 고민도 했지만, 위지천은 결국 이곳으로 왔다.

부스럭.

그때, 어둠 속에서 누군가가 몸을 뒤척이더니 상체를 일으켰다. 위지천이 흠칫 놀라 경계했다.

"누, 누구?"

"흐아암……."

야수혁이었다. 한숨 자고 있었는지, 입이 찢어져라 하품을 하며 눈곱을 뗐다.

"뭐야? 너도 왔냐?"

"수혁아!"

위지천이 반갑게 소리쳤다.

하루 만에 다시 만난 야수혁은 무복이 여기저기 찢어지고 더러워진 모습이었다. 위지천 못지않게 고생한 것이 분명했다.

캬악!

야수혁의 가슴팍에서 은호가 고개를 빼꼼 내밀었다. 야수혁은 습관처럼 털뭉치를 품 안으로 밀어 넣으려다가, 안전한 곳이라는 것을 깨닫고는 그냥 내버려 뒀다. 털뭉치는 식료품 창고 안을 빨빨거리며 돌아다녔다.

위지천이 야수혁에게 물었다.

"넌 어디 있었어? 비밀 임무는 끝낸 거야?"

"……빌어먹을 놈의 임무."

비밀 임무를 생각하기만 해도 몸서리가 쳐지는지, 야수혁이 씩씩거리며 성질을 냈다.

"그것 때문에 변장하고 밖에 나갔다가 얼마 못 가서 들켰어. 와, 똥파리들이 똥 쌀 시간도 안 주고 덤벼들더라. 이러다 진짜 죽겠다 싶을 때 선배들이 도와줘서 겨우 빠져나왔다."

"그럼 너도, 선배들이 여기로 오라고 한 거야?"

야수혁이 고개를 끄덕였다.

"아무튼 다행이다……."

위지천은 야수혁을 만나자 마음이 한결 놓였다. 더 이상 혼자가 아니라는 사실에 마음이 편안해진 것이다.

"너는? 꼴을 보아하니 너도 험하게 구른 것 같은데."

"난 시작부터 원강 선배한테 뒤통수 맞고……."

둘이 이런저런 대화를 나누면서 기다리자, 오래지 않아 여민과 헌원강이 식료품 창고로 들어왔다.

"원강 선배!"

벌떡 일어난 위지천이 헌원강에게 성큼성큼 다가갔다.

그 눈빛은 헌원강의 허리춤에 매여 있는 검혼을 향하고 있었다. 어느새 뽑아 든 검에는 서슬 퍼런 예기가 흘렀다.

"좋은 말로 할 때 내 검 돌려줘요!"

헌원강은 순순히 검혼을 돌려줬다.

"자, 돌려줄 테니까 일단 진정 좀 해."

검혼을 되찾은 위지천은 행여나 누가 또 훔쳐 갈까 봐 품에 꼭 안았다. 시선은 여전히 헌원강을 매섭게 노려보고 있었다.

헌원강이 뒤통수를 긁적이며 말했다.

"천아. 아직도 화났냐?"

"……."

"미안하다. 나도 비밀 임무 때문에 어쩔 수 없었다는 거 알잖아?"

"……."

"야. 그래도 아까 내가 너 구해 줬으니까 비긴 셈 치자. 응?"

"끄응……."

위지천은 불만스러운 듯 입술이 삐죽거렸지만, 헌원강이 구해 준 것도 사실이었다.

멀리서 연막탄을 던지고, 이곳으로 도망치라고 전음을 보낸 사람이 바로 헌원강이었으니까.

결국 마음이 여린 위지천은 화해를 받아들였다.

"또 훔치려고 하면 가만 안 둘 거예요."

"내가 생각을 좀 봤는데, 우리 이렇게 하자."

헌원강이 사악하게 미소 지으며 한 걸음 다가왔다. 위지천은 저도 모르게 경계하며 한 걸음 물러났다.

"천이 네가 먼저 임무를 먼저 끝낸 후에, 나한테 잠깐 검혼을 빌려주는 거야. 그럼 나는 그걸 들고 선생님한테 가서 너한테 뺏어왔다고 말하는 거지."

"……그건 거짓말이잖아요?"

"뭔가 문제야? 너만 증언해 주면 선생님이 그게 거짓말인지 어떻게 알아?"

학생들끼리 속고 속이는 걸 넘어서, 선생님까지 속이자고 말하는 헌원강이었다.

이쯤 되면 이 시험에는 부정행위란 게 없는 것 아닐까?

"이러면 우리끼리 안 싸워도 되고, 너도 내가 검혼 훔쳐 갈까 봐 걱정 안 해도 되고. 얼마나 좋아?"

"선생님이 속을까요?"

"당연히 안 속지. 하지만 네가 뺏겼다고 말하는데 어쩔 거야? 이건 논리적으로 완벽한 범죄라고."

"음……."

잠시 고민하던 위지천은 고개를 끄덕였다.

사실 매극렴의 집에서 잘 때, 비슷한 생각을 한 적도 있었다.

"좋아요. 그렇게 할게요."

"잘 생각했어. 우린 이제 진정한 한패다."

작당 모의를 끝낸 그들이 주먹을 가볍게 부딪쳤다.

그때까지 조용히 듣고 있던 여민이 대화에 끼어들었다.

"둘은 이제 정리된 거지? 그럼 다들 여기 주목."

모두의 시선이 여민을 향했다.

학년으로는 넷 중 헌원강이 가장 선배였지만, 여민은 헌원강의 향낭을 인질로 잡고 있었다.

즉, 이 자리를 마련한 것도 여민의 의도였다.

"내가 모두를 모은 이유는 하나야. 우리가 힘을 합치지 않으면, 이 시험에서 살아남을 수 없으니까."

여민은 선후배들을 바라봤다.

다들 향낭을 노리는 승냥이들에게 쫓기느라 고생한 기색이 역력했다.

"안타깝지만 상웅 선배는 이미 잡혔어. 이제 여기 있는 우리 넷이 전부야."

다들 답답한 마음에 한숨을 내쉬거나 머리를 벅벅 긁었다.

상황이 좋지 않았다. 거상웅이 잡혔다면 그들도 잡힐 수 있다는 말이었다.

여민이 위지천에게 물었다.

"아까 당소소랑 무슨 얘기 했어? 꽤 길게 이야기하는 것 같던데."

"……당소소 선배는 미친 사람이에요."

위지천이 몸을 부르르 떨더니, 당소소의 목적을 모두에게 이야기해 주었다.

"단순히 향낭을 빼앗는 게 목적이 아니에요. 저희 다섯 명을 전부 시험에서 탈락시켜서, 선생님에게 인정받아 다음 학기에 백룡장에 들어올 생각이에요!"

다들 입을 떡 벌렸다.

"걔 진짜 미친 애 아니냐? 그런다고 선생님이 받아 준대?"

"정상이 아닌 건 진작 알고 있었지만……."

"어떻게든 막아야 해. 백룡장에 이상한 인간은 이미 충분하다고."

다들 고개를 절레절레 젓는 가운데, 여민이 한숨을 푹 내쉬며 말했다.

"당소소뿐만이 아니야. 우린 이미 공공의 적이니까. 청룡학관의 모든 학생들이 우리 넷만 노리고 있어."

향낭은 열두 개였다.

하지만 청룡학관 학생들 대부분은 백룡장 제자들만을 노렸다.

이유?

그들이 청룡신협 백수룡의 제자이기 때문이었다.

'그 녀석들이 그렇게 대단해?'

'운이 좋아서 고수의 제자가 된 주제에.'

'얼마나 잘났는지 한번 보자고.'

수군거리는 이야기를 실제로 들은 것도 여러 번이었다.

향낭을 노리는 공격에서 필요 이상의 적대심과 악의도 종종 느꼈다.

"독고준 선배와 방백현 선배도 마찬가지예요. 향낭보다는 저희를 잡는 게 목적이에요."

위지천의 말에 헌원강이 벌컥 화를 냈다.

"임무고 뭐고 확 다 뒤집어 버려?"

"……다들 우리한테 너무 심한 건 사실이에요."

"젠장. 계속 이렇게 당하고만 있어야 하는 거요?"

위지천과 야수혁도 그동안 쌓인 감정을 드러내며 분노했다.

그때, 여민이 조용히 입을 열었다.

"예전에 선생님이 우리한테 했던 말 기억나?"

"무슨 말?"

분위기는 충분히 무르익었다.

개성 강한 녀석들이 각자의 임무를 떠나 하나로 뭉칠 만한 조건이 만들어졌다.

여민은 자신을 바라보는 소년들의 눈을 한 명씩 마주 보며 말했다.

"남이 깔아 놓은 판에 휩쓸리는 건 삼류, 판을 이용하는 건 이류, 판을 장악하는 건 일류다, 라고 했잖아. 그리고 마지막에 이렇게 덧붙였지."

그 순간, 모두가 예전에 백수룡이 했던 말을 떠올렸다.

―판을 새로 깔 정도는 돼야 내 제자라고 할 수 있지.

"판을 새로 깔 정도는 돼야 내 제자라고 할 수 있지."

헌원강이 그 말을 중얼거리며 눈을 빛냈다. 그 모습을 본 여민이 의미심장하게 웃었다.

"지금부터 우리가 판을 새로 짜자. 나한테 계획이 있어. 우선……."

여민의 말이 모두의 가슴에 불을 질렀다.

시작은 여민이었지만, 점점 한 명씩 여민의 계획에 자신의 의견을 덧붙였다.

넷 다 잘하는 것이 각각 다르고, 생각하는 것이 달랐다.

하지만 그들에겐 두 가지 공통점이 있었다.

첫 번째는, 넷 다 청룡학관 안에서 비교할 데가 없는 악동들이라는 것.

"다 뒈졌어."

학관 최고의 망나니로 유명했던 헌원강의 눈이 사납게 빛났고,

"빚지고는 못 살지."

여민의 입가에도 싸늘한 미소가 맺혔으며,

"수금이라면 맡겨만 주쇼."

녹림의 아들 야수혁은 혀로 아랫입술을 핥으며 입맛을 다셨고,

"당소소 선배. 저희는 선생님한테 직접 배웠다고요."

위지천 역시, 입가에 위험한 미소를 띠며 혼잣말을 중얼거렸다.

두 번째 공통점은, 항상 가까이에서 백수룡을 보고 배웠다는 것.

그렇기 때문에 지금 이 순간, 모두가 한마음이 될 수 있었다.

헌원강이 히죽 웃으며 후배들에게 말했다.

"바깥에 있는 승냥이들에게 보여 주자고. 우리가 왜 백수룡의 제자인지."

그 말에 청룡학관의 악동들이 씩 웃었다.

바야흐로 반격의 시간이었다.

277화

# 판을 새로 짜다

다 같이 머리를 맞대고 판을 뒤집어 버릴 계획을 완성했을 땐, 어느새 몇 시진이나 지난 뒤였다.

"내가 한번 정리할게."

여민이 마지막으로 계획을 한 번 더 점검했다. 곧 그녀의 입가에 아주 만족스러운 미소가 맺혔다.

"완벽해. 이거면, 우리를 노리는 녀석들도 제대로 엿 먹여 줄 수 있겠어."

네 명은 역할을 분담했다. 능력에 따라 각자가 가장 잘할 수 있는 일을 맡기로 했다.

"시간 아까우니까 당장 시작하자."

헌원강의 말에 다들 고개를 끄덕였다. 모두 눈이 초롱초롱하고 입꼬리가 올라간 모습에서, 진심으로 이 상황을 즐기고 있는 것이 느껴졌다.

"그럼 오늘 밤 다시, 이곳에서."

"이곳이 발각되면 두 번째 안가에서 보는 거로."

"비상 연락은 털뭉치를 통해서."

"명심해요. 배신자에겐 죽음뿐이라는 걸."

비장하게 눈빛을 교환한 네 명이 고개를 끄덕였다. 동시에 그들의 신형이 사방으로 흩어졌다.

파밧!

그들이 창고에서 완전히 나간 후, 어둠 속에서 백수룡이 모습을 드러냈다. 그런데 그의 표정이 미묘했다.

"……이 자식들이. 학관을 아예 뒤집어 놓을 작정이야?"

백수룡은 숨어서 제자들의 계획을 모두 들었다.

만약 제자들의 계획대로 판이 뒤집힌다면, 소동이 지금보다 몇 배는 커질 것이 확실했다.

이쯤에서 말려야 하나?

잠시 고민하던 백수룡은 일단은 더 지켜보는 것으로 결론을 내렸다.

'내가 보기에도 지나치긴 해.'

백룡장의 다섯 제자를 향한 다른 학생들의 질투와 견제가 도를 넘었다.

이런 상황에서 백수룡이 중재하기 위해 끼어든다면, 양쪽 모두에게 불만만 더 쌓이게 될 것이다.

어설프게 상처를 봉합하면 결국 다시 터지는 것처럼 말이다.

방법은 하나뿐이었다.

백수룡은 제자들이 사라진 방향을 보며 중얼거렸다.

"너희들 스스로 실력을 증명하는 수밖에 없다. 그럼 잡음도 전부 사라질 거야."

한편으로는 제자들이 정말로 판을 뒤집을 수 있을지, 끝까지 지켜보고 싶은 마음도 있었다.

제자들을 노리는 다른 학생들, 특히 당소소, 독고준, 방백현은 절대로 만만한 상대가 아니니까.

백수룡이 피식 웃었다.

“결과가 어떻게 나오건, 구경하는 재미는 있겠네.”

학생들이 지금까지 수업에서 배운 것을 얼마나 활용할 수 있을지, 백수룡은 끝까지 지켜볼 생각이었다.

그리고 한 가지 바람이 더 있다면…….

스르륵.

백수룡은 어둠 속으로 다시 모습을 숨기며 중얼거렸다.

“……누가 당소소 좀 막아 줘라.”

간절한 소망을 담은 중얼거림이 빈 창고에 울려 퍼졌다.

◆ ◈ ◆

좁고 어두운 방.

흐릿한 등불 하나만이 마주 앉은 두 사람을 비추고 있었다.

헌원강은 마주한 상대의 입이 먼저 열리기를 기다렸다.

“그러니까, 공문서를 위조해 달라?”

헌원강이 찾아간 사내는 한때 이 도시의 뒷골목에서 거친 왈패들을 이끌던 사내였다.

“이 정도는 철두 형님 인맥을 통하면 별로 어려운 일도 아니잖아요?”

“그렇긴 한데…….”

갱생문의 철두는 헌원강이 가져온 서류를 살피다가, 다시 고개를 들어 헌원강을 바라봤다.

그냥 쳐다본 것뿐인데 헌원강은 흠칫했다.

‘인상 한번 진짜 더럽네.’

헌원강도 어디 가서 꿀릴 인상이 아니지만, 온몸이 흉터투성이인 철두와 비교하면 한 수 접어 줘야 했다.

철두가 한쪽 눈썹을 꿈틀거리며 물었다.

"이거, 나중에 문제 되는 건 아니겠지?"

"전혀요. 기밀문서를 위조하는 것도 아니고, 겨우 필체를 따라서 대자보 하나 만드는 거니 문제 될 일 없어요."

"이 안에 적을 내용은?"

"여기요."

헌원강은 품에서 종이 한 장을 꺼내 내밀었다.

그가 철두를 찾아온 용건은 필체를 위조해 대자보를 여러 장 만들어 달라는 것.

종이에 적힌 내용을 읽은 철두는 큭큭 웃더니 고개를 끄덕였다.

"재밌는 짓을 하는구나. 좋아. 한 시진 안에 원하는 걸 만들어 주지."

"요금은 얼마나?"

헌원강은 품 안에서 전낭을 꺼냈다.

친분이 있다고 공짜로 부탁할 생각은 없었다.

오히려 친할수록 합당한 값을 치러야 나중에 뒤탈이 없는 법이었다.

그러나 철두는 고개를 저었다.

"돈은 됐다."

"하지만……."

"대신, 이 일을 우리가 한 게 밝혀져서 곤란한 일이 생기면, 우리 애들이 널 찾아갈 거야."

철두가 혀로 손도끼의 날을 핥으며 히죽 웃었다.

진심인지 농담인지 모를 협박에 헌원강의 안색이 살짝 변했다.

"……형님들 정파로 업종 변경한 거 아니었어요?"

"크큭. 그냥 재미로 해 본 말이다. 오랜만에 이런 일거리가 들어와서 말이지."

철두는 수하를 불러 헌원강이 가져온 대자보와 종이를 넘겼다.

긴 설명은 필요 없었다. 청룡학관에서 요즘 어떤 일이 벌어지고 있는지, 철두는 이미 파악하고 있었다.

"그런데 이런 게 도움이 될까? 그 전과 별 차이가 없을 것 같은데."

"이건 시작일 뿐이에요. 곧 벌어질 커다란 혼란의 시작."

헌원강의 입가에 가느다란 미소가 맺혔다.

산전수전 다 겪은 철두조차 순간 흠칫할 정도로 사악한 미소였다.

'어린놈이 인상 한번 더럽네.'

두 사람이 속으로 서로의 인상이 더 더럽다고 욕하는 가운데, 헌원강이 깜빡할 뻔했다며 말했다.

"혹시 주변에 향낭 만들 줄 아는 사람 있어요?"

"향낭? 너 설마……."

앞으로 청룡학관에서 벌어질 일을 상상한 철두의 눈이 휘둥그레졌다.

"뭐 이런 사기꾼 같은 놈들이 다 있어?!"

◆ ◈ ◆

다음 날 새벽.

청룡학관 곳곳에 새로운 대자보가 붙었다.

'사파 무공의 이해와 실전 대비' 기말고사 규칙 변경 안내

–향낭을 소지한 학생은 향낭이 반드시 보이도록 허리춤에 매고 다닐 것.

–또한 반 시진 이상 같은 장소에 있지 않을 것.

–위의 규칙을 지키지 않다가 발각될 시, 탈락으로 처리하며 보상을 지급하지 않는다.

–백수룡 배상

짧은 내용이 적힌 대자보가, 그전에 붙어 있던 대자보 옆에 나란히 붙었다.

백수룡과 같은 필체로 적혀 있었기에, 대자보의 진정성을 의심하는 학생은 아무도 없었다.

"낭패로군. 향낭을 허리춤에 달고 다녀야 한다니……."

새로운 대자보를 보고 가장 곤란해진 사람은 독고준과 당소소였다.

지금까지 두 사람이 확보한 향낭과 밀지는 무려 8개.

향낭을 빼앗은 후 입단속까지 철저하게 했기에, 지금까지 이 사실은 외부에 거의 알려지지 않았다.

하지만 바뀐 규칙에 의하면, 더 이상 향낭을 숨겨 둘 수 없었다.

'이걸 가지고 밖에 나가면…….'

청룡오망을 쫓던 학생들도 이쪽으로 시선을 돌릴 것이 분명했다.

작게 한숨을 내쉰 독고준이 당소소에게 물었다.

"부회장. 방법이 없을까?"

"……지금으로선 없어요. 일단 저희가 두 개씩 달고 다니는 수밖에."

두 사람은 방백현, 유이란에게 향낭을 두 개씩 나눠 주었다.

당소소가 밖에서 가져온 대자보를 다시 읽으며 눈살을 찌푸렸다.

"두 번째 바뀐 규칙도 문제예요. 반 시진 이상 같은 장소에 있지 마라. 사실상 밖으로 내모는 규칙이네요."

방백현이 고개를 갸웃거리며 물었다.

"갑자기 시험 규칙을 이렇게 바꿔도 되는 거야? 뭔가 이상한데."

충분히 합리적인 의심이었지만, 당소소가 이상한 것이 아니라며 고개를 저었다.

"백수룡 선생님은 충분히 그럴 분이에요."

백수룡에 대한 맹목적인 애정이 오히려 그녀의 눈을 흐리게 만들었다.

실제로, 백수룡이라면 충분히 그럴 만하기도 했고.

"그런가……."

방백현은 여전히 미심쩍은 표정으로 대자보를 살폈다.

그때, 독고준이 입을 열었다.

"어차피 오늘이면 시험이 끝납니다. 해가 질 때까지 향낭을 지키면서, 동시에 비밀 임무를 완수하는 수밖에 없어요."

독고준은 긍정적으로 생각하기로 했다.

규칙이 바뀌었지만, 조건은 같다.

저쪽에서도 향낭을 허리춤에 매달고 밖으로 나올 수밖에 없을 것이다.

'이제는 정면승부다.'

독고준은 설마 이 대자보가 가짜일 거라곤 상상도 하지 못했다.

더불어, 앞으로 일어날 고생길도 예상하지 못했다.

"다들 각오하고 나가자."

네 사람이 학생회 건물 밖으로 나오자, 예상대로 많은 학생들의 눈총이 따갑게 쏟아졌다.

"뭐야? 향낭을 두 개씩이나 가지고 있잖아."

"한 사람이 두 개씩 가질 필요가 있어?"

"욕심도 많군. 하나만 챙기고 양보할 것이지……."

넓게 포위망을 조여오는 학생들의 적대감 어린 시선을 느끼며, 독고준은 일행은 충돌을 각오했다.

독고준은 옆에 나란히 선 방백현에게 물었다.

"선배님. 저희가 향낭 몇 개를 양보하면 저들이 물러날까요?"

"독고. 너 그렇게 순진한 생각을 하고 있었어?"

피식 웃으며 말한 방백현이 검을 빼 들었다.

부드럽기만 하던 그의 인상에 단호함이 깃들었다.

"하나라도 주면 우릴 얕보고 더 악착같이 달려들 거다. 가진 걸 다 빼앗을 때까지 말이야."

"……역시 싸우는 수밖에 없겠군요."

"나 참. 사 학년이나 돼서 이게 웬 고생인지."

방백현이 장난스레 한숨을 내쉬며 중얼거리는 순간, 포위망을 이룬 학생들 사이에서 누군가가 소리쳤다.

"공격해!"

향낭을 노리는 수십 명의 학생들이 일제히 덤벼들었다. 마치 먹이를 노리는 승냥이 떼 같았다.

"이대로 돌파한다!"

독고준이 선두로 나서며 소리쳤다. 그 좌우를 방백현과 유이란이 받치고, 당소소가 후위를 맡았다.

네 사람은 모두 청룡학관에서 손에 꼽히는 실력자들이었다. 아무리 상대의 숫자가 많다 한들, 웬만한 학생들은 독고준의 일검도 제대로 버티지 못했다.

'순식간에 돌파한다!'

전력을 다하면 포위망을 뚫는 것은 어렵지 않다.

독고준은 자신감에는 충분한 근거가 있었다.

하지만 언제든 예상치 못한 일이 벌어지는 곳이 무림이었다.

쉭!

"!!"

사각에서 날아온 예리한 검격이 어깨를 훑고 지나갔다. 독고준은 깜짝 놀라 몸을 움츠려 피했다.

'고수!'

독고준은 즉시 검을 끌어당겨 이어질 적의 공격에 대비했다. 하지만 그를 노린 검은 인파 속에 모습을 감췄다.

"조심해! 만만치 않은 녀석이 있다!"

방백현도 그 사실을 눈치채고 소리쳤다.

하지만 그들을 노린 고수는 전면으로 나서지 않았다.

살수처럼 인파 속에 몸을 숨기고 있다가, 혼란을 틈타 한 번씩 급소를 노릴 뿐이었다.

"한 명이 아니다. 둘 이상이야."

인파 속에 몸을 숨긴 고수들을 신경 쓰느라, 독고준 일행은 결국 포위망을 돌파하지 못하고 발이 묶였다. 여러 명이 뒤엉키며 난전이 벌어졌다.

설상가상으로, 시간이 지날수록 점점 향낭을 노리는 숫자가 늘어났다. 마치 누가 소문이라도 내고 데려오는 것 같았다.

"저기다! 향낭이 저기 있다!"

"독고준한테 향낭이 여러 개 있다!"

"이리 내놔!

어느새 백 명이 넘는 인원이 뒤엉킨 대난전이 되었다. 독고준의 예상과는 전혀 다른 전개였다.

까가가가강!

사방에서 쏟아지는 공격을 막느라 혼이 쏙 빠질 정도로 검을 휘둘러야 했다. 그만큼 험난한 싸움이었다.

"크아악! 빌어먹을!!"

결국 그 얌전한 독고준의 입에서 자기도 모르게 욕설이 튀어나왔다.

◆◈◆

밖에서 대난투극이 벌어지는 동안, 한 마리의 맹수는 은밀하게 학생회 건물 지하로 잠입했다.

살금살금.

맹수는 발걸음 소리를 거의 내지 않으며 움직였다. 학생회 건물 내에서도 보안이 가장 엄중한 곳이 녀석의 목적지였다.

하지만 기감이 뛰어난 무인들을 속이는 건 역시나 쉽지 않았다.

"어? 고양이잖아?"

"언제 들어온 거야?"

문 앞에서 경계를 서고 있던 두 명의 학생이 은호를 발견했다.

캬앗…….

이젠 어쩔 수 없었다. 맹수는 최후의 수단을 사용하기로 했다. 별로 내키지는 않았지만, 인간들은 이걸 좋아했다.

발라당!

인간들 앞에서 발라당 드러누운 은호는 배를 긁어 달라며 애교를 부렸다.

캬앙?

그 치명적인 귀여움에 학생들은 심장이 멎을 듯한 충격을 받았다.

"허억……!"

"세상에. 엄청 귀여워……."

눈처럼 새하얗고 작은 은호는 요물이나 다름이 없었다.

은호에게 홀린 두 학생은 그 앞에 쪼그려 앉아 열심히 배를 긁어 주기 시작했다. 보드라운 감촉에 두 사람의 표정이 흐물흐물하게 녹았다.

"오구오구!"

둘 다 은호에게 홀린 탓에, 뒤에서 접근하는 또 다른 맹수의 존재는 눈치채지 못했다.

"여기가 폐관 수련할 때 쓰는 방 맞지?"

"!!"

"침입……!"

두 학생이 소리를 지르려 했을 땐 이미 늦었다.

야수혁의 커다란 손이 둘의 머리를 하나씩 덥석 붙잡은 후, 서로 강하게 부딪쳤다.

빠악!

머리가 부딪친 두 학생은 그대로 의식을 잃고 기절했다.

"정중하게 물어봤는데 왜 소리를 지르고 지랄이야?"

야수혁은 능숙하게 두 학생의 주머니를 털어 열쇠를 찾았다. 은호에게 간식을 주는 것도 잊지 않았다.

"털뭉치. 잘했다."

캬앗!

은호는 야수혁이 보상으로 준 육포를 질겅질겅 씹었다.

쿠구구궁……!

두꺼운 문을 열어젖힌 야수혁은 곧장 안으로 들어갔다. 은호가 폴짝 뛰어올라 야수혁의 어깨에 올라탔다.

야수혁이 안쪽에 대고 낮게 소리쳤다.

"선배! 구하러 왔수다!"

"……수혁이냐?"

방 안쪽에서 거상웅의 목소리가 들려왔다.

사흘 동안 빛을 보지 못한 그의 모습이 어둠 속에서 천천히 드러났다.

야수혁이 안으로 걸어가며 한숨을 내쉬었다.

"고생했수. 그동안 고초가 심했을…… 당신 누구야?"

야수혁은 크게 달라진 거상웅의 모습에 놀라 뒤로 물러났다.

강제 제모로 인해 인상이 한층 말끔해진 거상웅이 영 적응되지 않았던 것이다.

278화

# 설립 이래 최대의 난장판

야수혁은 못 볼 꼴이라도 본 듯한 표정으로, 인상이 확 바뀐 거상웅을 바라봤다.

"진짜 상웅 선배 맞아?"

강제 제모를 당해서 매끈해진 근육질의 몸과 팔다리.

원래는 듬성듬성 자라 있던 턱수염도 깔끔하게 면도를 했고, 머리는 기름을 발라 보기 좋게 넘겼다.

여기에 지저분했던 눈썹까지 단정하게 정리됐으니, 이건 뭐 사람이 완전히 달라진 수준이었다.

약간의 배신감마저 느낀 야수혁이 눈썹을 꿈틀거렸다.

"붙잡혀서 고초를 겪은 줄 알았더니, 오히려 신수가 더 훤해지셨네?"

"구경 그만하고 빨리 이거나 풀어."

멀끔해진 거상웅이 팔다리를 묶고 있는 쇠사슬을 내밀며 말했다. 왠지 더 재수도 없어진 느낌이었다.

야수혁이 다가와 거상웅의 쇠사슬에 열쇠를 끼워 넣었다. 가까이 와서 보니 변화가 더 크게 느껴졌다.

몸에 향유까지 바른 것 같은데…….
야수혁이 혀를 차며 투덜거렸다.
"얼마 전까지만 해도 우리 업계 사람 같았는데, 지금은 꼭 뚱뚱한 기생오라비 같이 생겼네. 그래도 인기는 없겠지만."
"이 자식이 진짜……!"
야수혁이 큭큭 웃으며 열쇠를 돌렸다. 쇠사슬이 쿵 소리를 내며 바닥에 떨어졌다.
쿠웅!
꽤 오래 묶여 있어서 찌뿌둥했는지, 거상웅은 팔다리를 붕붕 돌리며 몸을 풀었다.
"내가 당소소에게 얼마나 끔찍한 꼴을 당한 줄 모르지? 묶여서 온몸을 제모 당한 거로도 모자라, 난데없이 이발에 눈썹까지 다듬어지는 기분을 아냐? 으으……."
끔찍했던 이틀간의 기억이 떠올린 거상웅이 진저리를 쳤다.

–어라? 선배님……. 이제 보니 살 좀 빼고 꾸미면 꽤 괜찮겠는데요?
–괘, 괜찮다니 뭐가?

자신을 훑던 당소소의 예리한 시선과 입가에 맺힌 알 수 없는 흐뭇한 미소.

–지금부터 알게 해 드릴게요.

그때부터 거상웅은 강제로 외모 관리를 받기 시작했다.
팔다리의 털이 뽑히고, 수염이 밀리고, 머리에 눈썹까지 다듬어지는 경험이라니!

—그만! 제발 그만해! 내가 여자도 아닌데 왜 이러는 거야!!
—어머. 요즘은 남자들도 이 정도는 기본인 거 모르세요?
—차라리 고문을 해!
—호호호호!

당소소의 광기는 멈출 수 없었다.
그렇게 강제로 '꾸며짐' 당하게 된 결과물이 지금의 거상웅이었다.
"일단 여기서 나가자. 잠깐이라도 더 있고 싶지 않다."
두 사람은 함께 감옥에서 빠져나왔다.
거상웅은 야수혁에게 후배들이 짠 계획, 그리고 바깥의 상황이 어떻게 돌아가는지 들었다.
판을 아예 새로 짜려는 후배들의 계획에 입이 딱 벌어졌다.
"여민이 주도해서 이 계획을 꾸몄다고? 그 녀석. 똑똑한 줄은 알았지만……."
"잘난 척하다가 붙잡힌 어떤 선배보다 훨씬 낫던데?"
"흠흠."
헛기침을 한 거상웅이 고개를 돌려 창밖을 바라봤다.
다행히 바깥의 싸움에 모두의 시선이 쏠린 터라, 학생회 건물을 빠져나가는 그들을 눈치챈 사람은 없었다.
거상웅의 시선이 난전에 뒤섞여 싸우고 있는 옛 친우를 향했다.
"……너희들이 짠 계획. 다 좋은데, 방백현 저 녀석은 만만히 보면 안 된다."
"둘이 아는 사이요?"
일 학년인 야수혁은 방백현에 대해서 모를 만도 했다.
거상웅이 조금 씁쓸한 표정으로 말했다.
"한때는 절친한 사이였지."

거상웅과 방백현.

두 사람은 한때 청룡쌍절이라 불릴 정도로 촉망받던 후기지수였다.

입학식부터 서로의 뛰어남을 알아본 두 사람은 친구이자 호적수가 되었고, 늘 붙어 다녔다.

남들에겐 말 못 할 가정사까지 서로 알고 있을 만큼 친한 사이였다.

하지만 두 사람이 이 학년 때 열린 천무제가 모든 것을 바꿔 놓았다.

—나는 올해 천무제에 참가하지 않을 거야. 아직 세상에 내 재주를 드러내기엔 부족한 것 같아.

—지랄. 또 어머니가 반대하셔서 그러냐? 이번엔 또 뭐라시는데? 참가해 봤자 네 경력에 흠만 될 거래?

—……뭐, 그런 것도 좀 있고.

머리를 긁적이며 어색하게 웃던 방백현의 얼굴이 떠올랐다.

거상웅이 혼자서 천무제에 다녀온 이후로, 두 사람의 관계는 완전히 멀어졌다.

'먼저 피한 건 내 쪽이었지.'

천무학관의 권패 초일에게 당하여 큰 상처를 입은 거상웅은 오랫동안 이유를 알 수 없는 공포에 시달렸다.

밤마다 악몽을 잊지 못해 결국은 도박과 식도락에 빠져들었고, 무공을 점점 멀리하게 됐다. 학관의 기대를 한 몸에 받았던 소년은 문제아가 되었다.

—상웅아. 무슨 일이 있었는지 내게도 말해 줄 수 없는 거냐?

—…….

—답답해 죽겠네 진짜! 언제까지 아무 말도 안 하고 있을 건데! 안 그

래도 연이 때문에 힘든데 너까지 이러면…….

—……꺼져. 귀찮게 굴지 말고.

몇 번이나 찾아왔던 친구를 차가운 말로 쫓아냈던 기억들이 거상웅을 괴롭혔다.

방백현에게는 늘 마음의 빚이 있었다.

백수룡의 도움을 받아 주화입마를 극복한 이후에는 직접 찾아가려 했지만, 그때는 방백현이 폐관 수련에 들어가 만날 수 없었다.

때문에 실제로 방백현의 얼굴을 다시 보는 건 정말 오랜만이었다.

"……방백현은 내가 맡는다. 저 녀석은 내가 가장 잘 알아."

방백현을 바라보는 거상웅의 눈빛이 복잡한 감정으로 뒤섞였다.

◆ ◈ ◆

"저 녀석들도 이제 지쳤다!"

"허리! 허리에 있는 향낭을 노려!"

여전히 향낭을 노리는 승냥이 떼에게 포위당해서 공격당하는 와중에도, 독고준은 뭔가 이상하다는 것을 느꼈다.

'숨어서 한 번씩 우릴 기습하는 놈들. 둘 중 하나는 검초가 익숙해.'

상대는 정체를 숨기기 위해 단순한 초식으로만 공격하고 있었지만, 독고준은 그 단순한 초식에서 익숙함을 느꼈다.

까앙!

또 한 번 사각에서 날아온 기습을 막아 낸 독고준은 고개를 홱 돌렸다.

복면으로 얼굴을 가린 작은 체구의 검객이 인파 속으로 몸을 숨기는 모습이 보였다.

"역시……."

독고준은 뒤로 물러나 방백현과 등을 맞댔다.

"선배님. 숨어서 우리를 공격하는 녀석들. 아무래도……."

"한 명은 위지천인 것 같지?"

방백현도 같은 결론을 내린 모양이었다. 두 사람은 당소소와 유이란에게도 그 사실을 알렸다. 넷 다 점점 숨이 가빠지고 있었다.

"……다른 하나는 여민일 거예요. 아까부터 교묘하게 군중을 선동하는 목소리는 전부 여자였어요."

당소소가 입술을 잘근잘근 악물며 말했다.

학생회의 지낭으로서, 누군가가 만든 함정에 빠졌다는 사실에 자존심이 상한 모양이었다.

"하지만 참가자들은 향낭을 허리춤에 매고 있어야 하지 않아? 향낭은 안 보이던데?"

유이란이 고개를 갸웃거리며 물었다.

얼굴은 복면으로 가릴 수 있어도 향낭은 가릴 수 없었다.

바뀐 규칙에 의하면, 향낭을 숨기면 이 시험에서 탈락이니까.

"향낭은 다른 사람에게 맡기고 온 걸 수도 있지. 아직 야수혁과 헌원강이 안 보이는 걸 보면."

"아니면 누군가에게 빼앗긴 후에, 다시 우리 걸 빼앗으려고 온 거 아닐까요?"

"시험이고 뭐고 그냥 우리한테 복수하러 온 걸지도……."

의견이 분분했지만 그 안에 정답은 없었다.

그 누구도 '새로 붙은 대자보가 가짜가 아닐까?'라고 의심하지는 못했다.

"어쨌든, 아까 그 녀석들이 우릴 함정에 빠뜨린 건 확실한 거네?"

방백현은 점점 지쳐가는 후배들을 둘러봤다.

다들 지쳐 가고 있었지만, 이상하게 방백현의 입가에는 아까부터 웃음이 그치지 않았다.

'재밌어.'

이 학년 이후로, 이렇게 죽어라 검을 휘두르고 땀 흘리면서 뛰어다녀 본 적이 언제였던가?

'어쩌다가 이런 터무니 없는 시험에 휘말려서.'

스스로 생각해도 황당해서 계속 웃음이 새어 나왔다.

올해 사 학년인 방백현의 목표는 졸업 후 무림맹에 입맹해, 언젠가는 무림맹주가 되는 것이었다.

많은 이들이 청룡학관 출신은 불가능한 일이라고 말했지만, 방백현은 신경 쓰지 않고 묵묵히 노력해 왔다.

항상 우수한 성적을 받았고, 언행은 타의 모범이 되었다. 주변에 적을 만들지 않기 위해서 늘 웃었고, 가벼운 친선비무 한 번도 신중하게 선택해야 했다.

늘 어머니의 조언을 따르며 철저하게 준비했다. 좋든 싫든 간에 말이다.

"……하지만 오늘은 마음껏 날뛰어도 상관없겠지. 시험 자체가 이런 거니까."

합법적으로 동기들과 후배들을 때려눕힐 기회는 많지 않았다.

게다가 청룡오망처럼 촉망받는 후기지수들과 검을 맞대 쓰러뜨린다면, 훗날 큰 무용담이 될 터.

방백현이 앞으로 나서며 소리쳤다.

"자! 향낭은 여기 있으니 누구든 원한다면 가져가 봐!"

방백현이 만들어 낸 검의 잔영이 만개한 꽃잎처럼 펼쳐졌다. 무척 화려한 검법이었다.

채채채채챙!

졸업과 취업을 앞둔 사 학년에게 이런 일탈은 짜릿한 유희일 수밖에 없었다.

방백현은 한참 신나게 검을 휘두르다가 갑자기 기막힌 생각을 떠올렸다. 그가 활짝 웃으며 후배들을 돌아봤다.

"차라리 향낭을 다 주자!"

"예? 무슨 소립니까 그게!"

"……혹시 미치셨어요, 선배님?"

방백현은 자신을 의심의 눈초리로 바라보는 후배들에게 활짝 웃어 주었다.

"향낭을 던져 주면 저 녀석들끼리 서로 차지하겠다고 싸우지 않겠어? 그동안 우린 위지천과 여민을 찾아서 쓰러뜨리는 거야."

"아……."

"그다음 잃어버린 향낭을 되찾는 건 별로 어렵지 않을걸. 어차피 허리춤에 보이도록 내걸어야 하니까."

"……괜찮군요."

"나쁘지 않은 생각이에요."

"위지천은 계속 대련하느라 많이 지쳤을 텐데……."

후배들도 결국 수긍했다.

사실 시험이 끝날 때까지 향낭을 지키는 것이 최선이긴 하지만, 그러기엔 다들 너무 지쳐 있었다.

"좋아. 내가 먼저 시작하지!"

방백현은 자신의 향낭 두 개를 전부 허리춤에서 뜯어 하늘로 획 던졌다.

안 그래도 혼란스러웠던 상황을 더 난장으로 만드는 신호탄이었다.

"자! 너희가 그렇게 원하던 향낭이다!"

예상대로 포위망의 한쪽이 허물어지며, 학생들은 향낭이 날아간 곳으로 달려갔다.

"향낭이다!"

"저리 비켜!"
"웃기지 마! 저건 내 거야!"
향낭이 바닥에 떨어지기 전에 한 사람의 손에 잡혔으나, 곧 다른 사람이 그것을 빼앗았다. 그러나 세 번째 사람이 두 번째를 넘어뜨렸고, 향낭은 손에서 떨어져 바닥을 굴렀다.
향낭 하나를 차지하기 위해 십수 명이 달려들면서 순식간에 난장판이 된 것이다.
"효과 확실하지? 자! 너희도 던져!"
선배의 시범을 본 후배들도 전부 향낭을 뜯어 하늘로 던졌다.
순식간에 포위망이 흩어지고, 사방에서 향낭을 차지하기 위한 각축전이 벌어졌다.
"진작 이럴걸. 너흰 다들 잠깐 한숨 돌리고 있어."
방백현은 후배들을 뒤로하고 위지천을 향해 성큼성큼 걸어갔다. 그가 빙긋 웃으며 복면을 쓴 위지천에게 말했다.
"천재 신입생. 이번에는 나랑 일대일로 붙어 볼까?"
"……."
위지천은 말없이 검을 들어 올렸다.
두 명을 동시에 상대하는 건 힘들지만, 일대일이라면 해 볼 만하다고 생각하는 듯했다.
두 검객의 검 끝이 천천히 서로를 겨눌 때였다.
"누가 우리 막내 괴롭히냐아아!"
쩌렁쩌렁한 목소리와 함께, 저 멀리서 누군가가 먼지를 일으키며 달려왔다.
등 뒤로 수십 명의 추격자를 달고 온 헌원강이었다. 그는 등에 커다란 보따리를 하나 짊어지고 있었다.
"……헌원강?"

"저건 또 뭐 하는 짓이지?"

독고준 일행이 불안한 표정으로 헌원강을 지켜보는 가운데, 난장판으로 합류한 헌원강이 누군가의 머리를 밟고 하늘 높이 도약했다.

타닷!

"이 자식들아! 향낭이 갖고 싶냐? 어디 마음껏 가져가라!"

헌원강이 짊어지고 온 보따리를 허공에서 풀어헤치자, 그 안에서 백 개가 넘는 향낭이 비처럼 쏟아졌다.

"저건 또 무슨……."

"향낭이 저렇게 많았어?"

다들 순간 멍한 표정을 짓는 가운데, 당소소가 소리를 질렀다.

"저건 가짜예요! 저러면 진짜랑 섞이잖아요!"

"뭐? 헌원강 이 미친 자식!"

독고준은 급히 자신이 던진 향낭을 되찾기 위해 달려나갔다.

하지만 이미 진짜와 가짜가 아무렇게나 뒤섞인 후였다. 흙먼지가 잔뜩 피어올라서 시야를 가리고, 학생들의 손을 거치면서 더 구분할 수 없게 되었다.

"하하하하! 이래서는 뭐가 진짜고 뭐가 가짜인지 알 길이 없겠군!"

난장판도 이런 난장판이 없었다. 방백현은 유쾌한 웃음을 터트렸다.

"젠장! 뭐가 어떻게 된 거야!"

"몰라! 이렇게 된 거 싸움이나 하자고!"

"우리도 끼워 줘!"

처음에는 향낭을 차지하기 위해 참여한 학생들이 전부였지만, 나중에는 소문을 듣고 몰려온 학생들이 더 많았다.

마침 오늘은 기말고사 일정의 마지막 날이기도 했다.

기말고사를 보면서 쌓인 압박감과 긴장을 풀 겸, 이 전무후무한 패싸움에 참여하는 학생들이 점점 늘어났다.

"싸움이다!"

"다 덤벼!"

"향낭! 향낭은 어디 있는데!"

어쩌면 오늘이 청룡학관 설립 이래 최대의 난장판이 아닐까?

소용돌이치는 흙먼지 속에서 방백현이 웃음을 터트렸다.

"시험도 끝났겠다! 다들 신나게 놀아 보자고!"

279화

# 진흙 속의 진주들

매극렴은 눈 앞에 펼쳐진 광경을 바라보며 깊게 탄식했다.

"정녕, 개판이 따로 없구나……."

백 명이 넘는 학생들이 뒤엉켜 싸우며 난장판을 만들고 있었다.

처음에는 손자가 시험에서 내건 보상 때문에 벌어진 일인 줄 알았다. 그런데 여기저기서 들려오는 소리를 들어 보면, 꼭 그런 것도 아니었다.

"시험도 끝났겠다! 다들 신나게 놀아 보자!"

대체 어떤 쌍놈의 자식이 외친 말인지는 모르겠으나, 놀랍게도 곳곳에서 그에 호응하는 외침이 들려왔다.

"으아아! 좀이 쑤셔서 죽는 줄 알았네!"

"진짜 시험 보느라 머리에 쥐 나는 줄 알았다고!"

"드디어 해방이다아!"

대체 기말고사가 끝난 것과 저 난장판에 뛰어드는 것이 무슨 상관이며, 왜 이렇게들 신이 난 게야?

매극렴은 도무지 이해할 수가 없었다.

"이놈들! 몸이 그렇게 근질거리면 연무장에 가서 초식이라도 한 번 더 수련할 것이지……!"

학생들은 무슨 축제라도 열린 것처럼 저 난장판에 몸을 던지고 있었다. 연막탄에서 흘러나온 시커먼 연기, 학생들이 일으킨 흙먼지가 뒤섞여 하늘 높이 솟구쳤다.

여기가 학관인지 전쟁터인지 분간이 안 될 지경이었다.

청룡학관 역사의 산증인으로서, 매극렴도 지난 수십 년 동안 처음 보는 난장판이었다.

'백무흔 그놈이 학생일 때도 이 정도는 아니었거늘!'

그때도 기껏해야 술 마시러 담을 넘고, 어린 것들끼리 만나 연애질이나 하는 게 대부분이었다.

간혹 패싸움하는 놈들도 있었으나, 이렇게 백 명이 넘어가는 규모는 단 한 번도 없었다.

물론 백무흔 그 개잡, 아니 사위 놈은 그때도 특출나긴 했다.

시험이 끝나고 약빙과 무단 외박을 할 계획을 꾸미다 자신에게 걸렸을 때, 그때 죽였으면 오늘 이 꼴도 안 봤을 텐데…….

"허허……."

적당히 해야 호통을 치고 말리기라도 할 텐데.

이건 규모가 워낙에 커서 매극렴도 당장 어찌해야 할지 엄두를 못 내고 있었다.

매극렴만이 아니었다. 다른 강사들도 밖으로 나와 그 난장판을 구경했다.

"이, 이게 대체 무슨 일입니까?"

"세상에……."

"밖에서 보면 학관에 불이라도 난 줄 알겠습니다!"

오늘로 기말고사 일정이 모두 끝났기 때문에, 강사들도 대부분 나와서 이 진풍경을 구경하게 되었다.

"어쩌다가 일이 이렇게까지……."

"저 난장판을 그냥 내버려 둬도 괜찮은 겁니까?"

"이러다 큰 부상자라도 나오면 어쩌려는 것인지……."

무공을 가르치는 학관이기에 학생들이 다치는 일도 종종 생기지만, 그것도 납득될 만한 이유가 있을 때의 경우였다.

만약 저 난장판에서 학생들이 지나치게 흥분해 누군가 크게 다치거나 불구라도 된다면, 청룡학관의 명성에 먹칠을 하게 될 터였다.

"누가 좀 말려야 하지 않겠습니까?"

"대체 누가 말입니까?"

"그거야 이 시험의 감독관이……."

강사들의 시선은 자연스럽게 이 난장판의 원인을 제공한 사람에게로 향했다.

그곳에는 느긋하게 뒷짐을 진 채로 제자들이 만들어 낸 난장판을 구경 중인 백수룡이 있었다.

'또! 또 저 인간이지!'

'하여튼 무슨 일만 생기면!'

그러나 강사들은 속으로만 욕할 뿐, 청룡신협의 명성이 주는 위세에 눌려 직접 말하지는 못했다.

백수룡은 더 이상 만만한 신입 강사가 아니었다.

천하를 들썩이게 할 정도로 명성을 떨치는 초고수이자, 혈교의 위협으로부터 남궁세가를 구한 영웅.

이런 소란을 가장 싫어하는 남궁수조차 미간만 찌푸릴 뿐 가만히 있었다.

남궁수는 지끈거리는 관자놀이를 꾹꾹 누르며 한숨을 쉬었다.

"본가의 은인만 아니었으면……."

다른 강사들이 아무도 나서지 않는 모습을 지켜본 매극렴은 자신이 나서야 할 순간이라고 생각했다.

"이보게, 백수룡 선생! 이게 대체 무슨 짓인가?"

손자를 아끼는 마음과는 별개였다.

만약 저 난장판에서 학생들이 크게 다치기라도 한다면, 청룡학관의 명성이 바닥에 떨어지는 것은 물론이고, 수룡의 강사 인생에 큰 오점이 남을 수도 있었다.

그것만은 반드시 막아야 했다.

'과분한 명성이 너를 오만하게 만든 모양이구나. 내 오늘은 네게 망신을 주는 한이 있더라도 따끔하게 질책해야겠다!'

단단히 마음먹은 매극렴이 성큼성큼 다가가자, 백수룡이 고개를 돌렸다.

그리고 머쓱하게 웃으며 말했다.

"하하. 요즘 애들 참 활기가 넘치죠?"

이놈이 어디서 은근슬쩍 애들 탓으로 넘어가려고 들어!

네놈이 이 난장판을 만든 원흉이잖아!

손자의 뻔뻔한 대답에 매극렴의 수염이 파르르 떨렸다.

둘만 있는 자리였다면 당장에 볼기짝을 후려쳤을 것이다.

"긴 말 할 것 없으니, 당장 저 시험을 멈추게. 이러다 누구 하나 다치는 꼴을 보고 싶은 겐가?"

"그 점이라면 걱정하지 않으셔도 됩니다."

백수룡이 씩 웃었다.

"미리 악연호, 명일오, 제갈소영, 곽두용 선생에게 부탁해 두었습니다. 저 안에서 위험한 일이 생기면, 세 사람이 나서서 중재할 겁니다."

피어오르는 연기와 흙먼지 때문에 자세히 보이지는 않았지만, 백수룡이 말한 네 강사는 난장판 안에 정체를 숨기고 들어가 있었다.

충분한 안전장치를 해 두었다는 말이었지만, 매극렴은 그 정도로는 물러서지 않았다.

"그렇다고 해도, 나는 저 난장판을 계속 지켜봐야 할 이유를 모르겠네. 저리 패싸움을 벌이는 것이 학생들에게 어떤 도움이 된단 말인가?"

매극렴의 말에 많은 강사들이 고개를 끄덕였다.

저런 난장판 속에서 규칙도 없이 벌어지는 집단전은, 그들이 보기엔 그저 패싸움에 불과했다.

"이 수업의 취지와 의도는 이해하네. 하지만 다른 학생들까지 끌어들이는 것은 과한 일이야. 어서 저 난장판을 멈추시게."

"저도 같은 생각입니다."

"아무래도 이건 좀 지나친 면이 있지요."

매극렴이 나서자 용기를 얻은 다른 강사들도 한마디씩 덧붙였다.

그들의 말은 구구절절 정론이었으나, 백수룡은 매극렴의 말만 빼고는 대충 흘려들었다.

"학생주임 선생님."

입가에 미소를 싹 지운 백수룡이 매극렴을 똑바로 바라봤다.

"저 아이들은 앞으로 저런 싸움에 익숙해져야 합니다."

지금은 할아버지와 손자가 아닌, 아닌 강사 대 강사로서 마주 선 것이기 때문이었다.

"익숙해져야 한다니? 정파의 대들보가 될 아이들을 사파의 시정잡배로 만들 생각인가?"

매극렴이 하얀 눈썹을 꿈틀거리며 물었다. 그의 몸에서 날카로운 기세가 피어올랐다.

백수룡도 그 시선을 피하지 않고 똑바로 마주 봤다.

"최근 무림의 정세가 급격히 혼란스러워지고 있습니다. 저 아이들은 몇 년 안에 전쟁터에 나가야 할지도 모릅니다. 당장 내년이나 올해일 수도 있지요."

“…….”

순간 매극렴은 말문이 막혔다. 백수룡이 말을 이었다.

“실전에서는 일대일 비무가 더 드뭅니다. 전쟁이라도 벌어지면 저런 난전이 기본이지요.”

“……저 난장판이 혈교와의 전쟁에 대비한 모의전이란 말이냐?”

매극렴이 눈을 가늘게 좁히며 묻자, 백수룡은 고개를 저으며 웃었다.

“진짜 전쟁에 비하면 저 정도는 놀이에 불과합니다. 하지만…….”

잠시 말을 멈춘 백수룡은 자신을 바라보는 강사들을 죽 훑었다.

그의 시선이 남궁수에게서 멈췄다.

‘도와줘라, 좀.’

말로 하지 않아도 눈빛만으로 알 수 있었다.

한숨을 내쉰 남궁수가 입을 열었다.

“도움은 될 거라고 생각합니다. 온실 속에서 자란 화초는 갑작스러운 환경의 변화에 취약합니다. 정파 학관의 아이들도 마찬가지입니다. 정해진 수업과 비무, 시험이 반복되면서 사고가 굳어 버리지요.”

남궁수의 시선이 병장기 부딪치는 소리와 고함이 난무하는 난장판으로 향했다.

“저 아이들 중 절반 이상은 사람을 진심으로 베어 본 적도, 혼자 무림을 돌아다녀 본 적도 없습니다.”

향낭이라는 목표 때문에 적과 아군을 구분할 수 없고, 매캐한 연기 속에서 언제 뭐가 날아올지도 모른다. 저 안에서 기습과 함정은 기본이었다.

목숨까지 건 싸움은 아니지만, 저 정도만으로도 학생들에겐 굉장히 놀랍고 다양한 경험이 될 것이다.

“……백수룡 선생의 수업 방식이 많이 과격한 것은 사실이나, 저 역시 이런 것도 한 번쯤은 필요하다고 봅니다.”

남궁수가 한숨을 쉬면서도 나서지 않은 이유였다.

아무리 백수룡이 가문의 은인이라 해도, 학생들을 상대로 터무니없는 짓을 했으면 가만히 지켜볼 그가 아니었다.

남궁수가 백수룡을 힐끗 바라봤다. 그가 눈으로 말했다.

'이제 됐나?'

'고맙다.'

눈인사로 남궁수에게 고마움을 표한 백수룡이 다시 매극렴을 바라봤다. 그가 단호한 어조로 말했다.

"무슨 말씀을 하셔도 시험 시간이 끝날 때까지는 멈출 생각이 없습니다."

"허어……."

매극렴은 여전히 완전히 납득하지 못한 표정이었지만, 남궁수까지 백수룡 편을 들고 나서자 더 따지는 것도 힘들어졌다.

결국, 매극렴 역시 한숨을 쉬며 고개를 끄덕였다.

"그렇게까지 말한다면 알겠다. 단, 크게 다치는 아이가 없도록 신경 써야 할 것이다."

"제가 책임지겠습니다."

"누가 다친 후에 책임지는 것이 무슨 의미가 있단 말이냐. 예방을 말하는 것이다."

매극렴은 주위를 둘러보며 다른 강사들에게 말했다.

"우리도 구경만 할 것이 아니라, 시험을 지켜보다가 부상자가 있으면 곧바로 끼어들어 구합시다. 다들 도와주시오."

공교롭게도 노군상과 곽철우는 자리를 비운 상황이었다.

강사 경력으로도 무림의 배분으로도 매극렴의 말을 거절할 수 있는 사람은 없었다.

"내가 구역을 나눠 줄 테니, 다들 가서 상황을 지켜보다 나서야 할 순간에 나서시오."

"예!"

강사들은 매극렴의 지시에 따라 흩어졌다. 시험을 방해하지 않는 선에서 학생들의 안전을 확보하기 위해서였다.

'휴우.'

상황이 정리되는 모습을 보며 백수룡은 속으로 안도의 한숨을 쉬었다. 다행히 경위서는 쓰지 않아도 될 것 같았다.

'이렇게까지 판이 커질 줄이야.'

태연한 척했지만, 사실 누구보다 당황한 사람은 바로 백수룡이었다.

학생들에게 수단과 방법을 가리지 말라고는 했지만, 이렇게까지 난장판을 만들어 놓을 줄이야.

백수룡의 시선이 난장판 속에서 이리저리 뛰어다니는 제자들을 향했다. 그의 눈이 가늘어졌다.

'저 미친놈들 진짜.'

백수룡에게 청룡신협이라는 명성이 없었다면, 진작 다른 강사들이 강제로 시험을 중지시켰을 것이다.

"하여튼 어디서 못된 것만 배워서……. 흠흠."

누워서 침 뱉기 같아서 백수룡은 하던 말을 멈췄다. 아무리 생각해도 그 '어디서'는 자신밖에 없었다.

이게 다 제자들을 되바라지게 키운 본인의 업보였다.

'어쨌든, 시작을 했으니 끝까지 해 봐라. 뒷수습은 내가 할 테니까.'

백수룡은 난장판을 전체적으로 살피고 있는 매극렴에게 다가갔다. 아까부터 궁금한 게 있어서였다.

"할아버님. 그런데 관주님은 어디 가셨습니까? 아까부터 모습이 안 보이시던데요."

노군상뿐만 아니라 부관주인 곽철우의 모습도 보이지 않았다. 두 사람이 함께 자리를 비우는 것은 흔한 일이 아니었다.

"아까 무림맹의 연락을 받고 급히 가셨다."

"……무림맹이요?"

백수룡의 표정이 살짝 굳었다. 최근 무림맹에서 올 연락은 하나뿐이었다.

매극렴이 고개를 끄덕였다.

"언뜻 듣기로는 무림맹주가 내일 중으로 학관을 방문할 모양이라는구나."

역시나.

무림맹주와 관련된 호출이었다.

백수룡은 괜히 신경이 쓰여 무림맹 강서지부가 있는 방향을 바라봤다.

매극렴이 그런 백수룡의 어깨에 손을 올리며 말했다.

"관주님은 네가 걱정할 분이 아니다. 지금은 저 아이들을 잘 지켜보거라. 한 학기 동안 네가 직접 가르친 제자들이 아니더냐."

"……예. 알겠습니다."

매극렴의 말이 맞았다.

백수룡은 다른 걱정은 접어두고, 난장판 속에서 싸우는 자신의 학생들에게 집중했다.

이번 시험에서 학생들이 최선을 넘어 수단과 방법을 가리지 않는 모습, 방법을 찾기 위해 고민하고 노력하는 모습을 보고자 했다.

'그래서 일부러 너희끼리 충돌하는 임무를 여럿 만들었지.'

처음부터 결과보다는 과정을 지켜볼 생각이었다.

어차피 임무에 성공할 사람은 거의 없을 거라고 예상하며 어려운 난이도로 문제를 만들었다.

일부는 예상보다 실망스러웠고, 일부는 기대에 충분히 부응했다. 기대를 훌쩍 뛰어넘는 녀석도 있었다.

그러나 결과에 상관없이, 백수룡은 학생들에게 같은 감정을 느꼈다.

'다들 한 학기 동안 수고했다.'

다른 학생들과 섞어 놓고 냉정하게 보니, 학생들 개개인의 실력이 성장했다는 것이 확연히 눈에 들어왔다.

백수룡뿐만이 아니라, 난장판을 지켜보는 다른 강사들도 모두 놀라서 감탄을 연발했다.

"헌원강이 저렇게 도를 잘 다뤘나?"

"검재라더니. 위지천의 실력은 과연 명불허전이군!"

"야수혁 말입니다. 위지천에게 가려져서 그렇지, 저 녀석도 일 학년의 수준을 한참 벗어났습니다."

"거상웅? 저 녀석 사 학년 거상웅 맞습니까? 허어. 못 본 사이에 훤칠해졌군요. 실력도 예사롭지 않고……."

"백 선생의 제자 중에 여민이라고 있지 않습니까? 신출귀몰하게 움직이더니 아까부터 보이질 않는군요."

다른 강사들의 입에서 제자들의 이름이 언급될 때마다, 백수룡은 자신의 일처럼 뿌듯했다.

다들 한 학기 동안의 성과를 보여 주고 있었다.

또한 다섯 제자들 외에도 두각을 드러내는 학생들이 곳곳에 보였다.

"다음 학기 수강생 명단이 슬슬 보이는군."

백수룡이 진흙 속의 진주들을 바라보며 눈을 반짝일 때였다.

"그건 그렇고, 내 수염은 어디에 쓰려고 했느냐?"

"……예?"

아뿔싸.

아직 어깨에 올라와 있는 매극렴의 손에 묵직한 힘이 들어갔다. 백수룡의 이마에서 식은땀 한 방울이 흘렀다.

이 순간만을 기다린 걸까?

무림십존이라 해도 이 거리에선 도망치지 못한다.

백수룡이 어색하게 웃으며 대답했다.

“무슨 말씀이신지……?”

매극렴이 스산하게 웃었다. 한 자루 예리한 검을 연상시키는 미소였다.

“천이가 날 찾아와선 그러더구나. 네가 내 수염을 잘라오라고 시켰다고.”

“하, 하하……. 그게 아니라…….”

“어디 천천히 한번 설명해 보거라. 시험이 끝날 때까지 시간은 넉넉하니.”

백수룡의 얼굴이 창백하게 질렸다. 그에게 내려진 시험은 지금부터였다.

280화

# 맹주에게 전하게

무림맹 강서지부장은 등에 식은땀이 한 줄기 흐르는 것을 느꼈다.

'왜 하필 내 집무실에서…….'

강서 지역에서만큼은 무림맹주를 대행할 만큼 막강한 권력을 가진 사람이었지만, 지금은 불편한 분위기 속에서 눈치나 보는 형편이었다.

바로, 그를 중심으로 양쪽에 마주 앉은 두 명의 손님 때문이었다.

"흠흠. 두 분 편히 이야기 나누시겠습니까? 저는 밖에 계신 부관주님과 나눌 이야기가 좀 있어서……."

집무실 밖에는 청룡학관 부관주 곽철우가 대기하고 있었다. 강서지부장은 그를 핑계로 슬쩍 빠져나가려 했다. 나눌 이야기? 각자 상사 뒷담화라도 하면 될 터였다.

하지만 그를 찾아온 두 손님은 보내 줄 생각이 없는 듯했다.

"아닐세. 자네도 앉아 있게나. 손님이 집주인을 쫓아낼 수는 없지."

"지부장님도 함께 들으시는 게 좋을 것 같습니다."

"……예."

어느 안전이라고 거부할까.

한 명은 무림의 대선배고, 한 명은 그의 상관이라고 할 수 있는 인물인데 말이다.

지부장의 왼쪽에 앉은 여인.

무림맹 총군사 제갈소진이 맞은편의 상대에게 공손히 예를 취했다.

"제가 찾아뵙는 것이 마땅하나, 청룡학관이 현재 시험 기간이라고 들었습니다. 혹여나 제 방문이 학생들에게 방해가 될까 하여 부득이하게 관주님께서 발걸음하시게 한 것, 다시 한번 사과드립니다."

"신경 쓰지 마시게. 여기가 청룡학관에서 그리 먼 곳도 아니고. 자네야말로 멀리서 오지 않았나?"

그녀의 맞은편에 앉은 노인이 천천히 차를 마시며 대답했다.

청룡학관의 관주이자 전대의 초고수.

노군상이 인자하게 웃으며 말을 이었다.

"겨우 이런 일로 자존심을 세울 만큼, 내가 못돼먹은 늙은이는 아니라네."

"……이해해 주셔서 감사합니다."

하지만 제갈소진은 알고 있었다. 이 노인은 결코, 보이는 것처럼 부드러운 성격의 소유자가 아니라는 것을.

'천수관음 노군상.'

창천검왕과 같은 연배의 노고수로, 과거 동년배의 무림인들 중에서 가장 먼저 백대고수로 명성을 떨쳤을 만큼 자질이 출중했다고 들었다.

지금은 고인이 된 창천검왕보다도 먼저 말이다.

'과거 혈교와의 전쟁에서 부상만 당하지 않았다면, 능히 무림십존에 들었을 거라는 평가가 지배적이었다지.'

하지만 오십 년 전 혈교와의 전쟁에서 입은 부상이 노군상의 인생을 바꾸었다.

그 전쟁에서 노군상은 목숨이 위험할 정도로 큰 부상을 입었다.

운이 좋아 목숨은 겨우 건졌으나, 후유증으로 크게 약해진 무공은 이후에도 발목을 잡았다.

무인으로서 성장이 끝나 버린 것이다.

'오대학관의 관주들 중, 혈교에 누구보다 큰 원한이 있을 사람.'

제갈소진은 이곳에 오기 전에 맹주가 노군상에게 대해서 일러 준 말을 떠올렸다.

-천수관음 선배는 말이지. 젊었을 적에는 혈교도들에게 마귀라 불릴 정도로 물불 안 가리고 싸우던 사내였다. 한마디로 미친개였지. 지금은 얌전해졌다고 들었는데…… 혹시 모르니 총군사도 조심해라.

'미친개…….'

꿀꺽.

다행히 지금의 노군상에게선 전혀 그런 느낌이 들지 않았다. 오히려 푸근한 옆집 할아버지 같았다.

'나이가 들면서 성격이 바뀐 걸까? 아니면 숨기고 있는 걸까?'

제갈소진이 긴장하며 분위기를 살피는 가운데, 노군상이 차를 홀짝이며 입을 열었다.

"맹주께서는 잘 지내나?"

무림맹주를 부르는 말에 존대와 하대가 뒤섞여 있다. 하지만 제갈소진은 굳이 그 부분을 지적할 생각은 없었다.

"……예. 혈교의 멸절을 위해 쉼 없이 바쁜 시간을 보내고 계십니다. 하루라도 빨리 관주님을 뵈러 오고 싶어 하셨으나, 남은 업무가 과중하여 일단 제게 먼저 가서 인사를 드리라고 하셨습니다."

제갈소진은 그리 말하며 작은 목함을 탁자 위에 올렸다.

좋은 향기가 방 안 가득 퍼지는 게, 귀한 영약이 담긴 것이 분명했다.

"맹주님께서 선배님께 드리는 약소한 선물이라고 하셨습니다."

"허허. 약소한 선물이라……."

공식적으로 만나기 전에, 수하를 먼저 보내서 개인적인 선물을 건넨다?

이걸 진실된 호의라고 믿을 만큼 노군상은 순진한 사람이 아니었다.

'선물이 아니라 뇌물이겠지.'

노군상은 목함을 제갈소진 쪽으로 밀며 말했다.

"마음만 받겠다고 전해 주게. 그 친구가 옛날에나 후배였지, 지금은 무림맹주가 아닌가. 이런 걸 함부로 받았다가는 나중에 괜한 풍문에 휘말릴 수도 있다네."

"걱정하지 않으셔도 됩니다. 말씀드렸지만 지극히 개인적인……."

"거절하겠다고 말했네."

"……죄송합니다."

제갈소진은 한 번 더 권하려다가 노군상의 서늘한 눈빛을 보고는 목함을 집어넣었다.

노군상은 차를 한 모금 더 마신 후 말을 이었다.

"그래서, 무림맹 총군사께서 나와 긴히 논의할 일이라는 게 무엇인가?"

"……맹주님께서 청룡학관에 공식적으로 방문하시기 전에, 일전에 서찰로 연락드린 사안에 대해서 제가 자세한 설명을 드리고자 합니다."

노군상의 미간에 깊은 주름이 생겼다.

이곳에 오기 전에 이미 예상은 했다. 그 일로 담판을 지으려고 온 것이기도 하고.

탁.

그가 탁자에 찻잔을 내려놓으며 말했다.

"그 일이라면 거절 의사를 명확히 밝혔을 터인데."

혈교와의 전쟁에 대비해, 무림맹은 청룡학관을 무림맹 산하 무력단체로 편입시킬 계획을 가지고 있었다.

며칠 전 노군상은 그 계획이 적힌 서찰을 받았고, 그 자리에서 거절의 답장을 써서 보냈다.

그러나 그에 대한 무림맹의 대답은 총군사의 호출이었다.

"혹 아직 답장을 받지 못했나?"

"받았습니다. 하지만 글로는 설명이 부족한 듯해서, 오늘 제가 직접 말씀드려 이해를 돕고자……."

말을 하다가 말고 제갈소진의 안색이 창백하게 변했다.

노군상의 일으킨 무형의 기세를 정면으로 마주했기 때문이었다.

스스스슷…….

전신을 칼로 저미는 듯한 노군상의 기파에, 제갈소진의 안색이 시체처럼 창백하게 변했다.

노군상이 서늘한 어조로 말했다.

"내 예의로 대하려 했더니 오만불손하기 짝이 없구나. 서찰에 적힌 설명도 못 알아들을 만큼, 내가 모자란 노인으로 보였더냐?"

"그런 의미가 아니라……."

"서, 선배님. 부디 고정하십시오. 제 얼굴을 봐서라도……."

두 사람 사이에서 눈치를 보던 강서지부장이 쩔쩔매며 노군상에게 부탁했다. 제갈소진도 바로 사과했다.

"제가, 경솔했습니다."

그러나 비록 안색은 시체처럼 창백했지만, 제갈소진은 노군상의 시선을 피하지 않았다.

"……제게 관주님을 설득할 시간을 내어 주시지 않겠습니까?"

"설득이라?"

제갈소진이 대신 온 건, 그녀의 무공이 노군상처럼 강해서가 아니었다.

매일같이 고수들을 만나 이런저런 일을 조율하는 것이 그녀의 일이기 때문이었다.
무림맹 총군사는 하루에도 수많은 고수들을 만난다.
그들 중 무림맹 수뇌부의 일 처리에 불만이 없는 자가 있겠는가?
하지만 무림맹주이자 십존의 일원인 권왕에게는 감히 따지지 못하니, 만만한 총군사만 들들 볶기 일쑤였다.
제갈소진은 그런 무림맹에서 몇 년째 일하고 있었다.
'허어. 담이 센 아이로구나.'
그 모습에 노군상도 속으로 감탄했다.
하기야, 담이 약해서는 야율황 곁에 붙어 있지 못할 것이다.
그 성정이 꼬리에 불붙은 멧돼지 같은 놈이라면, 며칠에 한 번씩 탁자를 부술 테니 말이다.
"어디 해 보게. 하지만 쉽지 않을 것이야."
노군상이 기세를 거둬들였다.
너무 몰아붙이기만 하는 것은 좋지 않다. 상대의 체면을 생각해서라도 어느 정도는 귀를 기울여 주는 것이 올바른 처세였다.
"……기회를 주셔서 감사합니다."
숨쉬기가 한결 편해진 제갈소진이 공손하게 포권을 취한 후 말했다.
"혈교의 위협이 천하에 퍼지고 있습니다. 남궁세가의 일은 시작에 불과합니다. 맹에서 파악하기로는, 남궁세가에 투입된 혈교의 전력은 극히 일부에 불과합니다."
노군상이 차를 마시며 고개를 끄덕였다.
"계속하게."
"저희는 남궁세가가 겪은 일을 반면교사로 삼아야 합니다. 혈교가 먼저 공격을 시작한 후에 대응하면, 그땐 늦습니다. 온 무림이 힘을 모아 선제대응해야, 흘릴 피를 최소한으로 줄일 수 있습니다."
노군상은 조용히 듣기만 했다. 제갈소진이 계속 말했다.

"구파일방과 오대세가와는 이미 이야기를 마쳤습니다. 백여 곳이 넘는 중소문파 또한 힘이 되어 주기로 했습니다."

"……."

무림맹은 노군상이 생각했던 것보다 훨씬 더 적극적으로 전쟁 준비를 하고 있었다.

"지난 전쟁을 겪으신 관주님이라면, 혈교의 적들이 얼마나 무시무시하고 강한지 아실 겁니다."

알다마다.

그렇기 때문에 학생들만큼은 전쟁에 내보내고 싶지 않은 것이다.

설령 나가게 된다 해도 헛되이 목숨을 잃게 할 수는 없었다.

"청룡학관에 동맹 제안을 드린 것도 같은 이유입니다. 혈교의 완벽한 멸절. 무림 전체가 힘을 모아야 이룰 수 있습니다."

순간, 노군상의 눈썹이 꿈틀거렸다.

"무림맹에서는 한쪽이 일방적으로 다른 조직 밑에 소속되는 것을 동맹이라고 부르나?"

"……명령 체계를 확실하게 하기 위한 임시 조치일 뿐입니다."

"군사답게 말은 청산유수로군."

노군상의 서늘한 눈빛을 견디면서, 제갈소진은 생각보다 설득이 훨씬 더 어렵겠다고 판단했다.

솔직히, 예상했던 반응과 너무 달라서 조금 당황스러울 정도였다.

'혈교에 원한이 클 거라고 판단했는데, 아니었나?'

무림맹주는 청룡학관을 시작으로 오대학관을 순회하며 관주들을 설득할 예정이었다.

그래서 처음이 가장 중요했다.

청룡학관을 설득하는 데 성공하면, 다른 오대학관도 설득할 명분이 되기 때문이다.

**청룡학관은 대의에 함께하기로 했는데, 당신들은 비겁하게 몸을 사리느냐?**

라는 명분으로 압박할 수 있게 되는 것이다.

때문에, 무림맹은 이번 일을 성사시키는 데 사활을 걸었다고 해도 과언이 아니었다.

'하지만 이렇게까지 부정적인 반응이라면…….'

첫 단추부터 잘못 끼운 것은 아닐까?

불길한 감각이 등줄기를 훑었다.

하지만 제갈소진은 내색하지 않고 말을 이었다.

이 자리에서 어떻게든 노군상을 설득시켜야 한다.

……아니면 최소한 시간이라도 끌어야 한다.

지금쯤 맹주님도 움직이고 있을 테니까.

"과거에 얼마나 많은 무인들이 죽고 다쳤습니까? 저는 참전하지 못했지만, 가문의 어른들로부터 그 참상에 대해서 들었습니다."

"……."

"가족을 잃은 사람들은요? 또 다시 그런 고통이 반복되어서는 안 됩니다."

"……."

"무림맹은 명목상의 지휘권을 가질 뿐, 실질적인 지휘권은 관주님께 드릴 겁니다. 청룡학관을 이끌고 혈교 멸절의 선봉에 서 주십시오. 저희에겐 관주님이 지닌 경험이 필요합니다."

"……."

노군상은 오십 년 전에 입은 부상으로 크게 다쳐 무공이 정체되었다.

분명 혈교에 원한이 없을 리 없었다.

제갈소진은 그 부분을 조금씩 건드렸다.

예상대로, 노군상의 표정이 점점 굳었다.

그가 낮아진 목소리로 말했다.

"……혈교가 다시 발호한다면, 나는 노구를 이끌고 놈들과 맞서 싸울 것이네."

제갈소진의 얼굴이 환해졌다. 자신의 설득이 먹혔다고 생각한 것이다.

"관주님! 감사합니다!"

그러나, 아직 좋아하기엔 일렀다.

"나 혼자서 말일세."

"……예?"

제갈소진의 멍청한 표정에 노군상이 피식 웃었다.

"뭘 그리 당황하나? 내 경험이 필요하다 했으니, 나 혼자 참전하겠단 말인데."

"그럼 청룡학관은……."

"제갈 군사. 자네는 내가 청룡학관이라는 무력단체의 수장으로 보이나?"

"무슨 말씀이신지……."

"아닐세."

노군상은 고개를 저었다.

"난 청룡학관의 관주일세. 학생들의 교육과 안전을 책임지는 사람이란 말이지."

지난 전쟁에서 큰 부상을 입은 후,

노군상은 다른 사람들이 아는 것보다 훨씬 더 발악했고, 그만큼 절망했으며, 아주 오랫동안 무기력한 세월을 살았다.

청룡학관에 관주로 부임한 것은 그 모든 과정이 지난 후였다.

'처지가 비슷하다고 생각했지.'

과거의 영광을 뒤로하고 몰락해 가는 청룡학관과, 날이 갈수록 늙고 쇠약해져 가는 자신.

말년을 보내기엔 이보다 잘 어울리는 자리도 없다고 생각했다.

'굳이 아등바등 강해질 필요도 없고, 건강하게만 졸업하면 된다고 생각했지.'

여러 강사와 협잡꾼들이 관주가 무능하다며 뒤에서 수군거린다는 것도 알았지만, 개의치 않았다.

실제로 무능했으니까.

학관의 운영에도 거의 개입하지 않았고, 회의를 해도 허허 웃기만 하면 그만이었다.

생각이 바뀐 것은 얼마 되지 않았다.

—올해 천무제. 제가 책임지고 청룡학관을 우승시키겠습니다.

처음에는 단순히 흥미로 지켜보았던 청년이 그 말을 했을 때, 우습게도 가슴 속에서 다 타 버린 줄 알았던 불씨가 희미하게 피어올랐다.

"……청룡학관은 변화하고 있네. 이무기가 오래된 껍질을 탈피하고, 진정으로 용이 되어 가고 있는 중이지."

자신은 그 변화를 주도하진 못한다.

하지만 적어도, 변화를 지켜 주는 울타리는 되어야 하지 않겠는가.

"날 설득하는 건 포기하게. 설령 청룡학관이 전쟁에 참전하더라도 아이들이 스스로 선택하도록 할 것이야. 가서 맹주에게 전하게."

노군상이 빙긋 웃으며 말을 이었다.

너무나 평온하기에 더욱 섬뜩하게 느껴지는 미소였다.

"내 경고를 무시한다면, 무림맹 한복판에서 미친개가 날뛰는 꼴을 보게 될 거라고."

281화

# 무림맹주(1)

할 말을 모두 마친 노군상은 미련 없이 자리에서 일어났다.

"그럼 난 이만 가 보겠네."

직접 찾아와 제갈소진의 긴 이야기를 들어주고, 확실하게 경고도 했다. 이 정도 했으면, 제아무리 무림맹주라 해도 청룡학관을 함부로 넘보지는 못할 것이다.

"관주님! 잠시만 기다려 주십시오!"

그런데 제갈소진이 따라 일어서더니, 황급히 노군상의 앞을 막아섰다. 노군상이 미간을 찌푸리며 물었다.

"더 할 말이 남았나?"

"……세부적인 조항이라면 조율 가능합니다. 부디 조금만 더 제 얘기를 들어주시면 안 되겠습니까?"

"내 입장은 이미 전했네. 비키게나."

그러나 제갈소진은 비켜서지 않았다. 오히려 천천히 뒷걸음질 치며 문을 가로막았다.

마치 노군상을 내보내면 안 되는 이유라도 있는 것 같았다.

"잠깐이면 됩니다. 의견을 나누다 보면 양쪽이 모두 만족할 만한 타협안을 찾을 수 있을……."

순간, 노군상의 눈빛이 서늘하게 빛났다. 산전수전 다 겪은 노강호의 감이었다.

"지금 일부러 시간을 끄는 건가?"

"네? 무슨 말씀이신지……."

제갈소진은 태연하게 시치미를 뗐지만, 눈빛이 흔들리는 것만은 어쩔 수 없었다.

실제로, 그녀는 일부러 시간을 끄는 중이었으니까.

'맹주님은 아직인가?'

노군상이 무림맹의 제안을 거절할 것에 대비해, 그녀는 두 가지 계획을 동시에 추진했다.

그리고 두 번째 계획의 핵심은 노군상을 이곳에 묶어 두는 것이었다.

하지만 그조차도 쉽지 않아 보였다.

노군상의 몸에서 무시무시한 기세가 흘러나오기 시작했다. 노인의 두 눈에서 노기가 일렁였다.

"날 이곳으로 불러 유인하고, 다른 꿍꿍이를 꾸민 것이더냐?"

"오해십니다. 저는 단지……."

"변명할 필요 없다."

노군상이 벼락처럼 손을 뻗어 제갈소진의 목을 노렸다.

"무슨 꿍꿍이인지는 붙잡아서 묻겠다."

제갈소진은 눈 하나 깜빡하지 않고 노군상을 노려봤다.

그녀의 무공으로는 어차피 막을 수도 없을뿐더러, 믿는 구석이 있었기 때문이었다.

"……선배님. 이러시면 더 이상 저도 구경만 하고 있을 수 없습니다."

낮은 목소리와 함께, 무림맹 강서지부장이 노군상을 가로막았다.

파바박!

두 사람은 순식간에 십여 합의 손속을 나누었다. 놀랍게도 거의 팽팽했다.

잠시 손을 멈춘 노군상이 노기를 드러내며 말했다.

"자네도 한통속이었나?"

"……죄송합니다. 무림맹 총군사가 공격당하는 걸 그저 구경만 할 수는 없지 않습니까."

무림의 대선배 앞이기에 쩔쩔맸을 뿐, 강서지부장은 무공으로 노군상에게 크게 밀리지 않는 사내였다.

"끝까지 아무 일도 일어나지 않기를 바랐습니다만……."

제갈소진이 이곳을 회담 장소로 선택한 이유이기도 했다.

'만약의 경우, 노군상을 이곳에 붙잡아 둘 수 있는 사람이 필요해.'

노군상도 그 사실을 인식하곤 자세를 달리했다.

"이곳에서 나가려면 자네를 쓰러뜨려야 한다는 거로군."

"선배님. 고정하시고 군사의 말을 들어 보시는 것이……."

"집무실이 박살 나도 날 탓하진 말게. 자네들이 자초한 것이니."

노군상의 장포가 막강한 내공에 부풀어 오르기 시작했다. 본격적으로 싸우겠다는 의지가 담겨 있었다.

하지만 두 고수가 다시 충돌하기 직전, 제갈소진이 입을 열었다.

"……관주님께서는 아까 이렇게 말씀하셨습니다. 학생들이 원한다면 전쟁에 참전하게 하실 거라고. 그 말씀은 진심이셨습니까?"

노군상은 코웃음을 치며 대답했다.

"그렇다고 해도, 무림맹의 명령에 복종하는 산하 조직으로 들어갈 생각은 없다."

"학생들 스스로가 그렇게 하길 원한다면요?"

"……뭐라?"

대체 무슨 말을 하는 건가 싶어 노군상이 눈살을 찌푸렸다.

방금 전, 제갈소진이 기다렸던 소식이 전음으로 전해졌다는 사실을 그는 알지 못했다.

[맹주께서 도착하셨다고 합니다.]

제갈소진의 입가에 의미심장한 미소가 맺혔다.

"맹주님께서 먼저 청룡학관에 도착하셨다고 합니다."

"……!!"

노군상의 눈이 놀람으로 부릅떠졌다. 그가 믿을 수 없다는 표정으로 물었다.

"맹주는 내일 온다고 하지 않았나?"

"예정보다 업무가 일찍 끝나신 모양입니다. 곧장 청룡학관으로 출발하셨고요. 빨리 관주님을 뵈려고 그리하신 모양인데…… 길이 엇갈리고 말았네요."

제갈소진은 입에 침도 바르지 않고 거짓말을 했다.

노군상은 비로소 무림맹주의 계획이 무엇인지 눈치챌 수 있었다.

"……내가 없는 틈을 노렸군. 학생들을 선동하기라도 할 셈인가?"

노군상뿐만이 아니었다.

부관주인 화염도 곽철우도 집무실 밖에서 기다리고 있었다.

관주와 부관주가 모두 부재한 상황.

이때 갑자기 무림맹주가 간다면?

'다들 크게 당황할 테지. 맹주는 그 어수선한 상황을 이용할 것이고.'

"허허……. 제대로 한 방 먹었군."

노군상은 내공을 가라앉혔다. 이곳에서 드잡이질을 벌일 이유가 없어진 탓이었다.

제갈소진도 문 옆에서 순순히 비켜섰다.

"지금 가셔도 늦었습니다. 이미 맹주님께서는 학생들을 설득하고 계실 겁니다."

강서는 큰 도시다. 경공을 펼친다고 해도 반 시진은 걸려야 청룡학관에 도착할 것이다.

반 시진이면, 무림맹주가 학생들을 모아 놓고 일장연설을 하고도 남을 시간이었다.

노군상은 이후에 벌어질 일들이 눈에 선명하게 보이는 듯했다.

무림맹주는 정파 무림인들에게 동경의 대상이다.

그런 맹주가 직접 나타나서 혈교와의 전쟁에 함께하자고 설득한다면?

"……한창 피가 끓는 나이에, 거절하는 게 더 이상한 일이지. 제갈 군사. 머리를 잘 썼군."

제갈소진의 입가에 승자의 미소가 맺혔다.

'노군상을 제외하면, 청룡학관에서 맹주님의 권위에 맞설 수 있는 사람은 없다.'

명성으로는 최근 떠오르는 청룡신협이 있긴 하지만, 제갈소진은 그에 대해서도 크게 걱정하지 않았다.

'그래 봤자, 최근에 명성을 얻기 시작한 신예고수에 불과해. 맹주님에 비할 바는 아니야.'

권왕 야율황.

현 무림맹주는 수십 년 전부터 무림에 명성을 떨친 절세고수다. 그의 권위는 고인이 된 창천검왕과 비견될 정도였다.

'청룡학관을 시작으로 오대학관을 하나씩 굴복시킨다.'

제갈소진의 눈이 섬뜩하게 빛났다.

남은 건 노군상을 노기를 가라앉히고 차분하게 설득하는 것뿐이었다.

그런데, 노군상은 의외로 화가 나지 않은 듯 보였다.

"허허. 이 상황에 화를 내서 무엇 하겠나."
오히려 입가에 부드러운 미소가 맺히는 것이 아닌가.
제갈소진은 그것이 빠르게 현실을 파악하고 수긍한 것이라고 생각했다.
그런데.
"헌데 말이야. 자네 아직 청룡학관을 제대로 파악하지 못한 것 같군."
"네?"
"이런 계획이었으면, 반대로 그 녀석을 끌어내고 나를 학관에 두는 편이 나았을 텐데."
"무슨 말씀이신지……."
노군상이 갑자기 알 수 없는 소리를 했다.
자세히 보니, 노인의 미소에 맺힌 감정은 체념이 아니라 안도감이었다.
"난 또 무림맹이 청룡학관을 무력으로 제압이라도 하려는 줄 알았지 뭔가."
"……저희가 혈교도 아니고, 어찌 그런 짓을 하겠습니까?"
"알다시피 권왕 그 친구가 워낙 과격하지 않나. 허허허!"
노군상이 다행이라며 웃음을 터트렸다.
제갈소진은 이해할 수 없었다.
도대체 뭐가 다행이란 말인가?
"함께 청룡학관으로 가세나. 볼 만한 구경거리가 생길 듯하니."
밖으로 나온 노군상은 굳이 서두를 마음도 없어 보였다.
제갈소진은 스멀스멀 올라오는 불안한 마음을 안고 그 뒤를 따랐다.

◆ ◈ ◆

청룡학관 설립 이래의 최대한 난장판도, 서서히 그 끝을 보이고 있었다.

"허억, 허억……."

"더 이상은 못 싸워……."

싸우다 지친 학생들이 바닥에 드러눕기 시작했다. 부상 당해 강사들에게 끌려 나온 학생들도 적지 않았다.

다들 원 없이 싸웠다.

기말고사를 치르며 쌓인 압박감, 긴장감, 불안감을 모조리 이 난장판에 쏟아냈다.

그래서 다들 엉망인 꼴을 하고도 후련한 표정이었다.

"하하! 엄청 재미있었어!"

"기말고사 끝날 때마다 하면 안 되나?"

"괜찮을 것 같은데……."

훗날 청룡학관의 명물로 자리 잡을 '기말고사 대난투'는 그렇게 시작되었다.

연막탄에서 피어오르던 연기가 바람에 대부분 날아가고, 그 안의 광경도 드러났다.

여전히 남아서 싸우고 있는 학생들의 모습이 보였다.

자연스레 모두의 시선이 그들에게로 집중됐다.

"저 녀석들은 괴물인가?"

"독고준, 당소소, 유이란은 원래 강한 줄 알고 있었지만……."

"그런데 방백현 선배는 왜 저기 껴 있는 거지? 아까 보니까 제일 신났던데?"

원래 강했던 학생들이야 그러려니 했다.

하지만 그렇지 않았던 학생들, 특히 청룡오망을 바라보는 시선에는 경탄이 어릴 수밖에 없었다.
누군가가 중얼거렸다.
"……청룡오망. 진짜 강하구나."
"그러게……."
"운이 좋은 녀석들이라고 생각했는데, 직접 싸워 보니까 그게 아니더라."
위지천. 헌원강. 거상웅. 야수혁. 여민.
청룡오망 전원이 난장판 속에서 살아남아 지금까지 싸우고 있었다.
겨우 한 학기 만에 이루어진 변화였기에, 다들 놀랄 수밖에 없었다.
까가가강!
"헌원강! 너 때문에 시험이 엉망이 됐다! 어떻게 책임질 건가!"
"내가 알 게 뭐야? 다 개판 됐으니까 전부 낙제하면 되겠네."
"하여튼 너란 놈은!"
헌원강은 여전히 성적에 집착하는 독고준의 검을 수월하게 맞받아치고 있었으며,
휙! 휙휙휙!
"……여민. 널 쓰러뜨리고 내 실력을 인정받겠어."
"뭐래. 난 너한테 관심 없거든?"
여민은 냉혈독수라 불리는 당소소의 암기를 모조리 피하고 있었다.
"방학 때 합숙 훈련 하는 건 생각해 봤어?"
"네? 아직 잘……."
"다시 말하지만 절대 강요하는 건 아니야."
위지천과 유이란은 마치 합동 검무를 추는 것처럼 유려하게 검을 부딪쳤다.
그리고, 거상웅과 방백현이 어색한 해후를 나누고 있었다.
"백현아. 오랜만이다."

"종종 잘 지내는지 궁금했는데……. 그런데 원래 그렇게 잘 꾸미고 다녔었나?"

방백현의 질문에 거상웅이 헛기침을 했다.

"크흠. 오해다. 이건 다 사정이 있어서 생긴 일이야. 내가 무슨 기생오라비도 아니고……."

"그런 것치곤 잘 어울리는데. 계속 그렇게 꾸미면 인기도 많아지겠네."

"……정말? 너보다 더?"

"음. 그건 무리이지 않을까."

두 사람은 잠시 시답잖은 농담을 주고받았다.

그러다, 거상웅이 진지한 표정으로 말했다.

"……예전엔 미안했다. 제정신이 아니었거든."

"이제는 말해 줄 수 있는 거냐? 그때 무슨 일이 있었는지."

"조만간 술 한잔하면서 이야기하자."

"너랑 다시 말하는 데 2년이나 걸릴 줄은 몰랐는데."

"미안……."

아직은 서로 조금 어색했다. 하지만 두 사람은 억지로 분위기를 풀려 하지 않았다.

무인에겐 무인의 방식이 있는 법이다.

"오랜만에 한 번 붙어 볼까?"

"좋지!"

사 학년 두 명이 어우러졌다. 방백현의 현란한 검법과 거상웅의 우직한 주먹이 부딪쳤다. 검과 수투가 부딪치며 불티가 튀었다.

한때는 청룡쌍절이라 불렸던 둘이었다.

선배들이 보여 주는 뛰어난 무공에, 후배들은 넋을 놓고 바라봤다.

백수룡도 속으로 감탄했다.

'방백현 저 녀석도 제법이군. 별로 기대는 안 했는데…….'

백수룡은 생각을 하다 말고 표정을 굳혔다.

그의 기감에 어떤 이변이 감지된 것이다.

구구구궁……!

처음에는 아주 작은 땅의 울림이었다.

하지만 점점 커지기 시작한 울림은 점점 무시하기 힘든 진동으로 변했다.

'자연적인 게 아니야. 인위적으로 만들어 낸 진동이다.'

백수룡이 고개를 옆으로 홱 돌렸다. 여전히 그의 어깨를 잡고 있는 매극렴이 보였다.

"할아버님!"

"진지한 표정을 지어 봤자 소용없다. 또 무슨 핑계로 내빼려고……."

"핑계가 아닙니다! 바닥에서 진동이 느껴지지 않습니까?"

"이놈이……."

그러나 잠시 후, 매극렴의 표정도 딱딱하게 굳었다. 그와 동시에, 남궁수도 백수룡을 바라봤다.

"백수룡!"

"너도 느꼈냐. 뭔가가 오고 있어. 말도 안 되는……."

쿠구구구궁……!

진동은 이제 지진이라 할 수 있을 만큼 커졌다. 학생들도 놀라서 주위를 두리번거렸다.

'절세고수다!'

상대의 정체를 파악한 세 강사는 학생들에게 똑같이 소리쳤다.

"모두 도망쳐라!"

그 순간, 천지를 부술 듯한 커다란 폭음이 터졌다.

콰아아아아아앙!

청룡학관의 담이 부서지고, 무언가가 바닥을 부수며 무시무시한 속도로 가까워졌다. 그를 따라 일어난 흙먼지가 용권풍처럼 휘몰아쳤다.

쿠우웅!

멈춰선 존재는 거구의 사내였다.

아무렇게나 기른 머리카락은 사자의 갈기처럼 바람에 흩날렸다. 눈이 호랑이처럼 크고 인상이 사나웠다.

전신에 패도적인 기세를 두른 것이, 천 년 묵은 대호가 인간으로 둔갑했다면 이런 모습일 듯했다.

멈춰선 사내의 몸에서 새하얀 아지랑이가 피어올랐다. 막대한 공력 분출의 여파였다.

"학관 위로 연기가 피어오르기에, 혈교의 기습이라도 받은 줄 알고 급히 달려왔더니."

"……!!"

절세의 고수가 피워올리는 무시무시한 기파가 청룡학관 전체를 짓눌렀다. 아무도 입을 열지 못하고 그저 침묵했다.

"학생들끼리 모의전이라도 했었나 보군. 훌륭하다. 전쟁을 앞둔 무인의 자세야."

흡족하게 웃은 사내는 기세를 절반쯤 거둬들였다. 그럼에도 그와 시선이 마주친 자들이 하나같이 눈을 피하기 급급했다.

"겁먹을 것 없다. 본좌는 무림맹주다."

"무, 무림맹주?"

"권왕……."

"저분이 어째서 이곳에?"

곳곳에서 경악과 놀라움이 번졌다. 학생들은 물론이고, 선생들도 입을 떡 벌렸다.

등장만으로 기선 제압에 성공한 무림맹주가 다시 입을 열었다.

"다들 놀랐나 보군. 본좌가 이곳에 온 이유는……."

하지만 그 속에서.

"장난합니까, 지금?"

백수룡이 성큼 앞으로 나섰다. 짜증이 가득한 표정으로.

"맹주든 뭐든. 무슨 자격으로 기말고사를 방해하는 겁니까?"

"……뭐?"

백수룡의 말에 모두의 입이 더 벌어졌다. 일부는 턱이 빠진 게 아닌가 걱정될 정도였다.

"하……. 차라리 꿈이었으면 좋겠군."

남궁수는 현실을 외면하고 싶은지 눈을 감아 버렸다.

282화

# 무림맹주(2)

사람은 너무 황당한 일을 당하면, 화가 나는 것이 아니라 멍해질 때가 있다.

"……뭐?"

야율황은 지금 딱 그런 기분을 느끼고 있었다. 자신의 앞을 막아선 기생오라비 같은 놈을 바라보면서 말이다.

'누가 내게 짜증 내는 걸 마지막으로 본 게 언제였지?'

기억나지 않는 것을 보니 십 년은 훌쩍 넘은 것이 확실했다.

즉, 맹주가 되고 나선 단 한 번도 없었다는 말이다.

속으로야 다들 불만이 많겠지만, 감히 무림맹주에게 대놓고 짜증을 내는 놈은 없었다.

그것도 이렇게 새파랗게 젊은 놈이라면 더더욱.

'내가 무림맹주라는 말을 안 했던가?'

권왕(拳王).

무림맹의 맹주이자 지고한 무림십존.

주먹으로는 천하에 적수를 찾을 수 없는 절세고수.

이 모든 찬사가 야율황을 향한 것이었다.

그는 혹시나 싶어서 물었다.

"방금 본 '맹주'에게 뭐라고 했느냐?"

"당신이 무슨 권리로 기말고사를 방해하냐고 물었습니다."

허! 점입가경이라더니!

야율황이 어이가 없어서 잠시 할 말을 찾지 못하자, 백수룡은 더욱 강하게 따지고 들었다.

"뿐만 아니라 무단침입, 기물손괴, 업무방해까지 하셨군요."

"무슨 말 같잖은 소리를……."

"증인이 이렇게 많은데 본인이 한 짓이 아니라고 잡아뗄 겁니까? 당장 포두를 불러서 체포하라고 할 수도 있습니다."

"포두를 불러?"

대체 어떤 미친 포두가 무림맹주를 체포하러 온단 말인가?

야율황이 그런 의미를 담아 입꼬리를 비틀자, 백수룡 역시 마주 웃었다.

보는 사람의 등줄기가 서늘해질 정도로 차가운 웃음이었다.

"제가 아는 포두 중에 미친개가 하나 있습니다. 최근에 포도부장으로 승진한 녀석인데, 상대가 누구건 죄지은 놈은 가차 없이 들이받는 녀석이죠."

"죄, 죄지은 놈?"

"왜요. 찔리십니까?"

"보자보자 하니까……!"

야율황의 몸에 두른 패도적인 기세는 여전했으나, 처음 등장했을 때 느껴지던 권위와 위엄은 많이 옅어졌다.

아니, 이젠 거의 사라졌다고 해도 과언이 아니었다.

맹주가 붉어진 얼굴로 백수룡에게 소리쳤다.

“고작 시험 좀 방해받은 것 가지고 이 난리란 말인가!”

“……고작 시험?”

백수룡의 목소리가 차갑게 변했다. 옆에서 조용히 지켜보고 있던 남궁수와 매극렴의 눈빛도 싸늘하게 변했다.

“학생들이 반년간 얼마나 노력했는지, 그 결실을 확인하는 것이 기말고사입니다. 맹주님에겐 고작일지 몰라도 말입니다.”

“크흠. 그게 아니라…….”

맹주는 뒤늦게 실수를 깨닫고 헛기침을 하며 주위를 둘러봤다.

실수였다.

학생들을 설득하기 위해 온 이상, 학생들이 보는 앞에서 그들의 노력을 폄하하는 말을 해서는 안 됐다.

‘이게 아닌데…….’

백수룡에게 말로 후드려 맞는 무림맹주의 모습은 이제 안쓰러워 보일 정도였다.

하지만 맹주는 사과나 변명에도 익숙하지 않았다. 겨우 한다는 말이 이것이었다.

“……어린놈의 건방이 하늘을 찌르는구나.”

“종종 듣는 말이지만, 무단침입자가 할 말은 아닌 것 같습니다.”

“이놈이……!”

보는 눈만 없었으면 한 대 콱 쥐어박는 건데!

폭력은 절대 안 된다는 총군사의 말이 떠올라 야율황은 간신히 주먹을 내렸다.

그는 과격하고 직선적인 성격이긴 하지만, 앞뒤 가리지 않고 주먹만 휘두르는 천둥벌거숭이는 또 아니었다.

따지고 보면 저 건방진 놈의 말이 구구절절 옳다는 것도 알고 있었다.

‘어쩌다 이렇게 된 거지?’

야율황이 일부러 과하게 무공을 드러내며 등장한 것은 사실이었다.

절세의 무공을 보여 줘 단숨에 군중을 휘어잡고, 넋이 나간 그들에게 혈교와의 전쟁에 적극적으로 참여해야 하는 이유를 설명하는 것이 본래 계획이었으니까.

그런데 웬 젊은 놈의 언변에 휘말려, 지금까지 제대로 된 말 한마디도 못 하고 있었다.

'천수관음 선배만 없으면 감히 내게 대거리할 놈은 없으리라 여겼는데…….'

눈앞의 젊은 놈은 자신의 기세에 조금도 위축되지 않고 쏘아붙이고 있었다.

"목에 핏대만 세우실 게 아니라, 사과부터 하는 것이 도리 아닙니까? 정말 포두를 부를까요?"

무림맹의 절대자로 십 년 넘게 군림하고 있는 야율황에겐 아주 낯설고 당혹스러운 경험의 연속이었다.

무림맹주의 꼴이 아주 우습게 되었다.

"……대체 뭘 믿고 이렇게 당당한 것이냐?"

"믿는 구석이 있어야만 맹주님 앞에서 당당할 수 있는 겁니까?"

"……."

말로는 절대 못 이긴다. 야율황은 입을 꾹 다물고 상대를 노려봤다. 그리고 자세히 살폈다.

곧 맹주의 눈에 이채가 발했다.

'이 녀석……!'

기생오라비처럼 훤칠한 얼굴 뒤에 갈무리한 막대한 기가 느껴졌다.

평소 야율황이 다른 사람에게 별로 관심이 없는 성격이기도 하고, 절세고수치고는 감각이 둔한 편이기도 하지만, 그래도 절세고수가 눈치채기 힘들 정도로 기를 숨기고 있었다는 의미.

야율황은 뒤늦게나마 상대의 정체를 깨닫게 되었다.

"네가 청룡신협이구나. 어쩐지 간이 크더라니! 크하하하!"

당장이라도 폭발할 것 같았던 맹주가 갑자기 호탕하게 웃음을 터트렸다.

최근 그 명성이 천하에 울리는 청룡신협이라면, 이렇게 건방을 떠는 것도 충분히 이해가 되었다.

'그걸 이제 알았다고? 둔해도 너무 둔한 거 아니야?'

백수룡이 떨떠름한 표정으로 포권을 취하며 말했다.

"……백수룡입니다."

"가증스러운 혈교의 장로를 찢어 죽인 무림의 영웅이 여기 있었군! 꼭 한번 만나 보고 싶었다네!"

태풍이 몰아칠 것 같던 분위기가 갑자기 봄바람처럼 부드러워졌다.

맹주는 평생 혈교를 박멸시키는 것을 숙원으로 삼아 온 사내였다.

그래서 남궁세가에 혈사가 일어났다는 소식을 듣고 누구보다 분노했으며, 그것을 막는 데 청룡신협이 크게 활약했다는 말에 큰 호감을 가졌다.

"맹에서 자네를 한번 보고 싶다고 서찰을 보냈을 텐데. 받지 못했나?"

"지금은 일이 많아서, 방학이 시작되면 무림맹 본단에 한번 들르려 했습니다."

"그렇군."

맹주는 순순히 고개를 끄덕였다.

청룡신협이라면 자신과 대등하게 이야기할 자격이 충분히 있었다.

"내 방금 전 일은 사과하지. 시험을 치르는 중인 줄은 정말 몰랐다. 연기가 피어오르기에, 혈교에게 습격이라도 받은 건 아닐까 오해한 것이다."

"……도시 한복판에 있는 청룡학관이 갑자기 혈교에 습격을 당한단 말입니까?"

"남궁세가는 그렇게 될 줄 알고 하루아침에 당했나?"

"……."

따지려면 더 따질 수 있었으나, 백수룡도 적당히 하고 물러나기로 했다.

그 역시 무림맹주를 완전히 적으로 만들 생각은 없었으니까.

'대충 어떤 성격인지 알겠네.'

방금 전까지는 귀찮은 파리 보듯 하더니, 상대가 청룡신협이라는 것을 알자마자 태도가 바뀌었다.

본인이 인정한 사람 외에는 관심이 없는, 지극히 자기중심적이고 오만한 성격이라는 의미였다.

"……알겠습니다. 대신, 맹주님이 파손하신 건물과 기물값은 변상해 주셔야 합니다."

"물론이지. 나중에 총군사가 오면 그쪽에 청구하도록 해라."

지금은 저렇게 고개를 끄덕이지만, 나중에 청구서를 보면 깜짝 놀랄 것이다.

맹주가 부순 담벼락과 기물값은 물론이고, 제자들이 부순 것과 다친 학생들 치료비까지 몽땅 얹어서 청구할 테니까.

'홀라당 벗겨 먹어 주마.'

두 사람의 대화가 겨우 일단락되자, 숨죽인 채 듣고만 있던 강사들도 겨우 긴장을 내려놓았다.

[수룡이 이놈! 무슨 생각으로 맹주를 도발한 게냐!]

[……넌 정말 미친놈이다.]

백수룡은 매극렴과 남궁수의 전음은 한 귀로 흘리며 속으로 한숨을 쉬었다.

'나도 놀랐다고.'

맹주가 시험을 방해한 것에 대해 짜증이 난 것은 진심이었다.

하지만, 무림맹주가 곤란해지도록 계속 쏘아붙인 건 의도한 행동이었다.

'학생들이 맹주에게 홀리게 해선 안 돼.'

무림인들은 본능적으로 고수에게 끌린다.

게다가, 그 고수가 온 무림을 통틀어 열 손가락 안에 드는 절세고수라면 말할 것도 없었다.

최근 청룡학관의 위상이 크게 올라가고, 학생들이 자신감을 얻게 된 것도 백수룡이 청룡신협으로 명성을 날린 덕분이지 않은가.

'어제 온다고 한 맹주가 오늘 도착했다. 그것도 하필 관주님이 계시지 않을 때…….'

과연 우연일까?

그렇게 생각하고 넘어가기엔 뭔가 낌새가 있었다.

'분명 의도하고 온 거다. 아마…… 관주님이 안 계실 때 여론을 움직여 보려는 생각이겠지.'

아까 백수룡이 나서지 않았다면, 지금쯤 무림맹주가 원하는 대로 분위기가 흘러갔을 것이다.

그래서 이상한 낌새를 눈치채자마자 시비를 걸었다.

상대를 무림맹주에서, 시험을 방해하러 온 방해꾼으로 격하시키기 위해서.

다행히 백수룡의 계획은 성공한 듯했다.

"관주님은 지금 부재중이십니다."

"알고 있다."

대수롭지 않은 대답에, 백수룡의 표정이 순간적으로 굳었다.

'알고 있었다고?'

그 말은 곧, 일부러 관주가 없는 시간에 왔다는 뜻이지 않은가.
의심은 이제 확신이 되었다.
"일단 안으로 드시죠. 차라도 한잔 대접하겠습니다."
"시험은 마저 치르지 않아도 되는 건가?"
백수룡은 주변을 둘러봤다. 무기를 내려놓은 제자들이 멍청한 표정으로 눈을 깜빡이며 이쪽을 바라보고 있었다. 얼굴에 가득하던 독기도 다 빠져 있었다.
"저도 그러고 싶은데, 학생들이 그럴 상태가 아닌 것 같습니다."
"음. 미안하게 됐다."
맹주는 별로 미안하지 않은 표정으로 미안하다고 말했다.
"괜찮습니다."
다행히, 백수룡도 채점을 할 만큼은 충분히 학생들을 지켜보았다. 결과를 보지 못해 아쉬울 뿐이었다.
'지금은 무림맹주를 상대하는 게 더 급해. 관주님이 오실 때까진 내가 상대해야 한다.'
빠르게 생각을 정리한 백수룡이 말했다.
"접객실로 안내하겠습니다. 곧 관주님께서 오실 테니, 저와 차라도 한잔하시죠."
"좋지. 하지만 그 전에, 잠깐만 기다리게."
그렇게 말한 맹주는 기습처럼 진각을 밟았다.
콰아아앙!!!
가벼운 진각 한 번에 반경 수십 장이 지진이라도 난 듯 흔들렸다.
동시에, 포악한 맹수 같은 기파가 맹주의 몸에서 폭발하듯 터져 나왔다.
콰콰콰콰……!!
절대자의 위압감이 공간 전체를 무겁게 짓눌렀다. 그 범위 안에 있던 이들 모두가 숨이 턱 막히는 기분을 느꼈다.

"무, 무슨?"
"왜 이러십니까!"
깜짝 놀란 강사들이 놀라 비명을 지르고, 담이 약한 학생들은 다리가 풀려 그대로 주저앉았다. 똑바로 서 있는 사람 자체가 얼마 되지 않았다.
백수룡 역시 깜짝 놀랐다.
'이게 무슨 무림맹주야. 맹사부 친동생이라도 해도 믿겠네.'
백수룡은 팔뚝 전체에 닭살이 돋는 것을 느꼈다. 그가 이를 악물며 맹주를 노려봤다. 언제라도 출수할 수 있도록 검파에 손을 올렸다.
창천검왕이나 흑야마제를 봤을 때와 비슷한 막막함이 밀려왔다.
그러나, 그때만큼 두렵지는 않았다.
그동안 백수룡의 무공도 꾸준히 강해졌으니까.
만약 싸워야 한다면…….
"본좌는 무림맹주, 권왕 야율황이라 한다."
다행히도 맹주의 목적은 청룡학관을 때려 부수는 것이 아니었다.
"다들 소식을 들었을 것이다. 혈교의 무리가 다시 무림을 피로 물들이려 하고 있다."
"……!!"
백수룡은 말로써 무림맹주의 권위를 깎아내렸다고 생각했다.
그것은 사실이었지만, 동시에 착각이었다.
절세고수의 격은 그 어떤 말로도 깎아낼 수 없다.
맹주도 그것을 알기에, 망신을 당했어도 별로 개의치 않았던 것이다.
"그날이 오면 너희도 선택해야 한다. 이 울타리가 안전하다고 믿고 숨어 있을 것인지, 아니면 밖으로 나와서 싸울 것인지."
학생들을 빙 둘러보는 야율황의 눈이 형형하게 빛났다.
대부분의 학생들이 그 시선을 피했지만, 몇몇은 이를 악물고 버텼다.

"생각보다 간 큰 녀석들이 많군."

이를 드러내며 큭큭 웃은 야율황이 말을 이었다.

"너희가 나를 따른다고 해도 목숨은 책임지지 않는다. 하지만 나를 선택한다면, 누구보다 많은 혈교도의 시체를 볼 수 있을 것이다. 본좌는 놈들을 멸절시키는 것에 인생을 걸었으니까."

거침없는 언행과 과격한 태도.

하지만 그 모든 것이 용납되는 것이 절세고수였다.

"너희가 생각하는 것만큼 고민할 시간은 많지 않을 것이다. 다들 잘 생각해 보도록."

그 말을 끝으로 무림맹주는 기세를 누그러뜨렸다. 대기를 짓누르던 힘이 거짓말처럼 사라졌다.

몸을 홱 돌린 맹주가 백수룡에게 말했다.

"접객실로 가지."

"……예."

그리고 휘적휘적 먼저 본관으로 걸어갔다.

털썩. 털썩. 털썩.

긴장이 풀려 바닥에 주저앉은 학생들은 가슴이 두근거리는 것을 느꼈다.

방금 전의 경험 때문만은 아니었다.

무림맹주가 그들의 가슴에 뜨거운 무언가를 심어 놓은 것이다.

"전부 해산해라! 기말고사 일정은 이걸로 끝이다!"

뒤에서 들려오는 매극렴의 목소리를 들으며, 백수룡은 맹주의 뒤통수를 조용히 노려봤다.

283화

# 무림맹주(3)

맹주는 자리에 앉자마자 술을 찾았다.

"차 말고 술은 없나?"

안하무인 격의 행동에 백수룡과 함께 맹주를 따라온 남궁수는 눈살을 찌푸렸지만, 백수룡은 태연하게 대답했다.

"학생들한테서 압수한 게 있습니다. 대부분 싸구려 화주인데. 그거라도 드릴까요?"

"종류가 무슨 상관이겠나. 취하기만 하면 되지."

잠시 후, 백수룡은 술과 잔 두 개를 가지고 돌아왔다.

맹주가 고개를 갸웃거렸다.

"왜 잔이 두 개뿐인가? 사람은 셋인데."

남궁수가 단호한 표정으로 대답했다.

"학관 내에서의 음주는 금지되어 있습니다."

"남궁가 삼공자는 샌님이었군."

피식 웃은 맹주는 자신과 백수룡의 잔에 술을 가득 부었다. 그러곤 단숨에 목구멍 안으로 술을 털어 넣었다.

백수룡도 잔을 비웠다. 맹주가 빈 잔을 채우며 말했다.

"아까 내가 한 말. 자네들은 어떻게 생각하나?"

"청룡학관 학생들의 참전을 바라시는 거라면, 저는 반대입니다."

이번에도 남궁수의 대답이었다. 맹주가 그를 바라봤다. 그냥 쳐다보는 것인데도 눈동자에서 불이 쏟아질 것 같았다.

"어째서?"

"아직 어리고 경험이 부족한 학생들이기 때문입니다."

"저 나이면 한 명 몫은 충분히 할 수 있어야 한다. 경험은 채우면 돼. 무인은 언젠가 강호에 나서고, 결국 칼에 피를 묻히지. 저 녀석들이 언제까지 학생일 것 같나?"

맹주의 몸에서 흰색의 아지랑이가 은은히 피어올랐다.

그러나 남궁수는 흔들림 없는 눈으로 맹주를 쳐다봤다.

"졸업하기 전까지는 제 학생들입니다."

무기를 부딪쳐야만 싸움이 아니다.

두 사람은 언성은 높이지 않았지만, 서로를 향한 말은 점점 날카로워졌다.

"학생들을 겁쟁이로 만들겠다는 말처럼 들리는군."

"어째서 그렇습니까?"

"계속 그렇게 감싸고 돌면, 정작 싸워야 할 때가 와도 벌벌 떨면서 선생 뒤에 숨기밖에 더하겠나."

"아무것도 모르고 전장에 끌려나가서 칼받이가 되는 것보단 낫습니다."

"……청룡학관 선생들은 다 간이 부었나?"

"대체로 그런 편입니다."

맹주와 남궁수가 설전을 벌이는 동안, 백수룡은 맹주의 일거수일투족을 관찰했다.

'마치 전생의 맹사부를 보는 것 같군. 내가 만나 본 사람 중에서도 가

장 완벽한 육체다.'

녹림십팔식으로 익히지 않고 어떻게 저 정도의 육체를 완성할 수 있는지, 경탄스러울 지경이었다.

과연 권왕이라는 별호는 아무나 갖는 것이 아니었다.

'성격은, 듣던 대로 직선적이고 과격한 면이 있군. 하지만…….'

맹주는 말주변이 좋은 사내가 아니다.

살면서 말로 누군가를 설득해 본 적도 별로 없었을 것이다. 그럴 필요 자체가 없었겠지.

'오히려 이게 상대하기 편해.'

적어도 창천검왕 같은 위선자는 아니다.

맹주가 안하무인 격으로 행동하고, 목적을 위해서라면 아군의 희생도 대수롭지 않게 여길 듯한 언행을 보인 것은 사실이다.

하지만 거기에 가식과 위선은 없었다.

"쯧. 남궁가 삼공자는 흔한 정파의 샌님이었군."

"……그게 정파를 이끄는 무림맹주가 할 말입니까?"

맹주는 황당하다는 표정으로 자신을 바라보는 남궁수로부터 고개를 돌렸다. 그가 백수룡을 바라보며 씩 웃었다.

"아까부터 말없이 나를 염탐하던데. 뭔가 알아낸 게 있느냐?"

"맹주님이 솔직한 분이라는 것은 알겠습니다. 하신 말씀 중에 일리가 있는 부분도 있고요."

맹주의 호랑이 같은 눈이 번뜩였다.

"자네는 어떤가? 남궁수 선생처럼 학생들이 전쟁에 참전하는 걸 반대하나?"

"……저는 찬성하는 쪽입니다."

"백수룡!"

남궁수가 백수룡을 노려봤다. 맹주도 의외라는 반응이었다.

"아까 날 그렇게 망신 주기에, 날 싫어하는 줄 알았는데."

"조금 전에는 시험을 방해받아서 정말로 짜증이 났습니다. 하지만 그건 그거고."

백수룡은 목이 타는지 술을 마셨다.

"현실적으로 생각해 볼 때, 청룡학관 정도의 전력을 전쟁에 투입하지 않는 건 낭비라고 생각합니다. 혈교는 강하니까요."

백수룡은 무림맹의 그 누구보다 혈교에 대해서 잘 알았다.

적이 얼마나 강한지, 어설프게 상대했다간 어떤 꼴을 당할지 예상하는 것은 그리 어렵지 않았다.

"피를 흘리지 않고 전쟁에서 이길 수는 없습니다. 그렇다면 최대한 적게 흘려야 하는데, 힘을 하나로 모아서 최대한 빨리 끝내는 것이 정답이겠죠."

맹주의 표정이 밝아졌다.

"그래! 그게 바로 내가 하고 싶은 말이다!"

"학생들은 전장에 나설 준비가 안 됐다. 무의미한 희생만 많아질 거란 걸 모르나?"

남궁수가 싸늘한 표정으로 백수룡을 노려보며 말했다.

백수룡은 덤덤히 그 시선을 받아넘겼다.

"지금부터 준비해야지. 천무제 준비와 함께 말이야."

"지금 나랑 장난……."

"장난하는 거로 보여?"

백수룡의 표정은 더없이 진지했다. 남궁수는 잠시 그를 노려보다가 자리를 박차고 일어났다.

"내가 여기 있을 이유가 더는 없는 것 같군."

콰앙!

백수룡은 남궁수가 닫고 나가 버린 문을 잠시 응시했다.

'남궁세가에서 겪은 일을 또다시 겪고 싶지 않은 거겠지.'

하지만, 남궁수도 결국엔 이해할 것이다.

청룡학관도 전쟁의 화마를 피해 갈 수 없다는 것을 말이다.

"하하하! 과연 혈교의 장로를 찢어 죽인 영웅답구나!"

반면, 맹주는 진심으로 기뻐했다.

혈교의 위협을 이 정도로 진지하게 인지하고 있는 상대를 만난 건 맹주도 무척 오랜만이었다.

그의 얼굴에 환한 미소가 맺혔다.

"크하하! 자네 같은 후배가 있으니, 이번엔 반드시 혈교 놈들을 박멸할 수 있으리라 믿네. 노군상 선배가 오면 똑같이 말해 주게. 그 양반이 맹의 공식적인 제안을 거절하는 바람에 내가 얼마나……."

하지만 백수룡의 이야기는 아직 끝나지 않았다.

"그것과 별개로, 청룡학관이 무림맹의 명령을 따르는 것은 반대합니다. 관주님도 같은 생각이십니다."

무림맹주의 웃음이 뚝 그쳤다. 호랑이 같은 두 눈에 노기가 끓어올랐다.

"지금 나를 우롱하는 건가? 방금 네 입으로 힘을 합쳐야 한다고 하지 않았느냐."

"물론 그것도 진심입니다."

콰앙!

탁자를 반으로 쪼갠 맹주가 굶주린 야수 같은 눈으로 백수룡을 노려봤다.

"쉽게 말해라. 알다시피 나는 인내심이 그리 많은 편이 아니다."

백수룡은 잠시 뜸을 들였다.

무림맹주가 청룡학관을 방문할 거라는 이야기를 들었을 때부터, 그는 많은 생각과 고민을 했다.

'무림맹주를 적으로 만들어선 안 돼.'

혈교와의 전쟁에서 이기려면, 무림맹의 힘이 꼭 필요하다.

한때는 무림맹에 있을 혈교의 세작들 때문에 접촉하는 것이 꺼려졌지만, 무림맹주와 직접 이야기할 수 있게 된 지금은 상황이 크게 달라졌다.

'무림맹을 이용해서 혈교를 친다.'

그러기 위해선, 청룡학관과 무림맹의 관계 정립이 우선이었다.

"청룡학관은 무림맹과 대등한 동맹을 원합니다."

"대등한 동맹이라……. 재미있는 말이군."

피식 웃은 맹주는 바닥을 구르고 있던 화주를 들어 병째로 들이켰다.

벌컥벌컥.

입가를 타고 흐른 술이 맹주의 두꺼운 목울대를 타고 흘렀다.

단숨에 병을 비워 낸 맹주가 그것을 바닥에 내려놓으며 말했다.

"너희 눈에는, 내가 어린아이들을 전쟁터에 내모는 전쟁광으로 보일 수도 있겠지."

백수룡은 긍정도 부정도 하지 않았다. 맹주는 큭큭 웃었다.

"오십 년 전에 말이다. 나는 겨우 열두 살이었다."

오십 년 전.

정파 무림이 합심해 혈교를 무너뜨린 마지막 전쟁.

맹주는 그 당시 이야기를 시작했다.

"혈교는 내분으로 약해져 있었다. 무림맹의 세작이 그 사실을 알아냈고, 맹은 이번에야말로 혈교를 무너뜨릴 기회라 판단했지."

듣기 쉽지 않은 이야기였다. 백수룡은 말없이 귀를 기울였다.

"당시 무림맹은 수많은 동맹을 가지고 있었다. 구파일방과 오대세가. 수많은 중소문파와 세가들. 모두가 뜻을 모아 혈교를 치기로 했다. 하지만 전쟁을 시작하는 것조차 쉽지 않았다."

"어째서입니까?"
"동맹이란 것들이 사사건건 트집을 잡았으니까. 편제는 어떻게 할 것인지, 자기 문파의 고수를 어느 부대에 배치할 것인지, 전쟁이 끝난 후에 전리품은 어찌 나눌 것인지……."
옛일을 떠올린 맹주의 눈동자가 격렬한 분노로 흔들렸다.
"어찌어찌 준비를 끝내고 출정했지만, 나가서도 잡음이 많았다. 평소 앙숙이었던 문파의 무인들끼리 싸움은 흔한 일이었고, 배식 하나에도 자존심을 세웠지."
"그래도 전쟁에선 이기지 않았습니까?"
백수룡의 말에 맹주가 허탈하게 웃었다.
"이겼지. 다 죽어 가는 혈교를 상대로 전력의 절반이 날아갔지만, 이기긴 이겼지."
"……."
당시 맹주의 스승이었던 태천신권은 제자들과 함께 무림맹 소속으로 전쟁에 참여했다.
하지만 전쟁이 끝났을 때 살아남은 사람은 태천신권의 가장 어린 제자였던 야율황, 현 맹주뿐이었다.
"스승님과 사형들이 최후의 발악을 하는 혈교의 고수들과 목숨 걸고 싸울 때, 함께 포위 공격을 하기로 한 부대가 나타나지 않았다. 알고 보니 싸움이 다 끝난 줄 알고 전리품을 챙기고 있었다더군."
"……."
"나는 사형제 중 가장 어리다는 이유로 후방부대에 배치되어 있어서 살아남았다. 그땐 차라리 죽었으면 했지만, 결과적으로 그 덕분에 무림맹주가 되었지."
전쟁이 끝난 후, 소년이었던 야율황은 무림맹에 완전히 투신했다.
그리고 수십 년의 세월이 흘러 그는 무림맹주가 되었고, 마침 혈교의 움직임도 발견했다.

드디어 혈교에 복수할 날이 찾아온 것이다.

"이쯤 이야기했으면 내가 동맹을 신뢰하지 않는다는 것도 알겠지. 과거와 같은 실수를 반복할 생각은 없다. 혈교를 무너뜨리기 위해선, 하나의 조직으로 굴러가야 해."

듣고만 있던 백수룡이 입을 열었다.

"청룡학관은 맹주님이 생각하시는 문제를 일으키지 않겠습니다. 제 이름을 걸고 약속할 수 있습니다."

"다른 오대학관도 그럴 것 같나?"

"음……."

백수룡이 쉽게 대답하지 못하자, 맹주는 오대학관의 중요성을 설명했다.

"오대학관은 각 지역의 거점이자 다수의 무인이 동시에 훈련할 수 있는 환경마저 갖추고 있다. 게다가, 자네처럼 숙련된 무공교관들까지 다수 보유하고 있지. 전쟁이 시작되면 가장 중요한 조직이 될 거다."

맹주의 궁극적인 목표는 오대학관 전체를 무림맹 휘하 편제로 장악하는 것이었다.

하지만 최근 오십 년 동안 오대학관의 명성은 웬만한 대문파만큼이나 높아졌다.

특히 천무학관의 명성은 무림맹의 아성을 넘볼 정도였다.

"이것이 맹이 청룡학관을 반드시 휘하에 두어야 하는 이유다. 선례가 중요하니까."

"……무슨 말씀인지는 알겠습니다."

백수룡은 고개를 끄덕였다.

깊은 대화를 나누면서 맹주의 입장을 충분히 이해했다.

그 과정에서 맹주가 단순히 이기적이기만 한 사내가 아니라는 것도 알게 됐다. 그의 논리에도 일리는 있었다.

물론, 그렇다고 청룡학관을 무림맹 편제로 편입시키는 것에 찬성하는 것은 아니었다.

그 대신…….

"생각을 좀 해 봤는데, 이 문제를 해결할 수 있는 간단한 방법이 하나 있습니다."

"방법이 있다고?"

맹주는 미심쩍은 표정으로 백수룡을 바라봤다.

고개를 끄덕인 백수룡은 맹주를 똑바로 쳐다보며 당당하게 요구했다.

"무림맹에 자리 하나만 만들어 주십시오."

"……뭐?"

"어찌 됐든 혈교와의 전쟁에서 이기는 게 목적 아닙니까?"

"그렇지. 그래서?"

백수룡이 자신만만하게 웃었다.

"무림맹이 반드시 이길 수 있도록 만들어 드리겠습니다. 그러니 제게 그럴듯한 자리 하나만 만들어 달란 뜻입니다."

284화

# 매달려야 할 쪽은 제가 아니라

"자리를 달라고?"

잠시 어안이 벙벙한 표정을 짓던 맹주의 표정이 이내 밝아졌다.

그는 백수룡의 말을 '무림맹에 투신하겠다'라는 의미로 이해했다.

"하하하! 자네 같은 고수라면 언제든 환영이지! 내 얼마든지 마련해 주겠네!"

호탕한 웃음을 터트린 맹주는 불현듯 어떤 계획이 떠올랐는지, 호랑이 같은 눈을 형형하게 빛냈다.

"돌아가면 짐을 싸 두게. 자네도 나와 함께 오대학관을 순회하는 것이 좋겠어. 다른 학관들에게도 좋은 본보기가 되겠지."

최근의 명성만큼은 무림십존에 못지않은 청룡신협이 무림맹에 투신한다?

맹주가 원하는 대로 여론을 움직이는 데 큰 역할을 할 것이 분명했다.

그러나 맹주가 자신의 생각이 큰 착각이라는 것을 깨닫는 데까지는 그리 오래 걸리지 않았다.

"짐을 싸라니요? 청룡학관은 어쩌고요?"

"앞으로 무림맹 사람이 될 것인데 청룡학관이 무슨 상관인가? 숙소는 맹에서 마련해 줄 테니 몸만 오면 되지."

백수룡은 무슨 개 풀 뜯어 먹는 소리냐는 표정으로 맹주를 바라봤다.

"잘 다니던 직장을 갑자기 왜 그만둡니까?"

"……그만두지 않으면 무림맹은?"

맹주가 이해할 수 없다는 표정을 짓는 가운데, 백수룡이 고개를 저으며 말했다.

"오해가 있으신 모양인데, 청룡학관을 관두고 무림맹에 투신하겠다는 뜻이 아니었습니다."

"그럼?"

"무림맹에도 한 다리 걸치겠다는 의미였습니다. 굳이 따지자면 겸직이라고 할 수 있겠네요."

"……겸직?"

맹주의 두꺼운 목에 핏대가 서는 것이 보였다.

하지만 백수룡은 하려던 말을 멈추지 않았다.

맹주에게는 최대한 솔직하게 말하는 것이 가장 낫다는 것을 파악했기 때문이었다.

"이왕이면 권력은 크고 책임은 없는 자리로 주십시오. 청룡학관 일만으로도 바빠서 어차피 자주 가지도 못할 테니까요."

맹주는 뭐 이런 놈이 다 있나 하는 시선으로 백수룡을 바라봤다.

"지금 나랑 장난하나?"

"처음부터 끝까지 완벽하게 진심입니다."

그래 보이니까 문제였다.

너무 진심 같아서, 평소 다혈질인 맹주로서도 여기서 화를 내는 게 맞는지 헷갈렸다.

무림맹에서 그간 수많은 별종들을 봐 왔지만, 백수룡 같은 유형은 머리털

나고 처음이었다.

'이놈은 내가 무섭지도 않나?'

제아무리 무공이 강해 봤자 자신의 아래가 분명하거늘……. 대화를 할수록 어째 말리는 기분이었다.

'더 이상 놈의 혀에 놀아날 수 없다.'

표정을 굳힌 맹주가 싸늘하게 말했다.

"뻔뻔하기가 이를 데 없구나. 청룡학관에서 강사 일을 계속 할 거면서, 무림맹의 요직을 달라는 거냐?"

"무림맹도 손해 보는 일은 아닙니다."

콰직!

이미 반으로 쪼개진 탁자가 발에 밟혀 가루로 변했다. 맹주가 거대한 몸을 백수룡 가까이 숙이며 으르렁거렸다.

"네가 알량한 무공과 명성을 믿고 까부는 모양인데. 지금부터는 한마디 한마디에 신중해야 할 것이다."

맹주의 몸에서 피어난 가공할 기세가 온몸을 옥죄는 듯했으나, 백수룡은 태연하게 맹주의 시선을 받아넘겼다.

"설명해 드리겠습니다. 왜 무림맹이 손해가 아닌지. 오히려 얼마나 큰 이득을 볼 수 있는지."

당장 혈교무공총람을 만들어서 무림맹에 건넬 수도 있었다.

물론 의심을 받을 받을 것이 뻔하기에 대놓고 그런 짓을 할 생각은 없지만.

그것 외에도 백수룡이 할 수 있는 일은 많았다.

"첫 번째, 저는 혈교에 대한 고급 정보를 다수 알고 있습니다."

"정보?"

순간, 맹주의 입매가 비틀리며 비웃음이 맺혔다.

네까짓 게 알아봤자 무림맹주인 나보다 많이 알고 있겠느냐는 의미였다.

하지만 이어진 백수룡의 한마디에, 맹주의 입가에서 웃음기가 사라졌다.

“사도(使徒)라는 존재에 대해 알고 계십니까?”

“네가 그걸 어떻게……!”

맹주의 호랑이 같은 눈이 더욱 커졌다.

사도에 관한 정보는 무림맹 내에서도 극비로 취급하는 것.

백수룡이 결코 알 수 없는, 알아서는 안 되는 정보였다.

“그 정보를 어떻게 알게 됐는지 제대로 설명해야 할 것이다.”

맹주의 눈에서 놀라움을 넘어 은은한 살기마저 비쳤다.

백수룡이 제대로 대답하지 못하면 당장이라도 달려들 기세였다.

물론 백수룡은 완벽한 대답을 준비해 놓고 있었다.

“일전에 남궁세가에서 척살한 혈교의 장로를 심문해 알아낸 정보입니다.”

맹주의 기세가 조금 누그러들었다. 하지만 여전히 의심을 완전히 거두진 못한 표정이었다. 그가 미간을 좁히며 물었다.

“어째서 맹에 바로 보고하지 않았지?”

“제가 보고해야 할 의무라도 있습니까?”

“건방진…….”

정확히 말하면 무림맹도 믿을 수 없어서였다.

무림맹 어디에 혈교의 세작이 숨어 있을지 모르고, 또 어디까지 썩어 있을지 알 수 없었으니까.

하지만 지금은 상황이 다르다.

주변에 아무도 없는 환경에서 무림맹주와 독대하게 된 것은 백수룡에게도 기회였다.

‘맹주. 그리 마음에 드는 성격은 아니지만, 혈교에 대한 원한만큼은 진짜다. 이 기회를 최대한 활용해야 해.’

그때, 맹주가 코웃음을 치며 말했다.

"본좌는 무림맹주다. 네가 아는 정보는 이미 내가 아는 것이다."

"남궁세가의 혈사를 주도한 인물이 일사도라는 것도, 알고 계셨습니까?"

"……물론이지."

누구 앞에서 연기를 해?

눈치를 보니 몰랐던 것이 분명했다.

백수룡의 입가에 맺힌 미소가 짙어졌다.

"거짓말을 잘 못 하시는군요. 최근 이십 년 동안, 무림맹에서 혈교의 장로급 이상의 인물을 사로잡은 일은 없는 것으로 압니다."

"……."

맹주는 성격이 직선적이고 과격해 보이지만, 결코 우둔한 인물은 아니다.

그는 백수룡이 가진 정보의 중요성을 인정했다.

"하지만 그것만으로는 무림맹의 요직을 요구하기엔 부족하다."

물론 더 있었다.

"두 번째, 저는 혈교 무공의 파훼식을 만들 수 있습니다. 이건 단언컨대 제가 맹주님보다도 뛰어납니다."

무공이 강하다고 해서 반드시 무공을 잘 가르치는 것은 아니다.

같은 의미에서, 무공이 강하다고 해서 타인의 무공을 잘 분석하는 것은 아니다.

특히 파훼식을 만드는 일에 있어서는, 백수룡은 무림십존보다 자신이 더 뛰어나다는 자부심이 있었다.

'전생에 읽고 분석한 무공만 수백 종이 넘거든.'

심지어 그게 혈교의 무공이라면, 종이만 주면 파훼식을 줄줄이 쓸 수 있었다.

"혈교 무공의 파훼식을 만들 수 있다고? 설령 그게 가능하다고 해도…… 어떻게 증명할 테냐?"

"이미 만들어 둔 것이 있습니다."

맹주는 잠시 침묵하다가 입을 열었다.

"……이젠 놀랄 힘도 없군. 대체 혈교 무공이 어디서 났지? 그것도 혈교 장로를 죽이고 빼앗았나?"

그것도 괜찮은 변명이겠지만, 백수룡은 더 그럴듯한 이유를 댔다.

"남궁세가 가묘. 그 지하 우물 밑에 뭐가 있었는지 들으셨습니까?"

"……남궁가주에게 전해 들었다."

창천검왕이 숨기고 있었던 남궁세가의 치부.

그 사실은 아직 무림의 수뇌들에게만 공유되고 있었다.

백수룡은 무거운 표정으로 고개를 끄덕였다.

"그곳에서 죽은 혈교도들이 남긴 무공 비급 몇 권을 발견했습니다. 그걸 보고 파훼식을 만들었습니다."

"……남궁가주에게 그런 얘기는 들은 적이 없었는데?"

"당연하죠. 제가 아무 말도 안 했으니까요."

"비급을 도둑질했단 말이냐."

맹주의 어쭙잖은 비아냥에 백수룡이 피식 웃었다.

"누구에게서 말입니까? 죽은 혈교? 아니면 그들을 몰살한 남궁세가?"

"……."

본전도 못 찾은 맹주가 입을 다물었다.

"제 제안을 받아들이신다면, 비급과 함께 제가 만든 파훼식도 무림맹에 넘기겠습니다."

남궁세가 가묘 지하의 우물에서 비급을 구했다는 것은 거짓말이었다.

하지만 비급이야 얼마든지 만들 수 있었다.

백수룡의 머릿속에 수백 종의 무공이 고스란히 들어 있으니까. 적당히 낡아 보이게 꾸미는 것도 어렵지 않았다.

'이런 식으로 조금씩 혈교 무공과 그 파훼식을 알리는 거야.'

적의 무공을 미리 알고 있다는 것은, 싸우기 전에 적의 한쪽 손을 뒤로 묶고 싸우는 것과 비슷했다.

"제가 가진 것 외에 맹에서 입수한 혈교 무공도 보여 주시면, 그것도 파훼식을 만들어 드리겠습니다. 훗날 무림맹이 흘릴 피가 절반으로 줄어들 겁니다."

"……이건 인정할 수밖에 없겠군."

맹주는 한숨을 내쉬며 중얼거렸다.

설득이 거의 끝났다고 생각한 백수룡이 씩 웃으며 말했다.

"제 지위는 무공 총사범이면 됩니다."

무림맹 무공 총사범.

무림맹 무사들의 훈련을 총괄하는 지위.

그 권한은 무림맹에 다섯 명뿐인 단주급에 해당했다.

"총사범이라……. 반발이 심하겠군."

"맹주께 그 정도 힘은 있으시잖습니까."

청룡신협의 명성과 무공, 오대학관 강사라는 점을 감안하더라도 여기저기서 말이 많이 나올 수밖에 없는 자리였다.

"맹의 무인들은 거칠다. 학관의 어린애들을 가르치는 것과는 달라."

백수룡은 피식 웃었다.

"그건 걱정하지 않으셔도 됩니다. 거친 놈들 다루는 건 익숙하니까요."

"으음……."

야율황은 팔짱을 낀 모습으로 진지하게 고민했다.

백수룡이 제안한 패는 무척 매력적이었다.

혈교의 장로를 심문해 얻어 낸 고급 정보와 혈교 무공의 파훼식.

전쟁에서 이기게 해 주겠다는 말도 아주 과장은 아니었다.

'그런데 왜 이렇게 찜찜한 거지?'

맹주는 고민 끝에 그 찜찜함의 이유를 알아냈다.

그가 팔짱을 풀며 자리에서 일어났다.

절세고수의 감각이 바로 알 수 없는 불안감의 정체였다.

"네가 혈교의 세작이 아니라는 것은 무엇으로 증명할 것이냐?"

맹주는 호랑이 같은 눈으로 백수룡을 노려봤다.

눈빛만으로 백수룡의 속마음까지 꿰뚫을 기세였다.

'내 정체를 의심하는군.'

남궁창천도 백수룡을 의심했지만, 끝까지 아무것도 알아내지 못했다.

지금은 그때보다 무공의 경지도 더 올라간 상황.

백수룡은 마주 자리에서 일어나며 맹주를 똑바로 바라봤다.

"제가 혈교의 세작이라면, 남궁세가를 돕는 짓을 왜 했겠습니까? 내버려 두기만 했어도 무림은 큰 혼란에 빠졌을 테고, 지금쯤 혈교가 판을 아주 유리하게 만들었을 텐데요."

무림맹주가 온다는 소식을 들었을 때부터, 백수룡은 무림맹주를 설득하기 위해 완벽한 이야기를 준비했다.

이 이야기에 허점은 없었다.

"……그래. 세작이었다면 남궁세가를 구할 이유가 없지."

맹주도 선선히 고개를 끄덕였다. 그런데 그 표정이 미묘했다.

잠시 침묵하던 맹주가 말을 이었다.

"나는 무엇보다 감을 신뢰하는 편인데, 내가 느끼기에……너는 혈교도는 아니다."

백수룡은 속으로 안도의 한숨을 쉬었다.

"당연히 아닙니다."

"헌데……."

의심에서 벗어난 줄 알았던 맹주의 눈에서 다시 불꽃이 튀었다.

"혈교와 아무런 상관도 없는 것 같지는 않다는 말이지."

"무슨……."

순간 솜털이 곤두설 정도의 살기에 백수룡은 몸을 굳혔다.

이건 단순한 위협이 아니다.

집채만 한 대호가 눈앞에서 이빨을 드러낸 듯한 기분.

이어질 대답에 따라, 맹주는 그를 진심으로 공격할 생각임에 틀림없었다.

"마지막으로 물어보겠다. 넌 혈교와 무슨 관계냐?"

"저는……."

백수룡이 맹주를 똑바로 노려보며 입을 열려는 순간이었다.

"맹주! 트집 잡는 짓은 그만두게."

문이 벌컥 열리며 노군상이 접객실로 들어왔다. 그 뒤로 무림맹 총군사 제갈소진도 보였다.

"……선배님. 오랜만에 뵙습니다."

기세를 거둔 맹주가 포권을 취했다.

지난 혈교와의 전쟁을 함께한 선배에 대한 예의였다.

노군상이 미간을 찌푸리며 다가왔다.

"오면서 들었네. 백 선생을 혈교의 세작이라고 의심하는 건가?"

"세작 같지는 않습니다. 하지만 미심쩍은 부분이 있어서……."

노군상이 두 사람 사이에 끼어들더니, 백수룡의 앞을 가로막으며 말했다.

"내 명예를 걸고 보증하겠네. 백 선생은 혈교와 아무런 상관도 없는 인물일세."

이렇게 되자 맹주가 곤란한 상황이 되었다.

그는 괜히 총군사 제갈소진을 째려봤다.

이래서 최대한 시간을 끌라고 한 것이었는데.

"……청룡신협이 혈교의 세작이 아니라는 데는 저도 동의합니다. 하지만……."

그 순간, 이번에는 백수룡의 날 선 목소리가 맹주의 말을 끊었다.

"이건 아까 말을 안 했는데."

모두의 시선이 백수룡을 향했다.

"세 번째는, 다른 오대학관을 움직일 수 있는 능력입니다."

백수룡은 품에서 보은패를 꺼내 맹주 앞에서 흔들어 보였다.

"이건 사천당문, 이건 염왕의 보은패입니다."

"……!!"

백호학관은 사천에 있었다. 사천의 패자인 당문과는 떼려야 뗄 수 없는 관계였다.

그리고 염제는 주작학관의 관주인 데다가, 노군상보다 더 윗대의 노고수였다.

두 개의 보은패를 가지고 있다는 건, 두 학관을 움직일 수 있다는 것과 같은 의미였다.

'어떻게 저 두 개의 보은패를……!'

총군사 제갈소진의 눈이 동그래졌다.

오대학관 중 두 곳을 움직일 수 있는 힘을 백수룡이 가지고 있을 줄이야!

보은패의 존재는 함부로 알리지 않는 것이 예의이기에, 당시 백수룡이 보은패를 받는 것을 보았던 모든 사람이 함구했다.

때문에 무림맹에는 이 사실이 지금까지 알려지지 않았다.

마침 제갈소진의 눈과 마주친 백수룡이 씩 웃으며 말했다.

"남궁세가는 안 주더군요. 보은패는 한 번밖에 못 쓰는 거니까, 그냥 아무 때나 도움이 필요하면 말하라면서."

비록 혈교에 의해 큰 피해를 입었다지만, 남궁세가는 여전히 일타강사를 가장 많이 배출한 가문이었다.

다르게 말하면, 백수룡이 보은패를 사용해 얼마든지 무림맹의 행사에 훼방을 놓을 수도 있다는 말이었다.

"맹주님. 아직도 본인이 유리한 입장에 있다고 생각하십니까?"

백수룡은 더 이상 웃지 않았다. 그의 표정은 얼음장처럼 차가웠다.

"지금 동맹을 해 달라고 매달려야 할 쪽은 제가 아니라 맹주님입니다."

"……."

맹주의 표정이 붉으락푸르락해졌다.

하지만 화를 낼 수는 없었다.

먼저 무례를 범한 것은 분명 자신이었고, 그 장면을 하필이면 노군상이 보았다.

화를 낼 명분은 백수룡에게 있었다.

무언가를 더 요구할 명분도 같이 말이다.

"생각이 바뀌었습니다. 무공 총사범 말고 공석인 부맹주 자리를 주십시오."

"말도 안 되는 소리를!"

"불가능합니다!"

맹주와 총군사가 동시에 안 된다고 외쳤다.

그러나 백수룡이 알 바는 아니었다.

"싫으면 말든가."

피식 웃은 백수룡은 그대로 밖으로 나가 버렸다.

콰앙!

맹주와 총군사가 허망한 표정으로 닫힌 문을 바라보는 가운데, 노군상이 어깨를 으쓱하더니 맹주에게 말했다.

"그렇다는군?"

맹주는 꿀 먹은 벙어리가 되었다.

285화

# 진로상담 좀 할까?

"왜 이렇게 안 와?"

"무슨 일이 생긴 건 아니겠죠? 맹주님 실제로 보니까 엄청 무섭던데……."

백룡장으로 돌아온 학생들은 저녁 수련을 하는 와중에도 한 번씩 대문 밖을 힐긋거렸다.

귀가가 늦어지는 백수룡이 신경 쓰이는 탓이었다.

헌원강이 은근슬쩍 사심을 담아 말했다.

"맹주님한테 까불다가 맞고 있는 거 아닐까?"

"에이. 설마……."

"아까 못 봤어? 당신이 뭔데 시험 방해하냐면서 엄청 도발했잖아."

"저도 그때 간 떨려서 큰일 나는 줄 알았어요."

"그치? 나였으면 조용한 데 데려가서 둘만 있을 때 먼지 나게 팼다."

헌원강의 말에 두 일 학년, 위지천과 야수혁이 '설마?' 하는 표정을 지었다.

백수룡이 누구에게 맞는 모습은 도저히 상상이 안 가지만…… 그래도 무림맹주라면 가능하지 않을까?

세 소년의 마음속에 은근한 기대가 피어올랐다.

공교롭게도 그때, 별똥별이 밤하늘을 가르며 긴 꼬리를 남기고 지나갔다.

휘이이익,

세 소년은 손을 모아 빠르게 소원을 빌었다.

"맹주님. 무림에 정의가 아직 살아 있음을 보여 주세요!"

"딱 저희가 평소에 맞는 만큼만 때려 주십쇼!"

"뼈와 장기가 다치지 않는 선에서, 최대한 아프게……."

차례대로 헌원강, 야수혁, 그리고 위지천의 소원이었다.

기말고사를 겪다 보니, 그 착한 위지천마저 나쁜 물이 들었다.

"어이구 이 화상들아."

그 모습을 지켜보고 있던 여민은 한숨을 내쉬더니 셋의 등짝을 차례대로 후려쳤다.

짜악! 짜악! 짜악!

평소 빙백신장을 수련하는 여민의 손맛은 아주 매웠다. 덕분에 다들 비명을 지르며 펄쩍펄쩍 뛰었다.

"아악!"

여민은 철없는 사내 녀석들에게 잔소리를 퍼부었다.

"맹주님이 너희 같은 줄 알아? 헛된 희망 접고 수련이나 해!"

그리고 그들로부터 조금 떨어진 곳.

"유쾌한 후배들이군."

방백현은 마루에 걸터앉아 수련 중인 후배들을 구경하고 있었다. 그의 입가에 부드러운 미소가 맺혔다.

"솔직하게 말해도 돼. 이상한 놈들이라고."

그 옆에는 여전히 말끔한 모습의 거상웅이 앉아 있었다.

'처음엔 기생오라비 같아서 싫다더니, 은근히 마음에 들었나 보군.'

방백현이 피식 웃으며 말했다.
"갑자기 같이 가자더니. 이걸 보여 주려고 여기까지 데려온 거였어?"
"이곳 구경도 시켜 주고 싶었고. 너랑 따로 얘기도 좀 하고 싶었고."
방백현은 이미 짐작하고 있었던 듯, 몸을 돌려 친구를 똑바로 바라봤다.
"난 준비됐다."
"민망하니 너무 진지하게 듣지는 말고."
어색하게 웃은 거상웅은 이내 차분한 어조로 이야기를 시작했다.
"이 년 전 천무제에서 말이다. 그때 무슨 일이 있었냐면……."
거상웅은 자신이 왜 이 년 동안이나 무공을 멀리하며 폐인처럼 지냈는지, 어쩌다 도박과 식도락에 빠져 시간을 허비했는지, 가장 친했던 친구에게 천천히 털어놓았다.
"……혼자서 극복해 보려고 했는데 도저히 무서워서 안 되더라. 무공만 익히려고 하면 그때가 생각나서 식은땀이 나고 몸이 굳어 버리는 거야. 그게 일종의 주화입마였다는 건 선생님한테 듣고 알게 됐어."
방백현의 표정이 점점 굳더니, 나중에는 이를 꽉 악물었다.
"그런 일이 있었다니. 나는 아무것도 모르고, 네가 천무제에 다녀온 후 의욕을 잃었다고만 생각했다."
자존심 강한 거상웅이 혼자서 얼마나 끙끙 앓았을지, 눈으로 보지 않았어도 짐작할 수 있었다.
거상웅이 뒷머리를 긁적이며 어색하게 웃었다.
"미안하다. 그놈의 자존심이 뭐라고, 죽어도 말하지 못하겠더라. 특히 너한테는 더 말하고 싶지 않았거든."
"……."
두 사람은 과거에 청룡쌍절이라 불릴 정도로 촉망받던 후기지수였다.
가장 친한 친구인 동시에, 최고의 자리를 다투던 경쟁자.

그 탓에, 거상웅은 방백현에게만큼 약한 모습을 보이지 싫지 않아 진실을 숨겼다.

그리고 그런 사실을 몰랐던 방백현은 거상웅에게 크게 실망했다.

그렇게 자연스럽게 멀어졌던 두 사람은 이 년 만에야 오해를 풀 수 있었다.

방백현이 조심스럽게 물었다.

"이제는 무공을 익혀도 괜찮은 거지?"

"보다시피. 허송세월한 시간이 아까운 것 말고는 다 괜찮아."

"그래……."

분위기가 더 심각해지기 전에, 거상웅이 화제를 돌렸다.

"방학 때는 뭐할 거냐? 우리한텐 마지막 방학이잖아."

두 사람은 올해 사 학년이었다.

아직 2학기가 남아 있지만, 방학은 이번이 마지막이었다.

졸업 이후를 생각해야 하는 시기.

고민이 많을 수밖에 없었다.

방백현이 밤하늘을 올려보며 말했다.

"마지막 방학이라……. 어느새 벌써 그렇게 됐네."

"시간 정말 빠르지. 어느새 우리가 졸업 학년이라니 말이야."

두 사람의 시선이 연무장에서 땀을 흘리고 있는 후배들을 향했다.

내심 아직 학관에 일 년 이상 더 남아 있을 수 있는 후배들이 부럽기도 하고, 더 열심히 할걸 하는 후회도 들었다.

그리고 그런 감정은 거상웅이 더 컸다.

"나는 죽어라 수련할 거다. 내가 나갈 수 있는 천무제는 이번이 마지막이니까."

흠칫 놀란 방백현이 고개를 돌려 거상웅을 바라봤다.

"천무제에 나가겠다고? 설마 너……."

"맞아. 갚아주려고."

거상웅의 눈에서 불꽃이 일렁였다.

"권패 초일. 그 자식을 만나서 묵사발을 내줄 거다. 이 주먹으로 말이야."

방백현은 자기도 모르게 거상웅의 주먹을 바라봤다.

자신이 알던 주먹보다 더 크고 단단해 보였다. 모르던 흉터도 많이 늘었다.

'이 년이나 폐인처럼 지냈다고는 믿을 수 없을 정도야. 하지만…….'

거상웅이 말한 권패 초일은 천무학관에서도 손에 꼽히는 후기지수.

천무제의 꽃이라고 할 수 있는 용봉비무에서 매년 높은 성적을 낸 것으로도 유명했다.

'반면, 상웅이는 이 년이나 시간을 허비했다.'

과거에도 상대가 되지 못했는데, 지금은 격차가 더 벌어졌을 것이다.

솔직히 절대로 이길 수 없을 거라고 생각하지만…….

방백현은 피식 웃으며 말했다.

"말려 봤자 소용없겠지?"

"역시 잘 아네."

씩 웃은 거상웅이 방백현에게 물었다.

"그래서 너는? 방학 때 뭐할 건데?"

방백현이 부드럽게 웃으며 말했다.

"나야 무림맹 입맹 시험을 준비해야지. 학점은 다 이수했으니까, 다음 학기 때는 학관에 나올 일이 거의 없을 거다."

"음……."

무언가가 못마땅한 듯, 거상웅이 미간을 잔뜩 찌푸렸다.

방백현의 저 부드러운 미소.

거상웅은 방백현이 저 미소 뒤에 자신을 감추는 게 능숙하다는 것을 알고 있었다.

“그게 정말 네가 원하는 것 맞냐? 네 어머니가 원하는 게 아니고?”

방백현의 어머니는 학부모회의 회장이었다.

한천빙모 서리애.

그녀는 아들을 무림맹주로 만들기 위해 어려서부터, 하나부터 열까지 철저하게 관리했다.

방백현은 그런 어머니의 기대에 부응하기 위해서 항상 최선을 다했다.

“거상웅.”

표정을 굳힌 방백현이 낮아진 목소리로 말했다.

“그런 식으로 말하지 마. 어머니는 날 위해 자신의 인생을 바치신 분이야.”

“하지만 네 인생이 어머니 소유는 아니잖아.”

“네가 뭘 안다고…….”

거상웅은 코웃음을 쳤다.

“알 만큼 안다. 내가 아는 방백현은 그렇게 대단한 야망이 있는 놈이 아니야. 똑똑한 척은 다 하면서, 사실은 어머니의 부탁 하나 거절하지 못하는 착한 놈이지.”

“너 진짜…….”

화를 내려던 방백현은 이내 한숨을 쉬었다.

오랜만에 만난 친구와 이런 주제로 다투고 싶진 않았다.

“상웅아. 우린 이 년 동안 안 보고 지냈다. 내가 방황하던 시절엔 너한테 그런 말을 했던 것도 기억나. 어머니가 날 너무 가혹하게 훈육해서 힘들다고 하소연했었지.”

“…….”

“하지만 지금은 그렇게 생각하지 않아.”

방백현의 눈은 어떤 신념으로 빛나는 것처럼 보였다.

“난 내 목표에 확신이 생겼어. 무림맹의 정점에 서는 것. 나는 여기에 인생을 걸기로 했다."
"너……."
한동안 친구의 얼굴을 뚫어져라 바라보던 거상웅은 한숨을 내쉬었다.
아버지에게 물려받은 상인의 안목으로도, 저 말이 진심인지 알 수 없었다.
거상웅이 머리를 벅벅 긁으며 말했다.
"연기인지 진짜인지 모르겠군. 넌 옛날부터 워낙에 연기를 잘했으니까."
"진짜라니까?"
"넌 역시 세작이 어울려."
"옛날에도 툭하면 그런 소리를 했었지. 졸업 후에 나는 세작, 너는 산적이 될 거라고."
옛 추억을 떠올린 두 사람이 마주보며 크큭 웃었다.
그때, 둘 사이에 다른 목소리가 끼어들었다.
"둘이 뭐가 그렇게 재밌어?"
헌원강이었다.
뿐만 아니라 수련이 끝난 후배들이 전부 몰려오더니, 어느새 마루 주변으로 옹기종기 둘러앉았다.
후배들을 둘러본 방백현은 장난스레 웃으며 말했다.
"내가 무림맹주가 될 거라는데, 이 친구가 반대해서 말이야."
반쯤은 농담으로 던진 말이었다.
보통 이 말을 하면서 황당한 표정을 짓거나 피식피식 웃기 짓기 마련이니까.
이번에도 비슷하리라 생각했다.
그런데 돌아온 반응은 방백현이 예상했던 것과 전혀 달랐다.
"맹주? 오, 좀 멋있는데."

"잘 어울릴 것 같아요."

"솔직히 아까 본 맹주님도 별로 정파 같지는 않았어."

"음. 우리 업계 사람에 가깝지."

다들 진지하게 고개를 끄덕이고 있었다.

오히려 당황한 것은 방백현이었다.

"……안 이상한가?"

"뭐가요?"

"내 입으로 이런 말하긴 좀 그렇지만, 청룡학관 출신이 맹주가 될 거라고 하면 보통은 이상하게 생각하거든."

백룡장 제자들은 고개를 갸웃거렸다.

"그게 뭐가 이상하지?"

"청룡학관 출신이면 못 한단 말이야?"

"맹주가 되는 게 천무제 우승보다 어려운 건가?"

……이 녀석들은 청룡학관의 천무제 우승을 장담한 선생의 제자들이었지.

그런 생각이 들자 방백현도 그만 웃음이 터져 버렸다.

"하하! 너희 말을 듣다 보니 진짜 별것 아닌 것 같네. 청룡학관 출신이 무림맹주가 되는 것도 말이야."

방백현은 묘하게 가슴이 벅차올랐다.

이 녀석들과 며칠간 쫓고 쫓기며 난투를 벌이고 가까워진 덕분일까.

초면이나 다름없는데도 이런 이야기를 하는 데 부담이 없었다.

"사실 나는……."

"맹주님 말이야."

하지만, 방백현의 이야기 자체를 대수롭지 않게 생각한 학생들은 이미 대화 주제를 바꿔 버렸다.

헌원강이 야수혁을 턱으로 가리키며 말했다.

"난 처음 봤을 때 야수혁 얘네 아버지인 줄 알았다니까."
"어? 나도 그 생각 했는데. 외모가 되게 닮았더라고요."
"진짜 숨겨 둔 아들인 거 아니야? 이름까지 비슷하잖아."
선배들의 놀림에 야수혁이 발끈해서 외쳤다.
"뭔 소리요 대체. 나는 야 씨. 맹주님은 야율 씨잖수!"
"새끼야, 너도 나한테 맨날 원강 선배라고 부르잖아."
헌원강의 말에 여민이 과장되게 놀란 표정을 지었다.
"어? 선배, 헌 씨 아니었어……?"
"이게 진짜!"
학생들은 평소와 다름없이 왁자지껄 떠들었다.
그 분위기에 적응하지 못하고 눈만 깜빡거리는 방백현에게, 거상웅이 어깨동무를 하며 큭큭 웃었다.
"여긴 원래 이래. 선배고 뭐고 없지."
"……진짜 이상한 곳이군."
방백현은 고개를 절레절레 저었다.
그때, 백수룡이 대문을 열고 백룡장으로 들어왔다.
"왜들 이렇게 시끄러워?"
"선생님!"
학생들이 우르르 백수룡에게 달려갔다. 꼬리라도 있었으면 열심히 흔들 모양새였다.
"왜 이렇게 늦으셨어요?"
"이야기가 좀 길어졌어. 그리고 삐진 놈도 좀 달래 주고 오느라고."
"삐진 놈이요?"
"그런 놈 있어. 남궁 모 씨라고."
백수룡은 질린다는 듯 한숨을 쉬었다.
사내 새끼가 뭘 그런 것 가지고 삐지는지, 무림맹주를 상대할 때보다 더 진땀을 뺐다.

"선생님. 맹주님한테 어디 맞은 데는 없어요?"

"뭐?"

"아까 소원까지 빌었는데. 이렇게 멀쩡할 리 없……."

빠악!

헌원강은 백수룡 주변을 기웃거리며 어디 맞은 곳이 없나 여기저기 살펴보다가, 결국 뒤통수를 얻어 맞고 바닥에 뻗었다.

"맞긴 누가 맞아?"

정녕 백수룡을 단죄할 무림의 영웅은 없단 말인가…….

백수룡은 주저앉아 구시렁거리는 헌원강의 엉덩이를 멀리 걷어찼다.

그리고 고개를 돌리자, 평소 백룡장에서 볼 수 없는 낯선 얼굴이 보였다.

"사 학년 방백현 맞지?"

자리에서 벌떡 일어난 방백현이 절도 있게 포권을 취했다.

"청룡신협을 뵙게 되어 영광입니다."

"흐음……."

백수룡은 이번 기말고사에서 방백현을 눈여겨 봐뒀다.

'실력도 괜찮고, 눈치도 빠르고, 머리도 좋은 편에 친화력도 좋아 보이던데.'

이곳에 오기 전에 남궁수에게 몇 가지 들은 이야기도 있었다. 단지 삐진 걸 풀어주려고 남궁수를 만나고 온 게 아니었다.

—방백현? 모든 성적이 뛰어나지만, 그중 잠입, 첩보, 공작 등 세작 관련 성적이 특출났다. 본인도 즐거워했지.

'마침 올해 졸업 예정이기도 하고.'

무림맹에 심어 두면 좋을 똘똘한 녀석.

지금 백수룡에게 딱 필요한 인재였다.

"졸업 후 진로 희망이 무림맹이라면서?"

"예? 예. 맞습니다."

긴장한 표정으로 대답하는 방백현에게, 백수룡은 긴장하지 말라는 의미로 씩 웃어 주었다.

이상하게 그 미소에 방백현의 표정이 창백해졌지만, 어쨌든.

"선생님이랑 진로상담 좀 할까?"

286화

## 설득해야 할 사람은

"거기 앉아."

"예."

방백현은 긴장한 얼굴로 백수룡의 맞은편에 앉았다. 동시에 곁눈질로 방 안을 살폈다.

'남궁수 선생님 못지않은 일중독자라더니.'

방 안에는 온갖 서류가 지저분하게 여기저기 펼쳐져 있었다. 그 양이 어마어마했다.

'퇴근 후에 돌아와서도 이 정도 일을 한다고? 잠은 자는 건가?'

그러다 눈이 마주치자, 백수룡은 마치 방백현의 생각을 읽은 것처럼 피식 웃었다.

"쉬면서 틈틈이 하는 거야."

"……진심으로 존경스럽습니다. 고강한 무공에, 학관 수업에, 이곳에서 매일 학생들의 무공도 봐주신다고 들었습니다. 보통 사람은 몸이 세 개라도 못할 겁니다."

방백현은 두 눈에 존경심을 듬뿍 담아 백수룡을 바라봤다. 백수룡은 가볍게 어깨만 으쓱했다.

"차라도 한잔 줄까?"

"저는 괜찮…… 아니, 주시면 감사히 마시겠습니다."

거절하려다가 도중에 말을 바꾼 방백현은 멋쩍게 웃더니, 뺨을 긁적이며 말했다.

"청룡신협이 직접 내려 준 차를 맛볼 기회가 언제 또 있을까 싶어서요. 두고두고 자랑으로 삼겠습니다."

"차 한잔 가지고 자랑은 무슨."

차를 내어준 백수룡은 방백현을 유심히 관찰하며 눈을 빛냈다.

'재미있는 녀석이군.'

방백현의 무공보다 더 흥미로운 쪽은 처세였다.

방금도 별로 긴장하지 않았으면서 긴장한 척했고, 과하지 않은 칭찬으로 백수룡의 체면을 세워 줬다.

뿐만 아니라, 적당히 농담까지 던지며 분위기를 부드럽게 만들려는 시도까지.

'적을 안 만드는 성격이라더니, 그 이유를 알겠어.'

학생이라고는 믿을 수 없을 만큼 뛰어난 처세술.

여기에 훤칠한 외모와 부드러운 미소마저 갖췄으니, 학생들 가운데 방백현을 싫어하는 사람은 없다는 말이 충분히 이해가 되었다.

이건 세작으로서도 아주 훌륭한 자질이다.

"일단은 합격."

"예?"

"혼잣말이니 신경 쓰지 마."

백수룡이 만족스럽게 웃으며 고개를 끄덕이자, 방백현은 어색하게 따라 웃었다.

'일을 맡겨도 될 만한 녀석인지는 지금부터 알아봐야겠지.'

곧바로 본론을 꺼낼 생각은 아니었다.

지금부터 하나씩, 진로상담을 통해 방백현에 대해서 알아볼 생각이었다.

"무림맹 입맹 시험에도 여럿이 있는 거로 아는데. 1지망은 어디지?"

"일단은……."

찻잔을 탁자에 내려놓은 방백현은 진지한 표정으로 대답했다.

"천무대(天武隊) 공채 시험을 준비 중입니다."

"천무대라고? 정보조직인 통천대(通天隊)가 아니라?"

"……통천대요?"

"예상 밖이라서 말이야."

무림맹에는 다섯 개의 단(團)이 있고, 각 단마다 다섯씩, 총 이십오 개의 대(隊)가 있었다.

그들이야말로 무림맹을 지탱하는 기둥이었다.

하지만 맹주의 친위대인 천무대(天武隊)는 성격이 조금 달랐다.

무림맹주를 호위하며 무림의 수뇌부들을 만나고, 오직 맹주의 명령만을 들으며, 종종 비밀스러운 임무를 단독으로 수행하는 특수부대.

명예와 영광이 보장된, 무림맹 입맹을 지망하는 젊은 무인들이 가장 선망하는 곳이었다.

하지만,

"천무대 소속 무인 대부분이 천무학관 졸업생이라고 들었는데?"

"……맞습니다."

방백현은 조금 씁쓸한 표정으로 고개를 끄덕였다.

본래 천무학관과 천무대는 이름이 비슷하다는 것 외에는 아무런 접점이 없었다.

하지만 천무대에 천무학관 졸업생 비율이 점점 늘어나면서, 이제는 천무학관 졸업이 마치 천무대에 들어가기 위한 필수조건인 것처럼 여겨지고 있었다.

물론 이 사실을 방백현도 모를 리 없었다.

"그래도 지난 몇 년간 천무대 합격자를 살펴보면, 천무학관 졸업생만 있는 건 아닙니다. 소수지만 주작학관과 백호학관 졸업생도 있었습니다."

"청룡학관 출신은 한 명도 없다는 거네?"

"……재수, 삼수도 각오하고 있습니다."

방백현은 애써 웃으며 대답했다. 백수룡이 팔짱을 끼며 물었다.

"천무대에 들어간 이후에는?"

"실적을 쌓아서 위로 올라갈 겁니다. 천무대주를 거쳐서 오단의 단주, 결국에는 무림맹의 정점, 맹주가 될 겁니다."

조금도 망설이지 않고 나오는 대답.

이전에 남궁수와 상담할 때도 같은 말을 했지만, 남궁수는 어려울 거라고 말했었다.

과연 백수룡은 어떻게 반응할지, 방백현은 무척 궁금했다.

"거짓말은 하지 말지?"

"……예?"

그런데 이건, 방백현이 전혀 예상하지 못한 반응이었다.

노력하면 반드시 할 수 있을 거라고 응원해 주거나, 아니면 현실적인 대안을 제시할 거라고만 생각했지…….

저렇게 싸늘한 눈으로 자신의 목표를 거짓말이라 할 줄이야.

"지금 무슨 말씀을……."

방백현은 이 순간 어떤 표정을 지어야 할지 알 수 없었다.

화를 내야 하는 건가? 아니면, 농담이라 생각하고 웃어넘겨야 하나? 하지만 저 표정은 농담이 아닌 것 같은데?

"연기를 꽤 잘하긴 하는데, 날 속일 정도는 아니야."

피식 웃은 백수룡은 천천히 차를 마셨다.

그리고 눈동자가 불안하게 흔들리는 방백현을 빤히 바라봤다.

마치 정체를 들킨 세작의 모습을 보는 듯했다.

방백현이 입술을 살짝 깨물며 물었다.

"제 말이 거짓이라고 하셨습니까?"

"당연하지."

"아무리 선생님이라도, 그런 말씀은……."

"무림맹주가 되겠다는 놈이 그런 눈을 하고 있는데, 그게 진심이겠어?"

"제 눈이 어떻길래……."

스스로는 연기가 완벽하다 여겼을 것이다.

실제로 웬만한 사람은 다 속여넘길 수 있었을 테지.

하지만 백수룡이 보기엔 아직 멀었다.

"세상과 자기 자신을 지극히 객관적으로 보는 눈. 신념, 혹은 광기에 가까운 욕망이 없는 눈."

"……."

백수룡이 아는 맹주, 혈교주, 그리고 큰 세력의 수장들은 하나같이 무서울 정도로 자기 확신을 가진 인간들이었다.

당장 오늘 만난 무림맹주만 해도, 얼마나 자기중심적이고 오만한 사내였던가.

물론 냉철하고 차분하다고 해서 맹주감이 아니라는 뜻은 아니었다.

하지만 그보다 더 근본적인 것, 방백현에겐 자신의 목표를 이루고야 말겠다는 들끓는 욕망이 느껴지지 않았다.

"방백현. 작년 학생회장을 역임했고, 교우 관계도 두루 원만함. 책임감과 성실함을 겸비했으며, 주변에 모범이 되는 학생. 여기까지만 보면 무림맹주라는 목표와 잘 어울리지. 하지만 이건 남들도 다 아는 이야기이고…….”

“…….”

백수룡은 오는 길에 남궁수에서 받아 온 서류를 품에서 꺼냈다.

남궁수가 수업 중에 열심히 정리한, 방백현에 대한 학생기록일지였다.

“방백현. 다른 사람의 감정이나 기분에 민감하게 반응하고, 주변 환경을 파악하고 이용하는 것을 즐김. 수업 중 크게 나서지는 않으나, 실습이나 시험에서는 완벽함을 추구하는 성향이 있음. 대부분의 수업에서 뛰어난 기량을 보였지만, 그중 첩보, 공작, 세작 관련 강의에서 가장 큰 흥미를 보임.”

탁.

서류를 덮은 백수룡이 방백현을 바라봤다.

“나한테는 이쪽이 진짜 방백현처럼 보이는데?”

“……꼼꼼히도 적으셨군요.”

방백현은 설마 남궁수가 자신을 그렇게 평가했으리라고는 상상도 못했는지, 허탈한 웃음을 지었다.

“……정보단체 쪽 일에 흥미가 있는 건 사실입니다.”

부드러운 미소가 걷힌 방백현은 꽤 차가운 인상이었다.

하지만 백수룡은 이쪽이 더 마음에 들었다.

“역시 그랬군.”

방백현의 성격은 어느 정도 백수룡과도 비슷한 부분이 있었다.

그래서 더 쉽게 상대의 기질을 알아본 것도 있었다.

백수룡이 미간을 좁히며 물었다.

“정말 무림맹주가 되고 싶은 건 맞아? 왜 그런 귀찮은 감투를 쓰려는 거지?”

“무림맹주가 귀찮은 감투라고요? 하하! 하하하하……!”

드디어 가면이 깨졌다.

방백현은 갑자기 폭소를 터트렸다.

한동안 눈물까지 맺힐 정도로 웃어젖히던 방백현이 겨우 웃음을 멈추고 말했다.

"선생님이 안 믿으셔도 어쩔 수 없지만, 제가 무림맹주가 되고 싶다는 건 진심입니다."

한동안 뚫어져라 방백현을 바라본 백수룡이 고개를 끄덕였다.

"아주 거짓말 같지는 않군. 좋아. 그렇다고 치자."

"……."

"그러니까, 천무대에서 시작해 출셋길을 차근차근 밟아 나갈 거고, 결국엔 무림맹주가 되는 게 네 목표라 이거지?"

"예."

"그래. 그런데……. 잠깐만."

대화를 나누다 보니 뭔가 이상한 점이 있었다.

백수룡이 고개를 갸웃거리며 물었다.

"그럼 애초에 왜 청룡학관에 입학한 거지? 처음부터 천무학관에 입학했다면 훨씬 쉬웠을 텐데."

재능이 부족해서 그런 것은 분명 아니다.

방백현의 현재 실력은 독고준과 비슷하거나 조금 더 나아 보였다.

즉, 천무학관에도 충분히 입관할 수 있는 재능이라는 이야기.

'그런데 굳이 청룡학관에 들어와서 어려운 길을 선택했다?'

냉정히 따져 봐도, 팽사혁처럼 편입 시험을 보고 천무학관에 들어가는 게 가능성이 크다.

용의 꼬리보다 뱀의 머리를 선택하는 전략이었다고 하기에도, 천무학관과 청룡학관의 위상은 천지 차이였다.

"……개인적인 사정이 있습니다."

방백현은 더 이상 말하고 싶어 하지 않는 눈치였다.

평소 같았으면 백수룡도 여기서 학생의 개인사를 더 이상 캐묻지 않았겠지만, 오늘은 사정이 달랐다.

사실은 이미 짐작 가는 것도 있었다.

"자세히 말하지 않으면 나도 널 도와줄 수가 없다."

"절 도와주신다고요?"

가면을 벗은 방백현이 차가운 시선으로 백수룡을 바라봤다.

마치 '네가 뭘 도와줄 수 있느냐?'라고 묻는 듯했다.

백수룡은 어깨를 으쓱하며 말했다.

"나한테는 무림맹에 너 하나 꽂아 넣을 능력이 있다는 뜻이지. 거기가 천무대든 통천대든, 원하는 곳 어디든지."

"……말도 안 돼."

방백현은 믿을 수 없다는 표정으로 백수룡을 바라봤다.

무림맹의 원하는 곳 어디든 꽂아 준다니, 방백현의 상식으로는 있을 수 없는 이야기였다.

"무림맹 본단 입맹 시험은 인맥이 통하지 않기로 유명합니다. 구파일방 장문인의 추천서도 소용없습니다. 저희 어머니도 백방으로 알아보셨지만……."

야율황이 맹주가 된 이후로, 무림맹은 외부 인사의 추천이나 청탁은 일절 받지 않게 되었다.

그런데 어떻게?

백수룡은 방백현의 얼굴에 떠오른 의문을 간단히 해결해 주었다.

"예외가 하나 있지. 단주급 이상의 무림맹 간부가 보증할 경우, 특채로 인원을 충원할 수 있다는 조항."

눈치가 빠른 방백현은 그 말을 어렵지 않게 이해했다.

"……맹주님과의 인맥을 통해서 절 꽂아 주시겠단 겁니까?"

'내가 직접 꽂아 줄 거라곤 생각도 못 하나 보군.'

하기야, 방백현이 어떻게 상상할 수 있겠는가.
천하의 무림맹주가 지금쯤 총군사와 머리를 맞대고, 백수룡의 제안에 대해서 진지하게 고민하고 있으리라는 것을 말이다.
백수룡은 대충 고개를 끄덕이며 말했다.
"어때. 이제 좀 진로상담에 솔직해질 마음이 들었나?"
"하……."
방백현은 깨달았다.
눈앞의 남자가 자신의 인생을 바꿀 귀인일지도 모른다는 사실을.
하지만 이 상황에서도, 방백현은 쉽게 기뻐하지 않았다.
"왜 절 도와주시려는 겁니까? 공짜는 아닐 것 같은데요."
"역시 눈치가 빨라. 미끼가 보이지만 덥석 물지 않고 의심하는 것도 마음에 들고."
백수룡의 입가에 흐뭇한 미소가 맺혔다. 슬슬 본론을 꺼낼 때였다.
"네가 원하는 곳으로 갈 수 있도록 도와줄 테니, 앞으로 너는 내 눈과 귀가 되어 주면 된다."
"……선생님의 세작이 되라는 말씀입니까?"
순간, 방백현의 숨이 살짝 가빠졌다. 눈동자도 생기 넘치게 반짝였다.
'역시 이쪽이 적성에 맞나 보군.'
피식 웃은 백수룡이 말했다.
"굳이 따지자면 그렇지. 하지만 위험한 일은 없을 거다. 졸업생 취업도 시키고, 겸사겸사 내부 사정에 밝은 인맥을 하나 심어 두려는 거니까."
"음. 위험하진 않은 일이군요……."
방백현은 뭔가 아쉬운 듯한 표정으로 중얼거렸다.
'설마 위험하지 않다고 해서 아쉬운 거야?'
정말이라면 이것도 꽤나 골 때리는 녀석이었다.

어쨌든, 백수룡이 말을 이었다.

"알다시피 이런 일을 믿고 맡기려면 서로 간에 최소한의 신뢰가 있어야 해."

"……저도 그렇게 생각합니다."

"이게 네가 왜 그렇게 무림맹주가 되는 것에 집착하는지 물어보는 이유다."

"그건……."

방백현이 무언가 말을 하려고 할 때였다.

똑똑.

문을 두드리는 소리에 두 사람의 고개가 동시에 돌아갔다.

"들어오십시오."

백수룡은 상대가 누군지 확인하지도 않고 말했다.

낯선 기척이 다가오고 있다는 것은 이미 알고 있었으니까.

"실례하겠습니다."

백의궁장 차림의 여인이 문을 열고 들어왔다.

눈처럼 새하얀 피부와 도도한 표정.

마흔을 넘긴 나이지만, 많아도 20대 후반쯤으로 보이는 날카로운 인상의 미인.

그녀를 본 방백현의 표정이 굳었다.

"어, 어머니……."

마치 나쁜 짓을 하다가 엄마에게 걸린 것 같은 모습.

그 모습을 본 순간, 백수룡은 짐작에 불과하던 것을 확신했다.

'이쪽이었군.'

설득해야 할 사람은 아들이 아니라 어머니라는 것을.

287화

# 제가 어떻게든

서리애는 고개를 숙이며 공손하게 포권을 올렸다.

"백수룡 선생님. 오랜만에 뵙습니다."

예전에 백수룡을 만났을 때, 그는 신입 강사에 불과했다.

서리애가 마음만 먹으면 얼마든지 학관에서 내쫓을 수 있었던 그런 존재.

하지만 지금은 입장이 반대였다.

지금의 청룡신협은 무림맹주조차 함부로 대하지 않는, 고강하고 명성 높은 무인이었다.

"늦은 밤에 찾아뵙는 게 예의가 아닌 줄은 알지만, 아들이 돌아오지 않아 걱정이 돼 찾아올 수밖에 없었던 어미의 마음을 이해해 주셨으면 합니다."

말 한마디 한마디가 정중하고 공손했다.

서리애는 아들을 위해서라면 고개가 아니라 무릎도 꿇을 수 있는 여인이었다.

"괜찮습니다. 이쪽에 앉으시죠."

백수룡은 그녀에게 방백현 옆자리를 권했다.

우아한 걸음으로 걸어온 서리애가 옷매무새를 다듬고 자리에 앉았다. 방백현은 그런 어머니를 불안한 시선으로 힐끔거렸다.

"본의 아니게, 선생님이 하신 말씀을 밖에서 조금 들었습니다."

그럴 테지. 들으라고 일부러 기막을 치지 않았으니까.

백수룡은 말없이 서리애를 바라봤다.

"저희 현이는 장차 무림맹주가 될 아이랍니다. 지닌바 무공, 인성, 무엇 하나 부족하지 않게 키웠습니다."

"저도 훌륭한 학생이라고 생각합니다."

백수룡이 자신의 아들을 인정하자 서리애의 입가에 미소가 맺혔다.

"감사합니다. 다만…… 선생님 말씀대로 천무학관이 아닌 청룡학관에 입학한 것이 유일한 흠이겠지요. 하지만 당시 상황이 어쩔 수 없었답니다."

"어떤 상황이었는지 여쭤봐도 되겠습니까?"

"……저 때문입니다."

"어머니!"

방백현이 나직한 목소리로 어머니를 불렀다.

그러나 서리애는 아들을 쳐다보지도 않고 계속 말했다.

"전부 저 때문입니다. 제가 과거에 저지른 잘못으로 현이는 천무학관에 입학할 수 없었습니다."

"그게 왜 어머니 잘못……."

"너는 가만히 있으렴!"

아들에게 언성을 높인 서리애가 다시 백수룡을 바라봤다. 그 표정이 간절했다.

"선생님. 죄송하지만 더 이상 자세히는 묻지 않아 주셨으면 합니다. 이렇게 부탁드립니다."

"……."

서리애는 고개를 깊이 숙였다.

백수룡이 예전에 만났던 그 도도한 여인이 맞나 싶을 정도로 저자세였다.

하지만 백수룡은 방금 그녀의 눈동자에서 일렁이던 감정을 놓치지 않았다.

그건 분명 '광기'였다.

"……알겠습니다. 그 부분은 더 이상 묻지 않겠습니다."

"감사합니다."

"그런데 어머님."

고개를 든 서리애가 백수룡을 바라봤다.

어떤 집념으로 가득한 두 눈의 흰자 부분이, 아주 미세하게 붉었다.

백수룡도 이렇게 가까이서 보지 않았다면 결코 눈치채지 못했을 것이다.

"제가 보기엔, 방백현 학생은 천무대보다는 통천대 쪽이 적성에 맞는 것 같습니다."

"……천무대여야 합니다."

웃고 있지만 입술을 살짝 깨문다.

목소리에서도 격앙된 감정이 느껴진다.

"선생님. 제 아들은 누구보다 제가 가장 잘 압니다. 저희 현이는 천무대로 가야 합니다. 그곳에서 실적을 쌓아야 가장 빠르게 출세할 수 있으니까요."

백수룡은 그녀의 일거수일투족을 놓치지 않고 살피면서, 일부러 어깃장을 놓았다.

"천무대로 가면 텃세가 만만치 않을 겁니다. 오히려 선배들의 방해로 출셋길이 더 막힐 수도 있다고 생각하진 않으십니까?"

"장차 맹주가 될 아이인데, 그 정도 경쟁은 당연히 이겨 내야지요!"

눈 끝이 사납게 치켜 올라간 서리애가 버럭 소리를 질렀다.

그러곤 스스로 깜짝 놀라서 곧바로 사과했다.

"죄, 죄송해요. 제가 현이 이야기만 나오면 가끔씩 이렇게 흥분을 해서……."

"……괜찮습니다."

백수룡은 서리애의 손끝이 조금씩 떨리는 것을 보았다.

아무리 아들이 관련되었다고 해도, 방금 그 말이 이 정도로 화가 날 일인가?

백수룡은 이제 확신했다.

확실히 서리애는 지금 정상이 아니다.

"어머님. 통천대도 나쁘지 않습니다. 무림맹의 정보조직은 개방 못지않게 유능합니다. 그곳이라면 방백현 군의 재능을 가장 잘 살릴 수 있습니다."

"하지만 통천대는 천무대에 비하면 한직이 아닌가요? 좁은 곳에서 서류 작업이나 하는 일이 대부분일 텐데요."

"……."

백수룡이 말없이 가만히 있자, 서리애가 조급한 마음이 들었는지 품에서 뭔가를 꺼냈다.

쩔그렁.

"작은 성의입니다. 선생님께서 저희를 도와주신다면, 이 은혜는 평생 잊지 않겠습니다."

탁자에 내려놓은 전낭이 꽤 묵직했다. 액수가 상당할 것이 틀림없었다.

하지만, 백수룡은 전낭에 시선도 주지 않았다.

대신 그는 방백현을 바라봤다.

"너는 왜 아까부터 말이 없어?"

"……어머니와 같은 생각입니다."

전혀 그렇게 보이지 않았다.

서리애 옆에 있는 방백현은 생기가 없는 무생물 같았다.

썩은 생선 같은 눈. 표정이 사라진 얼굴.

서리애는 아들의 이런 표정을 못 본 걸까? 아니면 못 본 척하는 걸까?

"선생님. 현이 말고 저와 이야기하시죠. 이 애는 아직 어려서 아무것도 모른답니다."

어려서 아무것도 모른다고?

아무것도 모르는 쪽은 서리애 당신 같은데.

"선생님께서 뭘 원하시는지 알아요. 무림맹의 정보를 현이가 빼내 오길 원하시는 거죠? 그래서 통천대로 보내시려는 거죠?"

"하하……."

황당하다는 듯 웃은 백수룡이 말했다.

"어머님. 뭔가 오해하고 계시는 것 같은데. 그런 이유 때문이 아닙니다."

무림맹에 심어 둘 세작이야 있으면 좋지만, 사실 없어도 그만이다.

방백현에게 천무대가 아닌 통천대를 권한 건, 정말로 방백현의 적성이 그쪽에 잘 맞을 것 같아서였다.

그때였다.

"선생님."

갑자기 의자에서 일어선 서리애가 바닥에 무릎을 꿇었다.

그리고 고개를 돌려 아들을 째려봤다.

"뭐 하는 거니? 너도 어서 부탁드리렴."

방백현도 함께 무릎을 꿇었다. 그 표정은 뭐라고 설명할 수 없을 정도로 참담했다.

"……지금 뭐 하시는 겁니까?"

표정을 굳힌 백수룡이 묻자, 서리애가 바짓가랑이라도 붙잡을 듯한 표정으로 그를 올려봤다.

"부탁드려요. 저희 현이, 맹주님께 부탁드려서 꼭 천무대로 보내 주세요. 이 은혜는 평생 잊지 않을게요. 우리 애는 반드시 무림맹주가 되어야 해요!"

"……."

백수룡은 끔찍한 기분을 느꼈다.

아들을 위하는 어머니의 집착이 어디까지 갈 수 있는지, 서리애의 광기 어린 모습에서 볼 수 있었다.

'얼마든지 더한 짓도 할 수 있겠지. 아들을 위한다는 핑계로.'

방백현이 왜 지금까지 반항하지 않고 가만히 있는지 이해가 되지 않았다.

어머니가 무서운 걸까?

아니면 말할 수 없다는 그 이유 때문일까?

뭐가 됐든, 백수룡은 이 꼴을 더 이상 두고 볼 생각이 없었다.

"차라리, 어머니께서 직접 무림맹주가 되시는 건 어떻습니까?"

"……네?"

당황하는 서리애에게, 백수룡이 싸늘하게 웃으며 말했다.

"제가 천무대에 어머님 자리를 만들어 드리죠."

맹주가 당황하긴 하겠지만, 밀어붙이면 못할 것도 없었다.

"지금 무슨 말씀을……."

"아들보다 본인이 더 무림맹주 자리를 원하시는 것 같아서 드리는 말씀입니다."

비꼬는 것임을 깨달은 서리애의 표정이 딱딱하게 굳었다.

"……선생님. 말씀이 좀 지나치시군요."

"지나친 사람은 어머님입니다. 본인의 꿈을 아들에게 강요하지 마십시오. 그건 폭력이고 학대입니다."

"감히……!"

서리애의 아름다운 얼굴이 흉신악살처럼 일그러졌다. 벌떡 일어난 그녀가 백수룡을 노려봤다.

"제가 강요한다고요? 우리 현이는 어려서부터 무림맹주가 되는 게 꿈이었어요. 안 그러니?"

"……예."

방백현은 고개를 숙이고 힘없이 대답했다.

서리애는 배신이라도 당한 표정으로 그런 아들을 노려봤다.

"너 지금 엄마한테……!"

아들과 백수룡을 번갈아 바라보는 서리애의 얼굴에 살기가 어렸다.

그러더니 혼자 납득한 표정으로 고개를 끄덕였다.

"그래. 이제 알겠어. 당신이 내 아들을 현혹시킨 거지? 무림맹에 심어둘 세작으로 만들려고, 맹주가 꿈인 내 아들을 한날 세작 따위로 만들겠다고? 내가 그 꼴을 두고 볼 것 같아!"

"어머니? 그런 게 아닙니다!"

"넌 조용히 해! 엄마 죽는 꼴 보고 싶지 않으면!"

아들에게 소리를 지른 서리애는 죽일 듯한 눈빛으로 백수룡을 노려봤다.

'이러니 반항을 못 하지.'

방백현이 말을 듣지 않자 발작과 같은 반응을 보인다.

어려서부터 이런 일이 반복됐다면, 감히 어머니에게 저항할 수 없었으리라.

"저는 진로상담을 했고, 학생에게 적성에 맞는 곳을 추천해 줬을 뿐입니다."

"적성에 맞는 곳? 당신이 우리 현이에 대해 뭘 안다고 함부로 지껄여!"

"어머님이 지금 정상은 아니라는 건 확실히 알겠군요."

서리애의 손끝이 계속 떨리고 있었다.

눈의 흰자에 붉은 기운이 점점 짙어진다.

분노를 주체하지 못하고, 연신 이를 입술을 깨물었다.

백수룡은 무인의 저런 증상에 대해서 누구보다 잘 알고 있었다.

"주화입마군요. 언제부터였습니까?"

아마 천천히 오랫동안 진행되었을 것이다.

아들에 대한 집착이 주화입마를 키우고, 주화입마가 아들에 대한 집착을 더 강하게 만드는 악순환이 반복되었을 터.

주화입마 중에서도 밖으로 티가 나지 않는, 그래서 알아보기 쉽지 않은 경우였다.

"날 미친 여자 취급할 생각하지 마!"

콰콰콰콰……!

서리애의 몸 주변으로 새하얀 냉기가 휘몰아쳤다.

"누구도 내 아들을 빼앗지 못해!"

그녀는 두 눈에서 새하얀 안광을 쏟아내며 백수룡에게 달려들었다.

옆에서 말릴 새도 없이 벌어진 일이었다

깜짝 놀란 방백현이 소리쳤다.

"어머니!"

서리애는 고강한 절정의 무인이었다.

하지만, 백수룡과의 격차는 하늘의 땅 차이였다.

주화입마로 이성까지 잃은 상태에서는 더더욱 상대가 되지 않았다.

파바바박!

팔이 몇 차례 부딪치는 듯하더니, 백수룡은 몇 합 만에 서리애를 제압했다.

"어떻게 빙공을……!"

주화입마로 이성을 거의 잃은 와중에도, 서리애는 몸 안으로 파고드는 찬 기운에 놀라 소스라쳤다.

푹.

수혈을 짚자 서리애가 의식을 잃고 축 늘어졌다. 방백현이 깜짝 놀라 소리쳤다.

"무슨 짓입니까!"

"기절시키지 않았으면 끝까지 덤벼들었을 거야."

백수룡은 방백현에게 기절한 서리애를 조심스럽게 건넸다.

"어머니가 대체 왜……."

방금 전 그녀의 돌발행동에, 방백현은 엄청난 충격을 받은 얼굴이었다.

"어머니가 주화입마에 빠진 걸 전혀 모르고 있었냐?"

"전 전혀 몰랐습니다. 최근 들어 집착이 심해졌다고만 느꼈지……."

"어쩌면 본인도 몰랐을 수 있겠군."

"왜 어머니가……."

어느새 방백현의 눈에서 눈물이 흐르고 있었다.

누구보다 가까이 있었으면서, 어째서 백수룡이 한눈에 알아보는 것을 알아채지 못했단 말인가.

파리해진 어머니의 얼굴을 보자 마음이 찢어질 것만 같았다.

"어머니……."

백수룡은 어머니를 껴안고 흐느끼는 방백현을 조용히 바라봤다.

'저대로 두면 구음마녀처럼 변하겠지.'

구음마녀는 백수룡에게 아픈 기억이었다.

전생에 자신이 만든 가짜 빙공을 익히고, 그 부작용으로 고통을 견디지 못해서 미쳐 버렸던 여인.

그녀가 남겨 준 빙정 덕분에 수월하게 빙공을 익힐 수 있었지만, 여전히 마음 한편으로는 미안함이 남아 있었다.

다행히, 이쪽은 아직 늦지 않았다.

"운 좋은 줄 알아. 몇 달만 늦었어도 힘들었을 테니까."

백수룡이 다가가 서리애를 바닥에 똑바로 눕혔다.

그리고 의아한 표정으로 자신을 바라보는 방백현에게, 씩 웃어 주었다.

"내가 또 주화입마 치료 전문이거든."

백수룡은 양손을 서리애의 단전과 이마에 올렸다.

그리고 조심스럽게 역천신공의 기운을 불어넣었다.

츠츠츠츳…….

역천신공이 서리애의 몸 안을 일주천하며, 주화입마로 쌓인 탁기를 빨아들이기 시작했다.

백수룡의 경지가 전보다 훨씬 높아진 덕분에, 과거 위지천이나 공손수 때보다 속도도 훨씬 빨랐다.

"후우……."

잠시 후, 내공을 갈무리한 백수룡이 손을 떼며 방백현에게 말했다.

"위기는 넘겼다. 의원에 모시고 가서 허해진 몸을 보호하는 약을 지어 달라고 해. 며칠 푹 쉬면 괜찮아지실 거다."

"감사합니다! 정말 감사합니다!"

훨씬 편안해진 어머니의 표정을 본 방백현은 연신 감사하다며 고개를 숙였다.

그러다, 무언가를 결심한 표정으로 말했다.

"선생님. 저 통천대에 지원하겠습니다."

"어머니는 어쩌고?"

서리애가 의식을 차린다고 해서, 방백현이 통천대에 지원하는 것을 찬성할 것 같지는 않았다.

그러나 방백현은 이미 마음을 굳힌 표정이었다.

"제가 어떻게든 설득하겠습니다."

"그러든가."

피식 웃은 백수룡은 얼른 의원에 가보라며 손을 저었다.

"그럼 조만간 다시 뵈러 오겠습니다."

방백현이 서리애를 등에 업었다. 등에 업힌 어머니가 충격을 받을까 봐, 펼치는 경공이 무척 조심스러웠다.

휘익!

백수룡은 잠시 그 뒷모습을 바라보다가, 시선을 내려 자신의 손바닥을 바라보며 묘한 표정을 지었다.

"이것도 인연이라 이건가."

서리애가 익힌 빙공.

북해빙궁의 빙백신공이었다.

다음 날, 무림맹주가 백수룡을 찾아왔다.

288화

# 뭐 이런 도둑놈이

오늘도 평화로운 백룡장.

어김없이 학생들의 비명으로 아침을 열었다.

"꾸에엑!"

돼지 멱따는 소리와 함께 허공에 붕 떠올랐던 헌원강이 바닥에 처박혔다.

쾅!

거기서 끝이 아니었다.

헌원강의 몸 위로 거상웅, 야수혁, 여민, 위지천이 차례대로 떨어졌다. 바닥이 네 차례나 더 들썩이며 흙먼지가 피어올랐다.

"콜록! 콜록! 비켜, 이 돼지 새끼들아! 숨 막힌다고!"

맨 밑에 깔린 헌원강이 바둥거리며 선후배들을 밀어냈다.

헌원강은 이 상황이 무척 억울했다.

"젠장! 왜 맨날 내가 맨 밑에 깔리는 거야?"

"그거야, 원강이 네가 제일 먼저 처맞고 날아와서 그렇지."

거상웅이 후배의 손으로 얼굴을 밀어내며 몸을 일으켰다.

구시렁거릴 시간이 없었다.

아침 수련은 이제 막 시작이었으니까.

"이것들이, 곧 방학이라고 아주 빠져가지고."

이른 아침이라 머리도 제대로 묶지 않은 백수룡이 걸어 나왔다. 검을 어깨에 대충 걸치고, 옷도 헐렁한 잠옷 차림이었다.

"벌써부터 놀고먹을 생각에 설레지? 그렇게 기말고사를 개판으로 만들어 놓고 말이야."

백수룡이 미간을 가늘게 좁히자 제자들이 움찔했다.

학관을 난장판으로 만들어 놓은 것이 사실이었으니까.

청룡신협으로 명성을 떨친 백수룡의 시험이었기에 망정이지, 다른 과목 같았으면 시험 중지는 물론이고 정학이나 퇴학 처분을 받을 수도 있었다.

그때, 여민이 손을 들고 소심하게 반항했다.

"하지만 수단과 방법을 가리지 말라고 한 건 선생님이었잖아요."

"옳소!"

"우리는 배운 대로 했다!"

"이게 다 선생님한테 물든 건데요!"

"청출어람! 근묵자흑! 토사구팽!"

"……야. 마지막은 아니야."

다른 제자들도 억울함을 가득 담아 항변하는 가운데, 백수룡은 피식 웃었다.

"누가 뭐래? 잘했다. 몇 개는 나도 예상 못 했을 정도로 기발했어. 한 학기 동안 모두 열심히 노력했다는 게 느껴졌다."

혼날 줄 알았던 제자들의 눈이 동그래졌다.

생각지도 못했던 칭찬에 눈시울이 조금 붉어지기도 했다.

"선생님……."

"하지만."

당연히 여기서 끝이 아니다.

표정을 싹 굳힌 표정이 백수룡이 눈썹을 치켜뜨며 말했다.

"결국 한 놈도 임무를 성공시키지 못했다는 것이 말이 되냐? 내가 수단과 방법을 가리지 말고 임무를 완수하랬지, 수단과 방법을 가리지 말고 학관을 난장판으로 만들랬어?"

"그, 그건……."

백수룡이 검 끝을 바닥에 질질 끌며 걸어왔다.

자신이 다가가는 만큼 뒷걸음질 치는 제자들을 향해, 백수룡은 싱긋 웃으며 말했다.

"내가 먼저 갈까?"

너희가 선공이라도 해야 눈곱만큼이라도 승산이 있지 않겠느냐는 말이었다.

결국 또 헌원강이 선두로 나서며 소리쳤다.

"젠장! 이러나저러나 마찬가지야! 백수룡 조지기 백삼십팔번으로 간다!"

"……이상하게 숫자가 항상 십팔로 끝나는 것 같다?"

"문답무용!"

그렇게 처맞고도 또다시 선두로 달려가는 헌원강을 보며, 다들 한숨을 푹 내쉬었다.

"쟤는 학습 능력이 없나?"

"어쨌든 덕분에 맨 밑에 안 깔려서 좋긴 하니까요."

다들 투덜거리면서도 헌원강을 뒤따라 백수룡을 포위했다.

사방에서 덮쳐오는 제자들의 기파를 느끼며, 백수룡은 피식 웃었다.

'확실히 다들 많이 성장했어.'

이제는 방심하고 있다가는 옷깃 정도는 베일 정도는 되니까.

백수룡은 창룡검을 검집에서 뽑으며 중얼거렸다.
“아직 내가 원하는 수준이 되려면 한참 멀었지만.”
쩌저저저저정!
그렇게 연무장에 또 한차례 폭풍이 휩쓸고 지나간 후.
백수룡은 바닥에 대자로 뻗어서 숨을 헐떡이는 제자들에게 말했다.
“알다시피 며칠 후면 종업식이다. 그리고 방학이지.”
종업식에서 기말고사 성적을 포함한 한 학기 성적이 발표된다.
그리고 약 두 달 동안의 방학.
학생들은 각자 성적표를 들고 집으로 돌아가 가족과 시간을 보내거나, 기숙사 등에 머물러 개인 수련을 할 수도 있었다.
“방학 때는 다들 어쩔 생각이냐?”
“저는 집에 다녀오려고요. 아버지가 이번 방학 땐 꼭 오라고 하셔서…….”
헌원강이 상체를 일으키며 말했다.
최근 가전무공인 진천도를 복구한 헌원세가는 조금씩 과거의 영광을 되찾아가는 중이었다.
게다가 헌원강도 ‘파천도’라는 별호를 이으며 무림에 이름을 알리기 시작했으니, 돌아가면 큰 환대를 받을 것이다.
“저도 산채에 다녀오겠습니다. 형님들한테 보고도 해야 하고요.”
야수혁도 방학 때는 녹의수사를 만나고 올 계획이라고 했다.
“저, 저는 상검연 합숙 수련에 다녀올게요. 한 달 정도…….”
위지천은 결국 유이란이 제안한 상검연 합숙 수련에 함께 가기로 했다.
“이 자식. 혼자 청춘이라 이거지?”
“후배야. 응원한다.”
“젠장. 난 땀내 나는 사내들이나 잔뜩 보러 가는데…….”
헌원강과 거상웅이 위지천의 양쪽으로 어깨동무를 하며 음흉한 미소를 지었다. 그러다 여민에게 등짝을 얻어맞고 펄쩍 뛰었다.

"흠흠. 저는 방학에는 집에서 숙식하면서 백룡장으로 출퇴근할 생각입니다."

집에서 강제로 내쫓겼던 거상웅은 방학 때는 집에서 머물러도 된다고 금룡장주에게 허락을 받았다.

"전 딱히 갈 곳 없어요. 여기 남아서 계속 수련이나 하게요."

여민은 아무 일정이 없었다. 선후배들에 비해 늦게 익히기 시작한 빙공을 방학 동안 열심히 수련해서 따라잡을 계획이었다.

그런데 설마, 백수룡이 방학 때 백룡장을 비울 줄은 몰랐다.

"나는 방학 기간에 이곳에 거의 없을 거다."

"예?"

"왜요?"

모두의 이해할 수 없다는 반응에, 오히려 백수룡이 황당하다는 표정을 지었다.

"나는 뭐 맨날 여기 남아서 주구장창 일만 할 줄 알았어?"

"아니이……."

"그래도……."

선생님이 방학 때 백룡장을 비운다니, 괜히 섭섭한 기분이 들어 입술이 삐죽 튀어나오는 제자들이었다.

방학을 기다린 것은 학생들만이 아니었다.

백수룡은 방학 기간을 이용해, 예전부터 생각해 두었던 몇몇 장소에 들렀다 올 생각이었다.

"볼일이 끝나면 가정방문 하러 갈 테니까, 다들 방심하지 말고 수련들 열심히 하고 있어라."

"네……."

백수룡은 아쉬워하는 제자들의 머리를 툭툭 두드려 주었다.

"그럼 방학 계획은 각자 더 정리해서 내게 알려 주고……."

백수룡은 하려던 말을 멈추고 고개를 홱 돌렸다.
그의 입가에 미소가 맺혔다.
"아침부터 손님이 왔군."
그 순간, 내공이 담긴 목소리가 백룡장 밖에서 쩌렁쩌렁하게 울렸다.
"청룡신협 계십니까? 무림맹에서 왔습니다!"
맹주의 목소리는 아니었다. 하지만 목소리에 담긴 내공이 상당히 깊었다.
'고수다.'
백수룡은 어떻게 할까 잠시 고민하다가, 놀란 눈으로 자신을 바라보는 제자들에게 말했다.
"너희는 들어가 있어."
제자들이 방으로 들어가는 모습을 확인한 백수룡이 대문 쪽을 향해 외쳤다.
"잠깐 기다려 주십시오!"
백수룡은 방으로 들어가 몸을 씻고, 옷을 갈아입고, 옷매무새를 단정히 한 후에 대문으로 가서 활짝 문을 열었다.
"제가 백수룡입니다만, 어떻게 오셨습니까?"
대문 앞에는 백의 무복 차림에 왼쪽 가슴에 '천무(天武)'라는 두 글자가 선명한 무인이 서 있었다.
맹주의 친위대인 천무대 소속 무인이었다.
"잠깐이 꽤 길군요."
백수룡에게 모욕을 당했다고 생각하는지, 사내의 눈가가 파르르 떨렸다.
백수룡이 태연하게 웃으며 말했다.
"죄송합니다. 수련을 하던 중이어서, 땀범벅인 채로 손님을 맞이할 수는 없었습니다."

"손님을 들인 후에 몸을 씻으셔도 되는 것 아닙니까?"
"손님을 들이고 말고는 제 선택입니다. 이렇게 이른 시간에 불쑥 찾아오신 것치고는 바라는 게 많으시네요."
"……."
말문이 막힌 사내는 입술을 꽉 깨물고 백수룡을 노려보았다. 백수룡도 그 시선을 피하지 않았다.
"불쑥 찾아온 점은 사과드리겠습니다."
예상치 못한 상대의 사과에 이번에는 백수룡이 조금 놀랐다.
'이거 봐라?'
백수룡도 이쪽에 주도권이 있음을 알리려고 일부러 늦게 나온 것이 맞았다.
상대도 그것을 분명히 알 것이다.
하지만 필요 이상으로 도발에 반응하지 않는다.
정신수양이 상당히 잘된 무인이라는 의미였다.
'하긴. 그쯤 되니까 맹주의 친위대로 뽑혔겠지.'
괜히 떠보는 것은 그만두기로 했다. 백수룡은 용건을 물었다.
"어쩐 일로 오셨습니까?"
"맹주께서 오늘 오전 중에 방문해도 되는지 여쭤보라고 하셨습니다."
그 순간, 백수룡의 입꼬리가 저절로 올라가 호선을 그렸다.
'어지간히 똥줄이 탄 모양이군.'
그 성격 급한 맹주가 수하를 먼저 보내 방문해도 되는지 물었다.
이쪽의 눈치를 본다는 의미였다.
아마 맹주 본인보다는 총군사의 조언에 따른 행동일 것이다.
"예. 괜찮다고 전해 주십시오."
"알겠습니다."
천무대 무인이 돌아가고 반 시진도 지나기 전에, 맹주가 총군사 제갈소진과 함께 나타났다.

두 사람의 좌우로 서른 명에 달하는 천무대의 무인들이 맹주를 호위했다. 한 명 한 명이 서릿발 같은 기세를 뿜어냈다.

'그래도 맹주 한 명만 못하군.'

야율황은 어디에 있어도 압도적인 존재감을 뿜어내는 사내였다.

패도적인 기세를 온몸에 두른 채로 성큼성큼 걷는데, 발걸음에 한 치의 망설임이 없었다.

내가 바로 무림맹의 지존이다, 라며 온몸으로 말하는 듯했다.

백수룡 앞까지 걸어온 맹주가 말했다.

"내가 너무 이른 시간에 찾아온 것인가?"

전과 달리 예의를 갖춘 말투다.

백수룡은 자꾸만 입꼬리가 올라가려는 것을 겨우 참았다.

밤새 자신의 제안에 대해 고민하느라 얼마나 고민했을까.

"아닙니다. 안으로 드시죠."

고개를 끄덕인 맹주가 천무대를 돌아보며 말했다.

"천무대는 이곳에서 외부의 출입을 경계하라."

"예!"

백수룡이 돌아서서 맹주와 총군사를 백룡장 안으로 안내했다.

그 순간, 유난히 날카로운 시선 하나가 백수룡의 등을 찌를 듯이 노려봤다.

◆ ◈ ◆

맹주는 돌려서 말하지 않았다.

그는 백수룡이 권한 자리에 앉기도 전에 먼저 말했다.

"일전의 무례는 정식으로 사과하겠네."

커다란 주먹으로 포권을 취한 맹주는 고개마저 살짝 숙였다.

밖에 있는 천무대 무인들이 보았다면 경악을 금치 못했을 것이다.

그들의 맹주는 결코 쉽게 고개를 숙이는 사내가 아니었으니까.

"솔직히 말하지. 무림맹의 모든 정보력, 그리고 개인적인 인맥까지 동원해 자네에 대해서 알아보았네."

"그럴 것이라 생각했습니다. 조사해 보니 어떠셨습니까?"

어땠냐고?

맹주는 지난밤, 그리고 오늘 새벽까지 받아 본 보고서를 읽고 눈을 의심했다. 몇 번이나 다시 읽었는지 모른다.

가장 먼저 백수룡이 언급한 사천당문, 염제의 보은패를 진짜 가지고 있음을 확인했다.

'게다가 남궁세가는 생사신의의 보은패를 넘겨줬다고?'

두 번째로는 백수룡이 남궁세가의 신입 강사 연수에서, 혈교의 마공을 읽고 만박자도 못 찾아낸 허점을 찾아냈다는 사실을 확인했다.

'혈교 무공의 파훼식을 만들 수 있다는 말도 충분히 설득력이 있다.'

하지만 무엇보다 놀라운 점은 백수룡의 인맥이었다.

백수룡이 가르친 제자들을 조사하던 중, 그 안에서 승상의 이름이 나온 것이다.

'백수룡의 인맥이 황궁까지 이어져 있다고?'

가볍게 가르친 수준이 아니었다. 최근 청룡학관의 재정이 풍족해졌는데, 풍족해진 자금의 출처가 바로 황궁이었다.

여기까지 알아냈을 때, 맹주는 백수룡이 했던 말이 허언이 아님을 깨달았다.

—동맹을 해 달라고 매달려야 할 쪽은 제가 아니라 맹주님입니다.

"……무림의 소문은 과장되게 마련인데, 자네는 오히려 축소된 감이 있더군."
맹주가 허탈하게 웃더니 말을 이었다.
"게다가 노군상 선배는 숫제 협박을 하지 뭔가."

–맹주. 행여나 청룡신협을 힘으로 어떻게 해 볼 생각은 마시게. 그랬다간 혈교와 싸우기 전에 청룡학관과 싸워야 할 게야.

수십 년 전, 혈교도들에게 미친개라 불리던 무인의 눈빛이었다. 맹주는 결코 그 경고를 무시할 수 없었다.
"그래서, 결론을 내리신 겁니까?"
맹주는 고개를 끄덕였다.
그는 분명 자기중심적이고 오만하지만, 자존심 때문에 제대로 된 판단을 못 할 만큼 우둔한 사내는 아니었다.
청룡학관을 무림맹 휘하의 편제에 넣는 것보다, 백수룡을 무림맹의 간부로 끌어들여 오대학관을 통제하도록 하는 것이 훨씬 효율적인 방법이었다.
"무림맹은 청룡학관과 동등한 동맹을 제안하네. 또한 자네에게는 무림맹 총사범 자리를 제안하겠네."
파격적인 제안이었지만, 백수룡은 그런 당연한 걸 가지고 생색을 내냐는 투로 대꾸했다.
"총사범이요? 저는 부맹주 자리를 요구했습니다만?"
"그건 현실적으로 불가능하다는 것을 자네도 알지 않나."
무림맹에서 맹주의 권위가 크다고는 하지만, 전부 그 마음대로 할 수는 있는 것은 아니었다.
"부맹주는 오단의 단주들 중 과반수 이상의 동의가 있어야 임명할 수 있네. 나 혼자서 처리할 수 있는 일이 아니야."

"맹주님이 단주들을 설득하면 되지 않습니까?"

맹주는 고개를 저었다.

"불가능하네. 그 녀석들은 모두 다음 대 맹주 자리를 노리고 있어. 그런데 내가 갑자기 부맹주를 임명하면 찬성하겠나?"

"흐음. 이러시면 곤란한데……."

"사정을 좀 봐주게."

이제 아쉬운 소리를 해야 하는 쪽은 맹주였다.

그가 백수룡이 가진 조건들을 포기하지 못하는 한, 협상의 주도권은 백수룡에게 있을 수밖에 없었다.

백수룡은 고민하는 척하면서, 속으로는 주판을 굴렸다.

'부맹주 자리는 별로 아쉽지 않아. 애초에 그냥 던져본 거였으니까.'

총사범만 해도 오단의 단주와 동등한 지위다. 부맹주보다 오히려 이쪽이 백수룡이 정말로 원하던 자리였다.

'그렇다고 순순히 물러날 이유는 없지.'

백수룡은 어쩔 수 없이 자신이 양보한다는 표정으로 말했다.

"알겠습니다. 대신, 청룡학관과 무림맹이 협약을 하나 맺도록 하죠."

맹주는 "끄응" 하고 못마땅한 기색을 드러냈지만, 일단 들어 보라는 총군사의 전음을 듣고는 고개를 끄덕였다.

"어떤 협박, 아니 협약인가?"

"올해부터 청룡학관 졸업 예정인 학생들을 대상으로, 무림맹에서 수습 맹원으로 삼 개월에서 반년 정도 실무 경험을 쌓을 수 있게 해 주십시오. 물론 비용도 무림맹이 전부 전담해 주시고요."

"뭐 이런 도둑놈이……."

"싫으면 말고요."

"끄응!"

289화

# 종업식(1)

휘이잉.

백룡장 지붕 꼭대기 있는 용마룻대 위.

한 사내가 보기만 해도 아슬아슬한 모습으로 서서 백룡장 아래를 살피고 있었다.

"……."

강인하다기보다는 아름답다는 말이 어울리는 사내였다. 사내는 백룡장 아래를 시야에 담으며, 검파에 손을 홀린 채 혹시라도 모를 침입자에 대비했다.

사실 이렇게까지 경계할 필요는 없었다.

이미 그의 명령을 받은 천무대의 무사들이 백룡장을 둘러싼 채 철통같이 지키고 있었다. 그들이 내뿜는 서릿발 같은 기세에, 아무도 가까이 다가오지 못했다.

'만약 천무대의 경계가 뚫린다고 한들, 감히 누가 맹주를 해칠 수 있단 말인가?'

……누군가는 그렇게 생각할 테지만, 사내는 한 번도 자신의 임무에

태만했던 적이 없었다.

'맹주님을 지키는 것이 나의 사명이다.'

사내가 옥상에서 날카로운 눈매로 주변을 경계할 때였다.

휘익!

지붕 위로 올라선 천무대 무사가 사내에게 포권을 취하며 보고했다.

"대주. 반경 삼백 장 안에는 수상한 움직임은 없습니다."

"수고했다. 삼조와 교대한 후 서쪽 측면을 경계하도록."

그러나 수하는 대주의 명령을 즉시 따르지 않았다.

"저…… 대주님."

"무슨 일인지?"

"맹주께서 청룡신협을 총사범으로 임명할 거란 이야기, 들으셨습니까?"

"그래서?"

되묻는 사내의 눈썹이 꿈틀거렸다.

수하는 움찔했지만, 이내 억울한 표정으로 말했다.

"총사범이면 오단의 단주와 동급의 지위가 아닙니까? 아무리 맹주님이라도 이럴 수는 없는 일입니다."

"……."

"대주께서 맹주님께 한 말씀……."

"자리로 돌아가라."

"대주……."

"돌아가라고 했다."

"……예."

살기를 드러내고 나서야 수하가 자라목을 하고 자리로 돌아갔다.

그렇게 수하를 돌려보냈지만, 사실 사내의 속마음도 다른 이들과 크게 다르지는 않았다.

오히려 마음속에 들끓는 감정은 누구보다 강했다.

'청룡신협.'

실제로 본 그는 과연 비범해 보였다.

최근 무림십존에 버금가는 명성을 얻고 있는 신진고수.

동년배의 무인으로서, 투기가 일지 않는다면 거짓말이었다.

'그래서 시험해 보았거늘.'

절정의 고수도 소스라칠 정도의 날카로운 기파를 등에 쏘아 보냈다.

시험해 보고 싶었던 마음이 절반, 망신을 주고 싶었던 마음이 절반이었다.

'하지만 완벽하게 무시당했지.'

그 순간, 사내는 큰 부끄러움을 느꼈다.

상대는 자신을 신경도 쓰지 않는데, 혼자서 도발한 것 같아 얼굴이 붉어졌다.

"……나도 아직 수양이 부족한 모양이야."

천무단주는 고개를 절레절레 저었다. 그리고 본인의 임무에 집중하기로 했다.

하지만 마음속에 끓어올랐던 투기는 좀처럼 사그라지지 않았다.

◆ ◈ ◆

맹주는 도박판에서 쌈짓돈까지 다 털린 노름꾼 같은 얼굴로 백수룡을 바라봤다.

'어쩌다가 이런 놈한테 걸려서…….'

이 협상에서 아쉬운 쪽이 자신이라는 것은 알고 있었다.

그래서 두 번째 만남에선 정중하게 사과를 하고, 무림맹 총사범 자리도 확실히 약속했다.

이 정도면 백수룡도 충분히 받아들일 거라고 생각했다.

'부맹주 자리를 달라고 한 건 홧김에 해 본 말이었겠지. 안 된다는 건 본인도 알고 있을 테니.'

……라고만 생각했다.

설마 그걸 양보한다는 빌미로 다른 것을 요구할 줄이야. 순 날강도가 따로 없지 않은가.

"끄응……."

맹주가 쉽게 대답하지 못하고 망설일 때였다.

"혹, 무림맹에서 청룡학관 학생들을 채용해 달라는 말씀인가요?"

두 사람의 대화를 조용히 듣고 있던 총군사 제갈소진이 끼어들었다.

백수룡은 고개를 저었다.

"말 그대로, 수습 맹원으로서 경험을 쌓게 해 달라는 겁니다. 정식 채용까지는 바라지 않습니다."

물론 정식 채용까지 해 준다면 좋겠지만, 백수룡도 이 이상 바라는 건 무리라는 것을 알고 있었다.

더 억지를 부렸다간, 자칫 유리한 협상의 주도권도 빼앗길 수 있었다.

"청룡학관 출신이라는 이유로 서류조차 통과하기 어렵다고 들었습니다. 저는 보다 공평한 기회를 원할 뿐입니다."

오대학관 중 가장 평가가 떨어지는 곳.

때문에 무림맹에 지원한다고 했을 때, 청룡학관에는 상대적으로 기회가 적게 돌아갈 수밖에 없었다.

"이 정도는 그렇게 무리한 요구가 아닐 텐데요?"

"총군사. 어떻게 생각하나?"

맹주는 제갈소진에게 판단을 맡겼다. 제갈소진은 잠시 고민하더니 고개를 끄덕였다.

"긍정적으로 검토해 볼 수 있을 것 같습니다."

"수락하신 것으로 알겠습니다."

씩 웃은 백수룡이 말을 이었다.

"그리고 하나 더."

"……또?"

맹주의 굵은 눈썹이 꿈틀거렸다.

슬슬 인내심에 한계가 찾아오는 것으로 보였기에, 백수룡이 빠르게 말을 이었다.

"총사범이면 오단의 단주와 동급이죠?"

"그렇지."

"그럼 총사범이 보증하면 맹원을 충원할 수 있겠군요. 제가 가진 정당한 권리를 행사하겠습니다."

"……그런 조항은 또 어디서 봤나?"

"앞으로 겸직할 직장인데, 꼼꼼히 읽어 봐야 하지 않겠습니까."

같은 말을 해도 어쩜 저렇게 얄밉게 웃으며 할 수 있을까.

탁자 아래에서 맹주의 주먹을 부들부들 떨었다.

한 대 쥐어패고 싶은 심정이 굴뚝 같았지만, 그랬다간 동맹이고 뭐고 다 날아가기에 참아야만 했다.

"통천대에 자리 하나만 만들어 주십시오. 올해 졸업생 중에 똑똑한 녀석이 하나 있는데, 통천대에 두고 쓰시면 좋을 것 같습니다."

"허……."

맹주가 그 말의 의미를 못 알아챌 정도로 바보는 아니었다.

대놓고 자기 사람을 무림맹, 그것도 정보단체인 통천대에 심어 두겠다는 말이었다.

백수룡은 그것을 굳이 숨기지도 않았다.

'몰래 수작을 부리는 것보단 차라리 낫다고 해야 하나.'

맹주는 한숨을 내쉬며 고개를 끄덕였다.

백수룡의 말대로 이건 총사범이 되면 따라오는 권한이었다.
이렇게 남용하는 경우는 한 번도 본 적이 없지만 말이다.
"……알겠네. 단, 능력이 안 되는 녀석이라면 통천대에서 버티지 못할 것이야. 그것까진 내가 책임질 수 없다는 걸 알아두게."
"거기까진 저도 바라지 않습니다."
백수룡은 방백현을 믿었다.
녀석의 능력이라면, 충분히 통천대에서 잘 적응할 수 있을 것이다.
"그 학생은 여기 있는 총군사에게 보내게. 안 그래도 요즘 인원이 부족하다고 들었으니."
맹주가 총군사를 바라보며 말했다.
총군사는 무림맹의 정보조직인 통천대의 대주를 겸하고 있었다.
백수룡이 웃으며 제갈소진에게 물었다.
"굴러온 돌이라고 해서 일부러 괴롭히고 그러진 않으시겠죠?"
"물론입니다. 제 가문의 이름을 걸고, 공정하게 평가하겠습니다."
제갈세가의 이름까지 걸었으니, 방백현이 대주에게 찍혀서 쫓겨날 일은 없을 것이다.
기존에 있던 인원들에게 텃세에 시달리는 건 어쩔 수 없겠지만 말이다.
'그 정도는 스스로 버텨 내야지.'
큰 틀에서 동맹에 대한 합의는 그렇게 마쳤다.
세부적인 사항은 노군상과 청룡학관의 간부들이 참여한 자리에서 다시 이야기하기로 했다.
제갈소진이 내용을 정리하며 말했다.
"동맹에 대한 공식 발표는 곧 있을 청룡학관 종업식에서 하는 게 어떨까요?"
"그러도록 하지."
"좋습니다."

두 사람 다 고개를 끄덕였다.

그런데 맹주는 아직 할 말이 남은 듯, 자리에서 바로 일어나지 않았다.

"따로 할 말이라도 있으십니까?"

"음……."

백수룡의 질문에, 맹주는 잠시 망설이다가 이야기를 꺼냈다.

"무림맹 내에서는 자네의 실력에 대한 의심하는 사람이 적지 않네. 갑자기 총사범으로 임명하면, 반발이 상당히 클 것이야."

"그거야 맹주님이 해결해 주시는 것 아닙니까?"

"물론 그럴 생각이네. 내 결정에 감히 대놓고 불만을 표시하거나 하진 않겠지. 하지만 내가 어찌할 수 없는 부분도 있네."

앞에 놓인 차를 후루룩 마셔 버린 맹주가 말을 이었다.

"특히 오단의 단주들은 자네를 인정하지 않을 게야. 그들 휘하에 있는 대주들도 마찬가지로 아니꼬운 눈으로 자네를 보겠지. 이런저런 핑계를 대면서 총사범의 무공 지도를 거부할 수도 있네."

"……."

가르치는 사람이 아무리 뛰어나면 뭐 하나?

배우는 자들의 태도가 불량하면 말짱 도루묵이다.

맹의 무인들이 적극적으로 배우려고 하지 않는다면, 총사범이라는 백수룡의 지위도 큰 의미가 없었다.

"자네에게 총사범이라는 지위만 필요한 거라면 상관없겠지. 하지만 맹원들의 무공을 제대로 지도하고 싶다면……."

"무슨 말씀인지 알겠습니다."

백수룡은 고개를 끄덕였다.

맹주도 어떻게 해 줄 수 없는, 스스로의 능력으로 인정받아야만 하는 부분이 있다는 이야기였다.

"제가 어떻게 하면 되겠습니까?"

"우선은 자네의 무공이 소문에 부족하지 않다는 것을 증명해야겠지."

백수룡은 눈을 가늘게 뜨고 맹주를 바라봤다.

왠지 모를 어떤 꿍꿍이가 느껴졌던 것이다.

"설마, 사람들이 보는 앞에서 맹주님이랑 싸우라는 말입니까?"

맹주는 아쉬움에 입맛을 다시면서 고개를 저었다.

"나야 그러면 공식적으로 자네를 쥐어팰 수 있는 기회가 생기긴 하겠지만, 내가 나서는 것은 모양새가 영 좋지 않아. 자네가 아무리 뛰어난 무공을 보여 줘도, 결국엔 내가 합을 맞춰 준 거라고 생각하지 않겠나."

"……."

'자기가 질 거라곤 조금도 생각 안 하는군.'

백수룡은 조금 울컥한 마음이 들었지만, 사실 틀린 말도 아니었다.

'아직 맹주는 못 이겨.'

권왕 야율황은 십존 중에서도 수위를 다투는 초고수였다.

역천신공까지 쓸 수 없는 조건에서, 백수룡이 맹주를 이긴다는 것은 불가능했다.

하지만 달리 말하면…….

"맹주님이 아니면, 무림맹에 제 실력을 감당할 상대가 있습니까?"

갑자기 맹주가 껄껄 웃었다.

그 콧대 높은 오단의 단주 놈들이 이 말을 들었어야 했는데.

아쉽게도 이곳에는 단 한 명의 단주도 데려오지 않았다.

하지만, 백수룡의 상대가 없냐고 묻냐면 그건 아니었다.

"내 생각엔, 천무대주 정도면 자네와 자웅을 겨뤄볼 만할 것 같은데."

"……천무대주라면, 아까 뒤에서 저를 노려보던 녀석입니까?"

백수룡은 등 뒤에서 느껴지던 노골적인 시선을 떠올렸다.

꽤 강렬했던 기파라서 기억하고 있었다.

옆에 있는 맹주가 아니었다면 곧장 돌아서서 검을 겨눴을 정도로.

"맞네. 그가 자네를 탐탁지 않게 여기는 것 같더군."

"예? 제가 뭘 잘못했다고 싫어합니까?"

백수룡은 황당했다.

안면도 없는 천무대주가 자신을 왜 싫어한단 말인가?

그 이유는 제갈소진이 대신 알려 주었다.

"어느 날 갑자기 혜성처럼 나타나서 무림십존에 버금가는 명성을 얻고, 이제는 무림맹 총사범이 될지도 모르는데, 좋아하는 게 더 이상한 것 아닐까요? 그것도 나이가 엇비슷한 동년배라면 말이죠."

"……."

듣고 보니 충분히 싫어할 만했다.

여기에 맹주가 덧붙였다.

"천무대주는 속이 좁은 사내는 아니지만, 자신이 인정하지 못하는 것에는 절대 굽히지 않는 성격이지. 실력도 검증되지 않은 자가 상관으로 들어오는 판이니, 마음에 들지 않을 수밖에."

"총사범이 되면 천무대주보다 높은 위치가 되실 텐데, 행여나 마찰이 잦지 않을까 걱정입니다."

주거니 받거니.

맹주와 총군사가 분위기를 몰아가는 솜씨가 보통이 아니었다.

맹주가 은근한 목소리로 말했다.

"그래서 말인데, 종업식에서 천무대주와 자네의 친선 비무를 추진해 볼까 하는데. 어떻게 생각하나?"

천무대는 오단 중 어느 곳에도 소속되지 않고, 오로지 맹주의 명령만을 듣는 친위부대였다.

그 실력은 무림맹 안에서도 단연 손에 꼽힌다.

천무대주는 그중에서도 군계일학으로, 그 실력은 이미 오단의 단주들과 엇비슷하다고 말할 정도로 고강한 무인이었다.

'결국 내 실력이 궁금한 모양이군.'

백수룡은 맹주의 속내가 뻔히 보였다.

체면 때문에 자신이 직접 나서지는 못하지만, 천무대주를 통해서 백수룡의 실력을 가늠해 보고 싶은 모양.

"뭐, 좋습니다."

이쪽도 바라던 바였다.

백수룡이 흔쾌히 승낙하자 맹주가 씨익 웃었다.

"그럼 진행하도록 하지. 천무대주의 실력을 얕보지 말게. 오단의 단주들에 비해서도 크게 떨어지지 않는 실력자이니 말이야. 몇 년만 지나면, 자네가 원했던 부맹주는 그 녀석이 될지도 몰라."

'맹주가 이 정도로 인정하는 사내라고?'

이쯤 되자 백수룡도 상대에 대해서 궁금해졌다.

"천무대주. 이름이 어떻게 됩니까?"

"……설마 누군지도 모른단 말인가?"

오히려 황당하다는 표정을 지은 맹주가 말을 이었다.

"조천상이라 하네. 별호는 화산검호(華山劍豪). 자네 또래에서 가장 촉망받는 고수 중 한 명으로, 화산파 장문인의 제자이기도 하지."

"그리고 십 년 전 천무학관의 수석 졸업생이기도 합니다."

총군사 제갈소진이 덧붙였다.

화산검호 조천상과 그녀는 천무학관 동기로, 조천상은 예전부터 검의 천재로 유명했다.

'청룡신협. 아무리 당신이라도 화산검호는 쉽지 않은 상대일 겁니다.'

청룡신협의 무공이 고강하다는 것은 보고를 받아서 알았지만, 정말로 무림십존에 필적하리라고 생각하지는 않았다.

'조천상은 그 나이에 백대고수 중에서도 상위권을 다툴 만한 고수. 자질만 보면 훗날 십존까지도 넘볼 수 있을 정도야.'

그만큼 자존심 강한 성격이기도 하다.

하루아침에 십존에 버금가는 명성을 얻은 청룡신협에게 아무런 감정이 없을 리 없었다.

'어차피 갈등이 생길 거라면, 지금 푸는 것이 나아.'

과연 누가 이길까?

제갈소진은 총군사이기 이전에 무인으로서 진심으로 궁금했다.

힐긋 맹주를 바라보니, 그도 비슷한 생각인 듯 히죽 웃고 있었다.

"화산파 장문인의 제자에, 천무학관 수석 졸업생 출신이라……."

"이제 좀 긴장이 되나?"

"재미있겠네요."

상대에 대해서 알게 된 백수룡의 입꼬리가 점점 호선을 그린다. 걱정하는 모습은 전혀 보이지 않았다.

오랜만에 구파일방의 무공을 견식할 생각에, 백수룡도 들뜬 기분이 들었다.

"진행해 주십시오. 여러 가지로 잊지 못할 종업식이 될 것 같습니다."

"우리도 무척이나 기대하고 있다네."

그렇게, 종업식 당일 청룡신협과 천무대주의 친선 비무가 결정되었다.

290화

# 종업식(2)

종업식 당일.

학생들은 설레는 마음으로 대연무장에 모였다.

오늘은 한 학기가 끝나고 방학을 맞는 날.

받아 든 성적표가 마음에 들지 않아 울상을 짓는 학생들도 있었지만, 대부분은 홀가분한 표정이었다.

"……올해 청룡학관은 한 학기 동안 큰 변화를 겪었습니다."

단상 위에 선 관주님의 훈화 말씀이 끝나기를 기다리며, 학생들은 각자의 방학 계획을 떠올렸다.

집으로 돌아가 몇 달 만에 가족을 만나고, 친한 친구들과 함께 전부터 계획해 두었던 여행을 떠나고, 혹은 시간이 없어서 미루기만 했던 취미를 시작해 보는 등.

학관의 규율에서 벗어나 자유를 누릴 생각에, 학생들은 벌써부터 마음이 부풀었다.

상황이 이러니, 관주의 훈화가 귀에 들어올 리 없었다.

'허허. 다들 마음이 콩밭에 가 있구나.'

노군상도 그 사실을 알고 있었다. 그는 웃으며 훈화를 빠르게 마무리했다.

"……올해 천무제, 좋은 결과를 내기 위해 학생들과 선생님들 모두 최선을 다해 노력하고 있습니다. 그만큼 기대도 크겠지요. 하지만 결과와 상관없이, 여러분의 노력은 결코 헛되지 않을 겁니다."

"……."

노군상은 손자들을 바라보는 할아버지와 같은 따뜻한 시선으로 학생들을 둘러봤다.

그리고 마지막 당부의 말을 남겼다.

"그러니 부디, 방학 동안 다치지 않고 잘 쉬다 오너라."

노군상이 빙긋 웃으며 단상에서 물러나는 순간, 우레와 같은 박수가 터져 나왔다.

짝짝짝짝짝!

학생들은 이제 곧 방학이라는 생각에 잔뜩 들떴다.

관주님의 훈화 말씀이 끝났으니, 이제 사회자가 종업을 선언하면 방학인 것이다!

몇몇은 빨리 학관에서 나가려고 벌써부터 내공을 끌어올리고 있었다.

"정숙! 모두 자리를 지키도록!"

그러나 올해 종업식은 예전과 달랐다.

종업식의 사회를 맡은 부관주 곽철우가 내공을 담아서 외쳤다.

"이어서 맹주님의 말씀이 있겠습니다."

한쪽에서 손님으로 자리를 지키고 있던 맹주가 단상 위로 올라오자, 학생들은 의문 어린 시선을 보냈다.

여기저기서 웅성거림이 생겼다.

"맹주님이 왜?"

"밖에서 친구들이 기다리는데……."

"빨리 끝나겠지?"

쿵!

맹주의 가벼운 발 구름이 지진 같은 진동을 일으키자, 웅성거림이 모두 사라졌다.

강렬한 존재감을 뽐내며 단상 위에 선 맹주가 말했다.

"반갑다. 본좌는 무림맹주 야율황이다. 우선 한 학기 동안 열심히 수련한 학생들에게 고생했다는 말을 전하마. 본좌가 이렇게 단상에 서게 된 이유는……."

학생들은 얼떨떨해하면서도, 위압감 넘치는 맹주의 말에 집중했다.

"……그리하여, 혈교의 위협에 대비하기 위해, 무림맹과 청룡학관은 역사적인 동맹을 맺기로 결정하였다."

청룡학관과 무림맹의 동맹 선언!

놀라운 소식에 다들 눈을 동그랗게 떴다.

그동안 소문이 떠돌기는 했지만, 공식적으로 발표된 것은 처음이었다.

'동맹이라고? 정말?'

'우리가 무림맹 휘하로 들어간다고 들었는데…….'

'둘이 다른 거야?'

'바보야. 당연히 다르지.'

강사들도 학생들의 수군거림을 막을 수 없었다.

게다가 놀라운 소식은 거기서 그치지 않았다.

"또한, 올해부터 청룡학관 사 학년들 중 선별된 인원은 무림맹의 수습맹원으로서 실무 경험을 쌓게 될 것이다."

"!!!"

당사자인 사 학년들이 가장 크게 놀랐다.

그들은 믿을 수 없다는 듯 눈을 부릅떴다가, 천천히 얼굴 가득 화색이 돌았다. 고학년인 삼 학년들도 마찬가지였다.

무림맹은 학생들이 졸업 후 가장 희망하는 직장이지만, 경쟁률이 워낙 높아서 대부분은 엄두도 내지 못하는 곳이었다.

'몇 개월의 수습 맹원 경험만으로도, 다른 곳에 취업할 때 큰 도움이 될 거다.'

그 모습을 지켜보는 강사들의 얼굴에도 흐뭇한 미소가 맺혔다.

하지만 그 사실에 기뻐했던 것도 잠시…….

청룡학관 학생들과 강사들은 놀라운 사실을 하나 더 알게 되었다.

"오십 년 전, 무림은 혈교를 무너뜨리기 위해 커다란 희생을 치러야 했다. 나는 그 전쟁에서 나는 아버지와 같았던 스승을 잃고, 친형제와 같았던 사형제들을 모두 잃었다. 당시 가증스러운 혈교 놈들은 함정을 파고……."

'맹주님이 말이 너무 많아!'

무림맹주는 학생들이 생각했던 것 이상으로 긴 훈화를 준비했다.

평소에는 그리 말이 많은 편이 아니지만, 혈교와 관련된 이야기만 나오면 흥분하는 성격 탓이었다.

맹주가 비장한 표정으로 열변을 토했다.

"나 때는 말이다, 열다섯이면 이미 마두의 피를 수없이 묻히고 다녔다. 그에 비하면 너희들은 안전한 곳에서 편안하게 무공을 수련하고 있지. 너희를 탓하자는 것은 아니다. 천하가 평화로웠던 탓이지. 하지만 혈교의 위협이 다시금 목전에 다가온 지금, 너희도 마음가짐을 바꿔야 할 것이다. 언제든 전쟁은 일어날 수 있다는 것을 알아야 한다. 다시 말하지만 나 때는 혈교가……."

학생들이 싫어하는 '나 때는~'이 반복되자, 학생들이 하나둘 지루함에 몸을 비틀기 시작했다.

결국 노군상이 단상으로 나서서 맹주를 말렸다.

"맹주. 이쯤 하면 학생들도 충분히 교훈을 얻은 것 같소이다."

"아직 준비한 게 남았는데……."

"다음에 합시다. 다음에."

결국 맹주는 아쉬움 가득한 얼굴로 훈화를 마무리했다.

"모두 더욱 용맹정진하도록!"

우와아아아!

드디어 끝났다는 생각에, 우레와 같은 함성과 박수가 쏟아졌다.

눈치 없는 맹주만이 학생들이 자신의 훈화에 감동한 것으로 알고 고개를 끄덕였다. 역시 더 할 걸 그랬어, 하고 아쉬워하면서.

"음, 그럼 마지막으로……."

맹주의 입에서 그 말이 나왔을 때, 학생들 중 절반 이상이 속으로 비명을 질렀다.

'아까 마지막이라며!'

내공을 실은 맹주의 목소리가 청룡학관 전체에 울려 퍼졌다.

"청룡학관과 무림맹의 친목을 도모하는 의미에서 친선 비무를 준비했다. 관전을 원하는 학생들은 보고 가도록 해라."

친선 비무?

원망 가득한 눈으로 맹주를 바라보던 학생들이 눈을 동그랗게 떴다.

비무라는 말에 호기심이 동하지 않을 무인은 없었다.

"친선 비무라면……?"

"무림맹이랑 청룡학관 대표가 붙는단 말이지?"

"누구랑 누구? 혹시……."

가장 중요한 것은 친선 비무를 벌이는 사람이 누구냐는 것.

학생들의 기대감 어린 시선이 여기저기로 향할 때, 청룡학관 측에서 노군상이 먼저 백수룡을 호명했다.

"백수룡 선생!"

동기들과 나란히 서 있던 백수룡이 한 걸음 앞으로 나서자, 학생들의 웅성거림은 시장통처럼 시끄러워졌다.

이에 질세라, 무림맹주가 청룡신협의 상대를 호명했다.

"천무대주!"

키가 백수룡에 못지않게 크고 호리호리한 체형의 사내가 앞으로 나섰다.

큰 키만 아니었다면 여인이라고 오해할 만큼 선이 고운 사내.

허리에 찬 검의 하얀 검집 위로, 흐드러지게 핀 매화가 그려져 있었다.

백수룡의 상대가 누군지 알아본 학생들이 소리쳤다.

"화산검호(華山劍豪)다!"

화산검호 조천상.

당대 화산파 장문인의 제자로, 어려서부터 자질이 출중하기로 소문난 천재 검객.

천무학관을 수석으로 졸업하고, 고작 이십 대 후반의 나이에 천무대주가 된 입지전적인 인물이었다.

검을 다루는 학생들 중에서는 모르는 사람이 없을 정도로 고절한 검객이었다.

"청룡신협과 화산검호의 대결이라니!"

"완전 대박이잖아!"

청룡신협과 화산검호.

두 사람은 비슷한 연배에, 둘 다 검을 다루기에 더욱 큰 흥미를 끌었다.

그런 반응을 확인한 맹주가 외쳤다.

"비무는 반 시진 후에 시작될 것이니, 집에 가고 싶은 사람은 가도 좋다!"

종업식이 끝나고 방학이 시작되었지만, 아무도 청룡학관을 떠나지 않았다.

잠시 후 시작될 비무를 직접 보지 않으면, 두고두고 후회할 테니까.

◆ ◈ ◆

대연무장을 중심으로 열 개가 넘는 대형 천막이 원형으로 세워졌다. 수백 명이 앉아서 관전할 수 있도록 의자를 준비했다.

"비무대와 가장 앞 좌석 사이의 간격이 너무 좁은 것 아닌가? 검기라도 튀면……."

"맨 앞에는 맹주님과 관주님, 뒤로도 최고수들이 앉을 거니 크게 상관없을 걸세."

"선생님! 이 자리는 옆에 있는 천막에 가려서 안 보입니다!"

학생들부터 선생들까지.

비무를 기다리는 모두의 얼굴에 흥분한 기색이 역력했다.

청룡신협과 화산검호.

명성이나 업적이 아직 무림십존에 미치지는 못하지만, 곧 시대를 풍미하게 될 고수들 간의 대결이라 해도 과언이 아니었다.

"누가 이길까?"

한쪽에서는 비무의 결과를 학생들 사이에 내기판이 벌어졌다.

의견은 분분했다.

"당연히 백수룡 선생님 아니야? 최근에 누리는 명성은 십존과 맞먹는다고!"

"천무대주를 무시하지 마. 그의 검이 머지않아 십존의 경지를 넘볼 거라는 이야기, 못 들어 봤어?"

"그거야말로 소문 아닌가? 백수룡 선생님은 남궁세가에서 혈교의 장로를 죽였어."

"쌓아 온 실적으로 보면 화산검호도 못지않아. 천무대주가 쉬워 보여?"

"하! 내가 이 이야기는 안 하려고 했는데……."

생각보다 학생들의 의견은 양쪽이 팽팽했다.

사실, 백수룡의 무공이 정말로 무림십존에 버금간다고 생각하는 학생은 거의 없었다.

또한 백수룡은 학관에서 매일 보는 얼굴이었다. 명성에 비해 상대적으로 편하게 느껴질 수밖에 없었다.

반면, 화산검호는 말 그대로 소문으로만 듣던 고수였다.

화산파 무공을 익힌 무인 특유의 고아한 분위기.

여기에 아름다운 외모가 더해져, 마치 인세에 내려온 신선과도 같은 분위기를 풍겼다.

"분위기만 보면 역시 화산검호가……."

"비무를 분위기로 하나?"

쿵!

내기에 건 전낭 더미가 모인 탁자 위로, 남다르게 묵직한 전낭 하나가 떨어졌다.

"나는 선생님이 이기는 건 당연하고, 승부가 백 초식 안에 끝난다는 데 걸지."

거대한 그림자가 도박판 위로 드리워졌다. 그 상대를 확인한 학생들이 눈을 동그랗게 떴다.

"거상웅 선배?"

거상웅뿐만이 아니었다. 백룡장의 다른 제자들도 속속 내기에 참여했다.

"백 초식? 나는 칠십 초식이면 충분할 것 같은데."

여민은 그동안 악착같이 모아 온 쌈짓돈을 전부 백수룡의 승리에 걸었으며,

"전 오십 초식에 걸게요. 당연히 선생님이 이긴다는 쪽에요!"

위지천은 오십 초식 안에 청룡신협이 승리한다는 쪽에 걸었다. 소년의 눈은 스승의 승리를 조금도 의심치 않았다.

"오십? 사십? 야, 털뭉치. 어디에 거는 게 좋을 것 같냐?"

캬악!

"좋아. 나도 오십이다."

야수혁은 은호로 점을 쳐서 백수룡이 오십 초식 안에 승리한다에 걸었다.

"쯧쯧. 니들 아직도 그 인간을 그렇게 몰라? 우리가 뭘 상상하건 그 이상을 보여 줄 거라고."

헌원강은 어리석은 선후배들에게 고개를 저어준 후, 가장 과감하게 돈을 걸었다.

"청룡신협 백수룡이 삼십 초식 안에 이긴다에 전 재산과 이 흑도를 건다!"

"너, 너무해! 그거 우리 할아버지가 만들어 준 칼이잖아요!"

"어차피 선생님이 이길 건데 상관없잖아?"

문제는 헌원강의 목소리가 너무 컸다는 점이었다.

"……불쾌하기 짝이 없군."

천무대의 무사들이 그 이야기를 들었다.

마침 근처를 지나가던 천무대 부대주가 싸늘한 시선으로 헌원강을 돌아봤다.

"비무가 장난으로 보이나? 이런 내기는 두 무인을 모욕하는 짓이나 마찬가지다."

"……옙. 죄송합니다."

거기까지만 했으면 됐을 것이다.

혀를 차면서 모욕을 더 할 필요는 없었다.

"청룡신협도 안쓰럽군. 이런 녀석들을 제자랍시고 가르쳐야 한다는 것 아닌가?"

순간, 헌원강의 눈빛이 사납게 돌변했다.

이런 말을 얌전히 듣고만 있으면 청룡학관의 망나니가 아니었다.

"거, 말이 심한 거 아닙니까?"

"심하다고? 내가?"

"막말로, 내기 자체보다 청룡신협이 이길 거라고 하니까 화난 거잖아요. 누가 바보로 보이나."

"뭐라고? 하……!"

부대주는 '뭐 이런 놈이 있나.' 하는 표정으로 헌원강을 바라봤다.

천무대는 무림맹에서도 최정예 무인들이었다.

고작 학관, 그것도 청룡학관의 애송이 따위가 눈 똑바로 뜨고 쳐다볼 위치가 아니었다.

'다른 곳에서 만나면 눈도 마주치지 못할 놈이…….'

부대주는 살심이 무럭무럭 치솟는 것을 느꼈으나, 다른 무사들이 그를 만류했다.

"어린애들입니다. 괜히 상대하지 말고 가시지요."

"……운이 좋은 줄 알거라."

몸을 돌린 부대주는 들으라는 듯이 혼잣말을 중얼거렸다.

"못 배운 것이 티가 나는군. 하긴 청룡학관 출신이니, 언행이 시정잡배 같은 것도 어쩔 수 없겠지. 이래서 사람이 출신이 중요해."

"저 자식이!"

울컥한 헌원강이 쫓아가서 따지려고 했으나, 그보다 먼저 나선 사람이 있었다.

"방금 시정잡배라고 했나?"

"……."

천무대 부대주는 자신을 막아선 사내를 보며 난감한 표정을 지었다.

'하필이면…….'

청룡학관에서 관주와 백수룡 다음으로 상대하기 곤란한 자.

남궁세가의 삼공자가 싸늘한 얼굴로 앞을 막아섰다.

"왜 말을 못 하지? 방금, 청룡학관 학생들의 출신이 시정잡배와 같다고 했나?"

"……그렇게는 말하지 않았는데."

"비슷하게는 했다는 말이군."

남궁수의 표정이 더욱 싸늘해졌다. 부대주의 표정에도 짜증이 어렸다.

상대가 남궁세가의 아들이라고 해도, 부대주 역시 크게 꿀리지 않는 역시 신분이었다.

'다 망해 가는 남궁세가의 아들 따위가 뭐가 두렵다고.'

그런 생각이 들자 더욱 자신감이 생겼다.

"어쩌라는 거요? 적당히 하고 넘어가시오. 모욕을 참는 것도 한계가 있소."

"누가 누굴 모욕했는지 모르나 보군."

남궁수는 피식 웃더니 부대주를 휙 지나치면서 혼잣말을 중얼거렸다.

"천무학관 출신들은 하나같이 뛰어난 줄 알았는데, 미꾸라지 한 마리가 물을 흐리는군."

"지금 뭐라……!"

남궁수는 품에서 전낭을 꺼내, 학생들이 전낭 더미를 올려 둔 탁자 위에 올렸다.

쿵!

"백수룡의 승리에 전부 걸지."

"예, 예?"

학생들이 놀라서 되묻는 가운데, 남궁수는 천무대 부대주를 돌아봤다. 그 눈빛은 한없이 도발적이었다.

"그쪽도 걸겠나?"

"무슨 유치한 장난을……."

"왜? 자신 없나?"

남궁수의 한쪽 입꼬리가 올라갔다.

명백한 비웃음. 이곳에 없는 누군가와 상당히 닮은 웃음이었다.

"쫄리면 뒈지시든가."

"……감히!"

비무는 시작되지도 않았지만, 비무대 밖에서는 이미 불꽃이 튀고 있었다.

- 7권에 계속

# 일타강사 백사부 6

1판 1쇄 인쇄 2025년 12월 1일
1판 1쇄 발행 2025년 12월 17일

지은이 간짜장
펴낸이 김영곤
펴낸곳 ㈜북이십일 아르테팝

편집팀 송경진 김지혜 이영애 김경애 박지석
영업팀 정지은 한충희 남정한 장철용 강경남 황성진 김도연 이민재
제작팀 이영민 권경민
디자인 박숙희 전효은

출판등록 2000년 5월 6일 제406-2003-061호
주소 (우 10881) 경기도 파주시 회동길 201(문발동)
대표전화 031-955-2100
팩스 031-955-2151
이메일 book21@book21.co.kr



ISBN 979-11-7357-650-8 04810
979-11-7357-309-5 04810(세트)